Sur l'auteur

Diplomate, historien, Jean-François Parot s'est appuyé sur sa solide connaissance du Paris du XVIIIe siècle pour écrire les aventures de Nicolas Le Floch, commissaire au Châtelet dans la France de Louis XV et de Louis XVI. Il a reçu le prix de l'Académie de Bretagne pour *Le Sang des farines* – sixième enquête de Le Floch. *Le Prince de Cochinchine* est le quatorzième volume de cette série qui a conquis, de livre en livre, un public de passionnés d'intrigues et d'Histoire. Son œuvre est traduite dans de nombreux pays et est à l'origine du grand feuilleton de France 2, *Nicolas Le Floch*.

Jean-François Parot nous a quittés le 23 mai 2018.

Site web de l'auteur : www.nicolaslefloch.fr

Du même auteur
aux Éditions 10/18

Les enquêtes de Nicolas Le Floch,
commissaire au Châtelet

L'ÉNIGME DES BLANC-MANTEAUX, n° 3260
L'HOMME AU VENTRE DE PLOMB, n° 3261
LE FANTÔME DE LA RUE ROYALE, n° 3491
L'AFFAIRE NICOLAS LE FLOCH, n° 3602
LE CRIME DE L'HÔTEL SAINT-FLORENTIN, n° 3750
LE SANG DES FARINES, n° 3960
LE CADAVRE ANGLAIS, n° 4169
LE NOYÉ DU GRAND CANAL, n° 4369
L'HONNEUR DE SARTINE, n° 4505
L'ENQUÊTE RUSSE, n° 4624
L'ANNÉE DU VOLCAN, n° 4780
LA PYRAMIDE DE GLACE, n° 4970
L'INCONNU DU PONT NOTRE-DAME, n° 5119
LE PRINCE DE COCHINCHINE, n° 5392

JEAN-FRANÇOIS PAROT

LE PRINCE DE COCHINCHINE

Les enquêtes de Nicolas Le Floch,
commissaire au Châtelet

Préface inédite de la rédaction
d'*Historia*

10
18

Grands détectives

créé par Jean-Claude Zylberstein

JC LATTÈS

(Première édition : octobre 2017)

ISBN 978-2-264-07319-8
Dépôt légal : novembre 2018

À Jean-François et Anne Calcet

PRÉFACE

Il avait déclaré qu'il se verrait bien écrire vingt-quatre opus de sa célèbre série, se permettant même d'imaginer un Le Floch sexagénaire, vivant sous l'Empire. Jean-François Parot nous laisse finalement quatorze épisodes, ce *Prince de Cochinchine* venant clore de façon prématurée une des plus importantes séries en matière de littérature policière historique. La disparition du grand horloger, en mai 2018, suspend donc irrémédiablement le destin de Nicolas Le Floch et de ses proches à la fin du mois de décembre 1787. De fait, tout le monde se demandait dans quelle mesure le sort de Nicolas et de son entourage serait affecté par celui des personnages historiques dont il avait la confiance, à commencer par le roi et la reine. Le Floch lui-même commençait à s'inquiéter : « Qu'adviendrait-il de lui et des siens dans la tourmente qui montait ? » s'interroge le héros en guise de conclusion à sa dernière aventure. Allait-on le voir émigrer comme son mentor Sartine, lieutenant général de police sous Louis XV puis ministre de la Marine sous Louis XVI ? Finirait-il guillotiné, comme son ami La Borde, premier valet de chambre de Louis XV puis fermier général de Louis XVI ? Comment Parot allait-il négocier les dilemmes du bourreau Sanson, que Nicolas tient en haute estime tant pour ses compétences lors de l'ouverture des cadavres dans la basse-geôle que pour sa personnalité discrète et attachante, lorsque le moment de raccourcir certaines de ses connaissances serait venu ? Autant d'interrogations qui n'ont plus lieu d'être. Nicolas restera l'éternel jeune homme qu'il est encore à l'aube de la cinquantaine. Seront ainsi épargnés au lecteur un véritable carnage et des disparitions forcément douloureuses. C'est qu'on devient sentimental, à force de suivre et de voir évoluer sur près de vingt ans tout un univers de personnages récurrents, hautement sympathiques et respirant l'humanité, qui en viendraient presque à faire partie de la famille.

C'est par un soir de froid et de neige de la fin des années 1990, à Sofia, où Parot était alors en poste comme conseiller à l'ambassade de France, que le personnage de Nicolas Le Floch s'est imposé à lui. Le futur commissaire est alors un jeune homme d'une vingtaine d'années, élevé par le chanoine Le Floch, qui lui a donné son nom, ignorant encore que son parrain, le marquis de Ranreuil, est son vrai père, et que la fille de ce dernier, dont il est amoureux, est en fait sa demi-sœur. Sur recommandation du marquis, il monte de sa Bretagne natale à Paris et se retrouve pris dans une affaire criminelle sur laquelle M. de Sartine, lieutenant général de police et ami de son père, lui demande d'enquêter. Ce sera *L'Énigme des Blancs-Manteaux*, un coup de maître dès l'ouverture de la série et, rétrospectivement, l'un des meilleurs opus de la série. Les lecteurs aguerris de romans de cape et d'épée du XIXe siècle auront reconnu dans l'arrivée du novice à la capitale une référence au d'Artagnan de Dumas et dans l'aventure sentimentale avec Isabelle de Ranreuil une allusion subtile au duo Vallombreuse-Isabelle du *Capitaine Fracasse* de Théophile Gautier.

Avec un tel double patronage, la série démarrait sous les meilleurs auspices. Elle avait bien d'autres atouts : la grande connaissance du XVIIIe siècle de son créateur, également conteur hors pair, un réseau de personnages secondaires tout aussi importants et attachants que le héros, une langue délectable, produit d'une imprégnation avec le style du XVIIIe siècle et d'un souci minutieux du détail et de la rigueur historique. Sans oublier le côté polar gastronomique, avec des scènes anthologiques de repas agrémentées de recettes appétissantes, devenues une marque de fabrique. Autant d'éléments offrant la possibilité à une large audience de s'instruire en se divertissant, et il faut savoir gré à Parot d'avoir fait sortir son héros du strict cercle familial auquel il l'avait initialement destiné. En soumettant à son éditeur les premières aventures de sa série, ce dernier n'imaginait d'ailleurs certainement pas qu'elle connaîtrait un tel succès, au point d'être adaptée à la télévision par France 2 (en prenant de grandes libertés par rapport aux intrigues et aux personnages initiaux) et de s'exporter jusqu'en Russie ou au Japon, où Le Floch est adoré.

Cette quatorzième enquête, qui sera donc l'ultime, prend, à y regarder de plus près, des accents plus personnels que les précédentes. L'un des personnages du premier opus, Pigneau de Behaine, désormais évêque de Latran, avec qui Le Floch assistait jadis aux concerts spirituels du Louvre, entre ainsi en résonance avec le vécu de l'auteur, comme il l'explique dans son avant-propos. Alors consul général à Ho Chi Minh-Ville, Parot avait assisté à l'exhumation du prélat, dans le cadre de la destruction des cimetières français, et avait même tenu son crâne entre ses mains, avant de rapatrier les restes sur la terre natale de l'évêque. Le retour de ce personnage auprès de Nicolas, l'un et l'autre ayant fait du chemin depuis 1761, boucle en quelque sorte le cycle. Est-ce l'effet des retrouvailles avec Pigneau de Behaine et le souvenir de sa jeunesse ? Toujours est-il que l'on sent Nicolas encore plus introspectif et mélancolique que dans ses aventures précédentes. Il faut dire qu'il vient de devenir grand-père, occasion pour lui de contempler le chemin parcouru, mais aussi les dangers s'accumulant au-dessus de la maison France et les risques qu'ils entraînent pour lui et les siens. Étreint d'une sourde angoisse face à l'état de déliquescence d'un régime à bout de souffle, victime d'une énième tentative d'assassinat dès les premières pages, Nicolas sera encore agressé, embastillé, enlevé, torturé, manipulé, et devra se dépêtrer d'une affaire aux ressorts diplomatiques délicats. Cette nouvelle chronique d'un monde en sursis à hauteur de personnage est marquée de bout en bout du sceau de l'inquiétude, comme si Parot avait injecté un peu de ses propres états d'âme dans sa créature. On sort de cette enquête un peu sonné, toujours aussi surpris de constater le côté cyclique de l'Histoire de France, tant notre début de XXIe siècle semble résonner avec la fin du XVIIIe siècle.

Jean-François Parot avait coutume de dire que Robert Van Gulik, père du roman policier historique avec son juge Ti et diplomate comme lui, était son modèle. L'extraordinaire succès public et critique de sa série prouve qu'il a égalé, voire dépassé le maître. Au panthéon des auteurs qui ont réussi à instruire en amusant et à amuser en instruisant, objectif premier de la collection « Grands détectives », il s'est en tout cas taillé une place de choix.

La rédaction d'*Historia*

LISTE DES PERSONNAGES

NICOLAS LE FLOCH : marquis de Ranreuil, commissaire de police au Châtelet
LOUIS DE RANREUIL : vicomte de Tréhiguier, son fils, garde du corps
JULIE DE MEZAY : sa femme
AIMÉ DE NOBLECOURT : ancien procureur
MARION : sa gouvernante
POITEVIN : son valet
CATHERINE GAUSS : sa cuisinière
AIMÉE D'ARRANET : maîtresse de Nicolas
TRIBORD : son majordome
PIERRE BOURDEAU : inspecteur de police
BAPTISTE GREMILLON : ancien sergent du guet, son adjoint
PÈRE MARIE : huissier au Châtelet
TIREPOT : mouche
RABOUINE : mouche
GUILLAUME SEMACGUS : chirurgien de marine
AWA : sa gouvernante
CHARLES HENRI SANSON : bourreau de Paris
LA PAULET : tenancière de maison galante et devineresse
SARTINE : ancien lieutenant général de police et ancien ministre
THIROUX DE CROSNE : lieutenant général de police

VILLEFORT : lieutenant criminel
DE LAUNAY : gouverneur de la Bastille
LOMÉNIE DE BRIENNE : principal ministre
MONTMORIN : ministre des Affaires étrangères
MADAME LOUISE : tante du roi, prieure du Carmel de Saint-Denis
LA BORDE : fermier général, ancien premier valet de chambre du roi
PÈRE SAMUEL : jésuite
THIERRY DE VILLE D'AVRAY : premier valet de chambre du roi
PIGNEAU DE BEHAINE : évêque, ambassadeur du roi de Cochinchine
PAUL NGHI : son secrétaire
CO : son serviteur
PRINCE CANH : prince héritier de Cochinchine
PRINCE MINH : plénipotentiaire annamite
GILLES CHOLET *alias* MARADON : chevaucheur
OLYMPE DE GOUGES : maîtresse de Maradon
ROZIÈRES : son ami
MONSIEUR MILLOT : voisin de Maradon
GENEVIÈVE MILLOT : sa fille
ÉMILIE CARETTE : leur femme de chambre
RESTIF DE LA BRETONNE : écrivain
MAÎTRE VACHON : tailleur
PACÔME BOUGARD *alias* BARRINGTON : espion anglais
GASPARD : maître d'hôtel au *Grand Cerf*

AVANT-PROPOS

Parfois le passé, *ce pays lointain*, entre en résonance dans l'ordre de l'imaginaire avec la vie réelle de l'auteur. En prologue de cette quatorzième enquête du commissaire des Lumières, je souhaitais m'adresser à mes lecteurs. Beaucoup d'entre eux, attentifs et perspicaces, ont relevé la présence mystérieuse d'un personnage lointain qui ne participait en rien à l'action. Ce Pierre Pigneau de Behaine apparaissait dès le premier roman alors que, séminariste à Paris, il s'était lié d'amitié avec Nicolas Le Floch. Tous deux partageaient le goût de la musique. Ensemble, ils assistaient aux concerts spirituels du Louvre et appréciaient ensuite les babas du pâtissier Stoehrer, rue Montorgueil.

Or ce prélat, évêque d'Adran, me demeure lié par des circonstances particulières et inoubliables. J'avais dès longtemps formé le vœu de le faire revivre un jour dans un ouvrage que je n'imaginais pas alors ressortir d'une saga romanesque, historique et policière.

Sans relater la vie extraordinaire de ce prêtre des Missions étrangères, je rappellerai qu'il fut conduit à aider le roi de Cochinchine dans la lutte de reconquête de son royaume face aux Tây Son. À la suite de défaites qui plaçaient Nguyen Anh, futur empereur

Gia Long, dans une situation désespérée, l'évêque d'Adran conseilla au souverain de faire appel à la France en vue d'obtenir une aide militaire. En 1787, le roi chargea l'évêque de se rendre en France pour négocier avec Louis XVI un traité d'alliance. La mise à disposition de l'île de Poulo Condor et des avantages commerciaux furent proposés en échange. Enfin, pour témoigner sa confiance, le roi laissa à son envoyé le prince héritier âgé de six ans et le grand sceau de l'État, marquant ainsi son caractère d'ambassadeur plénipotentiaire.

Il me faut évoquer les liens qui m'attachent à l'évêque d'Adran. Consul général à Ho Chi Minh-Ville (Saigon), les autorités m'informaient en 1983 de la prochaine destruction des cimetières français ainsi que celle du magnifique tombeau de l'évêque d'Adran. Étaient également menacées les tombes des officiers de marine Francis Garnier et Doudart de Lagrée. Il paraissait évident que les restes de l'évêque ne seraient pas respectés. J'alertai Paris et, sans barguigner, j'entamai d'âpres négociations avec le comité populaire d'Ho Chi Minh-Ville afin de récupérer les corps de Pigneau de Behaine et des deux prélats, Mgr Miche et Mgr Charbonnier, enterrés au XIXe siècle près de son tombeau. Je proposai de rapatrier ceux-ci en France en profitant de l'escale à Singapour de la *Jeanne* et de son escorteur le *Doudart de Lagrée*.

Aussitôt, les travaux d'exhumation commencèrent sans pourtant aboutir. Mort au siège de Qui-Nhon le 9 octobre 1799, l'évêque, Premier ministre du royaume, Vauban et Carnot d'une guerre qui s'achevait victorieusement, avait été inhumé comme un membre de la famille impériale. Embaumé, enveloppé d'étoffes de soie et placé dans une bière de bois précieux, le corps avait été porté à Saigon. Les funérailles eurent lieu le 17 décembre 1799, date choisie par les astrologues, au Jardin des manguiers où Pigneau aimait à se reposer. La cérémonie fut grandiose, dominée par une immense croix enflammée qui illuminait cette pompe nocturne. Douze mille hommes, artillerie en tête, escortaient le cercueil recouvert de damas rouge. Une centaine d'éléphants suivaient, puis la cour, les ministres et les femmes de la famille impériale. Le défilé dura sept heures. L'empereur Gia Long prononça l'éloge funèbre « du plus illustre étranger qui parut en Cochinchine, cet ami accompli dont le cheval marchait sur la même ligne que le sien… ». En 1800, il fit élever un magnifique pagodon au-dessus de la tombe de l'évêque.

Les travaux d'exhumation se prolongeaient, or le temps pressait. J'avais obtenu de notre ministre de la Défense qu'une cérémonie solennelle marquerait l'arrivée des cendres à Singapour. La veille de mon départ, on m'informait en fin de matinée que la tombe avait enfin été découverte. Je me précipitai sur les lieux. Ma voiture dut se frayer un passage au milieu d'une foule considérable passablement excitée. Elle était contenue par des « bodoïs », baïonnettes au canon. Ils me frayèrent la voie à coups de crosse. D'évidence Pigneau avait été inhumé dans un tombeau caché comme c'était le cas pour les empereurs afin d'éviter les violations de sépultures.

Sous le soleil écrasant de midi, au milieu des cris et des imprécations, dans une bousculade qui soulevait une épaisse poussière, je me trouvai soudain devant une fosse rectangulaire découvrant un énorme tronc d'arbre de cinq à six mètres de long dont la partie supérieure constituait le couvercle d'un sarcophage évidé dans la masse. Les fossoyeurs à moitié nus s'évertuaient à le soulever. Il fallut des câbles pour y parvenir et le faire pivoter sur le côté. Ce qui fut alors dévoilé frappa de stupeur les témoins les plus proches, suscitant une vague de silence qui, peu à peu, gagna l'ensemble de la foule. Ce ne fut qu'un instant de trêve auquel succédèrent un cri général et une poussée universelle. À peine avais-je eu le temps d'apercevoir un cercueil rouge et or qui étincelait au soleil que j'étais précipité en avant et tombai dessus. Des soldats me relevèrent. L'excitation de la foule ne cessait de croître. Il y avait là, rassemblés, des catholiques, pour qui l'évêque était un saint et qui profitaient de l'occasion pour manifester, mais aussi des guérisseurs et des sorcières, qui souhaitaient récupérer le bois du cercueil réputé essentiel pour d'étranges préparations.

Au milieu des vociférations, le travail des fossoyeurs se poursuivit. Avec précaution, le couvercle fut descellé et soulevé. Le passé soudain resurgit. Une bouffée d'air impur passa comme un souffle et, une fois dissipée cette étrange nuée, l'évêque d'Adran apparut en majesté. Les plus proches témoins se figèrent, partagés entre effroi et sidération. Le prélat était revêtu de sa robe de mandarin constellée de dragons, fermée tout au long de petits boutons d'or. Son chef momifié était surmonté d'une calotte de dentelles. Cette vision fut fugitive car aussitôt qu'effleuré le tissu précieux se dissipa comme un rêve. Les boutons d'or tombèrent à travers le squelette d'un brun jaune. J'exigeai que l'on me tendît le crâne de l'évêque. Je le pris à deux mains et l'élevai comme un ostensoir. Une partie de la foule s'agenouilla et se mit en prière. La calotte adhérait à des restes de cheveux, les paupières mi-closes portaient encore leurs cils. Alors que l'on relevait les ossements, il fallut rapidement quitter les lieux. Pour éviter que la vue du crâne n'excitât un mouvement général, j'ouvris mon veston et plaçai celui-ci contre ma chemise pour le protéger. Mon émotion fut grande de sentir contre mon cœur et exhalant une persistante odeur de camphre la tête de celui qui, jadis, avait négocié avec Louis XVI à Versailles la sauvegarde de l'unité d'une nation menacée. Il y avait là un de ces moments inoubliables quand l'histoire se prolonge dans sa continuité à travers les siècles.

Le soir même, dans une pagode de la banlieue de Saigon, les restes de Pigneau furent incinérés, les autorités interdisant la sortie du pays de corps intacts. Mes collaborateurs et moi-même recueillîmes ses cendres qui furent placées dans un sac enfermé dans une porcelaine de Bien Hoa sur laquelle j'apposai le sceau officiel de la République sur les rubans tricolores. Une petite cérémonie eut lieu dans mon bureau devant les urnes de Garnier, Doudart de Lagrée et des évêques Pigneau, Miche et Charbonnier. Par exception et en accord avec mes collaborateurs, les règles étroites de la laïcité furent écartées ; ces illustres avaient bien droit à un moment de recueillement et à quelques prières.

Cet extraordinaire épisode aurait pu s'achever cette nuit-là ; le destin en avait décidé autrement. Peu après la cérémonie à Singapour, je recevais une missive du supérieur des Missions étrangères qui me reprochait un peu aigrement d'avoir violé les règles de sa maison qui exigent que les missionnaires soient enterrés là où ils décèdent. Il ajoutait que le retour des évêques sur un bâtiment de la marine nationale compromettait sa compagnie. Je lui répondis sur le même ton, lui faisant observer qu'il aurait peut-être préféré laisser les bulldozers bousculer les vestiges d'un grand passé. C'eût été pour le coup justifié de me le reprocher. J'avais agi comme l'honneur me l'imposait et avec l'accord de mon gouvernement.

Quelque peu irrité de cet échange, je signalai l'arrivée des cendres au maire et au curé d'Origny-en-Thiérache, village natal de l'évêque d'Adran. Détruits pendant la Grande Guerre, le village et son église avaient été reconstruits grâce à la souscription de la colonie indochinoise. Il fut décidé qu'une partie des cendres d'Adran reposerait dans la crypte de la Mission étrangère, rue du Bac à Paris, et que l'autre serait déposée dans l'église d'Origny au-dessus des fonts où il avait été baptisé.

Le 2 octobre 1983, en présence du préfet et de l'évêque de Laon, de belles cérémonies marquèrent le retour des cendres de Pigneau de Behaine dans son village natal. Ainsi s'achevait dignement le destin exceptionnel d'un héros de notre histoire dont je rappelai solennellement *coram populo* qu'il demeurait aussi une des figures marquantes de l'édification nationale du Viêtnam, comme le montre encore une vitrine du musée d'histoire de Hanoi, et le témoin de l'amitié de deux peuples.

I

TROUBLES

> « Tandis que vous vivrez, le sort qui toujours change
> Ne vous a point promis un bonheur sans mélange. »
>
> *Racine*

Samedi 4 septembre 1787

Quelle mouche l'avait encore piqué ? Nostalgie de son enfance ? Appel du libre océan ? Au petit matin, sans éveiller personne, il avait sauté sur Sémillante et, montant à cru, l'avait lancée vers le rivage, suivi de Pluton enivré du plaisir de cette promenade inattendue. Une fois arrivé, il s'était dévêtu et avait couru se plonger dans l'eau comme il le faisait jadis avec les garnements de Guérande et d'Escoublac. Le froid l'avait tout d'abord saisi pour laisser peu à peu place à une douce béatitude.

Maintenant le soleil, plus haut derrière lui, faisait miroiter l'océan si calme que les îlots au large semblaient des masses posées sur l'horizon. Seuls un faible ressac et le cri des oiseaux de mer troublaient sa méditation. Il se mit à rire comme un bienheureux en voyant Sémillante s'ébrouer dans l'eau et piquer des galops joyeux. À ses côtés, Pluton, le mufle aplati sur le sable dans la certitude qu'ainsi il se dissimulait, guettait les lapins qui pullulaient dans les dunes. D'évidence il avait été repéré. Parfois le molosse laissait échapper un gémissement plaintif, marque de sa frustration.

Ce qu'éprouvait Nicolas s'apparentait-il au bonheur ? D'une certaine manière l'absence de trouble équivalait à un sentiment qui pouvait s'en approcher. Et pourtant, au fond de lui-même, une sourde angoisse, par instants, l'envahissait. Tout pourtant devait concourir à son apaisement. Trop de félicités auraient dû le submerger. Il se trouvait à Ranreuil car Louis, son fils, avait souhaité que son premier enfant vît le jour au château de ses ancêtres. C'était par petites étapes que leur voiture avait rallié la Bretagne. Il avait regretté qu'Aimée ne fût pas du voyage, retenue par sa charge auprès de Madame Élisabeth. Nicolas, son petit-fils, était né peu après leur arrivée. Depuis, la vieille forteresse revivait. Sa joie était immense de voir se renouer le fil des générations. Au cimetière de Guérande, il en avait informé son père le marquis. L'avenir s'ouvrait à nouveau à l'antique famille. Il s'était aussi recueilli devant l'humble pierre tombale du chanoine Le Floch par qui tout avait commencé.

Le pays défilait au château pour saluer le seigneur des lieux. De grandes frairies, mêlant la noblesse et les paysans, réjouissaient les vieilles murailles jusqu'à tard dans la nuit. La joie était générale et sans mélange, Nicolas s'étant montré compatissant envers ceux de ses fermiers touchés par les mauvaises récoltes, conséquences d'un printemps et d'un été exécrables, humides et sans soleil. Il avait effacé les dettes.

Face à l'océan, il tentait de démêler les causes de cette sourde inquiétude. Était-ce l'âge ? Pourtant dans son corps et dans son esprit la jeunesse persistait. Ce n'était pas quelques cheveux blancs qui pouvaient l'accabler, ni le fait d'être devenu l'aïeul, chef de sa maison. Au beau temps succédaient les nuages et parfois la tempête. En fait, il appréhendait les menaces qui grandissaient dans le royaume. Ce que certains avaient nommé la révolution royale avait échoué. Le ministre Calonne avait tenté de bousculer les vieux errements. Il avait incité le roi à convoquer une assemblée de notables. Dès l'origine l'échec avait été patent, de cette tentative de remettre de l'ordre dans les finances et de réformer les abus. Sarcasmes et quolibets avaient salué cette initiative. Un soir à l'Opéra, lors de la représentation de *Théodore* de Paisiello, alors que le roi de la pièce constate qu'il n'a plus d'argent et s'écrie : « Comment faire ? », une voix s'était élevée au sein du parterre et avait répondu : « Il n'y a qu'à assembler les notables ! » La reine présente avait elle-même beaucoup ri de la saillie.

La tentative de Calonne ne put aboutir, tout s'y opposait. L'idée d'une subvention territoriale visant à établir une certaine égalité devant l'impôt avait dressé contre elle le clergé et les privilégiés. Les délégués de la Bretagne avaient campé sur les privilèges de la province. Le projet d'assemblées administratives élues avait déclenché un tollé. La contestation se déchaîna, prétendant qu'une telle création surpassait l'autorité du roi et constituait un dévoiement de la constitution monarchique. Ces assemblées ne pouvaient être formées uniquement de propriétaires fonciers. Les notables exigeaient le maintien de la distinction des ordres. Tous réclamaient la convocation des États généraux. Dès lors le projet de Calonne avait été réduit en morceaux. Des pasquinades placardées annonçaient une pantomime allégorique, *Le Tonneau des Danaïdes*, suivie de la pièce *Le Consentement forcé*. Necker, sorti du bois, soufflait sur le feu. On réclama à Calonne des pièces comptables du budget, qu'il affirma avoir été brûlées. Le prince de Conti et La Fayette dénoncèrent au roi les actes de concussion dont le ministre se serait rendu coupable : le 10 avril, il était renvoyé. C'est ainsi, songeait Nicolas, que la monarchie révélait son impuissance à se réformer. Il est vrai qu'avec la mort de Vergennes le roi avait perdu son meilleur conseil.

Le débat avait agité tout le royaume et, même à Ranreuil, il divisait les esprits. Le comte de Mezay, beau-père de Louis, vieux gentilhomme pétri de traditions et de préjugés, avait rompu des lances avec le docteur Semacgus qui avait accouché sa fille. Les propositions de Calonne, affirmait-il, visaient à détruire les vieilles constitutions du royaume et prônaient une scandaleuse égalité des rangs. Si on les appliquait tout irait à vau-l'eau, et d'ailleurs les Parlements dans leur sagesse s'opposaient à toute mesure de cet ordre. Bonhomme, le docteur lui opposait des arguments de raison : l'égalité devant l'impôt était dans l'air du temps, on y viendrait de gré ou de force. Il soulignait benoîtement l'inconséquence que de vieux serviteurs du roi comme le comte en vinssent à s'opposer à une réforme soutenue et voulue par le roi lui-même. Croyait-il donc que les États généraux, réclamés par l'opposition et que le roi hésitait à réunir, n'aboutiraient pas à de plus radicales mesures et que le remède ne serait pas pire que le mal ? La présence d'Awa, considérée par les Ranreuil comme faisant partie de la famille et qui aidait Julie à s'occuper du bébé, n'avait pas facilité les choses, le comte manifestant à son égard un éloignement marqué et parfois insultant que Semacgus avait combattu par une froide ironie. La controverse sur l'état du royaume s'était répétée, à laquelle Nicolas ne prenait nulle part. Lui, le fidèle des fidèles, s'en remettait au roi. Pourtant une image lui poignait le cœur : d'avoir vu, à la chasse, son souverain descendu de sa monture, assis sur un talus, le visage dans ses mains, en train de pleurer. Cette vision lui avait été insoutenable et il avait reculé dans la futaie pour s'en soustraire.

Tout concourait à gangrener une situation qui échappait au pouvoir. Beaucoup de mendiants, chômeurs déracinés devenus brigands, hantaient les provinces et s'attaquaient désormais aux villes. À Paris même, la population des faubourgs les plus pauvres s'augmentait, jour après jour, de déshérités aux mines patibulaires. Les dépôts de mendicité refusaient désormais de les recevoir. Pour la première fois depuis bien longtemps la sûreté du royaume n'était plus garantie. De toutes parts surgissaient des entreprises de subversion. Pamphlétaires et folliculaires de tout poil nourrissaient comme jamais les feuilles à scandale des chroniques et des ragots de la ville et de la cour. Depuis l'affaire du collier, la reine subissait encore davantage la flétrissure des libelles et les calomnies de tout genre. Sous le sceau du secret, Louis, gêné, avait révélé à son père ce qu'il avait observé à Versailles et à Trianon et la présence compromettante du comte de Fersen dans les proches entours de la reine. Il n'était pas jusqu'à la faillite de Mlle Bertin, à qui la reine avait refusé l'entrée de ses appartements, qui ne rejaillît sur le trône. En juin, la comtesse de la Motte, enfermée depuis son jugement à la Salpêtrière, s'en était échappée dans des conditions extravagantes. On racontait qu'elle avait bénéficié d'étranges complicités et que des dames de la cour, singulièrement la princesse de Lamballe, l'avaient à plusieurs reprises visitée. Cela avait suffi pour propager les rumeurs les plus folles. La reine aurait voulu cette évasion pour de mystérieuses raisons. Pour l'heure, la petite comtesse était à Londres où elle avait retrouvé son époux. Après la chute de Calonne et l'arrivée aux affaires de Loménie de Brienne, archevêque de Toulouse, le Parlement qui avait refusé d'enregistrer de nouveaux emprunts avait été exilé à Troyes. On disait le roi accablé, se réfugiant dans d'imaginaires malaises.

Une grande joie avait éclairé cette sombre période. Son plus vieil ami, Pigneau de Behaine, religieux des Missions étrangères, avec lequel Nicolas fréquentait jadis les concerts spirituels du Louvre, était de retour. Plénipotentiaire du roi de Cochinchine, il venait négocier un traité d'alliance avec la France. Le prince héritier Canh, enfant de six ans, l'accompagnait avec des mandarins et une escorte de soldats annamites. Début mai, le roi avait donné audience au prélat en présence de Nicolas. L'accueil avait été chaleureux. Il semblait que l'air du grand large s'élevait et qu'un monde lointain pénétrait soudain dans le cabinet du monarque. Des cartes avaient été déployées et Louis XVI, ravi, besicles sur le nez et mine de plomb à la main, suivait les indications de Pigneau. Fut évoquée la situation d'un roi légitime qui, chassé de son trône par un usurpateur, offrait à la France pour prix de son assistance un établissement et des facilités commerciales. L'avantage d'une position géographique favorisant le commerce avec la Chine fut souligné. Les ambitions anglaises déjà si développées dans les Indes seraient ainsi prévenues. Le roi s'enquit aussi des conditions de navigation et des forces qui seraient nécessaires pour mener à bien une telle expédition. Il parut à Nicolas que l'éloquence simple et précise de l'évêque avait séduit le roi et les ministres présents. Dans la galerie, les deux amis s'étreignirent et se promirent de plus étroites retrouvailles quand Nicolas reviendrait de Bretagne.

Toutes ces réflexions l'obsédaient, troublant le bonheur que lui procurait la naissance de son petit-fils. Il avait enseveli au fond de lui-même son appartenance aux Bourbons. Pourtant il ne pouvait empêcher qu'une sombre et secrète fierté l'étreignît à songer que l'enfançon fût le descendant direct du grand roi. Le soleil commençait à baigner la plage d'une douce chaleur. On devait s'inquiéter de son absence au château ; il lança Pluton, habitué à cette manœuvre, à quérir Sémillante. Au moment où il se redressait pour se rhabiller, il fut surpris d'une détonation qui se confondit avec le miaulement qu'il connaissait bien. Une balle venait de le frôler. Il ne prit pas le temps de réfléchir et, la marée étant haute, se précipita dans l'océan et s'éloigna en nageant sous l'eau, pratique à laquelle il excellait depuis son plus jeune âge. Il se plaqua contre le sable et attendit qu'il fût à bout de respiration avant de sortir la tête et de jeter un bref regard sur la situation. Près de lui, Sémillante, intriguée, le considérait. Sa masse lui dissimulait la lande derrière le rivage. Il entendit une nouvelle détonation et des aboiements furieux. Il décida de sortir en se collant contre la jument, qui l'entraîna doucement hors de l'eau. Il enfila en toute hâte ses vêtements et vit Pluton revenir tout ensanglanté. Il tenait dans sa gueule une pièce de tissu qu'il secouait rageusement. Nicolas examina le molosse et nettoya son pelage avec de l'eau de mer. Il ne portait aucune blessure. D'évidence le second coup de feu avait manqué Pluton. Il en conclut que la brave bête s'était attaquée à son agresseur et l'avait sans doute mordu fortement, à en juger par la quantité de sang qui le couvrait. Il lui fit lâcher son trophée et le sentir en l'encourageant. Tenant la crinière de sa monture, il suivit le chien qui s'était jeté sur la piste. Près d'un petit massif de genêts et d'ajoncs, il découvrit du crottin de cheval et des flaques de sang que le sable avait déjà bues. Il essaya de suivre des traces, mais il était trop tard pour poursuivre l'inconnu qui devait être déjà loin vu le temps écoulé depuis qu'il était sorti de l'eau.

Pensif, il reprit le chemin de Ranreuil dont bientôt les tours massives se profilèrent au-dessus du marais. Qui pouvait lui en vouloir au point de venir le traquer jusqu'ici ? Pas un braconnier, qui aurait eu tout intérêt à demeurer discret. Alors ? Il s'en était tenu à un cheveu que la balle ne le touchât. Certes, tout au long de sa longue carrière de policier, il s'était fait beaucoup d'ennemis. Tous ne pourrissaient pas dans des culs-de-basses-fosses et certains avaient échappé à leur châtiment. Ce qui l'intriguait, c'était qu'on soit venu le chercher au fond de sa Bretagne. Qui, sauf ses proches, savait que pour la première fois depuis longtemps il prenait un long congé sur ses terres ? Et ce matin, sa promenade était inopinée ; il avait donc été épié, suivi, et cela, peut-être, depuis des jours, sans doute depuis son départ de Paris. Il se remémora les affaires récentes dans lesquelles il avait eu à enquêter, mais aucune ne semblait justifier un tel attentat.

Il fit une entrée remarquée dans la cour du château. Il confia Sémillante à un garçon d'écurie, lui recommandant de laver la jument à l'eau claire, de la bouchonner et de lui procurer un bon picotin. Du fond de son box, Bucéphale hennissait de joie de retrouver sa camarade. Louis surgit, l'air contrarié.

— Mon père, vous aviez disparu, chacun s'inquiétait…

— Hé quoi, Monsieur, ne puis-je faire une promenade matinale sur mes terres sans que tout soit, céans, sens dessus dessous ?

Louis sourit de cette grandiloquence voulue.

— C'est qu'un chevaucheur est arrivé en votre absence, porteur de deux plis urgents à votre intention. Pour l'heure, harassé, il se repose. Mais quelles sont ces traces sanglantes sur votre chemise ?

Nicolas, qui aurait souhaité garder pour lui son aventure, entraîna son fils à l'écart.

— Pas un mot, à personne. Je me suis fait tirer dessus au bord de l'eau à la Bôle. Grâce à Pluton, j'ai échappé à mon tueur. C'est le sang de ce brigand qui me souille. Il a été mordu et j'ai récupéré ce morceau de tissu. Ma Doué ! Suis-je un canard pour être ajusté de la sorte ?

Il le tendit à Louis qui l'examina avec attention.

— Il semble que ce soit une poche et qu'elle contienne un papier, l'aviez-vous remarqué ?

— Non, je n'en ai pas eu le temps. Je me suis jeté sur la trace, aussitôt perdue, car le sable sec ne porte point les empreintes. Que dit ce papier ?

— Il est couvert d'étranges caractères dont j'ignore la nature.

Nicolas le considéra à son tour, secouant la tête d'un air perplexe.

— Serait-ce du chinois ? Il me semble que ces caractères me rappellent ceux que j'ai pu observer sur des vases que collectionne notre ami La Borde et qui sont décorés de poèmes en idéogrammes. Il faudrait consulter un de nos savants interprètes des Affaires étrangères. Et d'ailleurs, existe-t-il un rapport entre ce chiffon et la balle qui m'a sifflé aux oreilles ? Et ces messages de Paris, où sont-ils ?

— Où avais-je la tête, mon père !

Et Louis sortit de son pourpoint deux plis fermés de cachets de cire rouge que Nicolas rompit aussitôt avant que de se plonger dans la lecture de leur contenu.

— Gast, lança-t-il, ne voilà-t-il pas que tous et chacun s'accrochent à mes basques ! M. de Montmorin, successeur de Vergennes, et M. de Crosne, lieutenant général de police, me rappellent à Paris sans désemparer.

— Vous donnent-ils une raison de cette convocation ?

— Point. Des instructions péremptoires. Il me reste à demander à Yvon de préparer mon havresac. Je vous laisserai Sémillante, qui rentrera à petites étapes avec vous, et le gros de mon bagage. Je prends Pluton avec moi. Je vais saluer Mezay, Semacgus et Awa, enfin embrasser Julie et mon petit-fils. Puisse votre beau-père ne pas trop nourrir la controverse avec Guillaume ! En mon absence, sachez qu'ici vous êtes le maître.

— Mon père, tout cela m'inquiète. Et vous voir ainsi partir seul après ce qui est advenu me semble du dernier imprudent ! Je vais vous accompagner.

— Allons, j'en ai vu d'autres ! C'est hors de question, vous vous devez à votre… à notre famille.

Un jeune homme d'allure militaire en casaque de cuir s'approcha. Sans doute un peu plus âgé que Louis, il était grand et bien découplé avec le cheveu châtain clair, les pommettes saillantes et les yeux d'un bleu profond. Nicolas, collectionneur d'âmes et qui s'y connaissait en caractères, pensa dès l'abord que tout en l'inconnu évoquait une nature franche et déterminée.

— Gilles Cholet, chevaucheur, à votre service, Monsieur le marquis.

— Vous me connaissez, Monsieur ?

— J'ai eu l'honneur de vous croiser à Versailles. Je dois vous rendre compte de certains événements. On m'a pris pour cible et manqué… La seconde fois j'ai feint d'être touché et j'ai roulé dans un taillis, mais l'agresseur n'a point vérifié la chose.

— Nous sommes deux, Monsieur, et ce n'est sans doute pas un hasard ; on m'a tiré dessus précisément ce matin. Était-ce le même mauvais fusil ? Les malandrins abondent par les temps qui courent. Mais vous devez être harassé ?

— J'ai dormi une heure, à mon âge cela suffit.

Nicolas hocha la tête en souriant.

— J'ai une proposition à vous faire qui rassurera mon fils. Nous rentrerons à Paris de concert dans des conditions que je vais envisager.

— Je suis à vos ordres. Il y a une autre solution : que nous échangions nos tenues et qu'ainsi…

Nicolas eut une sorte de haut-le-cœur.

— J'apprécie, croyez-le, votre dévouement, mais je m'en voudrais par trop s'il vous arrivait quelque chose. Nous nous rendrons à La Roche-Bernard en carriole, grimés en paysans ; là, nous louerons une voiture des plus robustes, de celles montées sur fond et limonière, attelée de quatre chevaux et conduite par deux postillons. Les conditions de la plus étroite sûreté seront ainsi réunies. Savez-vous tirer ?

— Assez bien, Monsieur le marquis.

— Et à l'épée ?

— J'y fus formé dans une académie.

— Hésiteriez-vous à tuer ? Pour vous défendre, cela va de soi.

— Monsieur le marquis, le cas échéant je ne vous ferai pas défaut.

Ce garçon intriguait Nicolas ; toutes ces qualités, cette aisance et cette fermeté ne correspondaient pas à sa modeste fonction et tenaient davantage du gentilhomme. S'agissait-il de l'enfant naturel d'une grande famille ? Il se tança aussitôt de cet aristocratique préjugé. Il savait bien que la naissance n'était rien et que seuls les talents personnels et la qualité humaine l'emportaient. D'évidence le chevaucheur avait l'usage de la cour. De qui dépendait-il en fait ? Il tâcherait de l'apprendre au cours du voyage.

— Bien, je vous confierai donc un pistolet et une épée. Les armes ne manquent pas à Ranreuil.

Jusqu'à midi les préparatifs de départ se multiplièrent. Une carriole entra dans le château, chargée de paille, en ressortit, puis revint avec des tonneaux et repartit croulant sous des pommes. Nicolas et Cholet se trouvaient dissimulés dans une cache aménagée sous les fruits. Avant de partir Nicolas avait étreint un Louis fort ému. Il lui avait recommandé d'éviter de sortir du château, leur ressemblance étant telle qu'on pouvait le prendre pour son père. L'agresseur se trouvait peut-être dans les environs, guettant une occasion propice pour renouveler son forfait. Guillaume Semacgus s'était grimé pour conduire la carriole. À La Roche-Bernard, il abandonna le véhicule sur le quai au bord de la Vilaine et, changeant de costume dans une ruelle écartée, il gagna le relais de poste où il négocia un véhicule à quatre roues et quatre chevaux. Il indiqua la route aux postillons et le transfert se fit discrètement.

Les deux voyageurs s'installèrent le plus confortablement possible dans la vaste caisse. Awa leur avait préparé une bourriche garnie d'un jambon, de pâtés, d'andouille et de quelques flacons tirés de la cave de Ranreuil. La route serait d'autant plus longue qu'ils entendaient faire d'une seule traite la cinquantaine de postes qui séparaient La Roche de Paris par Nantes. Les changements de chevaux dans les relais constitueraient les seuls arrêts. Nicolas userait du blanc-seing qui ne le quittait jamais et qui lui permettrait d'exciper d'un privilège de priorité auprès des maîtres de postes.

Jusqu'à Nantes le silence régna entre les deux voyageurs. Nicolas continuait de s'interroger sur diverses hypothèses qui pouvaient expliquer l'attentat dont il avait été victime. Il hésitait à faire le lien entre ces faits et l'attaque subie par le chevaucheur. Dans ce cas, il s'agissait d'un plan précisément mûri, un complot destiné d'évidence à l'empêcher de se rendre à Paris où sa venue était requise, sans doute en raison de graves événements. D'où pouvait venir le coup ? On pouvait assurément faire crédit aux Anglais et à leurs services de toute tentative de cet ordre. Restait ce mystérieux document écrit dans une langue inconnue qu'il conviendrait de faire traduire au plus vite. Dès qu'on en connaîtrait davantage sur ce message, un premier rayon éclairerait une partie de cette obscure affaire.

Les nuits succédaient aux jours et les campagnes, magnifiques par ce début d'automne, défilaient aux yeux des voyageurs attentifs ou assoupis. Les changements d'attelages et de postillons aux étapes ou les côtes trop raides obligeaient les occupants à descendre de leur voiture et permettaient d'heureux moments de délassement. Gilles Cholet s'avéra un agréable compagnon de voyage. Cependant, en dépit de subtiles tentatives, Nicolas ne put découvrir aucune information sur l'origine du chevaucheur. L'homme possédait une culture étendue qui procurait beaucoup d'intérêt et de ragoût à une conversation avec lui. Ils se retrouvèrent dans leur commune admiration pour le compositeur Grétry. Leur jugement concordait sur *Les Méprises par ressemblance* données à Paris par la Comédie italienne l'hiver précédent. Ils avaient apprécié le plaisant des dialogues, mais regrettaient la multiplicité des incidents qui précédaient le dénouement. Grétry était certes égal à lui-même, mais Cholet remarqua que le public en avait jugé autrement. Le compositeur montrait une espèce de négligence qui tenait sans doute à la succession trop rapide de sa production. Ils évoquèrent aussi Rousseau dont on avait fait paraître, cinq ans plus tôt, le début d'un ouvrage original et scandaleux dans lequel il racontait, sous forme de confession, l'histoire de sa vie.

À la sortie du Mans, la route traversait des forêts et des bruyères. Cholet, qui les considérait rêveusement, remarqua à mi-voix que c'était là que le roi Charles VI, pris de folie furieuse, avait attaqué son escorte avant d'être maîtrisé. Nicolas commenta la chose, puis s'endormit. Peu de temps après, la voiture s'arrêta brutalement dans un grand bruit de ferraille et de hennissements de l'équipage. Cholet bouscula Nicolas brutalement, lui intimant de se coucher à terre. Surpris, Nicolas obéit. Cholet, le pistolet à la main, ouvrit prudemment la porte. Un des postillons cria qu'un religieux demandait aide. C'était lui qui avait effrayé les chevaux en se dressant devant eux au milieu du chemin. Cholet descendit de voiture et observa le moine dont on ne voyait pas le visage sous le capuchon et dont les mains disparaissaient dans ses amples manches. Soudain Cholet tira et l'homme s'effondra. Nicolas se redressa, stupéfait.

— Mais qu'avez-vous fait ?

— Avez-vous déjà vu un moine avec des bottes à la cavalière munies d'éperons ? C'était lui ou nous.

— En étiez-vous assuré ?

Cholet haussa les épaules sans répondre. Il intima aux postillons de ne pas broncher, se dirigea vers le corps du moine, le retourna d'un coup de pied, ouvrit le froc, et se pencha pour l'examiner.

— Tenez ! Venez donc, Monsieur le marquis, constater *de visu* la justesse de mon mouvement spontané.

Il désigna du doigt la poitrine du cadavre.

— Là, voici la blessure par où la balle de mon pistolet l'a tué…

— Pistolet, Monsieur, qui n'est pas celui que je vous avais remis. Et pistolet qui était chargé…

Cholet regarda Nicolas d'un air indéfinissable et poursuivit :

— Et ici ce pansement sur le flanc gauche…

Il l'arracha brutalement.

— … dissimule la morsure que votre chien lui avait infligée. Soyez convaincu que ce quidam est bien mon agresseur et celui qui vous a tiré dessus à Ranreuil. Remontez en voiture ; on ne sait jamais.

— Soit. Avec vous, on peut s'embarquer l'âme tranquille pour l'*Odyssée*. Je vous suis en tout cas reconnaissant de votre promptitude.

Nicolas retint Pluton qui grondait et laissa Cholet fouiller les habits du mort. Il n'y découvrit rien d'autre qu'une poire à poudre, des balles, un poignard coincé dans la botte droite, un mouchoir ensanglanté, six louis et quelques liards.

— Il n'y a guère à puiser dans tout cela. Un spadassin n'ayant que les instruments de son emploi et prudent de ne conserver aucune trace de son identité ou de ceux qui le stipendient.

— Permettez, vous oubliez le document trouvé dans la poche arrachée. Il a sans doute une signification. Nous nous emploierons à la découvrir dès notre retour à Paris. Pour l'heure, qu'allons-nous faire avec ce cadavre sur le dos ? L'emmener jusqu'à Saint-Marc ou Conneré et le remettre à la maréchaussée ? Qu'en pensez-vous, monsieur Cholet ?

L'intéressé se frotta vigoureusement la tête et réfléchit un moment.

— Puisque vous requérez mon avis, je pense que vous êtes attendu à Paris dans les plus brefs délais. Si nous entrons dans la procédure normale, nous ne sommes pas sortis de l'auberge de sitôt. Et ce bandit mort ne peut plus nous apprendre grand-chose.

— Et alors, que proposez-vous ?

— Dissimuler le cadavre dans un taillis ; on le trouvera toujours bien assez tôt. User de votre autorité de commissaire du roi, que vous utilisez dans les relais de poste pour obtenir les meilleurs chevaux. Obtenez par la même voie le silence des postillons, favorisé au besoin par quelques écus. Et fouette cocher !

Nicolas réfléchit un moment. Il avait le sentiment bizarre d'être manipulé. Quelque sympathie qu'il éprouvât pour Cholet, il lui semblait qu'il n'était pas exactement ce qu'il prétendait être. Pour autant le jeune homme ne manifestait aucune hostilité à son égard, bien au contraire. Simplement, au fur et à mesure des événements, il s'imposait et prenait, peu à peu, davantage d'autorité. Ceci considéré, la suggestion du chevaucheur paraissait raisonnable et la mieux adaptée aux circonstances. Après tout, Cholet avait tiré face à un adversaire déterminé à les supprimer, comme il en avait fait la preuve auparavant.

— Je ne distingue en effet aucun autre choix.

Tandis que Cholet traînait le corps au plus profond de la forêt et le recouvrait de branchages, Nicolas s'adressa aux postillons qui, effarés par ce qui venait d'arriver, commencèrent à regimber devant ses avances. La présentation d'un blanc-seing signé du roi, la promesse d'une récompense versée à leur arrivée à Paris, mais aussi les menaces froidement exprimées, que renforçait l'exécution dont ils avaient été les témoins, qu'il leur en coûterait gros s'ils ne tenaient pas parole, avaient fini par les convaincre.

Taciturnes, Nicolas et Cholet reprirent place dans la voiture. Le silence subsista un long moment sans qu'aucun des deux ne prenne l'initiative de le rompre. Nicolas demeurait abasourdi par la scène sanglante qui s'était jouée en quelques instants. Il n'y avait pris nulle part et, de bout en bout, son compagnon avait été l'acteur de cette tragédie. Certes la victime leur voulait mille morts, mais rien ne pouvait empêcher qu'en conscience il considérât qu'un meurtre venait d'être commis de sang-froid. Il se trouva injuste car nul doute n'existait quant aux intentions du criminel et, par sa détermination, Cholet lui avait vraisemblablement sauvé la vie. Qui le saurait jamais ? Il n'aimait pas qu'on décidât à sa place. Était-ce affaire de générations, avait-il la faiblesse de mal supporter qu'un jeune homme lui en remontrât ? N'avait-il pas jugé Cholet trop vite et son premier jugement était-il le bon ? La question du pistolet continuait à le contrarier. Pourquoi Cholet ne lui avait pas révélé qu'il disposait d'une arme quand il lui en avait proposé une de l'arsenal des Ranreuil ? Il se plongea dans une édition de voyage des *Essais* de Montaigne que lui avait offerte M. de Noblecourt. Il avait remarqué que souvent le hasard procurait des commentaires propres à éclairer le présent. Feuilletant le livre, il tomba sur une phrase qui le frappa.

— Aimez-vous Montaigne ?

Cette question soudaine surprit Cholet qui sursauta.

— Je le connais peu.

— Que pensez-vous de cette affirmation ? « Il ne faut toujours dire tout, car ce serait sottise ; mais ce qu'on dit, il faut qu'il soit tel qu'on le pense, autrement c'est méchanceté. »

Cholet parut saisi, se tourna pour considérer le paysage et enfin regarda dans les yeux Nicolas qui fut frappé de leur couleur presque noire. D'évidence, une sourde inquiétude s'était emparée de lui.

— Puis-je vous demander, Monsieur le marquis, dit-il froidement, ce qui justifie cette question ?

— Voulez-vous que nous parlions en toute franchise ?

— Je pressens que vous regrettez ma spontanéité à donner la mort aux méchants.

— Certes pas, hardi compagnon ! Mais avez-vous réfléchi un moment à la phrase que je viens de citer ? C'est votre sentiment sur elle que je requiers et, pour parler net, votre avis sur la franchise et la loyauté qui font un honnête homme. Et pour achever le propos, expliquez-moi la présence d'un pistolet alors que je vous en avais confié un, croyant que vous en étiez dépourvu ? Qui êtes-vous vraiment, monsieur Cholet ?

Nicolas fut frappé de l'onde de tristesse à laquelle, soudain, fit place une vague de colère.

— Hélas, Monsieur le marquis, je ne puis vous éclairer. Tout cela doit demeurer *environné de ténèbres.*

— Ah ! s'écria Nicolas, tout est clair. J'aurais dû reconnaître sa méthode.

II

DÉSORDRES

> « On n'a guère vu d'homme qui fût plus habile ouvrier de ressorts et d'intrigue. »
>
> *Molière*

Interdit, Cholet considéra Nicolas.

— La méthode de qui ?

— Oh, Monsieur, vous êtes bien jeune encore et, malgré vos précautions, vous avez laissé échapper une phrase qui, pour moi, est le sésame de toute cette intrigue.

— Mon Dieu, Monsieur le marquis, je vous entends de moins en moins.

— C'est que vous connaissez bien mal celui qui vous dirige et que je pratique depuis plus d'un quart de siècle.

— Je n'ai rien à vous dire de plus.

— Rassurez-vous, je vais le faire à votre place. Il messiérait que je vous abandonne à une louche ignorance. Souvent un mouvement involontaire en dit plus long qu'une phrase claire. Vous avez évoqué l'environnement des ténèbres. Or apprenez qu'il s'agit là de la formule favorite de M. de Sartine.

Un silence succéda à cette révélation. Cholet baissait la tête comme un enfant en faute. Nicolas le prit en pitié.

— Allons, ne vous désespérez pas. D'autres plus avisés que vous s'y sont laissé prendre. On vous avait prescrit de conserver le secret. Vous l'avez fait autant que possible. C'est très inconsciemment que vous avez lâché le morceau.

— Je ne suis pas de taille avec vous.

— Monsieur, il ferait beau voir que je vous tympanise pour la chose. Le faire à un homme qui vient de me sauver la vie, ce serait ingratitude et inconséquence de ma part. Je comprends, Monsieur, que vous appartenez à ce service que Sartine dirige en coulisse depuis des années. Vous avez été chargé de m'apporter ces ordres de retour à Paris et, le cas échéant, de me protéger. Arrêtez-moi si je m'égare. Il eût cependant été plus simple de me confier le secret tout de suite. Mais Sartine est homme d'intrigue qui aime les chemins de traverse. Il faisait ainsi d'une pierre deux coups. Il vérifiait votre discrétion et me jouait un tour comme il est accoutumé à le faire. Et pour achever, je suppose que Cholet n'est pas votre véritable nom.

— Hélas, Monsieur le marquis, vous me confondez. Je suis fort navré de cette aventure et d'avoir dû vous mentir.

Nicolas le frappa à l'épaule.

— Je vous le répète, ne vous mettez pas martel en tête ; vous êtes jeune et vous en verrez d'autres. Plus on est proche de Sartine et plus il goûte de vous infliger de désagréables nasardes. C'est ainsi qu'il entend bronzer ses collaborateurs. Dans cette affaire vous n'avez pas démérité, mais plutôt prouvé votre valeur, au risque d'ailleurs de votre vie. Je ne veux pas savoir votre nom véritable, c'est une sauvegarde. Pour le coup, Monsieur, soyons amis si vous le voulez. Rien ne rapproche plus qu'un risque affronté en commun.

Nicolas lui tendit la main qui fut serrée avec force comme si ce geste avalisait une définitive alliance.

— Je comprends mieux, Monsieur le marquis, l'estime que vous porte Sartine. Il m'avait confié qu'il ne se remettrait pas qu'il vous arrivât du mal.

Nicolas se mit à rire.

— J'aime le croire. Il est vrai que nous sommes de vieux complices. L'amitié est aussi une guerre. Méfiez-vous de lui quand la suavité l'emporte dans son propos. Sa bonasse dissimule souvent le piège qu'il vous tend.

Le long périple se poursuivit avec de fréquentes périodes d'assoupissement. Il avait été décidé qu'ils ne dormiraient jamais au même moment afin que chacun puisse veiller sur la sûreté de l'autre. Nicolas avait éprouvé une sorte de soulagement après la conversation d'éclaircissement avec Cholet. D'évidence le jeune homme, qui avait démontré son courage et, d'une certaine manière, sa loyauté au regard de Sartine, possédait aussi une sorte de candeur qui rappelait au commissaire des affaires extraordinaires de ses débuts dans la carrière de policier. Il espérait que Sartine avec son froid cynisme ne le transformerait pas en un outil sans âme ni conscience.

Mardi 7 septembre 1787

Au petit matin, sous le déluge d'un orage qui finissait, l'équipage toucha au port rue Notre-Dame-des-

Victoires, au siège des Messageries royales. Nicolas remit aux deux postillons les sommes promises. Il prit congé de Cholet en lui affirmant espérer que le destin les remette en présence en d'autres occasions, lui faisant présent du pistolet des Ranreuil. Puis il sauta dans un fiacre et retrouva l'hôtel de Noblecourt sur le coup de sept heures. Catherine, déjà au travail et qui épluchait des légumes, poussa un cri de joie en le voyant surgir dans l'office. Quant à Pluton, il gémit de bonheur en retrouvant Mouchette.

— Alors, le bébé ? demanda Catherine.

— C'est un garçon, un second Nicolas, gaillard et criard comme il convient. Bon chien de chasse de race…

— Quel ponheur ! L'a-t-on pien emmailloté ?

— Que non ! Semacgus, qui a sur ce point des idées nouvelles, en tient pour la liberté de mouvements de l'enfant, on le doit laisser dégagé de toute entrave, qu'il puisse se débattre en toute liberté. La méthode a l'air de convenir à mon petit-fils qui gigote comme un petit diable.

— Et la nourrice, l'a-t-on choizie avec soin ?

— Te voilà bien avisée sur la question des poupons.

Catherine s'essuya le visage avec un torchon. Nicolas n'avait pas rêvé, elle avait pleuré.

— Quelle émotion soudaine… Il n'y a pas lieu de sangloter.

— C'est que, dit Catherine, hoquetant, j'ai eu dans ma cheunesse un enfant qui est mort tout betit.

Nicolas était stupéfait. On pouvait vivre des dizaines d'années auprès d'un être sans pourtant rien connaître de ses mystères. Il se dit que lui-même avait des secrets qu'il ne confiait à personne.

— Et la nourrice ? répéta Catherine, navrée.

— Là encore Semacgus possède des idées particulières. Il a convaincu Julie, ma belle-fille, de nourrir elle-même le petit Nicolas. Rien n'est plus profitable, dit-on, que le lait de la mère.

Des coups frénétiques provenaient du plafond, marquant que le maître des lieux s'intriguait des échos de leur conversation.

— Je crois que Monsieur s'imbatiente. Tu ferais pien de monter ; il est d'humeur oracheuze.

Nicolas confia son havresac à ses bons soins et gagna la chambre de M. de Noblecourt qui prenait le frais du matin dans son fauteuil près de la croisée, Mouchette sur ses genoux. Il semblait soucieux et son visage s'éclaira à la vue de Nicolas. Il y avait du soulagement dans son attitude.

— Peste, Nicolas, j'ai cru que vous ne rentreriez jamais. Je craignais de partir sans vous avoir revu.

Mouchette avait tourné la tête comme si elle ne voulait pas voir son maître.

— Considérez la coquine ! Son sentiment recoupe le mien. Elle vous reproche une trop longue absence.

Mouchette avait-elle compris le propos de Noblecourt, toujours est-il qu'elle poussa un plaintif miaulement.

— Or donc, faites-moi récit de votre séjour en Bretagne, seigneur de Ranreuil.

— Je suis grand-père, un petit-fils, Nicolas, Aimé, Louis. M. le vicomte de Tréhiguier m'a chargé d'une agréable mission.

— Et laquelle, mon Dieu ?

— Accepteriez-vous de faire l'honneur à la famille d'être le parrain de son fils ?

Noblecourt toussa pour dissimuler son émotion.

— Ma foi, que puis-je dire ? Ne suis-je pas trop âgé pour une telle responsabilité ?

— Cela fera une moyenne acceptable avec votre commère.

— Qui sera ?

— Allons, si mon petit-fils se nomme aussi Aimé, vous le pouvez deviner.

— Moi, bien sûr ! C'est mon saint patron... Et Mlle d'Arranet ?

— Tout juste. Comment vous portez-vous ?

— Sauge, douleurs, sauge, douleurs. Dîner et souper en tête à tête avec moi-même. Triste. Sauge. Sauge. Douleurs.

Nicolas se mit à rire durant cette litanie.

— Mais oublions le vieil homme. Distrayez-moi, Nicolas, comme vous le demandait jadis le feu roi.

Nicolas s'installa dans un fauteuil face à son vieil ami. Mouchette, avec une lenteur voulue, finit par le regarder, le rejoignit lentement et frotta sa petite tête triangulaire contre sa joue. Elle se mit à ronronner.

— Les femmes vous cèdent toujours et les chattes également.

Les anecdotes de la vie à Ranreuil s'égrenèrent à la grande joie du procureur. Il s'esclaffa du récit des passes d'armes entre le comte de Mezay et le docteur Semacgus. Le récit se fit plus sérieux avec les événements qui avaient conduit Nicolas à revenir à Paris et les graves incidents qui s'étaient succédé. Le commissaire dressa un portrait indulgent de Gilles Cholet.

— Je savais bien que vous étiez menacé. J'ai fait de très mauvais cauchemars ces jours derniers.

— Il n'y avait rien dans tout cela que de très habituel dans l'existence qui est mienne depuis tant d'années !

— Avez-vous quelque idée sur les raisons de votre rappel à Paris ?

— Ce qui m'intrigue, c'est que j'ai reçu deux missives, l'une de Crosne et l'autre de Montmorin.

— Si je poursuis votre raisonnement, vous vous demandez si le motif qui les justifie est le même ou s'il y a deux intentions différentes.

— Je vais le savoir rapidement. Un brin de toilette et je cours chez le lieutenant général de police avant de gagner Versailles pour répondre à la demande du ministre des Affaires étrangères.

— Pour le reste, qui pouvait vous en vouloir au point de vous donner la chasse de la sorte ?

— Pas seulement à moi ! Le chevaucheur, qui n'était pas ce que l'on pouvait croire au premier abord, a failli être tué en venant à Ranreuil.

— C'est-à-dire ?

— C'est-à-dire que tout cela était proprement préparé et que je m'interroge sur l'organisateur de cette trame.

— Avez-vous observé, Nicolas, qu'on s'est d'abord attaqué au chevaucheur ? Pour quelles raisons selon vous ?

— Sans doute voulait-on s'emparer des missives qui m'étaient adressées. Or elles n'avaient rien de confidentiel, de simples convocations sans aucune précision.

— Il ne pouvait pas le deviner. Sa mission, d'évidence, était d'intercepter les plis et ensuite de vous supprimer. Brave Pluton, il vous a sauvé !

À l'énoncé du nom de son ami, Mouchette poussa un long miaulement plaintif.

— Il semble, dit Noblecourt, songeur, que ces bêtes nous comprennent. Il y a chez les chats un mystère insondable. Pensez-vous que Mouchette ait jamais oublié que vous l'avez un jour recueillie ?

À ces mots, l'intéressée caressa de sa patte le visage de Nicolas.

— Quand reviennent les Tréhiguier et mon médecin de marine, et je n'oublie pas mon filleul ?

— Dans deux semaines.

— Je dois au plus vite choisir un présent pour Nicolas et aussi, comme l'exige la tradition, pour ma commère Aimée. Quel bijou pourrait lui convenir ?

— C'est délicat. Je sais qu'elle a toujours admiré le petit bracelet de corail de votre cabinet de curiosités.

— C'est bien peu de chose, j'y ajouterai un objet de mon choix.

— Je dois prendre congé.

— Prenez garde à vous, les Parisiens sont hargneux depuis l'exil de leurs messieurs du Parlement à Troyes. Au fait, et Antoinette, Lady Charwel, aujourd'hui grand-mère ?

— J'ai promis à Louis de tout faire de telle manière qu'elle soit avertie de l'heureuse nouvelle.

Après avoir demandé du linge propre à Catherine, Nicolas gagna la cour pour se laver à grande eau à la pompe. Il remonta se raser, puis il se coiffa avec soin avant de revêtir un habit gris perle et une cravate de dentelle. Il se sentit un homme neuf après cet interminable périple au cours duquel les soins d'hygiène avaient été réduits au minimum. Devant Saint-Eustache, il héla un fiacre pour rejoindre l'hôtel de police. Il fut introduit auprès de M. de Crosne, qui lui parut fiévreux et angoissé.

— Enfin vous voilà, Monsieur ! J'espère que votre retour s'est déroulé agréablement et vous remercie d'avoir répondu à ma requête.

— Monseigneur, je suis à votre disposition.

— À ma disposition ? C'est bel et bon de me le rappeler ! Pour quelle affaire, Monsieur, et dans quel domaine ? Je m'interroge, oui, je m'interroge en vérité sur votre capacité à travailler dans le cadre de cette maison. Oh, je sais que vous avez de hauts protecteurs, mais il y a des situations que je ne saurais tolérer… Enfin, je veux dire… Il n'est pas dans mes intentions de vous outrager, mais comprenez, oui… Quelle peut être ma situation dans cette occurrence ?

— Je n'entends rien à votre propos, dit Nicolas, stupéfait de cette algarade. N'est-ce point vous qui m'avez convoqué de toute urgence à Paris alors qu'un événement familial aurait dû me retenir en Bretagne ? Je soupçonne dans cet imbroglio un malentendu dont ni vous ni moi ne sommes responsables. Et de surcroît vous n'ignorez pas que M. de Montmorin, parallèlement à votre convocation, m'adressait la sienne, les deux apportées au risque de la vie au château de Ranreuil.

— Comment, au risque de la vie ? Que signifie ?

— À l'aller, le messager a été attaqué. Au retour, en ma compagnie, il l'a été de nouveau. Et moi-même, sur mes terres, me suis fait tirer dessus par l'agresseur comme un lapin et n'ai dû mon salut qu'à la fidélité de mon chien ! Votre méconnaissance me semble bien meurtrière. Je ne vous ferai pas l'injure de soutenir que vous êtes à l'origine de ces sinistres fomentations.

Le lieutenant général de police se mit à bégayer, rappelant à Nicolas feu le duc de la Vrillière.

— Comment, comment ? Agresseur, agresseur ? Et qu'est-il devenu ? Oui, devenu, devenu ?

— Exécuté, Monseigneur, et son corps jeté dans un taillis de la forêt du Mans.

— Comment ! Vous n'avez pas dressé constatation, prévenu la maréchaussée, saisi la justice et fait ouvrir une enquête ?

Nicolas lui jeta un regard de méprisante commisération.

— Il y a des circonstances où l'urgence fait loi, surtout lorsqu'un ministre et le lieutenant général de police vous requièrent au plus vite de courir au bercail. Au train où vont les choses, j'en aurais eu au moins pour quinze jours.

Crosne s'échappa dans une longue quinte de toux.

— Mais qui était cet homme ?

— Inconnu, aucune trace sur lui.

Nicolas décida de conserver par-devers lui le curieux document que lui avait rapporté le vaillant Pluton.

— Monsieur le marquis, dit Crosne toussant derechef, il paraît que je vous dois des excuses…

Le commissaire le laissa aller, furieux du traitement subi sans preuves ni raison.

— … J'ignorais que M. de Montmorin, sans doute à la demande de Sa Majesté…

— Possiblement, Monseigneur, dit Nicolas, enfonçant le clou. Puis-je vous demander, puisque le malentendu est dissipé, qui vous a demandé de me convoquer ? Ce n'est pas le ministre, bien sûr.

Crosne secoua la tête, tout empourpré.

— Cela, je ne puis vous le dire.

— Soit, comme il vous plaira ! Serviteur, Monseigneur, je me rends à Versailles.

Il grommelait de rage en remontant dans sa voiture. Comment pouvait-on occuper de si hautes fonctions et faire preuve d'une telle inconséquence ? L'incident lui avait révélé le fond d'un personnage dont il avait depuis longtemps démasqué la médiocrité. Dans la mauvaise joie de le prendre en défaut, Crosne avait laissé éclater sa vindicte contre un subordonné sur lequel il n'avait jamais eu la moindre prise. Pour être juste, se dit Nicolas, le lieutenant général de police avait bon droit d'être ulcéré d'une manigance qui le traitait en pantin dont on tirait la ficelle. Le commissaire se calmait peu à peu. Restait que, dans cette affaire, un jeune homme innocent et lui-même avaient failli, par deux fois, laisser la vie.

Il s'accoigna contre la glace, contemplant le spectacle de la rue. La tristesse maussade qui se lisait sur des visages presque uniformément moroses le frappa. Il observait de pauvres hères dépenaillés et des figures inquiétantes qui essayaient de se fondre dans la foule en maraude, à l'affût d'une éventuelle aumône ou d'un mauvais coup à commettre. Naguère, Paris était une ville joyeuse et ses habitants réputés les plus aimables de la terre ; même les cris de la ville ne résonnaient plus avec la même alacrité. Le climat général avait changé. Il pouvait dater les prémices de cette transformation à la guerre des farines, au début du présent règne.

Était-ce son séjour en Bretagne et d'avoir respiré à pleins poumons l'air tonifié de l'odeur des algues qui le rendait soudain si sensible aux remugles de la capitale ? L'orage de la nuit avait arrosé la ville, exaltant à la fois sa beauté et ses horreurs. Tout miroitait sous les rayons du soleil, mais dès que le regard s'abaissait, ce n'était que boues, gadoues et ruisseaux puants. Il remonta la glace pour échapper à l'épouvantable odeur qui s'élevait du pavé et sortit la tabatière du feu roi pour y prélever une pincée de tabac. Plusieurs éternuements lui éclairciraient-ils les idées ? Et maintenant quels prétextes lui donnerait M. de Montmorin pour justifier sa subite convocation ? En nierait-il, lui aussi, la paternité ?

À Versailles, l'aile des ministres était déserte et le château assoupi. On le lanterna un bon moment dans l'antichambre. Enfin, un commis vint le chercher pour l'introduire dans le bureau qu'occupait, depuis Choiseul, le titulaire des fonctions. En revanche, les services étaient rassemblés dans le magnifique hôtel élevé rue de la Surintendance. M. de Montmorin triait des papiers qu'il jetait nerveusement à terre dès qu'il en avait pris connaissance. Le petit homme au visage en lame de couteau toisa le visiteur, visiblement excédé qu'on le dérange.

— Monsieur le marquis de Ranreuil, à ce qu'il paraît ?

— Oui, Monseigneur.

— Je n'ai guère de temps, je vous écoute.

Nicolas se contenait devant cet accueil discourtois. Soudain l'image du ministre, ancien menin du dauphin, recevant le fouet à sa place le mit à la limite du fou rire.

— C'est plutôt à moi, Monseigneur, de vous écouter puisque vous m'avez fait chercher jusqu'au fond de ma lointaine province.

— Comment, moi ?

— Certes ! Aurait-on imité votre signature ?

Et il tendit l'ordre reçu à Ranreuil.

— Ah, cela… sans importance. Vous n'imaginez pas le nombre de pièces qui me passent sous les yeux. Il m'arrive de signer sans même en lire le contenu ; mes gens s'en chargent à ma place. Et d'ailleurs j'ai *une main* fort habile qui fait le gros du travail pour moi. Pour cet ordre, je n'ai rien à vous dire. Ce n'est pas moi qui ai besoin de vous. Enquêtez, enquêtez, puisque je crois savoir que vous êtes aussi commissaire de police. Je vous salue, Monsieur le marquis.

Nicolas salua en jetant un regard amusé sur le portrait en pied de Louis XIV sous lequel toute cette scène s'était déroulée. Il n'éprouvait rien face à l'arrogance d'un Montmorin Saint-Hérem pour qui un office de commissaire constituait sans doute une sorte de déchéance. Il avait appris à se barder d'indifférence face aux avanies de cour et n'avait jamais cru que les mêmes égards dont on s'attriste lorsqu'un grand les refuse puissent sembler des grâces lorsqu'il les accorde. Il sortit en fredonnant son air préféré de Rameau et remonta dans son fiacre. Pour qui le prenait-on dans ce *pays-cy* ? Par quel miracle Sartine imposait-il sa volonté à un ministre et au lieutenant général de police ? Quelle sinistre menace pesait sur le royaume pour que *l'universelle araigne* utilisât de tels procédés pour le faire revenir à Paris ? N'eussent été les criminelles tentatives auxquelles il avait échappé, la tentation aurait été vive de tout jeter par-dessus les moulins et de rejoindre à grandes rênes Ranreuil et sa famille. Mais, pour le coup, il ne se précipiterait pas aux pieds de Sartine. Il n'était pas censé avoir deviné l'origine de tout cela et il avait quelques raisons de penser que le jeune Cholet ne le trahirait pas en révélant la teneur de leur conversation. Dans ces conditions, il attendrait que l'ancien ministre se manifestât, ce qui ne devrait pas tarder vu son impatience habituelle.

Dans l'immédiat il se porterait à l'hôtel des Affaires étrangères, puis hasarderait un détour à Fausses-

Reposes pour saluer Aimée d'Arranet. Il s'interrogea : était-il sage de surgir à l'improviste alors qu'il n'était pas attendu ? Sa conscience d'honnête homme s'alarma aussitôt. Cette question n'impliquait-elle pas une confiance peu assurée dans la fidélité de son amie ? Il chassa ces scrupules imbéciles et les vestiges d'une jalousie toujours latente. Depuis quelque temps la question d'un éventuel mariage revenait à la surface. Celui de Louis et son établissement dans une carrière militaire prometteuse lui faisaient caresser cette possibilité. L'union d'Antoinette avec Lord Charwel l'avait meurtri quoi qu'il en eût. Il n'avait encore rien décidé et ne s'en était pas ouvert à Aimée. Au fond de lui-même, il redoutait un bouleversement qui compromettrait de vieilles habitudes dans lesquelles tous deux se complaisaient. Tous deux avaient leur vie dans des endroits éloignés, ce qui relevait chacune de leurs retrouvailles d'une ardeur renouvelée. Cet état favorisait une liberté dont ils n'abusaient pas, mais qui, à tout le moins, leur permettait de dissimuler, dans l'esprit du temps, les quelques écarts sans suites que l'un ou l'autre s'autorisaient. La question du mariage demeurait pendante, mais il était conscient que l'écart des âges se faisait plus sensible. Aimée allait bientôt atteindre la trentaine. L'amiral d'Arranet en vieillissant s'inquiétait de la voir demeurer fille. Il aimait Nicolas comme le fils qu'il n'avait pas eu et son vœu le plus cher, encore qu'il ne le manifestât que discrètement, était que cette longue liaison pût se conclure par une alliance officielle.

À l'hôtel des Affaires étrangères, aucun interprète ne se trouva susceptible de traduire le document trouvé dans la poche arrachée par Pluton. Il s'adresserait donc à son ami La Borde, grand amateur d'antiquités chinoises, et qui devait bien avoir dans ses connaissances quelque savant qualifié pour cette tâche. Soudain l'idée lui vint qu'il pourrait aussi s'ouvrir de cette difficulté à son ami Pigneau de Behaine, qui pour l'heure négociait avec l'*aimable* Montmorin l'alliance de la Cochinchine avec la France. Disposait-il dans sa délégation de quelque mandarin lettré capable de lire ces idéogrammes ?

À l'hôtel d'Arranet, Tribord l'accueillit cahin-caha. Après avoir marqué sa joie de revoir Nicolas, il se plaignit d'une vieille blessure qui s'était rouverte à la suite d'un malencontreux effort.

— Vous nous avez manqué et Mademoiselle se languissait de vous.

— Où la puis-je trouver ?

— Elle dîne[1] sous le grand tilleul.

Tribord allait le précéder, mais Nicolas l'arrêta.

— Je vais lui faire la surprise.

Il gagna le jardin au bout du parc. Un tableau charmant l'arrêta un instant : Aimée assise à une table de bois, vêtue de mousseline blanche, un grand chapeau de paille ombrageant son visage, plongeait des fraises dans une jatte de crème, les croquait, puis se léchait les doigts avec des mines gourmandes. Il s'approcha à pas de loup et la saisit par les épaules. Elle poussa un cri et, le reconnaissant, se pâma contre lui.

— Enfin, Monsieur, je croyais, à vous attendre si longtemps, que vous aviez décidé de rester en Bretagne.

— Qu'y aurais-je fait loin de vous ?

— Flatteur !

Et elle l'empêcha de répondre en lui mettant une fraise dans la bouche.

— Qu'avez-vous fait à Ranreuil ?

— J'ai chassé, plongé dans l'océan dans ma natureté, pêché…

— Oh, pour cela je vous fais confiance ! Il suffit de déplacer l'accent.

Il rit et lui ferma la bouche d'un baiser.

— Vilaine et persifleuse… Reçu mes féaux voisins et régalé mes fermiers, et accueilli sur ses terres mon petit-fils Nicolas, Aimé, Louis de Ranreuil, un gaillard qui se trouve être, si vous le voulez bien, votre filleul.

Elle éclata soudain en sanglots, la poitrine soulevée de hoquets. Nicolas, désolé, l'étreignit ; il respirait sa chevelure parfumée et les larmes d'Aimée lui coulaient dans le cou. Dieu, qu'il l'aimait ! Bien plus qu'au moment où il l'avait relevée dans un fossé du bois de Fausses-Reposes. Il se sentait impuissant devant ce chagrin dont il ne s'expliquait pas les raisons. Était-ce la nouvelle qu'elle serait marraine qui déclenchait une peine aussi marquée ? Depuis longtemps il avait perdu la candeur de sa jeunesse et cela le conduisit à soupçonner une autre raison. Peut-être l'âge qui venait et le sentiment inéluctable d'une autre vie manquée, d'une maternité qu'Aimée avait à la fois voulue et repoussée. Il se sentit soudain obligé et comme entraîné à présenter une demande qu'il avait toujours éludée.

— Mon amie, voulez-vous m'épouser ?

Elle s'arrêta de pleurer, le considéra un court instant la bouche ouverte et les larmes derechef se mirent à couler.

— Me direz-vous les raisons de ce chagrin ?

Elle se taisait, le visage toujours dissimulé, puis elle murmura des mots entrecoupés avec une voix d'enfant qu'il ne lui connaissait pas :

— Je… vous… remercie… mais il est trop tard.

Il y avait là un mystère qu'il ne comprenait pas. Il n'osait poser de questions plus précises. Elle se calma et releva la tête.

— Mon ami, je vous suis reconnaissante. Que cela surtout ne change rien entre nous. Assurez-moi que vous y consentez ?

— Oubliez cette demande, c'était une parenthèse. La vie reprend. Offrez-moi donc des fraises.

Elle s'empressa de le servir comme si rien ne s'était passé. Elle s'enquit de savoir qui était son compère, sourit de plaisir au nom de Noblecourt. Nicolas demanda des nouvelles de l'amiral, qui de nouveau se trouvait à Cherbourg, en mission d'inspection des travaux de la digue.

— C'est en tout cas ce qu'il m'a affirmé. Pourtant je le soupçonne d'être retenu par une mission plus secrète dans un endroit inconnu.

L'après-midi se passa dans une douce intimité qui paraissait faire oublier la crise qu'ils venaient de traverser. Le soleil de septembre revêtait d'or les feuillages agités par le serein qui, se levant, les fit frissonner ; ils rentrèrent dans l'hôtel. Nicolas avait fait renvoyer son fiacre avec mission de venir le prendre le lendemain matin à l'aube. Tribord leur avait préparé une salade de filets de pigeons avec de la verdure. La nuit fut à la fois ardente, tendre et nostalgique. À la fin, serrant Aimée dans ses bras comme s'il craignait de la perdre, Nicolas, écrasé de fatigue, sombra dans un profond sommeil.

Mercredi 8 septembre 1787

À la demie de cinq heures, il fut éveillé par le majordome et se prépara. Puis il cueillit une rose toute fraîche éclose durant la nuit qu'il monta déposer sur l'oreiller près de la tête d'Aimée.

Il s'interrogeait : qu'avait suscité sa proposition chez Aimée pour qu'elle la précipitât dans un tel état ? Il ne parvenait pas à s'expliquer les raisons de son chagrin. Trop tard, trop tard ? Alors que si souvent ils avaient abordé la question pour aboutir à la même conclusion. La réponse n'était-elle pas en lui-même ? À plonger au fond de sa conscience, une certitude transparaissait : qu'Aimée ait repoussé son offre ne le bouleversait pas et, d'ailleurs, il avait sur-le-champ pris son parti du refus qui lui était opposé. En éprouvait-il de la peine ? Surtout du désagrément de voir son amie ainsi souffrir. Puisqu'elle souhaitait que les choses demeurassent en l'état, il s'en satisferait. À bien creuser ce qu'il ressentait, il n'était pas prêt pour un tel bouleversement de son existence. Était-ce égoïsme de sa part ? La nature de sa charge de commissaire aux affaires extraordinaires signifiait tant de périlleuses implications et d'absences qu'elle lui semblait peu conforme à un engagement matrimonial.

Rue Montmartre, Noblecourt se mit à rire en le voyant entrer dans sa chambre.

— Peste, mon ami, décidément vous devenez l'apparition régulière de l'aube ! Encore un souci ? Je le pressens à cette petite ride qui se fronce sur votre front. Les nouvelles sont mauvaises à ce qu'il paraît. Chez Crosne ou chez Montmorin, ou chez les deux ?

— Hélas, tous deux se défaussent ! Le premier prétend avoir eu la main forcée et l'autre ignore tout de la chose et s'en moque.

— Et alors, que ne courez-vous chez le maître de toute intrigue ?

— C'est que je ne veux pas lui faire ce plaisir et que, censément, je demeure ignorant de sa manigance. J'attendrai donc qu'il se manifeste. Je vais faire un tour au Châtelet pour saluer Bourdeau et, ensuite, si le loup ne sort pas du bois, je regagne Ranreuil, ne serait-ce que pour quelques jours.

— Allons, à peine revenu, le voilà qui songe à nous abandonner !

— Pardonnez-moi, mais en vérité toute cette conjoncture m'excède.

Noblecourt se tut un moment, observant le visage de Nicolas. Il y lisait comme dans un livre.

— D'ordinaire vous prenez ce genre de déconvenues avec plus de modération. Il y a autre chose. Si vous acceptiez de confier à votre vieil ami le vrai de vos soucis…

Nicolas soupira, s'assit et, d'une voix incertaine, décrivit l'attitude incompréhensible d'Aimée.

— Ah, les amoureux ! À votre âge ! Selon moi, ne recherchez pas d'explications à l'attitude d'Aimée. A-t-elle souhaité rompre avec vous ?

— Non !

— Prenez cela en compte, c'est l'essentiel.

— Mais ces pleurs et son refus ?

— Ce qui est à l'origine courbe ne peut jamais être redressé. Vous l'auriez dû épouser aussitôt après l'avoir rencontrée à Fausses-Reposes. N'avez-vous pas compris alors qu'elle vous était destinée ? Maintenant il est trop tard, et pour elle et pour vous. Cette demande en mariage, l'avez-vous d'ailleurs présentée en toute sincérité ?

— Je ne sais ; j'ai voulu apaiser son chagrin.

— Voilà bien de l'inconséquence. Quand on doute de la justesse d'un acte, il vaut mieux s'en abstenir. Et maintenant les scrupules vous rongent et aussi, par-dessus tout, avouez-le, un lâche soulagement.

Nicolas frémit d'être traversé avec tant de perspicacité par son vieil ami.

Au Châtelet, Bourdeau l'accueillit avec transport et trembla rétrospectivement au récit circonstancié des événements rapportés par le commissaire.

— Ainsi tu n'as pas encore vu Sartine ?

— Je veux ignorer qu'il est derrière tout cela.

Bourdeau se mit à rire.

— Sauf que lui ne t'oublie pas. Un vas-y-dire t'a apporté une invitation à dîner ce jour à douze heures en son hôtel.

— Se sent-il assez morveux pour user de tels égards ! Quelles affaires en mon absence ?

— Peuh ! Point de crimes, des causes de simple police, du fretin ! L'attention s'est fixée sur l'affaire de la poularde.

— L'affaire de la poularde ! *Qu'ès aco* ?

— Imagine un godelureau sur le point d'épouser la nièce d'un chanoine. Il soupçonne la jouvencelle d'une liaison avec son oncle et cherche à faire sa religion avant tout engagement matrimonial. Il décroche une poularde destinée au dîner du lendemain et la dissimule au mitan du lit de la jeune personne.

— Vivante, la volaille ?

— Non, pouffa Bourdeau, toute lardée et ficelée, prête pour la broche.

— Et donc ?

— Imagine la grande émotion le lendemain ; qu'est devenue la bête ? Le fiancé se targue d'être plus heureux dans sa recherche et trouve la poularde bien au chaud sous la couverture de la belle. Il en conclut que celle-ci a passé la nuit dans le lit de son chanoine d'oncle. Adieu promise, adieu l'hymen, adieu poularde ! Reste qu'un petit folliculaire, Béranger, a jugé à propos de mettre l'affaire en vers sous le titre de *Conte de la poularde*. Il a déchaîné la fureur de la censure, avertie par une foule de gens offensés du scabreux de l'histoire. Songe : un inceste canonial !

— C'est du Boccace que tu me contes là ! Rien d'autre ?

— La folie du nouveau mur…

— Ce fameux mur des fermiers généraux qui, murant Paris, rend Paris murmurant.

— … a encore paru lors d'une affaire qui a ému l'opinion. Un épicier du faubourg Saint-Denis ayant maltraité sa domestique, à qui il voulait imposer ménage à trois avec sa femme, a déclenché la fureur de cette servante. Dépitée, elle l'a trahi et a dénoncé à la Ferme un souterrain qui débouchait hors les barrières. Une quantité énorme de marchandises a été découverte, de quoi charger vingt-sept voitures pour un montant de plus d'un million. Le cortège est passé en triomphe sur le boulevard aux cris mille fois hurlés de *À bas la Ferme, les fermiers à la lanterne*. En dehors de cela, il règne dans la ville une étrange torpeur. Tout, sous le couvert, y est tendu. Il suffirait de la moindre étincelle pour mettre le feu aux poudres. Les incidents se multiplient. La situation difficile des campagnes attire dans la ville des chômeurs qui espèrent y trouver un travail. Ils n'y parviennent pas, et leur présence énervée, prête à toute extrémité, accroît encore l'agitation latente des faubourgs. Quant aux bourgeois, ils pleurent leur parlement exilé.

La conversation se poursuivit jusqu'avant l'heure du dîner. Nicolas prit une voiture de service pour traverser la Seine afin de rejoindre l'hôtel de Juigné, quai Malaquais, dans lequel résidait désormais M. de Sartine. Nicolas était décidé à ne rien laisser paraître et d'agir comme s'il ignorait que son hôte était le grand organisateur des événements de son retour à Paris. Il faisait le pari que Cholet avait dissimulé à Sartine que celui-ci avait été rapidement deviné par le commissaire.

Une pénombre organisée régnait dans le cabinet de l'ancien ministre. Le couvert avait été dressé sur un guéridon éclairé par un chandelier dont la présence surprenait en plein midi. Nicolas eut le sentiment d'une mise en scène. Cela augurait-il une entrevue difficile, en vue de laquelle le vieux renard avait tout mis en œuvre à son avantage ? Tout cela importait peu à Nicolas qui entendait jouer la carte d'une demi-vérité dans le récit, retranché cependant des conversations avec Cholet, de ses aventures. L'ancien ministre, vêtu d'un habit noir moiré et le chef couvert d'une perruque courte à gros grains grisâtres qui le faisait ressembler à un garçon de boutique, l'accueillit avec une chaleur inaccoutumée, son visage ridé plissé d'une étrange aménité. D'un sourire, il invita son hôte à prendre place en face de lui mais, observa Nicolas, de manière à ce que son propre visage restât dans l'ombre.

— Mon cher Nicolas, mon plaisir est sans mélange de vous retrouver. Allons à l'essentiel, si vous le voulez bien. Je connais votre appétence pour des recettes de haut goût…

Quel secret pouvait-il lui échapper ? songea Nicolas.

— … J'ai donc ordonné à mon cuisinier de se surpasser en votre honneur. Et je crois qu'il y est parvenu, nous l'allons vérifier. Potage froid de bisque d'écrevisses, ragoût de quenelles de volaille à la parisienne avec truffes et crêtes-de-coq et, enfin, pour nous rafraîchir, j'ai fait chercher chez du Buisson, successeur de Procope, un délicat sorbet à la pêche et aux pistaches. Le tout sera arrosé d'une bouteille rafraîchie de vin de Tokay dont me fait hommage chaque année le comte de Mercy-Argenteau, ambassadeur de l'empereur Joseph auprès du roi.

L'étonnement de Nicolas était complet. Jamais Sartine ne l'avait convié à quelque agape que ce fût ni traité aussi suavement. Il ne lui restait qu'à armer ses défenses pour affronter le bénin Minotaure.

— Vous étiez sur vos terres à ce qu'il paraît ? L'état d'esprit de vos gens est-il bon ?

— J'ai pris un congé à Ranreuil pour la naissance de mon petit-fils. Le mauvais temps et ses conséquences touchent les paysans. C'est à nous de pourvoir à leur peine.

— Je suis sûr que vous leur prêtez compassion et aide. Mes compliments pour ce nouveau Ranreuil, votre père eût aimé voir cela.

— Hélas !

— Une belle famille au service du roi. L'époque que nous traversons exige des hommes de caractère. Au demeurant, ils sont peu nombreux et nous devons tout faire pour éviter de les perdre.

— Certains se font tirer comme des canards au cours d'une promenade au bord de l'océan.

— La balle perdue d'un chasseur sans doute ?

— Bien ajustée, je puis vous l'assurer.

— Un méchant hasard dont vous ne devriez pas tirer, c'est le cas de le dire, conséquence.

Le duel s'était engagé. Son visage éloigné de la lumière de la chandelle, Sartine se taisait, concentré à déguster son potage et examinant à chaque cuillerée les corps délicats des écrevisses. Nicolas, l'air dégagé, considérait avec attention la transparence ambrée de son verre de vin de Tokay.

— Savez-vous, Monsieur, ce que je pense après y avoir mûrement réfléchi ?

— Mais faites donc, mon cher Nicolas, je suis tout ouïe.

Un suave parfum de truffe emplit soudain la pièce alors que le maître d'hôtel leur servait les quenelles de volaille. Ils se consacrèrent un long moment à une gourmande dégustation.

— Un gentilhomme de mes amis, originaire du Périgord, me fit un jour manger de ces tubercules selon la coutume de son pays. Les truffes étaient bardées de tranches de jambon et de lard gras, le tout était empaqueté dans plusieurs couches de papier huilé et placé sous une braise douce. Cette manière-là exhale les parfums ainsi comprimés et offre à l'amateur une exceptionnelle friandise.

— Je ne vous savais pas aussi gourmet.

— Ah, Nicolas, comme vous me connaissez mal.

— Ma foi, j'en suis de longue main persuadé.

— Mais je vous ai coupé la parole, poursuivez, je vous prie.

— Je remercie le hasard que vous avez évoqué. Il a d'abord écarté la trajectoire de la balle à moi destinée. Ensuite ce même hasard a placé sur ma route un vaillant chevaucheur qui par sa détermination m'a sauvé d'une seconde embuscade. Vous savez, ou vous avez su, que je n'ai jamais aimé dans les enquêtes que je mène l'intervention du hasard et encore moins des coïncidences. J'ai été conduit à quelques observations qui m'ont incliné vers une certitude que je vais vous exposer.

Sartine prit un air pincé, torturant de sa cuillère le sorbet qu'on venait de lui servir et le réduisant peu à peu en eau.

— Et donc ?

— Et donc, Monsieur, puisqu'*on* m'a fait revenir de Bretagne en urgence, qu'on m'a dépêché un courageux garde du corps, que cette convocation avait été obtenue de Crosne et Montmorin sans qu'aucun des deux puisse avancer de justifications, j'en déduis qu'à part Sa Majesté, il n'y a qu'un homme dans ce royaume qui soit susceptible d'en être l'organisateur.

III

ENCHEVÊTREMENT

« Les intrigues se mènent parmi les ténèbres. »

Bossuet

Sartine s'essuya la bouche avec soin et but une gorgée de vin. Il regarda Nicolas de cet air mi-amusé mi-irrité qui lui était habituel.

— Vous me faites grand honneur de me prêter une telle influence. Un pauvre homme retiré des affaires, voilà ce que je suis. Retiré et malheureux de ce que je vois et pressens. Mais que peut l'impuissant devant la débâcle ? Bien malheureux, oui, bien malheureux… Le ministre des limbes, encore, un peu…

Ce ton patelin mit Nicolas hors de lui.

— Monsieur, je vous prie de cesser ce jeu avec moi, qui sais vos tierces, vos quartes et vos brelans. Il vous plaît de me parler ainsi, mais vous oubliez que je vous connais bien.

Sartine frappa du plat de la main le dessus du guéridon et se mit à rire.

— Comme vous êtes jeune. Nicolas, vous voilà déjà au trot enlevé. Vous me percez à jour, en partie seulement. Poussez donc jusqu'au bout de votre sagacité. Ne voyez-vous pas que je prends plaisir à vous soutenir l'inavouable ? Vous avez vu juste, c'est bien moi qui ai réglé les conditions de votre retour avancé à Paris. Et c'est moi encore qui ai chargé un de mes gens de vous porter cette convocation et, le cas échéant, de vous protéger contre tout attentat. Il est arrivé trop tard à Ranreuil, mais heureusement sa promptitude vous a sauvé dans la forêt du Mans.

— Soit. Maintenant que le chat a cessé de jouer avec la souris, allez-vous me décrire enfin les raisons qui vous ont déterminé à me faire quérir de cette étrange manière ?

— Des raisons d'État, mon cher, des raisons d'État. Avez-vous quelque idée de la situation ? Nous roulons à l'abîme. L'État s'effondre. Vergennes disparu, le roi ne dispose plus d'aucun soutien. Un monarque en assoupissement qui, hors quelques rares poussées d'autoritarisme rageur, s'abandonne aux formes dépassées d'un pouvoir qui le fuit. Du sable dans la main… Un peuple exaspéré qui s'éveille comme un fauve dérangé ! Imaginez que des placards affreux, spécialement dirigés contre la reine, sont affichés à Paris, à Versailles, jusque sur les routes, collés aux arbres.

— Que fait la police ?

— Demandez à cet incapable de Crosne ! Celui-là, il ne surprend jamais puisqu'on n'attend rien de lui. Il a peur de son ombre. Même les princes ne sont plus respectés. Monsieur, qui avait été chargé par le roi de faire enregistrer un édit à la cour des comptes, ce qu'il avait accepté de faire à son corps défendant, a affronté une masse de populace hurlante qui se déployait comme les flots de la mer. On a crié « *Aux armes* », on a failli tirer et le prince saisi d'effroi s'est retiré au plus vite.

— Mais quel objet avait donc irrité le peuple à ce point ?

— Les officiers du duc d'Orléans avaient apprêté une anecdote meurtrière dans laquelle Monsieur, évoquant la résistance du Parlement, aurait lancé : « À la place de Louis, je m'en tirerais bientôt avec six francs de corde. » Imaginez l'écho de ce faux propos.

— Le roi peut-il se ressaisir ? Il est vrai qu'avant mon départ en congés, je l'avais trouvé fort fatigué.

— Le mot est faible ! Je vous le répète, sa tristesse est profonde. Il est souvent surpris en train de pleurer. Quant à la reine, dans la dernière affliction, elle a suspendu les fêtes annoncées, se prive de spectacles et, retirée à Trianon, ne vit qu'avec sa société intime… très intime.

Sartine lança un regard entendu à Nicolas qui ne broncha pas.

— Et le duc d'Orléans ?

— Il conspire, il trafique, il trahit ! Non content d'exciter le peuple contre le roi, il entretient toute sorte de menées pour ébranler le trône et saper les lois du royaume. Pour autant il se moque du public, qui goûte peu les nouveaux jardins du Palais-Royal où tout se rencontre, excepté l'ombrage et les fleurs. Peu lui chaut ! Naguère, emporté par l'ardeur de la chasse, il a eu l'audace de poursuivre une bête avec ses équipages à travers le faubourg Montmartre, la place Vendôme et la rue Saint-Honoré jusqu'à la place Louis-XV, non sans avoir renversé et blessé plusieurs personnes. Une épigramme le tympanise, qui décrit « un grand noble de race, sans respect pour le droit des gens, qui écrase quelques habitants pour goûter en plein jour le plaisir de la chasse ».

— Il devrait donner l'exemple.

— C'est vrai que vous le connaissez bien, l'ayant accompagné lors du combat d'Ouessant. Fut-il vraiment le couard qu'on a si souvent décrit ?

— C'est là mauvais procès à lui faire. J'ai eu l'occasion d'en parler au roi qui m'interrogeait à ce sujet. Sans expérience et incertain, il fut incompétent dans la manœuvre qui s'imposait et empêcha ainsi que notre victoire fût complète, mais couard, non… En revanche, dans plusieurs affaires, j'ai découvert sa funeste influence. Il me déteste. Il a voulu m'attacher à sa personne sans que jamais j'y consente.

— Comprenez maintenant pourquoi je vous ai fait venir. Ce fut une erreur de convoquer les notables. C'était une malheureuse habileté destinée à contourner l'opposition du Parlement. Or qu'avons-nous constaté : cette assemblée de privilégiés, tous désignés par le roi pour approuver ses réformes, l'abandonne en chemin ! La voie est ouverte au principe de consultation qui entraîne la déchéance du pouvoir royal. Le roi, je vous l'annonce, cédera et rappellera le Parlement exilé à Troyes. Il viendra à Paris pour un lit de justice afin d'imposer des édits. Alors je ne réponds plus de rien et redoute ce qui pourrait advenir.

— Monsieur, vous passez outre. Comment avez-vous su que ma vie était menacée ?

— Cela fait des lustres que vous m'interrogez sur ma capacité à tout savoir en tout lieu et à tout moment. Chacun possède un talent. Je possède celui-ci à l'excès.

Des deux mains, Sartine assura sa perruque et hocha la tête d'un air satisfait. Nicolas sourit en lui-même de cette superbe arrogance.

— Mais encore, Monsieur ?

— Encore ? Je disperse une multitude de fourmis aux points stratégiques. Elles me rapportent des brins de paille…

Nicolas s'énervait de cette partie de paume dans laquelle chaque question appelait une réponse qui en suscitait une autre en abyme.

— Pour parler net, pourquoi étais-je menacé ?

Sartine sembla soudain gêné. Il se leva de table et commença cette lente pérégrination qui, chez un homme d'un tel sang-froid, marquait toujours son irritation devant une situation importune. Il s'arrêta soudain et fixa Nicolas.

— C'est qu'en vérité, puisqu'enfin je me dois de vous l'avouer, je n'en sais rien moi-même. Ne prenez pas cet air stupéfait ; vous accroissez encore davantage la honte qui me submerge. Moi, Sartine, l'homme le mieux informé du royaume, réduit à avouer mon ignorance !

— Soit, mais il y a bien eu un début à tout cela ? Pour quelles raisons m'avez-vous convoqué de cette étrange manière, par des ordres similaires venant de deux sources ?

— Je vois bien qu'il me faut remonter aux origines. Vous êtes assez au fait du recueil des renseignements pour comprendre que dans la multitude des informations, qui nous parviennent de toutes parts, il nous faut faire un tri. Chacune d'entre elles n'a pas, à nos yeux, le même poids. Celles provenant d'un courtisan décavé, d'un bourgeois de la basoche, d'un prêtre débauché, d'un gagne-deniers ou d'un duc et pair ne sont pas mesurées à la même aune ou pesées d'un fléau identique. Or, écoutez-moi bien, de plusieurs sources concordantes et recoupées, j'apprends, moi, le modeste retiré des affaires, qu'un de mes fidèles amis est menacé de mort. Dans une certaine société où il est commun que certains tranche-jarrets se louent en vue d'infâmes contrats, la mort d'un marquis connu était évoquée. Elle l'est également dans les entours les plus étroits d'un grand du royaume. Cette conjonction me paraissait suffisamment accablante pour que je prisse les mesures qui s'imposaient, même et surtout alors qu'aucune lumière ne m'éclairait sur l'intelligence initiale de ce complot, sa source et l'identité de ses instigateurs.

— Peste, me voici soudain bien populaire ! Permettez que je m'interroge derechef sur les raisons de mes deux convocations ?

— Ma foi, c'est fort simple. D'une part, je n'étais que fort peu assuré que vous obtempéreriez à une demande de Crosne. Il vous arrive, Monsieur le marquis, de vous buter, vous plaçant parfois au-dessus des contingences de hiérarchie, surtout quand la mésestime freine l'obéissance. Aussi ai-je préféré doubler l'ordre par celui de Montmorin, espérant qu'à celui-là, du moins, il vous serait impossible de vous dérober.

— Les ténèbres se dispersent peu à peu, jusqu'alors elles m'environnaient.

Sartine lui jeta un regard perspicace et agacé.

— J'avais sommé l'un de mes gens de vous joindre pour porter les ordres et éventuellement pour vous protéger…

— Ce qu'il a accompli sans tremblement.

— Un peu tard pour la première tentative ; la Providence s'est chargée d'y pourvoir. Pour la seconde en effet, Cholet n'a pas tergiversé.

— J'ai eu le sentiment que ce n'était pas son vrai nom.

— N'insistez pas dans ce domaine ; vous entendez bien le pourquoi de la chose. J'ai dans mon haras des étalons de toutes lignées. Je suis responsable de leur *incognito* ; il est un moyen de les protéger. Ai-je jamais été plus sincère et explicite avec vous, mon cher Nicolas ?

Ce disant, il se versa un verre de vin qu'il but avec avidité, comme si cette longue explication l'avait assoiffé. Nicolas avait relevé avec intérêt le terme de *lignées* curieusement appliqué à des chevaux, qui confirmait ce qu'il supposait des origines présumées de Cholet.

— Mais vous-même, reprit Sartine, n'avez-vous rien dissimulé de l'aventure ?

— Je pense que votre homme vous a tout relaté.

— Certes, mais vous me cachez quelque chose, n'est-ce pas ? Le droit de défiance appartient à tout le monde !

Il n'y avait plus qu'à hisser le drapeau blanc.

— Un méchant papier, souillé du sang d'un misérable et couvert d'incompréhensibles caractères.

Il sortit le document de son pourpoint et le tendit à son hôte qui, ayant chaussé ses besicles, l'examina sur toutes les coutures avant de le lire. Puis il se dirigea vers la cheminée de marbre blanc sur laquelle trônait une curieuse pendule en bronze doré, ornée de cariatides, soutenant le mécanisme en forme de montgolfière. Il se mit à examiner les deux vases bleu et blanc, montés sur des socles de lapis-lazuli, qui la flanquaient.

— Approchez, mon cher, et veuillez bien considérer ces deux vases chinois et, en particulier, les inscriptions qui les décorent.

Nicolas compara ceux-ci aux idéogrammes du document.

— D'évidence, ils appartiennent à la même famille de signes. Reste à savoir ce qu'ils signifient. Je me propose d'avoir recours à notre ami La Borde pour trouver un savant versé dans l'étude des écritures orientales qui pourra nous prêter aide à ce sujet.

— Il y a là une piste, dit Sartine, que je crois prometteuse.

— Toutefois, Monsieur, un mystère demeure que je souhaiterais voir éclairci.

— Lequel ? Je vous écoute.

— Comment a-t-on appris que Cholet était chargé de m'apporter un message ?

Sartine hocha la tête et se mordit les lèvres.

— Là aussi je dois confesser mon ignorance et c'est bien fâcheux. La trahison paraît la seule réponse à cette question. À l'instar de précédentes occurrences on ne peut écarter la possibilité de fuites. Chez moi ? Non. Chez Crosne et Montmorin, tout est possible.

La conversation se poursuivit, agitant diverses hypothèses qui, à la réflexion, ne menaient à rien. Ils convinrent qu'ils ne devaient pas hâter une conclusion sans l'ancrer sur un solide fondement. Sartine s'enquit aimablement de son séjour en Bretagne et de l'état de l'opinion publique dans les provinces. Était-il différent de celui de la capitale du royaume ? Nicolas annonça la naissance de son petit-fils.

— Serait-il possible, Monsieur, que Lady Charwel…

— … apprenne, compléta Sartine, bonhomme, qu'elle a un petit-fils. Rassurez-vous, je ferai le nécessaire pour que cette heureuse nouvelle lui parvienne rapidement.

— Mon fils vous en sera infiniment reconnaissant.

— Par les temps qui courent, j'aurais préféré pour lui, et pour vous, qu'il ne quittât pas le régiment des carabiniers à cheval. Vous savez mieux que quiconque combien délétère est le climat de la cour. Conseillez-lui de faire son devoir, sans plus… Quant à vous, mon cher Nicolas, prenez garde à vous. Tant que nous n'aurons pas élucidé la nature de la menace qui pèse sur vous, la plus grande prudence est de rigueur.

Nicolas sortit de l'hôtel de Juigné satisfait, sinon apaisé. La rencontre avec son ancien chef s'était déroulée au mieux, sans que l'âcreté habituelle de Sartine se manifestât à l'excès. Quelques pointes avaient seules émaillé leur échange. Après tout, le chef du Secret français, fonction que feignait de rejeter l'intéressé, s'était attaché à ce que sa sécurité fût assurée en lui envoyant une sorte de garde du corps. Il éprouvait un soulagement d'être en accord avec Sartine tant les liens anciens qui les avaient unis persistaient au-delà des aléas que la vie et les événements avaient multipliés. C'est donc le cœur léger que Nicolas repartit pour le Grand Châtelet.

La paix des campagnes lui avait fait oublier l'embrouillamini extrême de la circulation parisienne. Il fut surpris de constater à quel point s'étaient diversifiés les véhicules urbains. Ainsi une meute de cabriolets légers, conduits par de jeunes gens à la mode, tentait avec une vitesse excessive de s'insinuer au milieu des autres voitures au risque de créer des accidents ou de renverser un piéton distrait. S'ajoutait à cela la prodigieuse quantité de marchandises qui, arrivant sur les ports pour la consommation de la ville, accroissait encore la masse des voitures. Du coup, la police ne savait où donner de la tête. Vers midi, le concours des équipages et les incidents qu'ils créaient obligeaient de placer des sentinelles et des gardes aux places Louis-Le-Grand et des Victoires, à l'effet de rétablir l'ordre nécessaire au passage.

Il sentit soudain le fiacre déraper. Son cocher joua du fouet et Nicolas aperçut sur le flanc de la voiture un gamin qui hurlait, les jambes nues marquées de stries sanglantes. Aussitôt une motte de boue vint s'écraser sur la glace, lancée par un invisible adversaire. Ce genre de répliques vindicatives d'une brutalité injustifiée se banalisait. Il en avait éprouvé la violence lors d'une visite de la ville où il avait entraîné le roi lors du grand hiver.

La brutalité des cochers, gens réputés grossiers, était proverbiale. Leurs cris et injures étourdissaient, s'ajoutant au vacarme des bruits de la ville. À jeun assez dociles, leur humeur s'aigrissait au fil de la journée et en proportion du vin ou de l'eau-de-vie consommés. Les rixes avec la pratique étaient fréquentes et suscitaient aussitôt des attroupements de badauds heureux de cette malsaine distraction.

Il y avait bien d'inégalité, songeait Nicolas, entre ceux qui se déplaçaient confortablement assis dans leur voiture et ceux qui marchaient, exposés à tous les risques d'accident, souillés par les éclaboussures projetées par les roues des véhicules de toutes sortes. Cette distance était de moins en moins acceptée et envenimait l'envie et, pour tout dire, la haine grandissante entre gens riches insensibles et pauvres mécontents qui murmuraient sourdement. Cela, pensa-t-il, ajoutait encore à la fièvre générale du peuple.

Il se sentit soudain étranger dans la ville. Ces mois passés en Bretagne nourrissaient maintenant une sorte de mélancolie nostalgique. Pour la première fois de sa vie, il avait eu le privilège de vivre en famille à

Ranreuil. Il chassa cette pernicieuse pensée. L'attitude de Sartine le redressa. Voilà, se disait-il, un homme qui aurait pu vivre de sa rente, dans le confort et dans le luxe et qui, année après année, se dépensait sans compter, sacrifiant ses jours et ses nuits au service de l'État et du roi. Avait-il le droit, lui, Nicolas Le Floch, marquis de Ranreuil, de se plaindre ? Certes la vie lui avait réservé bien des épreuves, mais aussi d'exaltantes satisfactions. Et voilà que sa famille s'ancrait dans sa vieille terre natale. Ce bonheur lui imposait d'en solder le privilège. C'est cela qui devait conforter son dévouement au service du roi, en repoussant les tentations du retrait.

Sous la voûte du Châtelet, il fut salué par Tirepot.

— Joyeux de te voir, Nicolas. Tu sais, tout bouge. Les mains démangent au peuple. Sent pas bon, si tu veux m'en croire ! À nouvelles affaires, nouveaux conseils.

— Tu notes cela, toi ?

— Voilà bien un plaisant célestin ! Me crois-tu tant sot de ne pas voir clair ?

Il cligna d'un œil et secoua son attirail qui tinta bruyamment.

— Je te crois tout de go. On en reparlera.

Et Nicolas s'engouffra dans la vieille forteresse.

Sur le palier du bureau de permanence, Gremillon, Rabouine et le père Marie sirotaient des gobelets de bavaroise froide. Leur gaieté laissait supposer que le vieil huissier avait dû couper leur breuvage de quelques traits de son mystérieux cordial. Ils lui réservèrent un accueil d'une chaleur qui l'émut. Bourdeau l'attendait, taillant des plumes avec un petit canif en argent.

— En dehors du tout-venant, querelles de voisinage, larcins de tire-gousset, un suicide et des accrochages de voitures, rien d'intéressant à nous mettre sous la dent. Bref, je m'ennuie. J'irais bien faire les vendanges chez moi à Chinon. Je casserais des noix en dégustant du vin bourru.

— Comme je te comprends, mais, vois-tu, j'ai l'impression que cela va changer.

Il lui rendit compte de son entretien avec Sartine.

— Pour commencer, il me faut joindre La Borde.

Il prit un papier sur lequel il écrivit quelques mots et qu'il replia avant de le sceller. Il appela Rabouine.

— Tu portes ce billet à M. de La Borde en son hôtel près du Louvre et tu attends la réponse. Si l'accord t'est donné, tu rejoins l'hôtel du *Grand Cerf*. Tu y demanderas Gaspard et tu lui diras que je viendrai souper ce soir avec un invité. Qu'il soigne le menu à l'accoutumée. Prends une voiture à mes frais et surtout ne flâne pas.

Bourdeau avait tiré sa perruque et se grattait le crâne.

— Songes-tu à prendre soin de toi au moins ? Il te faudrait un garde du corps. Rabouine pourrait t'accompagner, discrètement, à bonne distance.

— Point de cela ! Cela ne servirait de rien… Tu ne protèges pas de loin.

— Cela a pourtant servi avec ce Cholet qui t'a sauvé la vie ! Je lui en sais gré.

— Non, Cholet se trouvait près de moi. Il y a des lustres que je vis au milieu des périls. On m'a tiré dessus, je ne compte plus, y compris au canon, au combat d'Ouessant. J'ai maintes fois croisé l'épée. On m'a assommé. J'ai été enterré vivant. Une bande de chiens errants m'a traqué et assailli. J'ai même affronté un cobra. J'ai résisté à la *guerre des langues* à la cour. Toujours, je me suis sorti d'affaire. Et tu m'as sauvé la vie plusieurs fois. Regarde, encore gaillard ! La jeunesse même !

Bourdeau se mit à rire en voyant son ami scander ses propos en se frappant la poitrine à grands coups de poing.

— Tu parles vrai, ô phénix des jouvenceaux ! Mais il n'empêche, je m'inquiète.

— Vérifie si, par hasard, des coupables que nous aurions jadis démasqués et dont certains furent bannis du royaume n'auraient pas resurgi, animés d'une volonté d'obscure vengeance.

— Hélas, ils sont fort nombreux ! Et profonde leur haine envers toi !

Au moment où il rameutait leurs souvenirs, le père Marie vint les informer qu'un homme, drapé dans une cape bleue, coiffé d'un chapeau bizarre et, à ce qu'il paraissait, bossu, souhaitait être reçu par le commissaire. Ce dernier fut alerté par cette description.

— Ma foi, voilà qui me rappelle un de nos amis. Que vient faire le Hibou dans l'antre de la police ? D'ordinaire il ne goûte guère de s'y montrer.

— Sans doute détient-il un renseignement important à te révéler. Par le passé, il nous a souvent heureusement aidés.

— Voyons un peu ce qu'il nous veut ?

Restif de la Bretonne, l'air hagard à son habitude et les yeux papillonnants, entra comme à reculons dans le bureau de permanence. Il salua en cérémonie.

— Beaux sires, vous me voyez tout à vous et à votre disposition.

— Ce me semble, c'est vous qui me cherchez, Monsieur Restif. Quel objet ? Des ennuis ? Avec qui ? Votre femme ? Votre fille ? Votre méchant gendre ? Votre logeur ? Des maris trompés ? Que pouvons-nous faire pour vous ?

Restif oscillait sur lui-même, comme effaré de se trouver dans ce haut lieu de justice. Il fallait que la chose fût grave pour qu'il s'y risquât, lui qui, d'ordinaire, donnait rendez-vous à Nicolas dans des lieux retirés ou dans le triste tripot de la place des Trois-Maries. Il craignait qu'on le crût auxiliaire de la police, même s'il arborait toujours, voire étalait avec un orgueil ostentatoire, le manteau bleu des hommes du roi.

— Hélas, Monsieur Nicolas, moquez-vous des malheurs d'un pauvre homme. Ce n'est point charitable de votre part. Tout croule autour de moi. Je suis le vieux Priam devant les ruines de Troie.

Il s'adressa à Bourdeau :

— Aidez-moi, Monsieur Bourdeau ! Le commissaire est menacé ! Un homme lui veut malemort ; je prévois ses desseins ; j'ai entendu ses discours. Et je crains pourtant que, pour Monsieur Nicolas, mes propos ne soient que discours de Cassandre.

— Eh quoi ! dit Nicolas, prétendriez-vous, par extraordinaire, que je n'aurais pas toujours écouté vos conseils ? Voilà bien de la balourdise, Monsieur Restif.

Il murmura à l'oreille de Bourdeau : « C'est toujours ainsi, il aime les préfaces ; cela amorce le débit », puis reprit :

— Allons, le Hibou, promptement je vous prie.

Et il fit un geste en direction de Restif pour l'engager à poursuivre.

— La chasse est ouverte ; on cherche dans Paris un homme pour vous tuer. Peut-être l'a-t-on déjà trouvé ?

— Vous ne croyez pas si bien dire, il a déjà tenté son coup ! Il a échoué de peu à Ranreuil et il a perdu la vie dans la forêt du Mans.

Il n'était point besoin de feindre avec Restif. Leur connivence remontait à loin et il disposait de tant d'informations sur cet étrange personnage que la confiance mutuelle allait de soi : deux complices condamnés à s'entendre, le commissaire menant la danse, et entre lesquels nulle fourberie n'était envisageable.

— Vous n'étiez pas à Paris.

Il se frappa du poing l'intérieur de la main.

— C'est pourquoi vous n'avez pas reçu mes avertissements.

— À qui les aviez-vous transmis ?

— À Tirepot. Ou plutôt je lui avais dit d'avoir à te parler.

— Depuis quand ?

— Trois semaines environ. Je me désespérais, vous connaissez l'attachement que je vous porte.

— Et votre désintéressement, oui, je sais. Mon cher, je vous en sais infiniment gré. Mais la question semble réglée.

Restif secoua sa face blafarde.

— Je redoute que non et maintenant je comprends pourquoi ; le premier sicaire expédié *ad patres*, on cherche un remplaçant.

— Y a-t-il un marché des assassins à Paris désormais ? demanda Bourdeau.

— C'est, répondit Restif, comme pour les pantins à la foire. Celui qui est abattu est aussitôt remplacé et ainsi de suite.

Nicolas réfléchissait en s'éventant avec son tricorne.

— À ce que vous me révélez, nous sommes en présence d'une trame soigneusement organisée. Les tueurs ne sont que des jouets stipendiés aux mains d'un brasseur supérieur. C'est ce que nous devons découvrir à tout prix. Tout cela augure de forts bons traquenards. Mais, Restif, comment avez-vous soupçonné tout cela ?

— Vous savez mes travers et mes promenades la nuit dans la ville. Cette habitude n'a pas laissé de vous être utile à plusieurs occasions…

— Nous connaissons bien vos habitudes. Et donc ?

— Un soir en juillet, sur le quai Saint-Bernard, je fus surpris par l'un de ces orages si fréquents cette année. Je ne rencontrai personne hormis les sentinelles des ponts qui patrouillent en silence autour des foudres et des tonneaux de vin. Je marchai jusqu'au pont des Tournelles et gagnai l'île Saint-Louis. Par le quai Dauphin, j'atteignis la rue Poultière afin de rejoindre le quai d'Anjou, suivant ainsi un itinéraire qui m'est familier. L'orage s'était renforcé et, la pluie redoublant, je me réfugiai sous le porche d'une maison. La porte cochère était entrouverte et je m'aperçus que deux inconnus parlaient à voix basse. Habitué à surprendre toute sorte de conversations, quelle ne fut pas ma surprise d'entendre citer votre nom. Pas Nicolas Le Floch mais le marquis de Ranreuil. L'un des deux individus indiquait que l'affaire devait être accomplie dans la discrétion et que son auteur ne devait être ni vu ni démasqué. Que l'approche devait s'organiser au début septembre. Je décidai de vous prévenir sans succès. J'allais régulièrement surveiller le même endroit à la même heure. De longs jours passèrent jusqu'au 1er septembre. Les deux hommes se rencontrèrent à nouveau.

— Comment savez-vous que c'étaient les mêmes ?

— Ah ! J'ai l'habitude des voix. Je ne risque pas de me tromper.

— Et que disaient-ils ?

— Qu'il y avait un contretemps. Qu'un messager devait vous joindre et qu'il le fallait supprimer.

— Et qu'avez-vous fait alors ?

— Je n'ai guère eu le temps de réfléchir à la question. Il fallait faire un choix difficile. Ou suivre celui qui paraissait avoir été chargé de l'exécution ou bien le commanditaire. Il m'a paru que c'était ce dernier qu'il était capital de démasquer. Je quittai donc ma cachette et me réfugiai sous un porche de l'autre côté de la rue. La pluie faisait rage. Un homme enveloppé d'une cape sortit enfin avec un quidam d'aspect sinistre qui me parut être l'homme de main. Ils se séparèrent, l'homme à la cape se dirigea vers le quai Dauphin, gagna la porte Saint-Bernard et sauta dans un fiacre. Je fis de même, intimant au cocher de suivre la voiture. Ce manège me conduisit jusqu'à la rue de la Chaise. L'homme à pied se dirigea vers la rue de la Planche. Le temps que je règle mon cocher et descende du fiacre, il avait disparu. J'en fus désespéré et patrouillai dans les rues adjacentes sans parvenir à retrouver trace de l'inconnu.

— Enfin, remarqua Bourdeau, on connaît en gros le périmètre où loge votre inconnu. C'est déjà beaucoup.

— Gardons tête froide, dit Nicolas. Vous avez indiqué il y a un instant qu'on cherchait un remplaçant pour reprendre la mission précédemment échouée. Comment l'avez-vous appris ? Pas encore sous le porche de la rue Poultière, je suppose. Au fait, Bourdeau, tu feras en sorte qu'on examine de près qui habite la maison en question, que le Hibou te désignera.

Restif fit la grimace et abaissa son chapeau.

— Je la désignerai de loin. Je dois penser à moi. Pour le reste, c'est une rumeur qui court les bas-fonds de la ville. Tout cela est pareil à la fumée d'une pipe qui se disperse dès que l'on décide de pousser plus loin.

— On vous remercie, monsieur Restif. Vous allez sans désemparer conduire l'inspecteur sur l'île Saint-Louis. Ne redoutez rien, vous serez dans un fiacre, les rideaux tirés. Il ne s'arrêtera pas. Nos gens s'y rendront ultérieurement.

Nicolas ouvrit un tiroir et en sortit une bourse bien garnie qu'il tendit à Restif. Elle fut prise et disparut dans les tréfonds de la cape bleue.

— Mille mercis, Monsieur Nicolas. Je suis votre dévoué serviteur.

Et le Hibou sortit, accompagné de Bourdeau.

Sur le chemin du *Grand Cerf*, deux questions taraudaient Nicolas. Par quelle extraordinaire coïncidence Restif s'était-il trouvé dans cette rue et avait-il entendu si opportunément des propos aussi menaçants ? Et comment cette menace était-elle parvenue à la connaissance de Sartine ? Il n'était d'ailleurs pas exclu que Restif fût son informateur. Le brouillard le plus épais enveloppait ces mystères. Il en était comme de ces logogriphes des gazettes qui réjouissaient tant Noblecourt mais qui demeuraient incompréhensibles dès qu'un élément venait à faire défaut.

À l'heure dite, Nicolas entrait au *Grand Cerf*, accueilli par un Gaspard volubile qui s'enquit de Mlle d'Arranet et manifesta encore une fois sa reconnaissance. Ancien garçon bleu, l'homme, compromis dans une intrigue du duc d'Aiguillon, avait surmonté la variole prise auprès du roi mourant et avait confessé à Nicolas sa trahison, pour enfin être recueilli par La Borde. La page tournée, il exploitait depuis les manières acquises à la cour dans son nouvel office.

— M. de La Borde vous attend. Je vous ai placé à votre table d'été, celle qui donne sur le jardin intérieur ; par ce temps et cette chaleur, j'ai fait ouvrir la croisée.

Le large visage bonhomme s'éclaira à la vue de son ami.

— Mon cher Nicolas, je craignais ne pas vous voir revenir de Bretagne !

— Vous ne croyez pas si bien dire.

— Comment cela ?

— J'ai bien failli y rester *ad vitam æternam*.

La Borde, ému, posa sa main sur le bras de Nicolas.

— Que me dites-vous là, mon ami ? Contez-moi la chose.

— Réglons d'abord une question importante. Qu'allons-nous avoir au menu ce soir ?

Il appela Gaspard qui attendait, attentif, à quelques pas.

— De quels délices allez-vous nous régaler, ce soir ?

— En prime, Messieurs, je puis vous proposer le plat préféré de Mlle d'Arranet. Une tourte de pâte fine dans laquelle se rangent en bataille des champignons, des béatilles, des blancs de poulet, des œufs durs de caille et du rognon de veau, le tout préalablement fondu dans le vin de champagne. La tourte est fermée et dorée au four du potager.

— Fort bien ! dit Nicolas. Et ensuite ?

— J'ai longtemps réfléchi. Puis-je vous suggérer un plat de saison, des filets de pigeon…

— Non, dit Nicolas. Je m'en suis régalé hier au souper.

— Quelle vie de Lucullus ! plaisanta La Borde. Je reconnais le gourmand.

— Alors, reprit Gaspard, pour équilibrer le riche de la première entrée, je conseille un aloyau à la braise en sa simplicité avec sa sauce aux câpres, flanqué d'un chou-fleur au parmesan, et quelques douceurs pour achever. Et pour arroser tout cela…

Il désigna un rafraîchissoir posé sur un guéridon.

— … du vin de champagne bien frais comme l'aime Monsieur Nicolas.

— Voilà qui est du dernier parfait !

Gaspard s'éloigna et les deux amis se considérèrent, heureux de ces retrouvailles. Nicolas raconta par le menu ses aventures et la suite récente de l'affaire.

— Dieu, dit La Borde, comme vous êtes plaisant à écouter ! Le feu roi prenait grand plaisir à vous entendre. Plus courtisan, vous auriez pu espérer une grande carrière à la cour.

— Cette calamité m'a été épargnée. Vous en connaissez vous-même les aléas et les chagrins. Êtes-vous toujours aussi bien en cour ?

— Après un temps de disgrâce, je dois à ma femme, devenue lectrice de la reine et désormais dame de lit de Sa Majesté, d'y être à nouveau bien accueilli.

Nicolas se mit à rire.

— Dame de lit ? Quel est cet office que j'ignorais ?

La Borde sourit avec un peu d'ironie dans le regard.

— Il s'agit d'être reliée par un ruban toute la nuit à la reine, de tirer les rideaux, d'arranger les courtines et d'être en permanence à sa disposition. Lui faire aussi la lecture car, hélas, Sa Majesté souffre en ce moment de persistantes insomnies. Il faut bien occuper ces moments-là ! N'imaginez pas que c'est une sinécure. De fait, un esclavage doré qui suscite bien des jalousies et notamment celle des Polignac… Mais poursuivez votre récit ; ses suites probables m'affligent et m'inquiètent.

— Cela a tenu à un cheveu, à ma jument qui s'est interposée et à mon chien qui est aussitôt parti à l'attaque, blessant mon adversaire et lui arrachant un papier qui m'intrigue.

Gaspard revenait avec une superbe tourte dorée. Il la posa sur la desserte, en découpa le pourtour qu'il rabattit ; une petite fumée parfumée s'en échappa. Un garçon lui tendit une petite cassolette.

— Mélange de cognac, crème et jaune d'œuf, juste passé au poêlon sans aller jusqu'au bouillonnement. Il va humecter et nourrir le contenu de la tourte.

Il replaça le couvercle, attendit quelques instants et découpa des parts qu'il disposa sur les assiettes des deux convives. La Borde baissa la tête, déployant son triple menton, et se plongea dans la contemplation émerveillée de sa portion.

— Mon médecin me menace de la goutte si j'abuse de ce genre de merveilles.

— Ce soir, Benjamin, vous ferez exception et vous réjouirez avec moi.

— Bien sûr, Nicolas, j'ai trop de plaisir de vous revoir, surtout dans ces circonstances.

Un répit s'imposa ; puis ils se consacrèrent à la dégustation de la tourte. Après un long moment de béatitude, La Borde interrogea Nicolas :

— Et donc ce papier ?

— Il porte des caractères d'une langue orientale, sans doute du chinois. J'ai pu le comparer chez Sartine avec ceux qui décorent deux vases chinois sur la cheminée de son cabinet.

— Je les connais. C'est moi qui lui en fis présent !

— Cela étant, il me faudrait savoir ce que signifie le message de ce document. Cela apporterait quelque lumière sur mon agresseur. Enfin, peut-être ! Je souhaitais vous entretenir de cette question, espérant que parmi les savants que vous fréquentez dans le cadre de vos collections, l'un d'entre eux serait capable de traduire ces caractères.

La Borde réfléchissait.

— L'un de mes vieux amis… oh, son caractère est exécrable, mais ses connaissances infinies. C'est un vieux jésuite qui fut expulsé du Portugal et se réfugia en France. Il a été juge et partie dans ce qu'on a nommé la *querelle des rites*.

— C'est-à-dire ?

— Une immense controverse dont l'enjeu n'était rien moins que la conversion de la Chine. Fallait-il consentir à mêler liturgie des chrétiens et culte des ancêtres propre au monde oriental ? Rome ne l'admit jamais. Pourtant c'eût été une sage orientation ! Elle aurait autorisé l'évangélisation de ceux qui répugnaient d'avoir à renoncer à des pratiques millénaires. Cette polémique fit de nombreuses victimes parmi ceux qui s'efforçaient, au prix de quelles difficultés et de quels périls, de catéchiser l'empire des Célestes.

— Et cet homme parle chinois ?

La Borde se mit à rire et leva les yeux au ciel.

— S'il le parle ? Il le parle et l'écrit comme la pagode de Chanteloup, je puis vous l'affirmer. Je vous le présenterai, car son abord est des plus rugueux.

Le garçon avait desservi et Gaspard s'affairait à découper l'aloyau qui fumait sur son lit de cresson. Le couteau taillait des tranches rouges et juteuses. Le plat de chou-fleur tout croûté de son gratin de parmesan fut déposé sur la table.

— J'espère, Benjamin, dit Nicolas, que vous appréciez la viande saignante ? C'est un goût que j'ai pris en Angleterre. Chez nous, le bœuf est souvent trop cuit, de crainte qu'il ne soit un peu avancé.

— Oui, c'est pourquoi il est fréquent que les pièces soient lavées avec du vinaigre pour ôter les odeurs suspectes. Cet aloyau me met l'eau à la bouche.

— Le *Grand Cerf*, dit Gaspard, intervenant dans la conversation, sait se fournir au plus frais et comme il dispose d'une glacière, nous pouvons conserver la viande pour qu'elle acquière cette tendreté et cette saveur qui font sa réputation auprès des amateurs comme Monsieur Nicolas.

— Cet homme dont je vous parle, reprit La Borde, saura sans nul doute éclairer le sens de ce papier qui peut en effet avoir la plus grande importance dans votre enquête. Reste que cette découverte est des plus étranges.

Par cette chaude soirée d'été, le vin de champagne se laissait boire et sa fraîcheur les grisait un peu. La Borde semblait songeur, comme s'il hésitait à dévoiler un secret.

— Cher Nicolas, depuis longtemps j'hésite à vous parler. Vous avez deviné et, d'ailleurs, vous êtes bien placé pour le savoir, j'appartiens à une loge maçonne. Tous ceux qui vous entourent, Noblecourt, Sartine, Le Noir et d'autres, tous œuvrent ensemble et réfléchissent aux grandes questions ouvertes dans ce siècle de lumière par les philosophes. Nous serions heureux, mon ami, que vous acceptiez de nous y rejoindre et de nous faire profiter de votre expérience, de vos talents et de votre vertu.

Nicolas demeura un instant silencieux. Il lui semblait que ce moment devait arriver. Il s'étonnait même que la chose ne fût pas intervenue plus tôt. Il la pressentait tout en la redoutant.

IV

CHINOISERIES

> « Les paroles fardées troublent la vertu. »
>
> *Confucius*

— Mon cher Benjamin, nous nous connaissons depuis tant d'années que je ne pourrais ni ne voudrais vous tromper. Maintes fois déjà, Noblecourt m'avait approché à ce sujet. Il l'avait fait à sa manière, délicate et matoise. Je suis un homme du roi sans autre fidélité que celle que je lui ai prêtée, lors du sacre à Reims. Pour moi, toute autre allégeance est impossible. Une autre raison, que je ne peux vous dévoiler, s'y oppose. Mais je suis touché de votre proposition. Elle m'honore, car je n'ai jamais douté de la qualité des hommes qui appartiennent à cette compagnie, même si certains, une petite part j'en conviens, peuvent nourrir, ce faisant, d'autres vues.

— Deux vrais amis, dit La Borde soupirant, n'ont rien à se reprocher parce qu'ils ne peuvent jamais s'offenser. Je comprends vos scrupules, mais si vous aviez accepté d'être associé à notre gloire, la modestie ne nous était plus permise !

— Voilà qui est par trop flatteur. Où en êtes-vous de vos travaux ? Rien depuis votre ouvrage sur la musique ?

— Je travaille à deux sujets : un recueil de pensées et maximes et une carte de la mer du Sud et de la Nouvelle Hollande qui me permet d'approcher le roi et de conforter mon retour en grâce. Vous connaissez sa passion pour la géographie. Sa Majesté paraît avoir oublié mes liens avec la Pompadour et Mme du Barry. Quant à la musique, je ne traite plus que de petits sujets en chansons pour mon plaisir et celui de ma femme, enfin quand je la vois…

— Et pour le reste, que dit le fermier général de la situation ?

— Un fermier général, quel qu'il soit, demeure à l'ordinaire haï, vilipendé, responsable de tout et de rien et, pour l'heure, *du mur murant Paris*. En vérité nous courons à la faillite ou, plutôt, nous y sommes. Il faudrait faire banqueroute, et tant pis pour les créanciers de l'État, mais qui, dans la conjoncture actuelle, oserait s'y abandonner ? Jadis l'abbé Terray avait accompli une opération partielle de ce genre et nul n'avait bronché. Mais il y avait alors une autorité et un roi, quoi qu'on en ait dit, qui savait, à de rares occasions, vouloir. Aujourd'hui, ce n'est pas le cas et le roi, trop honnête, qui va *comme un pois en pot* au milieu de ses conseils, y répugne. Quant à l'opinion il n'y a pas apparence qu'elle y consente : elle céderait aussitôt à la panique. Allons, mon ami, oublions tout cela et buvons au moment présent !

Ils se laissèrent emporter par le bonheur d'être ensemble. La soirée se prolongea fort tard avant que La Borde ne reconduisît son ami. Rendez-vous fut pris pour rendre visite le lendemain au savant jésuite.

Rue Montmartre, titubant, ivre de vin et de fatigue, Nicolas gravit avec peine les degrés menant à son appartement sous le regard critique de Mouchette qui le suivait pas à pas, inquiète de cette inhabituelle et scandaleuse conduite.

Jeudi 9 septembre 1787

Sur le palier des appartements de Noblecourt, Nicolas perçut le bruit d'une conversation. Il reconnut la voix de La Borde qui causait avec le maître du logis. Après avoir frappé, il poussa la porte de la chambre du vieux procureur.

— Bonjour, Nicolas, dit Noblecourt. Les oreilles ont dû vous siffler. Nous chantions vos défauts.

— Je ne voudrais pas vous interrompre. Ce sont les travaux d'Hercule !

— Je confiais à notre ami, reprit La Borde, vos réticences vis-à-vis d'une honorable proposition qui vous a été soumise.

— Peuh, grogna Noblecourt. C'est en vain que j'ai mille fois battu la campagne et tenté de l'atteler. Ne voyez-vous pas ce Lustucru qui ricane dans son col ?

Nicolas pouffait et s'étranglait.

— Je vous ai su gré de vos efforts, à tous deux, et rends les armes devant votre opiniâtreté.

— Toutefois, intervint Noblecourt, je ne désespère pas…

— Je pressens, dit Nicolas, une nouvelle offensive. Dans ce cas, seule la fuite est sagesse, et d'ailleurs La Borde et moi avons un rendez-vous.

— Ah ! Alors, mes amis, je vous libère. Le cas doit être grave car il est bien tôt pour des occupations plus légères.

— À quoi, Monsieur le procureur, pensez-vous donc ? C'est affaire à vous déclencher une goutte.

Ils sortirent sous les joyeuses imprécations de Noblecourt.

— Où loge votre jésuite ? demanda Nicolas, une fois qu'ils furent confortablement installés dans le carrosse de La Borde.

— Pas très loin, rue Trousse-Vache.

— Curieux endroit pour un savant ! A-t-il des ressources ?

— Une petite pension que lui servent des amis par mon intermédiaire.

— Comment l'avez-vous connu ?

La Borde se tourna vers Nicolas, la mine amusée.

— Le commissaire n'est jamais loin ! Il m'a été recommandé par... des frères.

— Édifiés sans doute par ses immenses connaissances ?

— Cela fait en effet partie de ce que j'essayais de vous faire entendre hier soir.

— N'y revenons pas. Voudra-t-il nous aider ?

— S'il ne nous jette pas dans son escalier dès l'abord, rien n'est perdu, mais c'est un vieillard fort irascible.

— Dans ce cas, je vous laisse l'initiative puisque vous le connaissez. J'attraperai le coursier en marche s'il prend le petit trot.

— Je vous ai averti, c'est un enragé matois. Un rien le furibonde.

— Quelle recette alors pour l'amadouer ?

— Ne jamais le contredire et ne pas s'inquiéter s'il dévie de son propos. Cela peut surprendre, mais il revient toujours à l'essentiel.

Ils parvinrent rue Trousse-Vache dans le quartier Saint-Denis. La voie était boueuse et peu fréquentée. La Borde désigna une haute et antique maison, soutenue par d'énormes madriers de chêne. Elle semblait se pencher vers la rue si bien que, la voyant, on appréhendait qu'elle fût sur le point de s'effondrer. L'intérieur était à l'image de la façade. Le torchis de l'escalier s'effritait. Quant aux marches couvertes d'ordures, une sur deux branlait d'inquiétante manière. Une odeur de rance et de moisi se mêlait à des relents d'infâmes graillons. Au second, une porte ouverte offrait le lamentable spectacle d'une femme en guenilles priant, agenouillée au pied d'un cercueil ou plutôt d'une caisse dans laquelle reposait un vieil homme à mentonnière, éclairé par deux chandelles. À terre, deux enfants encore au maillot vagissaient dans la poussière et les détritus. Dès le troisième étage, La Borde, essoufflé, paraissait sur le point de défaillir. Nicolas le fit asseoir sur une marche. Lui-même se sentait oppressé par ces visions atroces. Peut-être, au fond de lui-même, éprouvait-il le sentiment confus qu'une dynastie dont il était obscurément issu participât par son impuissance et son aveuglement à l'insondable misère du peuple. Une fille en jupons jaillit d'un logement.

— Mes beaux seigneurs. C'est bien tôt, mais entrez donc, la Lescot ne ferme jamais sa porte.

Elle accompagna ce propos d'une œillade d'autant plus effroyable qu'elle n'avait qu'un œil maquillé, ayant été interrompue par le bruit de leur ascension.

La Borde reprit souffle et murmura à l'oreille de Nicolas :

— Noblecourt ne croyait pas si bien dire ! Il rirait bien de nous voir en cet équipage.

Ils crurent toucher au paradis en atteignant le sixième étage.

— Samuel, enfin le père Samuel, occupe tout le haut de la maison. Je n'ai jamais compris comment il ne s'est jamais retrouvé à l'étage inférieur vu ce qu'il y entrepose !

Nicolas s'étonna de cette étrange remarque. La Borde toqua l'huis. Rien ne paraissait bouger à l'intérieur. Puis, soudain, la porte sembla frappée à plusieurs endroits.

— Il adore lancer des poignards, dit La Borde avec un pauvre sourire.

Une voix grinçante se fit entendre :

— Qui est là ? Je ne reçois pas. *Quaesimus, Omnipotens Deus, humanis non sinas subjacere periculis* (Dieu tout-puissant, ne permettez pas que nous succombions aux périls humains).

— C'est Benjamin. *Confide, pater, fides tua te salvum fecit* (Courage, père, ta foi t'a sauvé).

— C'est le mot de passe entre nous, murmura La Borde à l'oreille de Nicolas.

— Tu n'es pas seul, reprit la voix éraillée, qui t'accompagne ?

Et derechef la porte vibra sous deux chocs.

— Un ami sûr.

Des verrous furent tirés, grinçant abominablement. La lourde porte s'ouvrit, découvrant le père Samuel au milieu d'un nuage de poussière. C'était un homuncule à mine chafouine encore accentuée par une barbiche en pointe. Ses petits yeux enfoncés paraissaient deux points noirs qui fixaient sans regarder. Le reste du visage, aux joues aspirées sur une bouche édentée, présentait l'aspect parcheminé d'une tête de momie égyptienne, telle qu'en recélait le cabinet de curiosités de Noblecourt. La vêture était à l'image du personnage : une soutane effilochée, taillée dans une sorte de soie verdâtre, ornée de figures de dragons à moitié effacées et à laquelle manquaient la plupart des boutons.

Le logis, à la lumière de chandelles fichées à même le parquet, était à l'avenant de son occupant : le plafond détruit laissait voir la charpente. Des planches avaient été disposées entre les solives et croulaient comme le reste du logement sous des milliers de livres, rouleaux, gravures et papiers de toute nature. Des montagnes de volumes entouraient une paillasse recouverte de splendides soieries qui avaient connu des jours meilleurs, pourvue d'une écritoire servant sans doute à écrire allongé. Çà et là surgissaient, présence obsédante, les statues en diverses attitudes du prophète des talapoins[1]. Soudain le père Samuel se tourna sur lui-même et, sortant d'une de ses manches un petit poignard, le lança sur une cible invisible. Un petit cri se fit entendre aussitôt, suivi d'un soupir de contentement du jésuite.

— Encore un de moins. Je suis envahi de rats et souris qui dévorent mes trésors. Ce sont là créatures du démon, oui, du démon ! Benjamin, qui t'accompagne ?

Il s'était approché de Nicolas, le toisant par-dessous en raison de sa petite taille. Ce faisant il effleura une pile de livres qui s'effondra dans un nuage de poussière, déclenchant la fuite éperdue d'une compagnie de souris. Derechef, de petits poignards surgirent et furent lancés, dont certains atteignirent leurs objectifs.

— Avez-vous admiré l'ingéniosité de ces petits instruments qui m'ont coûté tant de veilles…

Il remua une poche qui retentit d'un bruit métallique.

— … Il a fallu peu à peu déterminer leur poids, leur longueur, leur forme afin de favoriser la prestesse de leur lancer. Gare à qui m'attaque ! Elles sont aussi efficientes sur les grosses bêtes que sur les plus petites.

Cette déclaration fut suivie d'un long ricanement.

— J'ai posé une question à laquelle il ne m'a pas été répondu.

La petite barbiche tremblait de colère.

— Monsieur est mon ami depuis près de trente ans.

— Son nom ?

— Nicolas Le Floch, marquis de Ranreuil.

— Qu'ai-je à faire d'un muguet de cour ?

Nicolas apprécia le compliment qui le rajeunissait.

— Il est aussi commissaire du roi au Châtelet chargé des affaires extraordinaires. J'ajouterai, mon père, qu'il fut élève des jésuites de Vannes.

— Hein ! Hein ! Et qu'ai-je à faire d'un policier, moi, pauvre reclus dans mon terrier ? Je fais ma police moi-même.

Il s'était penché, ramassait les livres et reconstituait la pile qui s'était effondrée.

— C'est un service que je vous demande, reprit La Borde, la vie de mon ami a été par deux fois menacée.

— Et qu'ai-je à y voir ?

— Son agresseur portait sur lui un document vraisemblablement écrit en chinois, sur lequel nous souhaiterions recueillir votre savant sentiment.

— Savant ! répondit Samuel. La flatterie n'érode pas mes défenses, sachez-le ! Enfin, montrez-moi cela.

Nicolas lui tendit le papier découvert dans la poche de l'inconnu et arraché par Pluton.

Samuel débarrassa un vieux fauteuil des hardes qui le recouvraient, s'y assit et, utilisant une lentille, se mit en mesure de déchiffrer le papier. Au bout d'un long moment, il regarda ses hôtes d'un air intrigué, puis soudain se dressa et, avec une agilité incroyable pour un homme de son âge, se mit à gravir des amoncellements de volumes, sauter d'une poutre à une autre, disparaître derrière des murs de livres pour enfin, tel un macaque, redescendre en un éclair, un fort rouleau de papier à la main.

— Vous avez de la chance, j'ai trouvé ce que je cherchais.

Il se plongea dans la lecture de ce rouleau, en compara certains passages avec le document de Nicolas. Il semblait effrayé et finit par hocher la tête en regardant ses visiteurs avec une sorte de commisération apitoyée.

— Vous voici mal embarqués. Puisse l'adversaire n'avoir aucune prise sur vous et sa perversité ne point vous nuire ! J'ai vécu longtemps en Chine. Je travaillais…

Il soupirait, comme saisi d'une triste nostalgie à l'évocation de ce passé. À bout de souffle, il tira un couvercle de bois et découvrit un vaste bassin empli d'eau. Il s'agenouilla et y plongea le visage avant de l'essuyer avec un méchant chiffon.

— Je conserve toujours une grande quantité d'eau que me monte un porteur, tant je crains que le feu ne prenne à mes trésors.

Il retrouvait peu à peu une respiration égale.

— Je fus, disais-je, l'assistant d'un de mes confrères que l'empereur Kien Long avait investi de l'importante fonction de directeur du tribunal des mathématiques. C'était un poste de tous les périls, car ces disciplines sont directement liées en Chine à des pratiques de divination, telles la géomancie ou la lecture de l'avenir dans les étoiles et les astres, toutes pratiques condamnées par la *Propaganda Fide* de Rome.

» Nous étions en permanence soumis aux menées des mandarins, jaloux de l'oreille favorable que nous prêtait l'empereur, mais aussi à celles d'une société secrète fidèle à l'ancienne dynastie Ming. Cette société, appelée Hung, proche dans ses débuts des croyances chrétiennes, dégénéra bien vite en une bande de rebelles et de voleurs qui avait perdu tout sentiment du caractère initial de l'association. Elle s'organisa en triades, chacune pourvue d'un mot de passe différent.

— Cependant, dit Nicolas, prenant la parole pour la première fois, quel rapport avec le document que j'ai soumis à votre sagacité ?

— En quelles circonstances vous êtes-vous trouvé en possession de ce papier ?

Nicolas entreprit d'en faire le récit succinct. Le père Samuel hocha la tête.

— Avez-vous examiné avec attention le visage de votre agresseur ?

— Nous n'en avons guère eu le temps, compte tenu des circonstances.

— Eh bien ! Vous avez eu grand tort ! Écoutez ce que dit ce papier.

Il reprit sa lentille qu'il en approcha.

— Je lis et traduis.

« Si vous rencontrez un frère, récitez ce quatrain. Je vis depuis une certaine distance une tache rouge sur votre visage. La porte de Hung est tout ouverte. Je ne demande ni le Nord, ni le Sud, l'Est ou l'Ouest. Comment pouvez-vous me barrer le passage et m'interroger ? »

— Mon père, que faut-il entendre par ces phrases sibyllines ?

— Il n'y a rien à comprendre. Il s'agit d'une de ces phrases rituelles qui servent aux affidés à se reconnaître. Leur pouvoir, oui, leur pouvoir est puissant.

— Pourquoi, mon père, aurions-nous dû examiner avec plus d'attention mon agresseur ?

— N'avez-vous rien remarqué sur son visage ?

— Le temps nous en a manqué. Pour diverses raisons, il était capital que je regagne Paris le plus vite possible. L'homme était déguisé en moine, sa face est demeurée dans l'ombre.

Samuel croisa ses mains comme s'il entrait en oraison. Il secoua la tête.

— Si vous aviez pris le temps nécessaire d'examiner le cadavre, vous auriez découvert que votre homme portait au front une marque rouge. Le quatrain y fait allusion. C'est là aussi un signe de ralliement. La marque du démon ! *Hostium nostrorum quaesumus, Domine, elide superbiam* (Nous te le demandons, Seigneur, écrase l'orgueil de nos ennemis).

— Mais enfin, dit La Borde, comment imaginer qu'apparaissent dans le royaume de France des affidés d'une secte orientale, venus de l'autre côté de la terre. Je suis bien placé pour savoir qu'il n'y a pas de Chinois à Paris.

— Hélas, le mal se répand comme une pestilence. Il suffit de traverser les mers. Cette secte a beaucoup essaimé. S'il n'y a pas de Chinois en France, peut-on imaginer qu'il n'y ait pas d'Européens dans l'immensité de l'Empire céleste et dans les contrées qui l'environnent ? Le vrai n'est pas toujours dans l'apparence.

Soudain il courut au fond de sa soupente et se mit à fouiller fébrilement dans un coffre de bois précieux. Il en sortit deux petits bols de couleur verte.

— Voici, leur dit-il, deux bols. L'un est très ancien, ce qu'on appelle du céladon de l'époque Song, enfin de la seconde période, disons pour nous entre Charlemagne et Philippe le Bel. Selon vous, quel est le plus ancien et le plus précieux ?

Nicolas et La Borde examinèrent les deux objets. L'un dénotait une admirable finesse de pâte, l'autre en revanche était des plus grossiers. D'un commun accord, les deux amis désignèrent le premier comme étant sans doute le plus remarquable.

— Comment, dit Samuel s'adressant à La Borde, juge-t-on la qualité d'une porcelaine ?

— Par la finesse de la matière dont elle est fabriquée, sa transparence.

— Voilà bien de la présomption de vouloir juger sur la mine ! S'appuyer sur une telle constatation est bien insuffisant. Il y a une pratique définitive pour assurer son jugement. Les écouter !

Samuel prit les deux bols et de son index dur, pareil à une griffe, les frappa tour à tour. Le plus beau produisit un son mat alors que le plus épais émit un tintement semblable à celui du cristal qui se prolongea longuement.

— Celui-là est un véritable céladon Song. Et pourtant il ne paye pas de mine, mais il chante.

— Et quelle est la leçon de cette parabole ? demanda La Borde.

— Votre homme n'était pas celui que vous pouviez supposer. Pour le reste je vous invite à prendre garde. Cette secte est dangereuse et opiniâtre dans ses trames. Pourquoi croyez-vous que je prenne tant de précautions ? Longtemps elle m'a poursuivi et je n'ai échappé que par miracle à ses tentatives.

Il s'adressa à Nicolas :

— Si vous, mon fils, êtes une proie désignée par les triades, elles ne cesseront de vous traquer. Prenez garde à vous, au Nord, au Sud, à l'Est et à l'Ouest. Voilà tout ce que je puis vous dire. Sur ce, je vous bénis tous les deux. J'oubliais, vous, Benjamin, si vous êtes son ami, vous serez tôt ou tard également menacé. N'oubliez pas que les affidés usent de tous les moyens possibles, le fer, le feu, le poison, et surtout qu'ils sont formés, depuis la création des Hung, dans les monastères bouddhistes, à toutes les formes de luttes martiales.

Accablés par ce qu'ils venaient d'apprendre, ils rejoignirent la rue. Le carrosse de La Borde était entouré d'une foule silencieuse au travers de laquelle ils durent se frayer un chemin. Dès qu'ils y furent montés, des mines patibulaires s'approchèrent de la caisse et se mirent à la frapper de leurs poings à un rythme de plus en plus rageur et menaçant. Le cocher dut user de son fouet pour les disperser et dégager la voie. L'équipage s'ébranla sous un déluge de boue et de cailloux.

— Quelle mouche les a piqués ? A-t-on jamais vu pareil défoulement de violence ! Si le cocher ne s'était pas résolu à donner du fouet, je n'imagine pas ce qui se serait produit.

— Mon cher Benjamin, le peuple souffre, d'évidence, mais il est aussi patent que certains n'hésitent pas à mettre de l'huile sur un feu qui couve ! Cela augure mal des temps qui viennent. Je n'avais jamais ressenti une aussi puissante irritation. Que pensez-vous des conseils de votre ami jésuite ?

— Je le crois fort versé dans tout ce qui touche ces matières et je crois qu'il faut prendre en compte sa mise en garde. La question désormais est de découvrir d'où provient la menace et cela, Nicolas, risque d'être des plus malaisé !

Ils demeurèrent silencieux un long moment alors qu'une charrette de foin bloquait la voie.

— Comment Mme de La Borde ressent-elle tout cela à Versailles ?

— Mme de La Borde, hélas, vit dans un monde à part, un monde sourd et aveugle. Son caractère mélancolique l'y incite. C'est le domaine irréel des fées dans une fausse apparence. Le hameau de Trianon dresse un univers rêvé. On y enrubanne des agneaux, des fermières de théâtre servent de la crème et du lait. Faux lac, fausse rivière, faux moulin et *tutti quanti*… c'est la pantomime des illusions. Tout y est faux ! L'apparence et le semblant y dominent jusque chez les courtisans, acteurs de cette fantasmagorie dont ils alimentent, à leur avantage, la dangereuse illusion. Et la présence feutrée du comte de Fersen exacerbe la jalousie et les ragots des entours…

Nicolas décela beaucoup de colère et un peu de tristesse dans la réponse de son ami.

— La reine ne s'est pas remise du jugement du Parlement, *de la fange sur la crosse et de la boue sur le trône*. Cette affaire du collier s'attache à elle comme la tunique de Nessus. Vergennes, sa mort est un désastre, donnait de bons conseils et préconisait d'opposer à la calomnie une image plus digne de la souveraine. Il y a quelques années, un peintre étranger, Wertmüller, avait voulu rendre une image maternelle et familière de la reine. L'œuvre avait été refusée.

— Le pourquoi de ce rejet ?

La Borde, ironique, hocha la tête.

— La reine avait eu un haut-le-cœur lors de la présentation, disant qu'elle ne s'y retrouvait pas. De fait, le peintre ne l'avait pas flattée. Reste, mon ami, que le visage était très ressemblant, je puis vous l'assurer. C'était bien là le problème : les souverains ne veulent jamais se voir tels qu'ils sont. L'idée a été reprise et commande a été passée à Mme Vigée-Lebrun. Celle-là possède la confiance de la reine et son habile et élégant pinceau était le seul à même d'enjoliver le modèle à volonté. L'idée est de représenter la souveraine comme la mère des enfants de France. La chose s'est présentée sous de mauvais auspices, la mort de la petite Sophie-Béatrix ayant jeté un voile funèbre sur le tableau ; on y voit un berceau vide drapé de tentures noires. Or vous savez ce qui s'est passé à l'ouverture du Salon, le 25 août dernier ?

— Je l'ignore, j'étais alors à Ranreuil.

— Imaginez que Mme Vigée-Lebrun a prétexté d'ultimes retouches pour retarder l'accrochage. De fait, on craignait avec raison l'hostilité des Parisiens. Le cadre est demeuré plusieurs jours sans sa toile, offrant aux foules l'occasion de se gausser. Un plaisant a désigné l'emplacement vide en criant : « *Voilà le déficit !* », déclenchant une tempête de rires chez le public présent. L'opération est un échec et l'image de la reine ne cesse de se détériorer. Vigée avait eu beau évoquer la robe rouge de Marie Leczinska, rappel bienvenu d'une reine aimée et respectée, rien n'y a fait. Les libelles qui émanent des officines de Provence et, bien sûr, de celles du duc d'Orléans ne cessent de présenter Marie-Antoinette comme la reine scélérate. Mon, ami, je redoute que nous ne marchions à pas de géant vers des temps difficiles.

La Borde déposa Nicolas au Grand Châtelet où Bourdeau le trouva morne et soucieux.

— Te voilà triste comme un deuil ! Quel tracas est-il en train de t'embrelicoquer[2] l'esprit ?

— *Tout m'afflige et m'ennuie et conspire à me nuire.*

— Et me confieras-tu la *racine* de ton mal ?

Nicolas daigna sourire à la plaisanterie de l'inspecteur.

— Asseyons-nous. Il nous faut nous remémorer les événements des derniers jours. Et surtout poser les questions idoines. Arrête-moi quand une idée te vient. Tout commence au bord du rivage où je suis tiré comme un lapin.

— Combien de coups de feu ?

— Je dirais deux sans hésitation, l'un contre moi, l'autre dirigé contre le vaillant Pluton.

— Quel délai de temps entre les deux détonations ?

— J'aurais du mal à le préciser dans l'émotion du moment. Pourquoi cette question ?

— Il me semble important de savoir s'il n'y avait qu'un agresseur. Fais un effort.

Nicolas se leva, consulta sa montre, et se mit à mimer les gestes qu'il avait faits sur la plage de la Bôle.

— Le sifflement de la balle… je me jette à l'eau… je nage en profondeur… je relève la tête et là, nouvelle détonation. Et donc…

Il regarda sa montre.

— … Trois minutes. Cela m'a semblé plus long en réalité. L'homme recharge, car d'évidence il ne possédait pas un de ces nouveaux modèles à deux coups. Mesure-moi le temps pour cela aussi.

Et Bourdeau de mimer à son tour.

— Il introduit la balle et la bourre, pousse le tout au fond avec la tige de métal fixée sous le canon, puis il verse un peu de poudre fine dans le bassinet avant de relever le chien muni de son silex, alors il presse la détente et fait feu. Alors ?

— À peine plus d'une minute.

— Donc, selon moi, il n'y avait qu'un seul tireur. Poursuis donc.

— Je retrouve les traces de l'agresseur, du crottin et des empreintes de chevaux. Mais j'étais passé par là avec Sémillante. Je rentre à Ranreuil où je rencontre Cholet, arrivé environ deux heures avant. Il m'apporte deux convocations m'intimant de regagner Paris au plus tôt. J'organise, comme je te l'ai déjà raconté, ma fuite discrète de Ranreuil.

— Que fait Cholet durant cet intervalle de temps ?

Nicolas releva la tête, l'air excédé.

— Le soupçonnerais-tu de quelque traîtrise ?

— Non ! Point de préjugés, je veux uniquement fixer la vérité des faits.

— Soit. À vrai dire je n'en sais fichtre rien. Dans la forêt du Mans, nouvelle attaque. Cholet me précipite à terre et fait feu sur l'agresseur. En toute hâte, nous abandonnons le cadavre.

— Pourquoi cette hâte qui ne te ressemble pas ?

— Ma tête avait porté sur la caisse, j'étais quelque peu ahuri et tout, là encore, s'est déroulé très vite. Je vieillis, que veux-tu !

— As-tu vu le visage du tueur ?

Des rides se formaient sur le front du commissaire.

— Revois la scène.

— Cholet a tiré… L'homme foudroyé est tombé en arrière.

— Tu m'as raconté que Cholet l'avait aussitôt retourné. Selon ce que tu m'affirmes maintenant, il se trouvait donc sur le dos. Là, je relève une contradiction : tu m'as précisé que tu avais vu la blessure de la balle sur la poitrine, je dis bien sur la poitrine. Alors ? Qu'en dis-tu ?

Nicolas s'était mis à marcher les yeux fermés.

— Il ne doit pas faire bon être interrogé par toi !

— Hé, j'ai été à bonne école entre Sartine, Lardin et toi. Des maîtres !

— Tu es bien généreux, c'est plutôt moi qui fus ton disciple.

Bourdeau rougit de plaisir.

— Mais tu n'échapperas pas à mes questions. C'est toi qui as souhaité cette reconstitution. Alors ?

— Peut-être était-ce le dos et la sortie de la balle. Je ne sais plus. Cholet m'a rapidement convaincu d'abandonner le cadavre dans les taillis.

— La mort a-t-elle été soigneusement vérifiée ?

— Sincèrement, je ne saurais en jurer.

— Tu vois où je veux te conduire et ce que suggère l'ensemble de ces faits ?

Cela, Nicolas le devinait en toute clarté. Il avait bien trop couvert d'éloges Cholet. Le cher Bourdeau, si susceptible, avait fort mal pris qu'un inconnu usurpât un rôle qui lui était réservé. Pour lucide et nécessaire que fût ce préalable, il ressortait du développement du récit que des détails intrigants subsistaient. Les conclusions qui en découlaient pouvaient se lire au regard de deux interprétations opposées. La sienne, relatée en toute candeur, et celle de Bourdeau qui transpirait dans la succession implacable de ses questions. Son hypothèse transformait l'aimable Cholet en un acteur encore plus ambigu qu'il n'était déjà apparu et toutes ses actions empreintes d'un inquiétant soupçon.

Ce qu'au fond insinuait Bourdeau, c'était que Nicolas avait été la victime candide d'une trame dans laquelle le vrai, le faux et le faux-semblant se mêlaient inextricablement. Le tueur de la Bôle avait-il vraiment voulu tuer le commissaire ? Rien ne le prouvait et la balle n'avait fait qu'effleurer la tête de Nicolas. De même, la mort de l'agresseur du Mans n'était nullement avérée. Pourtant, se disait Nicolas, Sartine manifestait la plus grande confiance en Cholet et l'ancien ministre n'était pas homme à se laisser tromper de la sorte. Il est vrai qu'une éventuelle trahison de Cholet expliquerait évidemment qu'on ait été informé de la convocation de Nicolas. Mais alors qu'aurait pu signifier cette tortueuse mise en scène ? Faire en sorte que le commissaire, naturellement reconnaissant envers quelqu'un qui venait de lui sauver la vie, lui aurait aussi accordé sa confiance ? Se serait ainsi développée une liaison utile dont il était loisible de penser qu'elle pourrait plus tard faciliter d'autres trames.

— Tu n'es pas convaincu de cette possibilité, n'est-ce pas ? dit Bourdeau qui avait deviné le débat intérieur de son ami.

— Je ne l'écarte pas et la mets de côté. Ton idée est troublante. C'est l'avenir qui nous départagera. En attendant, il nous faut redoubler de prudence et de précautions. Je dois à présent te mettre au fait d'un nouvel et inquiétant élément. Avec La Borde, nous avons rencontré un vieux savant, ancien jésuite en Chine. Il a été capable de traduire le papier arraché par Pluton.

— Et ?

— Il s'agirait d'un quatrain servant de signe de reconnaissance aux membres d'une société secrète chinoise. Et criminelle de surcroît.

— Il n'y a pas de Chinois en France !

— Selon le père jésuite, il pourrait exister des affidés non chinois.

— Cela élargit le champ des possibles de manière insensée !

— Je ne parviens pas à imaginer les raisons qui pourraient les jeter après moi. As-tu fait vérifier si d'anciens scélérats ayant eu affaire à moi seraient dans les parages ?

— Nulle trace en vérité ; et pourtant j'ai mis en branle la multitude de nos mouches.

— C'était en effet peu probable.

— Nous sommes donc condamnés à attendre l'événement qui, je le crains, ne peut être qu'une nouvelle tentative contre toi. Tu ne dois donc prendre aucun risque.

Nicolas haussa les épaules.

— Et diantre ! Quoi d'autre encore ? Passer sous la table, me cacher, disparaître, m'ensevelir sous la capuche et le cilice dans quelque lointain monastère ? Certainement pas. Ce n'est pas là ma nature et, quel que soit son visage, j'affronterai la camarde tête haute et en face ! Je mourrai en lançant le cri de la famille « *Ranreuil* », respectant ainsi sa devise *Ce que tu fais te fait.*

— Voilà qui fera un noble cadavre ! Chassez le naturel, il revient au galop ! Quel aristocratique orgueil ! Tu me rappelles ces chevaliers de Crécy qui, selon les chroniques, chargèrent contre toute raison et furent fauchés par les flèches des archers gallois. Dans bien des cas, la bravoure imprudente n'est souvent que bêtise, souviens-t'en !

Nicolas se retenait désormais de répondre aux provocations de Bourdeau, même et surtout lorsque ce dernier en venait à dépasser les bornes de la bienséance. C'était là le tribut à payer à une aussi fidèle amitié.

— Je ne te savais pas, Pierre, aussi savant sur notre histoire, dit Nicolas en riant. Et je te prie au passage d'épargner mon ancêtre Raoul de Ranreuil, qui périt dans cette funeste affaire aux pieds du roi Philippe VI.

— Sérieusement, Nicolas, loin de moi l'idée de t'offenser, mais je m'angoisse pour toi.

Nicolas lui tapota l'épaule et lui envoya une affectueuse bourrade.

— Je ne l'ignore pas, c'est ta croix ! En attendant, et quels que soient les risques, je vais sortir. Il m'incombe d'effectuer une démarche importante.

— Je t'accompagne.

— Il n'en est pas question. Je dois m'y rendre seul. Et surtout, interdiction formelle de me faire suivre. Je m'en rendrais compte sur-le-champ.

Et il quitta un Bourdeau grognonnant.

L'idée lui était venue d'informer Madame Louise au Carmel de Saint-Denis de la naissance de son petit-fils. Elle était la seule à comprendre l'importance de cet événement. Il lui devait bien cet hommage et cette marque de reconnaissance et de confiance. Et certes il ne se dissimulait pas non plus que, ce faisant, la fille de France prendrait les mesures pour que la mère de Nicolas apprît, elle aussi, la naissance de son arrière-petit-fils. C'est du moins l'espoir secret qu'il nourrissait en se rendant à Saint-Denis.

Avant de monter dans la voiture de service, il s'entretint avec Tirepot qui était de faction à l'entrée du Châtelet. Des consignes furent données et immédiatement transmises à des vas-y-dire qui traînaient place du Marché. Quand la voiture de Nicolas s'ébranla, elle fut aussitôt suivie d'une troupe d'enfants qui paraissaient demander l'aumône. Cet essaim la poursuivit jusqu'à la rue Saint-Germain-l'Auxerrois où soudain il bloqua totalement la voie, arrêtant la circulation des voitures tandis que le cocher piquait des deux, échappant ainsi à tout poursuivant éventuel.

Pour pleine de panache que fût l'attitude du commissaire face au danger, la raison l'invitait à ne pas en sous-estimer les risques. Il saurait se défendre mais il entendait aussi s'envelopper de précautions. L'expérience de Ranreuil l'avait averti que le péril était partout à l'affût et que lui tourner le dos participait d'une totale et imbécile inconscience.

Au Carmel, il fut conduit par la sœur tourière à la grille du parloir. Dans l'obscurité, le visage seulement éclairé par une pauvre chandelle, Madame l'accueillit avec sa bienveillance coutumière.

— Monsieur le marquis, mon cousin devrais-je dire…

Nicolas frémit d'émotion à ce mot.

— … vous avez demandé à me voir. Je vous écoute.

Il fut frappé de son visage de plus en plus bouffi, d'un jaune malsain.

— Ma mère, vous m'avez toujours dispensé la plus indulgente attention. Il m'a semblé naturel de vous informer de la naissance de Nicolas de Ranreuil, premier-né de mon fils Louis et de Julie de Mezay, son épouse.

Madame Louise joignit les mains et médita un instant.

— Le Seigneur a daigné nous entendre et a permis que ce qui avait commencé dans le péché s'achevât dans la grâce. Voici donc une noble tige qui refleurit. Elle perpétue…

Elle s'arrêta de parler, mais Nicolas pressentit ce qu'elle allait dire et son émotion redoubla.

— J'appellerai sur cet enfant la faveur du Seigneur. Vous m'apportez, mon cher cousin, une nouvelle qui m'emplit de joie. Je devrais me consacrer sans retour à mon divin époux et à l'administration de cette sainte maison. Hélas ! Je ne puis oublier le monde et les périls qui s'accumulent sur le royaume. L'incroyance philosophique entame les murailles de la foi et amoindrit ses défenses. Et qu'ai-je appris ? On donnerait à la religion réformée une place dans l'État, ses tenants obtiendraient le droit commun et le droit civil ! Et cette démoniaque initiative serait l'œuvre de qui ? D'un archevêque, Loménie de Brienne !

Elle se tordait les mains, les yeux révulsés. Elle eut une quinte de toux et sa tête s'affaissa.

— Ma révérende mère, voulez-vous que j'appelle ?

Dans l'obscurité une main apparut, qui tendit un mouchoir à la prieure. Nicolas fut saisi d'une terrible appréhension. Plusieurs fois, lors de ses précédents entretiens avec Madame Louise, il avait eu l'impression qu'un témoin assistait à leur conversation. Pour le coup, il en avait la preuve. Et un témoin de l'ombre devant lequel Madame Louise l'appelait son cousin était donc au courant de ce terrible secret. Qui pouvait l'être sinon sa mère, la fille naturelle du comte de Toulouse ?

— Non, répondit Madame à la proposition de Nicolas, sachez que mon temps est sans doute venu. Divers signes me le laissent supposer. Le jour de mes vingt-cinq ans, l'évêque de Langres, homme froid et brutal, m'avait affirmé que j'étais à la moitié de ma vie. Sa parole était sans doute inspirée et le sablier va se vider, le terme de ma dissolution est proche.

— Ma mère, serais-je un jour…

— Ayez confiance en la divine Providence et priez. Le temps viendra, peut-être.

Il sembla à Nicolas que quelqu'un soupirait et pleurait dans le parloir.

Madame Louise, mère Thérèse de Saint-Augustin, se leva alors que Nicolas s'agenouillait. Elle lui donna sa bénédiction et le rideau de la grille se referma.

Chaque rencontre avec Madame Louise l'emplissait de tristesse, car aucune n'aboutissait à ce qu'il souhaitait si fort que le cœur lui poignait à y songer. Il la quitta avec la certitude de ne jamais la revoir. Ainsi disparaîtrait le seul témoin de sa vie à faire lien jusqu'ici, il en était convaincu, avec sa mère. Il ne franchirait plus le porche du Carmel avec l'espérance toujours renouvelée d'un miracle. Pourtant il était pénétré d'une évidence : un jour la Providence qui veillait sur lui favoriserait des retrouvailles tant espérées. Comme à l'accoutumée, il se rendit dans le sanctuaire où dormaient ses ancêtres, se recueillit au bas des marches de l'entrée de cérémonie, où le cercueil de Louis XV attendait sa destination définitive.

Un aimable bedeau le guida dans le long couloir courbe qui menait au caveau des Bourbons. Sous la voûte de pierre en vaisseau s'alignaient, poussiéreux, les sarcophages des rois, reines et membres de la famille royale simplement posés sur des tréteaux. Son cicérone lui désigna les trois premières bières comme celles d'Henri IV, Louis XIII et Louis XIV. Nicolas fut saisi d'un frisson sacré devant les restes de son arrière-grand-père. L'air indifférent, il posa des questions sur divers personnages pour finir par demander où se trouvaient les restes du comte de Toulouse, fils légitimé du grand roi et de Mme de Montespan et son propre grand-père. Trop heureux de montrer sa science, le bedeau lui expliqua qu'ils avaient longtemps reposé dans l'église de Rambouillet, mais qu'en 1775, le duc de Penthièvre ayant cédé son domaine au roi, il les avait fait transporter dans la collégiale Saint-Étienne de Dreux.

À pas lents, il rejoignit sa voiture, plongé dans des pensées funèbres sur le passage du temps et la succession des générations. Puis les vols d'une troupe d'hirondelles, qui se poursuivaient en criant devant la façade du sanctuaire, dévièrent sa réflexion. Il convenait d'épouser les diverses fortunes de la vie comme on monte à la tranchée ; elle était belle et dangereuse. Il songea à cet instant à la sainte femme qu'il venait de quitter sans doute pour toujours et le visage d'une autre femme s'imposa soudain, celle d'une créature réprouvée, mais qui avait su avec tendresse et générosité protéger les premières années de Louis et qui ne comprendrait pas qu'on lui cachât la naissance du petit Nicolas. Oui, il irait en porter la nouvelle à la Paulet. La vie continuait, songeait-il, tendre et cruelle à la fois.

V

PIGNEAU DE BEHAINE

> « Ici commence l'œuvre des ténèbres dans laquelle je suis enseveli, sans qu'il m'ait été possible d'en percer l'effrayante obscurité. »
>
> *Rousseau*

Il atteignit le faubourg Saint-Honoré en fin d'après-midi. Une nouvelle ondée orageuse avait inondé les voies, ressourçant les coulées de boue. Cette situation faisait la joie de porteurs qui, sur leur dos, faisaient traverser aux élégantes soucieuses de ne pas souiller leur toilette le torrent noir et puant qui dévalait les rues. Des loueurs de parapluies, abrités sous les porches, proposaient leurs services aux chalands de passage. Nicolas ordonna à son cocher de ralentir afin d'éviter d'éclabousser par trop les piétons qui se serraient, effrayés, contre les murailles au passage des voitures.

Il descendit de son fiacre devant la façade du *Dauphin couronné* et, pensif, s'arrêta un moment, submergé de nostalgie tant l'endroit s'attachait aux souvenirs doux et amers de sa jeunesse. Il heurta l'huis. La même accorte jeunesse lui ouvrit et, le reconnaissant, s'exempta des afféteries habituelles réservées aux clients de l'établissement.

— La Paulet reçoit-elle ?

— Vous, pour sûr, dit-elle avec une moue ambiguë. D'ailleurs elle est apprêtée pour les séances du soir. Suivez-moi.

Elle le conduisit dans ce boudoir que Nicolas connaissait bien et qui constituait le quartier général d'une femme qui joignait à sa prime activité de maquerelle celles de maîtresse d'un cercle de jeux et de grande devineresse, désormais célèbre sur la place de Paris. La dame se tenait au courant des modes et le décor avait changé. Les découvertes exhumées à Pompéi et leurs représentations, dont on avait inondé les boutiques de gravures et d'estampes, avaient également inspiré les fabricants de papier peint et les décors de théâtre. Il semblait qu'on pénétrât dans un temple.

Partout le trompe-l'œil dominait. Des lampas tapissaient la pièce qu'un bâti, sans doute en osier, avait magnifiée sous forme de rotonde. Des motifs géométriques en quinconce parsemaient la tapisserie aux extrémités bordées de frises romaines. Une coupole artificielle d'un bleu profond figurait un firmament nocturne, avec ses étoiles et ses astres. Tout au centre de ce majestueux dispositif apparaissait, sur une estrade, un siège antique en faux marbre où trônait la Paulet en majesté, masquée et flanquée de deux torchères fumantes. Sous une coiffure déversant les épis, les fleurs et les pampres jaillissaient les boucles d'une perruque dorée ornée de fausses perles et de cailloux du Rhin qui scintillaient à la lumière. Une toge rosâtre enveloppait un corps toujours monstrueux, mais ne parvenait pas à dissimuler les pieds enflés que des cothurnes d'or contenaient à peine. De cette divinité barbare émana une voix à la fois suraiguë et sépulcrale.

— Que voulions-nous, ô simple mortel ? Avance, inconnu qui souhaite interroger la prêtresse de la divine Cérès, celle qui écoute les questions et donne les réponses ! Vois cette coupe et apportions-lui ton offrande.

Ce faisant, le geste qu'elle fit pour tendre l'objet dérangea sa coiffure, qui s'affaissa de guingois au grand amusement de Nicolas.

— Mettez vos besicles, Paulet, et, au lieu de violer les lois du royaume sur les devineresses et celles de l'Église sur les fausses croyances, reconnaissez votre ami !

Elle ôta son masque et saisit un face-à-main qu'elle braqua sur le visiteur dans un grand nuage de poudre qui répandit une forte odeur d'iris.

— Ma foi, mais c'est mon petit Nicolas ! J'croyons bien avoir reconnu sa voix, mais, avec tous ces falbalas, j'ai point d'ouïe.

Et elle fit basculer tout l'échafaudage de sa coiffure, révélant ainsi un crâne chauve couvert d'une calotte de dentelle jaunie. Nicolas frémit de pitié devant cette figure de pierrot ridé, fardé à l'excès de céruse, de noir et de rouge.

— Et alors comment entends-tu les demandes de tes clients ?

— Peuh ! C'étions la réponse qui compte et comme elle ne signifie rien, tout va au mieux et le monde étions content. Et ton gros joufflu si disert dans la mignardise, où qui s'trouve ?

— Il vous salue, le travail le retient au Châtelet.

Il y eut un silence entre eux, la Paulet clignait ses petits yeux inquisiteurs. Que signifiait le mouvement de sa bouche tremblante ? L'inquiétude ? Il ne semblait pas. Plutôt une expression d'émotion contenue. De la tendresse ?

— Tu sais, il y a beaucoup d'heures à mon horloge. J'faisions de ma carcasse boutique d'apothicaire tant j'avale de thériaques. Pour sûr, j'prendrons bientôt la mort aux dents…

Nicolas n'eut pas le cœur de la corriger.

— … Et, mon petit Nicolas, y a jamais eu de grabuge entre nous. Et pourtant tu aurais pu… Des amis comme toi, on n'en trouve plus. Quand la vieille haquenée cessera de trotter, tout sera à toi, j'disions bien, tout. *Le Dauphin couronné*, ma campagne de Meudon, tout ! Le notaire du quai Pelletier a fait les papiers.

— Que dites-vous là, ma Paulet ? C'est impossible, que dirait-on ? On m'accuserait des pires vilenies et, d'ailleurs, vous devriez abandonner ces funèbres pensées.

Elle secoua la tête d'un air indifférent, déclenchant un nouveau nuage de poudre et une abondante chute de céruse.

— Tu feras ce que tu voudras, je ne m'en relèverions point du tombeau et j'en laisse courir l'eau. Tu en passeras par là, car t'avions bon cœur et tu n'offenseras pas la mémoire de la vieille Paulet. Et le pourquoi qu't'es là ? Si tu me crachions la chose au lieu de la mâchouiller ?

Elle remit sa coiffure et reprit semblant d'impériale dignité.

— Je souhaitais, dit Nicolas, que vous soyez la première…

Il lui devait bien ce petit mensonge.

— … à apprendre une heureuse nouvelle. Julie, l'épouse de votre petit Louis, a eu un enfant, un garçon prénommé Nicolas.

Il ne s'attendait pas à la conséquence de cette annonce et se persuada que, décidément, il n'entendait rien à la nature des femmes. La Paulet avait éclaté en sanglots, et hoquetait en prononçant des mots sans suite :

— Mon poutiau… tout petit… avec sa maman Paulet. En avions-nous du souci, des fièvres… Un jour, il était tombé et il saignait, j'avions cru le perdre, et maintenant un poupon.

Elle pleurait et riait à la fois.

— Un jour, imagine que le petit coquin était entré dans la chambre d'une de mes filles, la Nèfle, une belle fille qui était en affaire avec un président du Parlement, un vieux laid bâti comme un escargot sans sauce ni verjus. Et de plus, il pétait comme un roussin ! Louis avait filoché et caché toutes les hardes du chat fourré. Quel tintouin ! Le gonze menaçait à tous bords et faisait le diable à quatre. Et moi, pour me dépêtrer, je lui répétions « je vous baise les mains ».

Elle s'étranglait de rire.

— C'est que nous traitions du beau monde sous le feu roi ! Et maintenant un petit Nicolas ! Cela fleure comme baume au beurre.

— Au cœur.

— Oui, au cœur aussi.

Elle se leva et Nicolas constata avec tristesse combien l'âge l'avait courbée et, depuis un an, changée et décrépite. Elle lui prit la main.

— Mon petit…

Il s'interrogea : il avait le sentiment qu'elle le prenait pour Louis.

— Tu dois prendre garde ; j'en entends beaucoup ces temps-ci. Le monde est mauvais.

Ce sentiment était donc unanime, chacun le lui répétait à l'envi. Il pressentait bien à quoi tenait cette inquiétude générale, mais il n'en distinguait pas les conséquences à venir.

La Paulet fourrageait dans un coffre où elle déposait les rétributions de ses consultations. Elle en sortit un petit hochet en ivoire et argent guilloché qu'elle tendit à Nicolas. De petits grelots tintèrent à ce mouvement.

— C'est pour le petit, tu lui offriras de la part de la vieille Paulet. Et tu sais ce qui me ferions plaisir avant que j'passions, c'est que Louis…

Un sanglot l'étrangla, lui coupant la parole.

— Que Louis vienne vous embrasser. Je le lui dirai. Il ne vous a pas oubliée et m'a chargé de ses compliments. Il sait ce que vous avez été pour lui.

Il n'en était plus à un mensonge près. D'ailleurs, il était convaincu que Louis la visiterait. Il tenait de son père le sens de la fidélité et de la reconnaissance.

Il approcha de la Paulet, lui prit la main et la baisa. Elle fut tellement suffoquée qu'elle éclata de nouveau en sanglots.

Nicolas quitta *Le Dauphin couronné* accablé de tristesse. Il se remémorait l'époque où tout était simple lorsque la vie déroulait ses aléas, sans que s'appesantissent sur l'âme les déchéances des êtres aimés. Dans le torrent peccamineux de son existence, sans doute Louis, et au-delà Antoinette et lui-même, avaient constitué ce pour quoi elle s'était sauvée.

L'expérience de sa tâche de grande maquerelle était comme balayée par la droiture et la persévérance d'une fidélité et d'une affection qui n'avaient jamais fait défaut. L'annonce de la naissance de son petit-fils avait remué les cœurs de trois femmes, Catherine, Aimée et la Paulet. Chacune avait reçu la nouvelle qui ouvrait les portes du passé. Que dirait Antoinette quand, par des voies de traverse, elle l'apprendrait ? Il s'étonna que cette chose vagissante et fripée qu'il avait tenue dans ses bras à Ranreuil fût à même de déclencher de telles émotions. Quant à Madame Louise, elle était au-dessus de ces contingences par trop humaines.

Le legs de la Paulet, il s'en souciait peu, n'ayant jamais eu l'esprit de prédation que l'on prêtait à la noblesse. Il ferait en sorte, le cas échéant, de respecter la volonté de sa vieille amie. Quant au *Dauphin couronné* et ses meubles meublants, il les ferait vendre au profit d'une œuvre de charité. Enfin, l'argent qu'avait sans doute accumulé la Paulet de ses diverses occupations, il le réserverait pour Mlle Dangerville. Cette petite fille, Claude, était la fille d'un homme sacrifié dans une enquête[1]. Nicolas avait promis à son père de veiller sur elle. Il l'avait confiée aux Dames anglaises et la visitait souvent, se présentant à elle comme son parrain. La fortune de la Paulet constituerait sa dot et la mettrait à l'abri du besoin. Il conserverait la petite maison de Meudon à laquelle il était attaché par les jeux et les rires de Louis, ou du moins par ce qu'on lui en avait rapporté.

Un moment, il se frappa la tête et se morigéna. La pauvre Paulet n'était pas morte et voilà que déjà il distribuait ses biens sans vergogne. Il s'en voulut.

Il pria la Providence de conserver encore longtemps sa vieille amie.

Traversant la place Louis-XV pour rejoindre la voie du bord de l'eau, un frisson le parcourut. Le souvenir de la tragédie de 1770[2] s'imposa à lui si fortement qu'il en éprouva un malaise. La reine lui avait dit, un jour de confidence, qu'elle-même ne pouvait passer par cette place sans ressentir une terrible angoisse. Elle n'avait pas assisté à la catastrophe, mais les récits qu'on lui en avait faits l'avaient à tel point impressionnée qu'elle revivait souvent ce moment en cauchemar. C'était la première fois que Nicolas éprouvait une telle impression. Il la mit sur le compte d'une sensibilité exacerbée par les événements de la journée et les éprouvantes rencontres avec Madame Louise et la Paulet. Il lui parut soudain étrange de rapprocher ces deux noms qu'une si grande distance séparait. Et pourtant l'une et l'autre se confondaient par l'amour qu'elles portaient, l'une à son divin époux et l'autre, comme elle venait de le faire, à ceux qui, dans sa solitude, lui étaient chers.

Les mouettes qui piaillaient au-dessus du fleuve ramenèrent ses pensées vers Ranreuil. Il se revoyait le soir, appuyé sur le parapet du chemin de ronde, alors que le soleil disparaissait peu à peu dans le libre océan au-delà du marais rougeoyant. Ou encore, après le souper, quand il lisait près de l'immense cheminée de granit où brûlait un tronc d'arbre pendant que le comte de Mezay et Semacgus s'affrontaient aux échecs, tout en poursuivant quelque brûlante controverse, et que Louis et Julie devisaient amoureusement. Il soupira ; il savait bien que ce tableau tenait de l'idylle et que le bonheur n'était jamais continu, mais surgissait en brefs instants qu'on avait trop souvent du mal à saisir et à apprécier.

Une angoisse jusqu'alors inconnue l'étreignait. Il était désormais comme un gibier traqué dans la ville hostile, sans d'ailleurs savoir d'où provenait la menace et incertain des raisons profondes qui avaient motivé son rappel de Bretagne. Ce que Sartine avait avancé n'était en rien convaincant. Et voilà que s'agrégeait la mystérieuse action d'une secte chinoise dont les arcanes étaient dévoilés par un vieux jésuite exilé. À bien y réfléchir, seule une conspiration, intérieure ou extérieure, était susceptible de s'articuler avec ces étranges agissements, d'y trouver ses bases et sa force. Ce qui l'inquiétait au plus haut point, c'était l'incertitude qui planait sur toute cette affaire et l'impossibilité de s'en emparer et d'ouvrir une enquête à partir d'autres éléments que ceux découlant des tentatives à Ranreuil et dans la forêt du Mans. Faudrait-il que sa propre mort intervînt pour qu'un début de clarté dévoile les tenants et aboutissants de cette énigme ?

Sur ces amères réflexions, il revint rue Montmartre et soupa avec Noblecourt. Connaissant les goûts et la fringale habituelle de Nicolas, Catherine avait préparé une pile de crêpes agrémentées d'une confiture de potirons aux zestes de limons. La tisane de sauge du maître de maison voisinait avec une bouteille de cidre rafraîchi. Les émotions de la journée avaient aiguisé l'appétit du commissaire et Noblecourt attendit qu'il fût rassasié avant de le questionner.

— Êtes-vous satisfait de votre journée ? Ciel, à votre regard si lourd je crains qu'il n'en soit rien.

Nicolas but un verre de cidre et soupira.

— Je l'aurais souhaitée moins intrigante.

— Mais encore ?

— Je me sentais comme dans votre cabinet de curiosités, béant, la bouche ouverte devant tant d'objets dont j'ignorais le sens et la fonction. J'ai rencontré un vieux jésuite qui aurait fait la paire avec votre tête de momie. Un acteur exilé de la querelle des rites… Un amateur de porcelaines antiques, en particulier de l'époque Song. Enfin, les authentiques, celles qui, mélodieuses, sonnent d'un tintement prolongé.

Avec un regard soupçonneux vers la porte de sa chambre, Noblecourt recouvrit une crêpe d'une épaisse couche de confiture et l'engloutit en toute hâte sous le regard de Pluton, qui considérait la scène et gémissait de désespoir. Il s'essuya la bouche et, intrigué, considéra Nicolas.

— Ne voilà-t-il pas que vous devenez apte à tenir comptoir au Palais-Marchand, rue Saint-Honoré près de l'Oratoire, à dispenser vos conseils aux amateurs de vases, pots et pagodes de porcelaine !

— Moquez-vous, reprit Nicolas, hilare, je n'ai point achevé mon discours. Apprenez, cher moqueur, que ce vieux jésuite m'a bellement éclairé ce document en chinois.

Et il décrivit en détail sa visite rue Trousse-Vache et les révélations du père Samuel.

— Vous m'en apprenez de belles. La clarté s'accroît et l'obscurité augmente… C'est une menace qu'il convient de prendre au sérieux. Mais quel est le lien entre le royaume des lys et l'Empire céleste ? Savez-vous d'ailleurs pourquoi ce dernier se nomme ainsi ?

— Ma science est récente et courte à ce sujet.

— Sachez que les Chinois pensent que la terre est carrée et le ciel rond. Tout ce qui n'est pas recouvert par le firmament n'est que terre barbare et méprisable. Nous en faisons partie… Pour en revenir à la question posée, tout ce que l'on peut en dire me paraît fort peu raisonnable. Il serait nécessaire que vous parvienne quelque nouvelle rumeur et qu'averti ainsi de ce bruit, vous puissiez en tirer quelques utiles conclusions. J'ai bien envie d'en demeurer là, car sans nouveautés, que dire ? C'est un grand mystère que votre convocation par d'aussi hauts personnages. Crosne fait le niais, Montmorin joue les ignorants et Sartine, selon moi, vous leurre d'une manière ou d'une autre. Pourquoi le fait-il ? Dans un pays policé comme le nôtre, il y a scandale à constater que de tels mystères se perpétuent. Il est temps que tout cela se réforme.

— Alors, vous aussi !

— Que voulez-vous dire ?

— Je n'entends çà et là que bruissements confus qui prônent le changement, la réforme, les États généraux et pourquoi pas, pour certains revenus d'Amérique, la république.

— Vous exagérez, mon ami, il est improbable qu'on en vienne à une telle fâcheuse extrémité.

La conversation se prolongea assez tard. Nicolas n'évoqua pas ses visites à Madame Louise et à la Paulet. Pour la première, sa discrétion se justifiait par la protection d'un secret personnel et intime. Quant à la deuxième, il jugeait malséant d'évoquer devant le vieil homme, son ami, l'état pitoyable d'une vieille femme.

Il s'endormit, veillé comme à l'habitude par une Mouchette attentive.

Vendredi 10 septembre 1787

… Que faisait-il encore dans le caveau des Bourbons ? Du sable crissait sous ses pieds. Le bedeau qui le précédait se retourna et abaissa le capuchon qui le recouvrait. Un visage camus aux yeux étroits le regardait. Encore un Chinois ? Des bruits et un grondement l'inquiétèrent. D'autres personnages qui tous se ressemblaient l'entouraient. Puis deux religieuses apparurent, lui prirent les mains et le dirigèrent vers les bières des rois sur leurs tréteaux. Elles le contraignirent à s'agenouiller. Des bruits étranges parvenaient des cercueils. Leur bois s'effritait peu à peu et enfin leur plomb coula comme une rivière d'argent. Des restes noirâtres, dont certains montraient l'étoupe qui les emplissait, se dissolvaient peu à peu. Ils se répandaient sur le sol comme une coulée de sable. Deux squelettes le tenaient désormais dont seules les têtes subsistaient, celles de Madame Louise et de la Paulet ricanant de concert…

Il hurla et se réveilla. Mouchette, effrayée, le poil hérissé, feulait d'un étrange cri de gorge. Il la prit contre lui et sentit le petit cœur de l'animal battre la chamade à l'unisson du sien. Il ne chercha pas à démêler le sens profond de son rêve et décida de descendre à l'office. La faim le tenaillait. Il décrocha un jambon qui pendait, suspendu dans l'âtre, et s'en découpa quelques tranches qu'il dévora avidement avant d'achever la dernière bouteille de cidre entamée dans la soirée. Peu à peu le gras et le sel du jambon le rassérénaient, le replongeant dans la réalité de la vie, chassant les pensées noires qui l'avaient accablé. La journée précédente avait été éprouvante pour ce qu'elle l'avait à deux reprises ému au vif. Il devait reprendre pied dans la vie, celle qui mêlait joies et douleurs. L'angoisse qui le tenaillait, il était urgent et nécessaire qu'il la chassât. Deux heures sonnaient à Saint-Eustache. Il décida de regagner sa couche et se rendormit paisiblement. À six heures, il descendit prendre son déjeuner, devisa un temps avec Catherine et, après sa toilette, partit à pied au Grand Châtelet.

Bourdeau travaillait déjà dans le bureau de permanence quand Nicolas le rejoignit. Il fut surpris du sérieux de l'inspecteur dont toute l'attitude montrait la gêne.

— Te voilà bien morose.

— C'est qu'il y a raison de l'être. Il faut que je t'avoue quelque chose. J'ai cru bon d'envoyer Rabouine au Mans…

— Sans m'en avertir !

— … L'enquête me paraissait nécessaire. Le pauvre n'a pris aucun repos, ayant chevauché à l'aller comme au retour, de jour comme de nuit. La forêt a été fouillée le long de la route dans la partie que tu m'avais décrite. Aucune trace du cadavre.

— Les loups l'auront emporté. Ou il pouvait n'être que blessé.

— L'homme avait-il une monture ?

— Maintenant que tu évoques ce point, il m'a intrigué quand j'y ai repensé. Il n'y avait aucun cheval dans les environs.

— Sur le coup cela ne t'a pas surpris ?

— J'étais dans l'émotion de l'attaque. Et que déduis-tu des constatations de Rabouine ?

— Ce que tu avançais, que l'agresseur n'a point été tué. Qu'il avait sans doute des complices qui l'ont récupéré. Que, dans cette hypothèse, M. Cholet n'est pas pour le moins le parangon de vertu que tu m'as décrit.

— Tu exagères ! J'éprouve seulement de la reconnaissance pour celui qui, d'apparence, m'a sauvé la vie.

— Soit. Mais pour le coup, il faut éclaircir les causes de ces contradictions, retrouver ce Cholet et, peut-être, saisir Sartine à ce sujet.

Bourdeau, boudeur, se mit soudain à râper du tabac. Nicolas, pensif, demeurait immobile, comme frappé de stupeur.

— Pour le moment il convient d'interroger Cholet, et comment le ferions-nous sans demander à Sartine de nous révéler où le trouver ?

— Acceptera-t-il de nous le dire, c'est une autre histoire.

— En sait-il lui-même le fond et, au vrai, n'en est-il pas l'instigateur ? Ah, j'oubliais, un pli est parvenu pour toi peu après ton départ hier matin. Où étais-tu allé ?

Nicolas ne répondit pas, et le pouvait-il ? Il déchira le cachet sec sans signe particulier et prit connaissance du contenu : « *J'ai des révélations à vous faire, rejoignez-moi où vous savez.* » L'écriture paraissait féminine, mais il était malaisé d'en être assuré. Il froissa le pli et le mit dans sa poche sous le regard curieux de Bourdeau.

— Louis m'avait chargé d'une démarche.

— Elle t'a pris toute la journée ?

— J'ai beaucoup marché. Je suis allé annoncer la naissance de mon petit-fils à la bonne Paulet. Je l'ai trouvée bien fatiguée.

— C'est vrai qu'on ne lui donne plus d'âge. Avec ce que nous savons, tu es bien imprudent de t'aventurer seul et à pied dans la ville.

Nicolas soupira, agita la main, comme chassant une mouche importune.

— Oh ! Tu peux bien t'agacer, mais le meilleur serait de suivre mes conseils et de prendre en compte le souci que tu causes à tes amis.

Nicolas ne répondit pas. Son esprit analysait la situation avec une rapidité qui l'étourdissait. Il flairait un piège que son instinct lui signalait. Ce message était d'autant plus inquiétant qu'il créait une connivence, pour ne pas dire une complicité, avec un mystérieux interlocuteur, non pour lui, mais pour tout autre qui prendrait connaissance de ses termes. Ceux-ci laissaient supposer que lui, Nicolas, connaissait le lieu du rendez-vous ou l'adresse de l'expéditeur. À quoi aboutirait un tel subterfuge ? Cela ne laissait pas de faire appréhender le pire. Au moment où les hypothèses se bousculaient dans sa tête, le père Marie entra porteur d'un pli pour Nicolas.

— Ce lieu devient les Messageries royales ! remarqua Bourdeau, goguenard.

— Cela vient d'un évêque, dit Nicolas après avoir examiné le sceau.

Il prit connaissance du contenu.

— Je dois partir tout de suite. Mon ami Pigneau de Behaine, évêque *in partibus* d'Adran, plénipotentiaire du roi de Cochinchine, veut m'entretenir de toute urgence.

— Veux-tu que je t'accompagne ?

— C'est inutile. Je suppose que l'objet de la rencontre est tout à fait personnel. Tu sais que c'est une vieille connaissance. À l'époque, il était au séminaire et moi chez le commissaire Lardin. En apprentissage, tous les deux.

Bourdeau fit la grimace. Pour Nicolas c'était l'évidence, il l'entendait penser : *Encore un qui me dérobe un peu de son amitié.*

— Rassure-toi, je prends un fiacre.

Arrivé rue du Bac, il franchit le portail, pénétra dans une première cour et, laissant la chapelle sur sa gauche, gagna le nouveau bâtiment construit au début du siècle, qui donnait sur les jardins. Un jeune prêtre se proposa de lui montrer le chemin pour gagner les appartements de l'évêque.

— Je dois vous accompagner, s'excusa-t-il, car il faut franchir la vigilance des gardes annamites.

— Que voulez-vous dire ?

— Ceux qui protègent le petit prince et ne laissent passer personne.

Et de fait, ils rencontrèrent sur les degrés des hommes curieusement vêtus de casaques de cuir, armés de sabres et de hallebardes, qui les arrêtèrent, l'air menaçant. Le prêtre lui expliqua par gestes ce que voulait le visiteur. Celui qui paraissait le chef du détachement disparut dans les étages. Il revint peu après avec un Asiatique en longue robe noire qui s'adressa à Nicolas en français :

— Je crois comprendre vous être M. Le Floch. Monseigneur vous attend. Je sais. Je suis Paul Nghi, son secrétaire.

Il fut conduit dans une partie du bâtiment qui formait suite. Des salles aux boiseries sombres, que seuls décoraient des crucifix et des tableaux à thème religieux, se succédaient, presque vides. Une porte fut ouverte au bout de ce trajet et il pénétra dans une bibliothèque où, derrière un bureau surchargé de dossiers, il reconnut son ami qui, la tête baissée et besicles sur le nez, écrivait.

Il se redressa et Nicolas constata, davantage qu'au bref moment de leurs retrouvailles à Versailles, qu'il avait forci. Ses petits yeux pétillaient de plaisir à la vue de son vieil ami. Son visage s'était empli et le teint virait au vermeil. La vieille soutane qui avait perdu toute couleur paraissait trop étroite pour le corps épais du prélat. Les deux parties du rabat semblaient effilochées. Il fit le tour du bureau et tendit les mains vers Nicolas qui s'inclina et baisa la bague présentée.

— Monseigneur…

— Allons, Nicolas, point de cela entre nous, qui sommes à un an près du même âge, sinon, moi je vous appelle Monsieur le marquis puisque décidément marquis il y a ! Savez-vous que pour faciliter mon entrée à la cour M. de Montmorin m'a conseillé d'ajouter à mon nom une particule, moi, un fils de tanneur ! On en rit chez mes collègues. Contrairement à vous, je suis un noble d'apparence, comme on dit. Ce n'est pas cela qui vous éberluera. Venez dans mes bras, mon ami.

Il attira le commissaire et lui donna l'accolade.

— Je remercie la Providence d'avoir l'heur de vous revoir un peu plus longuement qu'à Versailles. Il y a vingt-deux ans que nous nous sommes vus pour la dernière fois. Asseyez-vous, Nicolas. Dès que j'ai su par le ministre que vous étiez revenu de Bretagne, je vous ai fait demander. Je vois que mon messager a réussi à vous remettre mon pli.

— Votre messager ?

— Oui, par prudence j'avais doublé le chevaucheur officiel et dépêché un de mes serviteurs annamites des plus fiables pour vous prévenir à Ranreuil que je souhaitais vous consulter. Les deux ont dû vous joindre.

— Non, un seul est arrivé à Ranreuil.

— Ce serviteur n'a point reparu jusqu'alors. J'en déduis qu'il est mort. Je n'ose penser que c'est un traître.

— Serait-ce lui l'agresseur ?

— Que voulez-vous dire ?

— Qu'un homme m'a tiré dessus sur la côte près de Ranreuil, me manquant de peu, pour ensuite organiser un guet-apens dans la forêt du Mans après avoir essayé d'occire le chevaucheur officiel qui m'apportait de la part de M. de Montmorin et du lieutenant général de police d'avoir à revenir d'urgence. Sur votre demande expresse, j'imagine.

— Que me dites-vous là ! Et mon serviteur ?

— Sans doute laissé pour mort dans la forêt du Mans.

— Laissé ?

— De fait, car nous n'avons nulle certitude sur l'homme et l'urgence a prévalu.

Pigneau s'était dressé. Son visage avait viré au rouge pourpre. Il se signa et, la main sur sa croix épiscopale, parut prononcer une oraison.

— Un fidèle serviteur ! murmura-t-il. Converti secrètement et qui avait reçu le baptême de ma main.

Nicolas entra dans le menu et raconta à l'évêque les détails de l'aventure et ce qui avait suivi, le tout éclairé par les révélations du père Samuel. Il lui présenta le document en chinois que l'évêque traduisit aussitôt en confirmant la teneur.

— Je crois, dit-il, que le secret de cette affaire réside dans les motifs qui vous ont incité à me faire chercher.

Adran tira un fauteuil et s'assit près de Nicolas.

— Savez-vous, Nicolas, que j'ai subi bien des traverses durant toutes ces années. Vous vous souvenez que mon idéal devant le Seigneur était de porter sa parole chez des peuples païens. J'ai essayé d'accomplir ce vœu à mes risques…

— Et à tous périls, selon les nouvelles que le roi me faisait passer.

— Et les plus acharnés de mes persécuteurs n'ont pas toujours été ceux que je souhaitais convertir. J'ai dû lutter contre le Saint-Siège où l'on estimait qu'un missionnaire ne devait sous aucun prétexte s'immiscer dans les affaires politiques des pays où s'exerce notre apostolat. C'était bien facile à soutenir dans le silence et la pompe des palais romains.

— Et pourquoi une telle animadversion ?

— De fait, j'avais été dénoncé par des confrères qui blâmaient ma conduite. Or si je soutenais le roi légitime de Cochinchine, c'est qu'il était mon ami parce qu'à plusieurs reprises, je lui avais sauvé la vie et qu'il m'avait confié l'éducation de son fils, au scandale de certains de ses mandarins. J'ajouterai que ses ennemis, les Tây Son, scélérats perdus de crimes, s'avéraient les implacables persécuteurs de notre religion. J'ai été noirci par les plus atroces calomnies. Or je poursuivais deux projets, l'intervention de la France et le triomphe de la religion chrétienne. Car, mon cher Nicolas, je n'étais pas le seul à agir sur-le-champ : les jésuites soutenaient les avances des Portugais et bien sûr les Anglais offraient leurs services ; tous vendant des armes aux uns et aux autres afin d'asseoir ainsi leurs intérêts. Et je ne parle pas des Hollandais.

— Comment se présentent vos négociations ?

— Elles se poursuivent cahin-caha. J'ai la chance d'avoir des soutiens à la cour. La reine elle-même a bien voulu m'assurer de sa bienveillance, et ceci grâce à l'abbé de Vermond, son lecteur et ancien précepteur. Il se trouve être un ami de jeunesse de Loménie de Brienne. Elle a invité mon pupille à venir jouer avec le dauphin. M. de Montmorin a compris aussi l'intérêt de mon combat.

— Tout va donc pour le mieux.

— Mon Dieu, je le voudrais ! Mais, et c'est pourquoi je vous avais fait appeler, hélas, des menaces pèsent sur le succès final… Elles m'inquiètent, pour ne pas dire davantage… Je crains… Des rumeurs parvenues jusqu'ici dont je ne peux vous révéler l'origine…

Les mots sortaient difficilement.

— À l'issue de la négociation, je devrais parapher le traité au nom du roi de Cochinchine et y apposer le sceau royal. C'est une lourde pièce d'orfèvrerie représentant un dragon. Sa détention légitime le roi. C'est dire la confiance qui m'a été consentie… Pour tout vous expliquer, une menace pèse sur cet objet sacré et elle pourrait s'accompagner de l'enlèvement du prince Canh.

— Est-ce pour cela que vous m'avez fait convoquer par deux émissaires ? Redoutiez-vous que votre message soit intercepté ?

— J'admire votre sagacité, répondit Adran avec un peu d'ironie. Vous êtes-vous assuré que mon émissaire était bien mort ? Nous sommes en guerre là-bas et les artisans de la dernière habileté en toutes matières ont mis au point des cuirasses de cuir, métal et fibres de bambou tressées, parfaitement capables de protéger d'une balle.

— Donc à vous bien comprendre, le doute peut subsister ?

Nicolas fermait les yeux et, à l'instar de sa sœur Isabelle quand elle réfléchissait, se mordillait l'intérieur de la joue.

— Je crois, Pierre, devoir examiner tous ceux qui pourraient vous être hostiles. Aidez-moi à en dresser la liste.

Il sortit son petit carnet noir.

— Vous avez raison ! D'abord vous devez prendre en compte que mon arrivée a quelque peu troublé cette maison assoupie. La *Propaganda Fide* via le prince Doria Pamphili, nonce à Paris, m'a autorisé à occuper le temps de mon séjour à Paris un siège de directeur.

Il ouvrit les bras, faisant des gestes violents.

— Fureur, gémissements, haines rancies et dissimulées, toute la maison retentit de soupirs et de délations. On est allé jusqu'à suggérer des choses atroces. En avril, je me suis rendu à Origny pour y voir ma mère et ma famille.

Sa voix, toujours d'habitude forte et claire, s'affaiblit.

— On a alors prétendu que ma mère était tombée folle de saisissement lors de nos retrouvailles, m'accusant ainsi, oui Nicolas, d'être responsable de sa maladie dont les symptômes, en vérité, ne sont apparus qu'en juillet.

— J'en suis désolé.

— Ce n'est pas tout ! Je sais qu'on me reproche mon train de vie, mais, diantre ! Je suis l'ambassadeur d'un roi et le protecteur d'un prince et je traite avec le plus puissant royaume du monde. Je dois recevoir dignement à ma table ceux qui nous soutiennent et donner à l'extérieur du lustre aux apparitions du prince. Tout cela accable et dérange fort le spirituel et le temporel de cette maison et nourrit bien des ressentiments.

— Vous croyez que…

— Non, jamais ! Ce ne sont que ratiocinements de vieillards aigris et jaloux. Dans nos maisons religieuses, la langue est souvent plus dangereuse que le poignard ! Et de surcroît, on tympanise mon caractère…

La voix s'était faite grondante et grave.

— Et croit-on qu'après avoir traversé les épreuves de mon apostolat, affronté des armées, échappé à des sicaires, été prisonnier et condamné à la cangue, et, pour finir, avoir su mener ma barque au milieu des intrigues d'une cour orientale, j'aurais dû toujours conserver une douceur évangélique ? J'ai même péché en travestissant quelque peu, ceci entre nous, Nicolas, la vérité concernant les ouvertures de pays étrangers, plus avancées que je ne le prétends à Montmorin. *Ad augusta per angustas.*

— Alors, et à Paris ?

— Je n'en crois rien. Oh ! bien sûr, certains sont hostiles à mon entreprise. Peu avant mon voyage, les gouverneurs successifs de Pondichéry à qui j'avais demandé conseil et aide m'ont découragé. Curieusement, alors que les négociants français, sans exception, se montraient favorables au projet, notre marine non ! D'Entrecasteaux, commandant des forces navales aux Indes orientales, a préféré un lucratif commerce privé entre Manille et Macao à une reconnaissance ordonnée le long des côtes de Cochinchine. Le père Nghi pourrait vous en conter d'édifiantes à ce sujet. Mais là aussi les réticences, qui tiennent surtout au déficit de l'État, ne peuvent conduire aux actes dont nous sommes menacés.

À ce moment de la conversation, la porte de la bibliothèque s'entrouvrit lentement et un petit garçon entra. Pieds nus, vêtu d'une ample robe incarnate surbrodée d'or, il avait la tête rasée. Nicolas fut frappé de la finesse des traits qu'éclairaient des yeux d'un noir si profond qu'il semblait liquide. L'enfant prononçait les *r* en les mouillant de curieuse manière.

— Oncle Pierre, dit-il d'une voix timide, vouloir jouer dans jardin.

Adran se leva.

— *Je souhaite* jouer dans *le* jardin, dit-il, le corrigeant. Monseigneur, je vous présente le marquis de Ranreuil, mon plus ancien ami, auquel vous pouvez vous fier en toutes circonstances.

Nicolas se dressa à son tour et s'inclina. Le prince Canh croisa les bras et se courba en avant devant lui.

— Votre Altesse Royale se plaît-elle à Paris ?

Il se produisit alors une scène curieuse. L'enfant se mit à tourner comme un toton en tenant chaque pan de sa robe et se mit à chantonner d'une voix aigrelette :

> *Vous régnerez ; Adran vous aime,*
> *Tôt, tôt, tôt, il bat chaud,*
> *Royal enfant, consolez-vous,*
> *Tôt, tôt, tôt, son courage*
> *Double quand pour vous est l'ouvrage.*

Et il salua derechef.

— Ceci est fort bon, dit Adran mi-fâché, mi-charmé. Qui donc vous a appris cette chansonnette ?

— À l'office, j'appris, murmura-t-il les yeux emplis de larmes.

— Votre place n'est point là, je vous l'ai déjà dit.

Canh se précipita aux pieds d'Adran, étreignant ses jambes.

— Allons, mon prince, dit celui-ci doucement, ne faites pas l'enfant. Saluez le marquis de Ranreuil et allez jouer au jardin.

Nicolas trouva cette petite scène édifiante. D'évidence, elle prouvait la très puissante influence de l'évêque sur un enfant qu'il formait et qui deviendrait le monarque d'un pays, sans doute à l'avenir lié à la France. Adran secoua la tête.

— Il ne saurait, dit-il, pensif, se passer de moi, c'est un avantage mais aussi une charge.

— Il a dû réussir à la cour, comme jadis le petit Mozart.

— Certes il attire un sentiment de compassion qui s'attache à l'enfance et au malheur. La reine s'en est apitoyée. À cela s'ajoute la satisfaction de voir un royaume si lointain faire appel à notre secours.

— Pour reprendre notre conversation, que soupçonner et déduire des indications fournies par le père Samuel ?

— Je me méfie des jésuites, sauf que celui-ci n'était pas à ce qu'il me souvient en odeur de sainteté dans sa compagnie…

— Mais que penser d'une possible affiliation de votre serviteur à cette société secrète ?

— Elle est vraisemblable au vu des pièces que vous me présentez, mais j'ai du mal à m'en convaincre.

Il méditait, caressant sa croix pectorale.

— Toutefois, il serait imprudent de sous-estimer une association qui aujourd'hui se complaît dans le crime et qui n'hésite pas à louer ses services au plus offrant. Comprenez bien, mon ami, que ce n'est pas vous qui êtes directement menacé dans cette affaire, mais bien le succès politique de la négociation que je mène. Elle intéresse beaucoup plus que le règlement d'une guerre civile dans un petit royaume lointain, mais bien l'avenir de la position de notre pays dans cette région du monde. Vous et moi sommes des obstacles.

— Mais je n'avais rien à voir dans cet imbroglio.

— Que si ! Vous êtes bien modeste. Votre réputation est grande ; j'ai pu le constater depuis mon arrivée à Paris. N'étiez-vous pas dans le cabinet de Sa Majesté lorsqu'elle fit l'honneur de m'entretenir ? J'ajouterai qu'il a suffi que je fasse appel à vous et que la nouvelle en transpire pour qu'aussitôt vous apparaissiez aux yeux de nos ennemis comme un obstacle et un adversaire de taille. C'est l'homme de solide vertu, l'instrument habile et le recours utile qu'on a voulu anéantir en vous. Reste à découvrir qui mène la danse de ces pantins.

Adran fouilla dans sa soutane et en sortit une vieille montre toute cabossée que Nicolas reconnut.

— Oui, c'est toujours la même, dit-il, souriant, ayant suivi le regard de Nicolas. Elle a échappé à tous mes déboires. J'ai même pu la racheter à l'un de mes geôliers au Cambodge. Que diriez-vous de partager mon modeste repas. Oh, il sera des plus frugaux, et maigre, nous sommes vendredi.

Il sonna et des serviteurs annamites reçurent ses ordres en vietnamien. Un guéridon fut apporté sur lequel furent déposés des bols, de petites tasses et de curieuses tiges de bois. Adran et son hôte y prirent place et le *benedicite* fut récité. Une théière répandit son arôme inconnu.

Et il ajouta joyeusement :

— Je réserve les festins qu'on me reproche pour acheter les consciences… Vous serez surpris par l'amertume du thé. Nous en avons apporté des ballots ainsi que du riz et des futailles de *nuoc mam*, saumure de poisson dont un Annamite ne saurait se passer.

On déposa devant Nicolas un bol fumant d'un bouillon clair et odorant où nageaient des boulettes qu'il saisit avec une petite cuillère de porcelaine. Il fut surpris par les parfums inconnus qui lui emplissaient la bouche.

— Et encore, dit Adran, vous n'avez là que le produit d'herbes sèches.

— Et ce mets ?

— Il s'agit de boulettes de poissons dans un consommé. Ensuite nous aurons du poisson cuit *Cakho tô* à la saumure et je vais vous apprendre à manier vos baguettes.

Il montra à Nicolas comment en user.

— Et de surcroît, vous aurez le grand privilège d'utiliser celles-ci, qui m'ont été offertes par le roi Nguyen Anh. Elles sont taillées dans un bois spécial dont le secret est étroitement préservé. Il change de couleur au contact du poison.

Ils se perdirent ensuite dans leurs destins respectifs. Adran raconta ses aventures et Nicolas l'informa de ses événements familiaux et des raisons de sa position à la cour. Il écouta l'évêque. Qu'était devenu le frêle et timide séminariste de jadis ? Il observait face à lui un homme solide à la parole déterminée, tout le contraire des prélats qu'il avait jusque-là croisés. Il évoquait avec passion son amour pour la terre et le peuple d'Annam. Il décrivait avec ferveur son antique culture et la beauté de ses paysages. Le roi fut présenté tel qu'il le voyait, sans excès d'indulgence, à la fois chef autoritaire et ami fidèle. Nicolas sentit soudain qu'Adran avait franchi un cap. Il se persuada que par ses qualités, son intelligence et, surtout, cette volonté qui manquait tellement à ceux qui s'évertuaient à la tête du royaume, un grand destin l'attendait pour le salut de la dynastie des Nguyen.

Le père Nghi apparut soudain et parla à l'oreille de l'évêque.

— Cher Nicolas, je crois que nous devons nous séparer. On me dit qu'un M. Bourdeau vous demande d'urgence. Je vous bénis. Mon ami, prenez garde à vous. Nous nous reverrons bientôt.

Ils se donnèrent l'accolade et Nicolas descendit quatre à quatre les degrés du bâtiment.

VI

EMBÛCHEMENT[1]

> « Mais admire avec moi le sort dont la poursuite
> Me fait courir alors au piège que j'évite. »
>
> *Racine*

Nicolas, dès qu'il fut assis dans la voiture, interrogea Bourdeau sur ce qui justifiait une presse aussi grande et le dérangement de son entretien avec l'évêque d'Adran.

— Accepte mes regrets, cependant l'urgence n'est pas de mon fait, mais de celui du lieutenant criminel.

— Le lieutenant criminel !

— Tel que je te le dis. Il a saisi M. de Crosne, qui a missionné l'un de ses commis pour te joindre. Tu connais sa peureuse impatience. Je n'ai cru devoir révéler ni le motif ni le lieu de ton absence. Au bout du compte, nous sommes requis sur le théâtre d'un crime sur les détails duquel je n'ai obtenu, en dépit de mes demandes réitérées, aucune lumière.

— Et le commissaire du quartier n'aurait pas été compétent, qu'on en vînt à nous requérir de la sorte ?

— Sans doute s'agit-il d'une de ces affaires extraordinaires dont le démêlement exige ta présence.

Nicolas s'enfonça dans une morose réflexion. Il n'augurait rien de bon de cette curieuse convocation. Tout le bonheur et le surcroît d'énergie que lui avait procurés son fraternel entretien avec son plus vieil ami se dissipaient peu à peu. La glace de la voiture était recouverte de buée. Une forte pluie avait inondé Paris et la brume troublait la perspective. Les maisons dédoublées paraissaient osciller et danser la gigue, tout comme les chalands, multipliés à l'infini, figuraient une foule diffuse.

— Et en quel lieu sommes-nous attendus ?

— Nous y sommes presque. Une maison rue des Fossoyeurs, presqu'à l'angle de la rue du Canivet.

Nicolas continuait à s'interroger. Que venait faire le lieutenant criminel au début d'une enquête ? D'ordinaire, il attendait que le plat lui fût servi pour mettre en place la procédure. Que signifiait cet empressement à se saisir d'une affaire ?

Le fiacre s'arrêta et Bourdeau lui fit signe de descendre. Nicolas leva les yeux vers une belle demeure de trois travées, à quatre étages, avec un entresol surmonté d'un attique. Sa surprise fut grande de voir quatre archers du guet qui en gardaient la porte. L'inspecteur le précéda jusqu'au second étage. Était-il donc déjà venu sur les lieux ? Une porte était ouverte d'où provenait la rumeur indistincte d'une conversation. Ils pénétrèrent dans un salon. Deux hommes se retournèrent dans lesquels Nicolas reconnut M. Bachois de Villefort, lieutenant criminel, et Guyot, commissaire du quartier.

— Ah ! Enfin vous voilà. Je craignais que vous vous fussiez envolé.

— Diable, pourquoi l'aurais-je fait ?

— Alors où étiez-vous ?

Bourdeau ne l'avait pas trahi. Or, songea-t-il, inquiet, pourquoi avait-il dissimulé son anodine visite aux Missions étrangères ? Le ton de Villefort commençait à l'échauffer.

— Aurais-je, Monsieur, par hasard, des comptes à vous rendre ?

— Il paraîtrait que oui et vous me l'allez dire sur-le-champ.

Le commissaire Guyot s'interposa. Ce n'était pas un ami de Nicolas qui, à plusieurs reprises, avait décelé dans son administration des irrégularités sur lesquelles Le Noir, trop indulgent, et lui-même, en butte à bien des rumeurs, avaient passé. Ses petits yeux chassieux s'étrécissaient de ce qui semblait bien s'apparenter à du plaisir.

— Messieurs, Messieurs, si nous commencions par décrire la situation. Ainsi mon honorable et estimé confrère pourra mesurer la gravité des faits qui sont susceptibles de lui être reprochés.

— Quelle est cette allusion à des événements qui me sont étrangers, lorsque je les ignore ?

Un homme sortit d'une autre pièce et s'adressa à Villefort :

— Monsieur, il appert de mon premier examen, qui gagnerait à être confirmé par une ouverture, que la victime a péri d'une balle de pistolet dans la tête. J'estime l'heure de sa mort, compte tenu de nombre de constatations, à hier aux environs de trois heures de relevée. Et pour n'être pas trop catégorique, entre deux et quatre heures. Il n'y a pas eu d'autres violences.

— Le docteur Habert, dont le cabinet se trouve à quelques pas et qui a été appelé pour les premières constatations.

— Puis-je au moins voir la victime ?

— Pourquoi pas, reprit Villefort, mais ne dérangez rien.

Nicolas écarta le médecin et entra dans la chambre à peine éclairée par deux chandelles. Les volets intérieurs étaient fermés. Il découvrit avec effroi, mouvement violent qui n'échappa pas au lieutenant criminel, le corps de Cholet à la renverse sur le lit, la tête ensanglantée. Il était en chemise, culotte et bas, sans souliers. Villefort saisit un pistolet et le présenta à Nicolas.

— Reconnaissez-vous cette arme ?

Il lui semblait que tout s'effondrait autour de lui, c'était là le pistolet dont il avait fait présent à Cholet. Pourquoi vos actes vous suivaient-ils ainsi ? Que répondre ?

— Pourquoi devrais-je la reconnaître ?

— Parce que, Monsieur, vos armes sont gravées sur la crosse de ce pistolet. Voyez les hermines et les chevrons. Vous sont-elles étrangères ? Vous êtes ignorant de votre propre blason, Monsieur le marquis ?

Nicolas décida de s'enfermer dans le silence.

— Je n'ai pas souvenir de ce pistolet.

Il devait prendre garde et s'envelopper d'ambiguïtés. Ne jamais donner prise à quelque soupçon que ce fût.

— C'est nier toute évidence, Monsieur, et je prends acte de votre retirement. Il nourrit encore davantage les certitudes qui s'accumulent quant à votre participation à cet assassinat.

— Là encore, dit Guyot, reconnaissez-vous la victime ?

— Nullement. J'ignore qui est ce jeune homme. Comment s'appelle-t-il ?

— Vous moquez-vous, reprit Villefort, vous savez parfaitement qu'il s'agit de Gilles de Maradon.

— Je l'apprends. Je ne le connais ni d'Ève ni d'Adam, je le répète.

Ils revinrent dans le salon.

— Nous voici au pied du mur. Monsieur, que faisiez-vous hier après-midi, disons entre une heure et quatre heures ? Prenez garde à vos paroles.

Le piège se refermait. Que dire ? Pouvait-il impliquer Madame Louise afin qu'elle se portât son garant ? C'était impossible pour de multiples raisons. La police au Carmel, questionnant une fille de France ? Hors de question. Il frémissait à cette seule pensée. Il se sentait aux abois, revivant les épisodes du passé quand il avait été accusé du meurtre de Mme de Lastérieux, sa maîtresse[2]. Désormais dans la nasse, il cherchait désespérément le moyen de s'en échapper. Il devait s'arc-bouter et ne rien lâcher. Sa force était que ses accusateurs ignoraient apparemment la double vie de Cholet.

— Je n'ai reçu aucune instruction, de qui de droit, de répondre à vos questions.

Villefort frappa le sol du talon comme un enfant à qui on refuse et qui s'obstine.

— Monsieur, vous me poussez à bout. Vais-je devoir envisager des mesures extrêmes ? Me pousserez-vous dans mes retranchements ? Les preuves de votre culpabilité sont si évidentes et si concluantes que je ne saurais me soustraire à mon devoir. Le Floch…

— Tiens, le marquis a disparu, dit Nicolas, riant et feignant de chercher quelque chose autour de lui. Vous savez, j'ai droit à la hache.

— Trêve de plaisanteries, Monsieur le marquis de Ranreuil, lança Villefort, rouge de colère, vous êtes accusé du meurtre de M. Gilles de Maradon. J'ordonne donc que vous soyez arrêté et transféré à la Bastille pour y être emprisonné dans l'attente des résultats de l'enquête. Mais auparavant, veuillez vider vos poches.

— Monsieur, comment osez-vous ? Mais soit, je n'ai rien à cacher.

Et il vida ses poches. Villefort se précipita sur l'énigmatique billet que Nicolas avait reçu. Il le compara avec un autre papier et, triomphant, releva la tête.

— Il y a évidence que ce billet est de la main de M. de Maradon. Qu'avez-vous à dire de cela ?

— Que je viens de le recevoir et que j'ignore sur ma foi à quoi et à qui il fait allusion.

Bourdeau s'avança, le teint empourpré.

— Monsieur le lieutenant criminel, peut-être serait-il plus séant de tenir le marquis de Ranreuil dans une cellule du Grand Châtelet. Il serait ainsi plus aisé de l'avoir sous la main en vue de l'interroger, quand ce sera nécessaire.

Villefort regarda avec insistance le commissaire Guyot qui, imperceptiblement, lui fit non de la tête puis il fit signe à Bourdeau à qui il parla à voix basse :

— Il ne manquerait plus qu'il fût au milieu des siens ! Le secret qui doit désormais l'entourer n'en serait pas garanti. C'est d'ailleurs vous, inspecteur Bourdeau, qui l'allez conduire à la Bastille. Vous marquerez ainsi votre loyauté et votre obéissance aux ordres du roi.

Bourdeau allait répondre, mais un coup d'œil impérieux de Nicolas lui ferma la bouche. Il aurait une chance de s'entretenir en tête à tête avec l'inspecteur.

Dans la voiture Nicolas, après un long silence, se tourna vers Bourdeau, le regard lourd d'interrogations.

— Tu savais tout quand tu m'as pris aux Missions étrangères, n'est-ce pas ?

L'inspecteur soupira et baissa la tête.

— Je venais de dire à Villefort que tu étais absent hier après-midi. Je craignais, si je t'en parlais, de te mettre en fâcheuse posture. J'étais persuadé que tu préciserais les choses. Où donc étais-tu ?

— Je suppose qu'on t'a chargé de me tirer les vers du nez. Belle besogne en vérité !

Bourdeau frappa du plat de la main le rebord de la banquette.

— Pourquoi crois-tu qu'on m'ait chargé de te conduire à la Bastille ? C'était le prix à payer… je m'y suis engagé, mais je ne tiendrai pas ma parole. C'était là l'unique moyen pour moi de pouvoir te parler.

— Et de rapporter à Villefort, qui manifeste à mon égard, tu l'as vu, une débordante affection, mes propos les plus compromettants.

Bourdeau serrait les dents et deux larmes coulaient sur ses joues. Il semblait avoir vieilli en quelques instants.

— Allons, mon Pierre, murmura Nicolas se penchant vers lui, quelles sont ces vilaines choses qui soudain nous opposent ? Ne vois-tu pas le péril qui me menace ? Ne sens-tu pas que je ne peux en dire plus long ? Je ne peux pas ! C'est impossible. L'honneur et plus me l'interdisent.

— Mais est-ce toi qui as assassiné Maradon ?

— Tu t'obstines ! Persuade-toi, une bonne fois pour toutes, que les deux choses sont liées. Je peux m'innocenter à condition de me déshonorer, entends-tu ? Et si la parole d'un Ranreuil, ou plutôt celle de Nicolas Le Floch, ton fidèle ami, a quelque influence sur toi, eh bien ! La veux-tu ? Je te la donne. A-t-elle du poids pour toi ? Cela te suffit-il ? Devrais-je m'ouvrir les veines ?

— Enfin, Nicolas, pourquoi m'assassines-tu ainsi ?

L'intéressé eut un rire amer.

— Vraiment tu trouves les mots qu'il faut !

— Mais je te crois ! Simplement, accepte de me donner quelques explications. Nous devons te sortir de ce mauvais pas. Par exemple, comment se fait-il que Maradon a été tué par un pistolet portant tes armes ?

— Parce que Maradon n'est autre que Cholet, le chevaucheur qui m'a sauvé la vie sur la route du Mans. Parce que, partant de Ranreuil, je lui avais confié ce vieux pistolet de la collection de mon père. Il m'avait d'ailleurs dissimulé en posséder un autre avec lequel il a dépêché l'agresseur du Mans. Parce qu'enfin, pour lui marquer ma reconnaissance, je lui avais fait présent de cette arme.

Bourdeau, atterré, baissait la tête.

— Te voilà piégé dans des rets bien serrés. Essayons, l'esprit froid, de trouver la voie du salut. Tiens, frappe-moi et saute sur le chemin. Perds-toi dans la ville ou réfugie-toi au Temple jusqu'au moment où l'énigme sera éclaircie.

— Dans ce cas nous serons deux à la Bastille ! Tu sous-estimes la rancœur et la vindicte d'un Villefort à qui trop souvent j'ai fait de l'ombre. Il serait trop content de ce prétexte, il ne te croira pas et te brisera, et je perdrai mon unique recours.

Ce dernier mot rasséréna Bourdeau qui, après un temps de réflexion, reprit la parole :

— Par exemple, tu pourrais affirmer avoir été à l'heure dite chez la Paulet. Nul doute qu'elle accepterait de mentir pour toi.

Nicolas soupira.

— Serions-nous assez lâches pour jeter dans la fournaise cette pauvre vieille à qui je dois tant ? Outre cela, que pèserait la parole d'une maquerelle, réputée dans la main de la police depuis tant d'années ? J'ai une autre proposition. Villefort attend ton rapport. Tu lui indiques que mon silence tiendrait à l'honneur d'une grande dame et qu'il est hors de question qu'en galant homme je consente jamais à en révéler davantage. Cela nous donnera du temps.

— Cela suffira-t-il ?

— Nous verrons. En dernier recours, je pourrais toujours exciper d'un blanc-seing signé du roi dont je ne me sépare jamais. Pour le moment conduis-moi à la Bastille. Le gouverneur, M. de Launay, est le subordonné du lieutenant général de police. Des plus médiocres d'ailleurs. Nul doute qu'il sera heureux de me recevoir. Je souperai à sa table et pour le reste me ferai servir à la pistole. Il suffit de demander à Gaspard, du *Grand Cerf*, que tu connais, de venir chercher mes commandes. L'ordinaire de son hôtellerie me conviendra parfaitement.

— Tu m'étonnes. Pourquoi cette tranquillité d'âme ? Elle est si soudaine !

— C'est qu'à bien y réfléchir, je crois que Villefort a avancé ses cartes un peu vite. Tu as vu la besogne, pas d'enquêtes, pas d'interrogatoires adjacents, pas d'ouverture, aucune recherche de témoins et, au bout de tout cela, on arrête Nicolas Le Floch. Il devrait craindre le retour du bâton. Il reste que je te dois charger de deux missions immédiates que tu dissimuleras soigneusement. Tu verras Sartine et le préviendras. Il est à craindre qu'il ne s'ouvre pas à toi sur le fond de la mission de Cholet. Qu'importe ! Et tu vas aussi demander audience de ma part à Pigneau de Behaine, évêque d'Adran, aux Missions étrangères, rue du Bac. Rapporte-lui tout par le menu. Enfin, bien sûr, avertis M. de Noblecourt de mon absence. Inutile de le troubler davantage. Heureusement, la famille est encore à Ranreuil avec Semacgus. Quant à Mlle d'Arranet, fais-lui passer ce billet.

Et Nicolas arracha une page de son carnet où il griffonna avec sa mine de plomb un court message.

— Et surtout, ajouta-t-il, poursuis l'enquête avec attention. Il y a dans toute cette affaire un mystère qui m'inquiète. Comprends-tu que le meurtre de Cholet ou de Maradon pourrait viser deux objectifs ? Un plan particulièrement machiavélique. D'un seul coup de feu on compromet un commissaire de police et on supprime qui ? Un témoin ? De quoi ? Un complice ? De quoi ? Un traître ? De quelle cause ? Pour quelles raisons ?

— Autre détail qui n'en est pas un, peut-être : comment se fait-il que tes armes ont immédiatement été reconnues sur la crosse du pistolet. Sans t'offenser, tu n'es pas de ces grands qui timbrent tout ce qui leur appartient du flamboiement de leur gloire.

— Il faudrait d'abord savoir quand le corps a été découvert. Ce qui autorisait, le cas échéant, d'avoir eu recours à d'Hozier pour découvrir la famille à laquelle ce blason correspondait.

— Guyot te déteste. La haine augmente la perspicacité. Il pouvait connaître tes armes.

— Tu as raison. Mais il faut le vérifier, tout doit être soigneusement étudié.

À l'approche de la Bastille, une nouvelle sérénité s'était établie entre les deux amis. Ils étaient l'un et l'autre en accord avec leurs arrière-pensées. Chacun savait pouvoir compter sur l'autre. Nicolas sifflotait un air de Gluck, signe de bonne humeur, lorsqu'à la sortie de la rue Saint-Antoine se profila la vieille forteresse. Elle semblait flotter dans la brume qui montait de la Seine toute proche. Ils franchirent le second pont-levis jeté sur le fossé de la Bastille dans un grand martellement de madriers remués. Une porte d'entrée en chêne fut lentement ouverte dans un long grincement de ferraille pour laisser pénétrer la voiture jusqu'à une barrière à claire-voie faite de grosses pièces de bois entrecroisées, fermée à triple serrure et doubles verrous. Bourdeau se pencha à la portière pour être reconnu par le commandant du corps de garde. L'accès de la cour d'honneur leur fut ouvert et un officier courut prévenir le gouverneur de l'arrivée d'un prisonnier d'importance.

Peu après, M. de Launay, petit homme noirâtre au nez crochu, apparut le chapeau à la main, se confondant en compliments.

— Quel honneur, Monsieur le marquis ! Que puis-je pour votre service ?

— Tout simplement, dit Nicolas, m'embastiller, mon cher gouverneur.

— Comment !

L'homme était réputé pusillanime, s'effrayant d'un rien et incertain dans sa capacité de décision.

Plusieurs fois, Le Noir avait songé à le remplacer par un officier de caractère. Restait que la forteresse ne servait plus à rien, sauf à accueillir quelques prisonniers sans éclat. Survenait le commissaire Le Floch, bien en cour, proche du roi. Cela ne pouvait que troubler au plus haut point l'âme étroite du gouverneur.

— Oh ! Je suppose que vous ne demeurerez pas très longtemps avec nous, dit Launay qui ne savait plus quelle attitude adopter.

— Ce sera selon, mon cher, selon…, dit Nicolas qui lisait à livre ouvert dans l'attitude de l'homme.

Un peu perdu, Launay s'agitait, appelant un de ses adjoints pour lancer des recommandations contradictoires.

— Monsieur, dit-il cérémonieusement, je vais vous conduire à votre cellule… je veux dire à votre chambre.

Après une interminable pérégrination dans un dédale de galeries et d'escaliers aux murailles salpêtrées, le lieu en question lui fut ouvert. C'était une pièce en ogive meublée d'une couche, d'un bureau, d'un fauteuil et d'un autre meuble pour la toilette. Un tapis élimé dissimulait une partie du dallage, mais ne parvenait pas à égayer ce triste décor.

— Je vous ai réservé cette cellule, enfin cette chambre, car elle est plus petite et se trouve pourvue d'une vue sur l'extérieur. Ainsi le soleil y entre à certaines heures.

Nicolas considéra, perplexe, l'étroite ouverture qu'on pouvait atteindre en gravissant trois degrés. Un double appareillage de barreaux limitait la vue promise.

— Le difficile dans cette maison, ajouta Launay, c'est qu'elle est chaude et humide l'été et glacée et tout autant humide l'hiver. Me ferez-vous l'honneur de souper avec moi ce soir ? Nous n'avons pas toujours l'avantage d'accueillir des hôtes aussi distingués.

— Je vous en remercie et j'accepte votre invitation. Pour le reste, mon ordinaire me sera apporté par un garçon du *Grand Cerf*. Avez-vous des livres ici ?

— Certes, une belle et bonne bibliothèque que je vous invite à piller.

Nicolas se retrouva dans la solitude de ce qui n'était qu'un cachot où dominait une odeur de moisi et de suie. Il s'approcha de la vaste cheminée. Des cendres subsistaient d'un feu ancien. Me voici embastillé, songea-t-il, en riant à l'idée de cette situation baroque. Il ne parvenait pas à se persuader du sérieux de l'épisode. Cet emprisonnement lui serait une pause utile, une sorte de retraite monacale. Dans le calme et le silence du cachot il serait à même de réfléchir sur les données d'un problème qui s'était enténébré avec la mort de Cholet *alias* Maradon.

À sept heures on vint le libérer pour le conduire dans le bâtiment où logeaient le gouverneur et ses officiers. Le cristal, l'argenterie, la porcelaine et le damas blanc ornaient une table brillamment éclairée de bougies. Nicolas mesura par ces détails combien son hôte devait être inquiet de sa présence. Les mets furent à la hauteur du luxe prodigué : tourtes, volailles truffées et douceurs de toute sorte arrosées de vins fins se succédèrent. La conversation ne fut pas à la hauteur de ces agapes. Il semblait qu'on se heurtât chez Launay à une sorte de mur d'ignorance sur n'importe quel sujet qu'un honnête homme pouvait traiter sans abus de précisions ou de connaissances. Tous ceux abordés conduisaient à une obscure impasse !

Nicolas, qui souhaitait aller au fond du personnage et ajouter cette âme à sa collection, le poussa dans la seule direction qui pût le passionner. La défense de la Bastille et les périls qui la menaçaient. Flatté de cet intérêt pour ce qui l'obsédait principalement, il énuméra dans un détail maniaque les préparatifs qu'il faisait pour la défense de la forteresse sans que ceux-ci puissent convaincre le simple mortel de leur éventuelle efficacité.

— Songez, Monsieur le marquis, à tout ce qui m'entoure, aux dangers cachés que recèle le moindre recoin. Chaque nuit, je me penche sur le parapet et la terreur me prend des ombres menaçantes que j'entrevois. Mes officiers prétendent que ce sont celles des arbres. Ils cherchent seulement à me rassurer alors que je sais bien ce que j'ai distingué en cherchant à remplir au mieux la charge que le roi m'a confiée.

À Nicolas le marquis de Launay parut ou malade ou incapable, faisant montre de la plus lâche irrésolution. Dieu soit loué, pensait-il, jamais personne n'aurait l'intention d'attaquer la vieille bâtisse, qui d'ailleurs, selon les propos du gouverneur, ne contenait qu'une dizaine de prisonniers.

Ayant épuisé le sujet de la défense de sa Bastille, Launay, qui avait dû entre-temps s'informer de l'arrestation de Nicolas, hasarda quelques questions :

— À ce que me dit le lieutenant criminel, vous seriez accusé de meurtre, je ne le peux imaginer…

Nicolas le regarda avec un sourire ironique.

— Hein, le croiriez-vous ? Pourtant vous ne manquez pas d'imagination, ce me semble ! Mais cela doit être vrai puisque Villefort l'affirme haut et fort. Il ne se peut tromper. Il défère et emprisonne au gré de son tempérament. Je suis donc soupçonné de meurtre et j'ai l'heur d'être votre hôte. Mais sans doute mes amis préparent-ils déjà ma libération.

Qu'avait-il dit là ? M. de Launay pâlit, recula sa chaise et, l'air égaré, regarda autour de lui.

— Allons, cher ami, il n'y a pas feu en la demeure ! Reprenez donc de cet excellent vin de Bourgogne, il va vous ragaillardir.

— Iriez-vous jusqu'à suggérer que vos amis s'en prendraient à la Bastille pour vous faire évader ?

— Peut-être, dit Nicolas qui s'amusait follement, qu'ils ne pousseraient pas jusqu'à cette extrémité, mais sait-on jamais, il y a parmi eux quelques têtes folles.

— Au point de…, bégaya Launay à demi dressé de son fauteuil.

— On ne saurait jurer de rien.

— Ne pourriez-vous arrêter les prémices de cette tentative ? N'êtes-vous pas bien ici ? Votre chambre ne vous conviendrait-elle pas ? Me voulez-vous mille morts et ma disgrâce après tant d'années de service et de vaillante défense de cette forteresse ?

— Certes, il serait dommage et je m'en voudrais à un point que vous n'imaginez pas si, à cause de moi, il vous survenait quelque malaventure de la sorte. Malheureusement on ne peut rien exclure… Le monde est cruel et redoutable. Votre haute fonction et vos responsabilités n'ont cessé de vous faire à la cour et la ville bien des ennemis. Dieu soit loué, ici les murailles sont épaisses et les verrous bien tirés.

M. de Launay s'agitait et jetait des regards inquiets autour de lui. Nul doute que personne ne dormirait cette nuit et qu'il s'empresserait de mettre en état de siège l'ensemble de la garnison, poursuivant ses officiers d'aigres et inutiles recommandations.

— Il me reste, Monsieur le gouverneur, à vous remercier de cet agréable souper et des égards que vous me prodiguez. Je me retire afin de profiter du sommeil dans cet agréable lieu.

Et il se fit reconduire jusqu'à son cachot. Il alluma une chandelle et s'étendit sur la paillasse. La flamme fumeuse ne parvenait pas à éclairer le haut de l'ogive. Au bout d'un moment il perçut un petit cri et une minuscule souris, sans doute apprivoisée par un de ses prédécesseurs dans les lieux, surgit en haut de son genou dressé et se mit à lisser ses moustaches, s'arrêtant parfois pour observer le nouveau venu. Il avança un doigt timide et caressa le doux pelage gris ; elle se laissa faire, les yeux fermés. Encouragée, elle avança jusqu'au cou de Nicolas, se tapit contre sa cravate et, confiante, s'endormit. Cet innocent abandon l'apaisa. Il s'interrogea sur ses relations avec les animaux, chevêches de son enfance à Ranreuil, chats, chiens et chevaux. Il y avait dans cette complicité générale entre eux et lui un mystère profond que rien n'expliquait.

Passé l'espèce d'excitation joyeuse que le souper avec Launay lui avait procurée, il prit une nouvelle mesure de sa situation. Jusque-là, il avait traversé plusieurs phases, accablement premier devant le piège dans lequel les circonstances l'avaient jeté, puis retour sur lui-même et certitude de l'inconséquence de l'épisode. Maintenant, dans l'oppression des ténèbres, des périls redoutables se profilaient et accroissaient les remous de son âme. Qu'il eût été tué à Ranreuil ou sur la route du Mans ou qu'il demeurât embastillé et dans l'incapacité d'agir, le résultat était le même : l'homme que d'évidence beaucoup craignaient se trouvait dans l'impossibilité d'intervenir dans l'affaire des menaces contre la délégation cochinchinoise ou, même, d'assurer la sûreté du roi dans cette inquiétante période.

Parfois un cri strident retentissait dans le lointain de la forteresse. Une sorte de froid désespoir l'envahit. Enfant, alors qu'il recherchait des *mortas*, morceaux d'arbres fossiles, dans la tourbe du marais de Brière, il était tombé dans un trou. Il se souvenait avec terreur de son lent glissement dans l'eau boueuse au milieu d'herbes aquatiques qui l'enserraient peu à peu comme autant de liens. Il s'était souvenu du conseil d'un vieux chaumier d'avoir dans ce cas à se laisser couler sans résister pour, à la fin, donner le coup de talon libérateur qui le remonterait à la surface. Le rappel de cette aventure lui mit du baume au cœur et il trouva facilement le sommeil.

Samedi 11 septembre 1787

À l'aube, la brume humide et chaude qui emplissait le cachot l'éveilla. La souris avait disparu. Peu après son lever, le valet personnel de M. de Launay entra avec un pot de café, du lait et des oublies. Il avait aussi apporté son nécessaire de barbier pour coiffer et raser Nicolas. La conversation s'engagea et, alors que Nicolas s'interrogeait sur la superposition double des barreaux, il lui fut expliqué par cet homme que ce renforcement de précautions avait été apporté à la suite de l'évasion, d'ailleurs manquée, de M. de La Condamine. On ignorait les raisons de son emprisonnement. On murmurait seulement que cet officier aurait inventé un système de bombes inflammables et qu'après l'avoir proposé à Choiseul, il avait été jeté dans un cachot pendant de longues années ; le feu roi haïssant les armes par trop meurtrières. Nicolas se souvenait que M. Le Noir l'avait fait libérer en 1782 après lui avoir obtenu six mille livres de compensation à condition de ne jamais se plaindre ni réclamer de cette injustice. Vers dix heures M. de Launay lui fit tenir une pile de volumes qui s'avéra être l'histoire de France de l'abbé Jean-Jacques Garnier dont les derniers volumes venaient de paraître. Il s'y plongea, feuilletant au hasard les exemplaires. Un passage le frappa dans lequel le chancelier de l'Hôpital, deux siècles auparavant, préconisait le recours aux États généraux « seul moyen qu'ont les rois de connaître la vérité qui leur est déguisée par tout ce qui les entoure… C'est là que le roi apprendra le tort inexprimable qu'il se fait à lui-même, en chargeant le peuple de nouveaux impôts ».

À une heure, le même geôlier lui apporta un dîner fin provenant directement des cuisines du *Grand Cerf*, du pain, de la galantine de volaille, une truite en gelée, deux belles poires et une bouteille de vin cacheté. On poussa même la mansuétude jusqu'à lui laisser des couverts d'argent et un verre de cristal. Il ne lui restait plus qu'à profiter de l'occurrence et à se régaler de bon appétit. Ensuite la bonne chère et le vin l'inclinèrent à céder à la torpeur et à sombrer dans un lourd sommeil.

Cette méridienne fut trop longue à son gré et, se réveillant deux heures plus tard, il en éprouva les conséquences, bouche pâteuse et un mal de tête persistant. Il marcha de long en large pour dissiper son malaise avant de reprendre une lecture entrecoupée de réflexions sur sa situation. La première pensée d'un prisonnier consiste toujours à envisager les possibilités d'une évasion. Il n'échappa point à ce travers habituel tout en constatant qu'il lui faudrait, comme beaucoup d'exemples le prouvaient, plusieurs années avant de réunir les conditions nécessaires à un éventuel succès. Il chassa toute autre pensée de son esprit, sachant par expérience que cela ne servirait qu'à accroître encore davantage une angoisse que ne justifiait que trop l'incertitude de sa position. Il poursuivit donc sa lecture jusqu'au moment où le geôlier lui apporta une soupe claire et un cruchon d'eau. Gaspard lui avait-il fait défaut pour qu'il oublie son souper ? Le jour tomba. La souris reparut, quêtant quelque miette, puis, satisfaite de son expédition, disparut pour rejoindre son trou dans la muraille. La chandelle à bout de course fumait et l'obscurité envahirait bientôt le cachot ; il l'éteignit entre deux doigts et s'allongea sur sa paillasse.

Seule, une faible clarté venant de l'ouverture barreaudée dessinait un carré sur le sol. Il chercha le sommeil. Le silence de la forteresse était écrasant, d'une nature sans commune mesure avec celui éprouvé dans d'autres lieux. Ni celui de Guérande marqué par le bruit régulier de l'horloge que chaque soir remontait le chanoine Le Floch et par les heures sonnées au clocher de la collégiale, ni celui de Ranreuil animé des cris des oiseaux de nuit et du vent dans les arbres, ni encore celui de la rue Montmartre marqué de la rumeur lointaine de la ville et par d'innombrables carillons. À la Bastille, le silence pesant, parfois coupé par le hurlement strident d'un dément enfermé dans une cellule de force que lui avait signalée M. de Launay, oppressait l'attention et finissait par assourdir l'ouïe, confinant le prisonnier dans un double enfermement. Nicolas s'attacha à écarter de son esprit toute pensée ratiocinante dont les méandres ne conduiraient qu'à favoriser une obsession ennemie de l'endormissement. Il finit par s'assoupir, se retournant sans cesse sur une couche dont la paille bruissait à chacun de ses mouvements.

Dimanche 12 septembre 1787,
trois heures du matin

Quels étaient ces bruits lointains qui venaient de l'éveiller ? Il se dressa et tendit l'oreille. Des hommes marchaient lourdement sur le dallage et leur progression, s'approchant de son cachot, devenait de plus en plus distincte. La nuit était encore profonde ; il eut aussitôt le sentiment d'une menace. Que pouvait-il faire ? Son impuissance était totale. Prêt à tout, il s'appuya contre la muraille face à l'entrée. La clé tourna dans la serrure et la porte s'ouvrit en grinçant. La vive lumière du rayon d'une lanterne sourde l'aveugla au point qu'il ne distinguait plus rien. Il fut brutalement saisi et une pièce de tissu fut enfilée sur sa tête. S'agissait-il d'une cagoule ?

— Pas un mot, pas un cri ! dit une voix grave. Nous venons de la part du comte d'Alby.

Comte d'Alby ! Il n'eut pas le temps de mesurer l'incongruité de cette appellation qui, rarement utilisée, appartenait à la titulature de M. de Sartine. Déjà il était entraîné dans le dédale des galeries, tiré plus que soutenu par deux hommes. Il lui sembla qu'il y en avait davantage sans pouvoir en déterminer le nombre. Il ne parvenait pas à aligner deux idées cohérentes. Pourquoi cet enlèvement incroyable en pleine nuit ?

Il buta et faillit tomber sur les degrés d'un escalier. Puis, soudain, à travers le mince tissu qui lui recouvrait le visage, un air frais le surprit. Il sentit sous ses pieds le rude pavé d'une cour. On le fit monter dans une voiture dont la porte fut aussitôt claquée, mais pas assez vite qu'il n'entendît la voix plaintive et affolée de M. de Launay.

— Hélas, Messieurs, cela est-il bien légal ? Une telle presse en pleine nuit ! Et je n'ai même pas pu prendre congé de mon pensionnaire.

— Vous connaissez nos raisons qui vous délient de toute responsabilité. Le bonsoir, Monsieur le gouverneur.

Sur ce, l'équipage fouetté partit au grand trot et franchit les diverses enceintes de la Bastille. À leur respiration, Nicolas décela dans la voiture la présence de plusieurs hommes. Il tenta d'ôter sa cagoule, mais il en fut brutalement empêché.

— Me direz-vous enfin ce que signifie cet enlèvement ?

— Nous vous conseillons de ne point vous agiter, sinon nous vous lierons les mains. Les explications viendront en leur temps.

Nicolas se tut. Ses yeux commençaient à se dessiller au-delà de la prime confusion de l'événement. Deux circonstances lui ouvraient l'esprit : l'usage inattendu d'un titre de Sartine et le caractère hostile de ses prétendus libérateurs. Tout semblait clair désormais et, par conséquent, d'autant plus obscur. Il essaya de faire le point. Le pusillanime Launay avait sans doute été berné par un document forgé qui, à ses yeux, avait fait autorité. Il avait laissé faire, bourrelé de scrupules, comme le montrait sa dernière réflexion. Ainsi Nicolas se trouvait aux mains de sicaires dont il était assuré qu'ils n'appartenaient pas au service de Sartine. Il n'était donc pas sauvé, mais aux mains d'adversaires avisés et redoutables aux ordres d'un mystérieux commanditaire et il pressentit que sa vie était en danger.

Que faire dans l'immédiat ? Tenter de s'échapper ? Il y réfléchit, examinant avec toute la froideur que pouvait lui accorder l'extraordinaire de sa situation. Il avait les mains libres et se sentait de force à bousculer les deux personnages qui l'entouraient, sauf que le risque était grand de n'aboutir à rien. Il était vraisemblable qu'ils fussent armés et qu'ainsi il finirait avec une balle dans la tête. Pouvait-il se mettre à hurler et appeler au secours dans l'espoir qu'une escouade du guet l'entendît et se portât à la rescousse ? Il faudrait mettre dans la balance une forte dose de hasard heureux pour que les deux éléments coïncidassent. Il devait prendre son mal en patience.

Il avait désormais repris la maîtrise de ses capacités d'enquêteur et se mit à étudier attentivement la marche de la voiture. Il semblait qu'on n'avait pas quitté la ville, car il entendait le bruit de l'attelage répercuté par la muraille des maisons. Au bout d'une demi-heure, la voiture s'arrêta, Nicolas perçut le grincement d'une grille qu'on ouvrait et le bruit du gravier écrasé sous les sabots des chevaux. Ceux-ci sentant l'écurie proche se mirent à hennir d'enthousiasme. Nicolas en déduisit que le lieu leur était familier. Il fut saisi et poussé au-dehors avant de pénétrer avec ses ravisseurs dans une demeure dont il sentit résonner le carrelage sous ses pas. Une porte s'ouvrit. Il fut assis ; ses mains, liées derrière le dos, furent, ainsi que ses pieds, attachées à une chaise. Il songea que la chose n'avait pas été faite auparavant, soit que les sicaires eussent craint une inquisition curieuse de Launay, soit que leur confiance fût entière dans la domination du nombre. Les pas s'éloignèrent sans qu'on lui eût ôté sa cagoule. Tant démuni qu'il était, il se mit à rire, se rappelant d'autres situations précédentes dans lesquelles aucun espoir ne lui avait paru envisageable ; et pourtant, la Providence y veillant, il s'était sorti de ces périlleuses occurrences.

Le temps menaçait d'être long. Il tenta bien de desserrer ses liens sans y parvenir. Il essaya aussi de faire glisser la chaise sur le sol au risque de choir. Il finit par se cogner contre la muraille. En frottant sa tête, il essaya d'ôter sa cagoule. Peine perdue, la tentative échoua. Il avait épuisé tout ce qu'il pouvait faire physiquement et désormais, il devait s'en remettre à sa réflexion. Qui étaient ses ravisseurs et que lui voulaient-ils ? La mention étrange d'un titre peu usité de Sartine prouvait une méconnaissance certaine des usages et, peut-être, la main de l'étranger. Il ne pouvait douter que cet enlèvement eût à voir avec les divers événements survenus depuis son séjour à Ranreuil.

Était-ce dans leurs intentions de le supprimer ? Non, car ils auraient déjà accompli la chose. Sans doute souhaitaient-ils l'interroger au préalable. Qu'attendaient-ils qu'il leur confiât ? Il devait se préparer à soutenir un interrogatoire et peut-être davantage… Un frisson le parcourut. Il savait qu'un homme même parfaitement déterminé ne résistait pas longtemps à certaines méthodes d'interrogatoire. La seule solution envisageable était de se préparer en vue d'un tel questionnement et, après un temps de résistance suffisamment convaincant, de feindre céder à la douleur et lâcher quelques fausses confidences.

Il n'était pas certain que cela éviterait l'inéluctable conclusion, mais cela la retarderait assurément.

Épuisé par tant d'émotions, il finit par succomber à la fatigue et s'assoupit. Il fut réveillé par une soudaine irruption dans la pièce. Il fut saisi, on le porta avec sa chaise et il sentit qu'on le descendait par un étroit escalier dont les parois lui heurtaient la tête. On le posa et sa cagoule lui fut ôtée. Placé contre une table sur laquelle était alignée une rangée de chandelles, il demeura ébloui sans pouvoir distinguer dans cette semi-obscurité sans doute voulue les silhouettes appuyées contre la muraille. Avec effroi il remarqua le rougeoiement des charbons incandescents d'un brasero qu'un homme cagoulé activait. Tout cela ne laissait pas de présenter la conjoncture sous le plus mauvais jour. Qu'avait-il à attendre de ces hommes, sinon la torture avec comme conclusion une mort assurée ? Il banda sa volonté dans l'attente de ce qui fatalement allait suivre. Il ferait tout pour faire durer le plus longtemps cet interrogatoire. L'effet de l'éblouissement diminuant peu à peu, il distingua trois hommes cagoulés qui, bras croisés, l'observaient. L'un d'entre eux s'agita et prit la parole :

— Marquis de Ranreuil vous êtes ici pour être condamné pour vos crimes. Avouez-les donc.

Il sembla à Nicolas que l'accent légèrement guttural indiquait un étranger. Ce n'était pourtant pas celui d'un Anglais ; il l'aurait reconnu. Il prit son temps pour répondre :

— Permettez-moi, Messieurs, de m'étonner d'une situation dans laquelle je suis enlevé, lié et enfermé pour une raison que j'ignore. Comment, dans ces conditions, pourrais-je répondre à une question dont le sens m'échappe totalement ? Il y a dans toute cette affaire un mystère qui m'inquiète. Je constate que vous retenez prisonnier un magistrat en violation de toutes les lois du royaume et que vous le menacez. Dois-je vous rappeler les peines auxquelles vous vous exposez ce faisant ? Aussi je vous prie et ordonne de me relâcher sur-le-champ.

L'homme qui avait parlé s'approcha de la table et y frappa du poing, faisant trembler les chandelles.

— Tais-toi, Monsieur...

— Il faut savoir ce que vous souhaitez dans la précision, dit Nicolas benoîtement. Vous m'interrogez, je réponds. Si mes propos ne vous conviennent pas, cassons là et partez vaquer à vos occupations. Ma bonne foi est entière, croyez-le bien. Si vous en doutez, je n'ai plus rien à faire avec vous.

Le coup que reçut Nicolas dans la figure le surprit d'autant plus qu'il ne s'y attendait pas ; sa bouche s'emplit aussitôt du goût métallique du sang.

— Sais-tu que tu parleras, que tu le veuilles ou non !

— Quelle audace ! Vous me tutoyez, Monsieur ! dit Nicolas, la parole embarrassée. Serait-ce que nous aurions fait l'académie ensemble ?

Il fut à nouveau frappé et dut cracher un morceau de dent.

— Reprenons. Pourquoi as-tu été rappelé à Paris ?

Nicolas réfléchissait : il devait continuer à donner le change. Quelle raison pouvait justifier sa convocation à Paris ? Un fait que ses ravisseurs n'étaient pas à même de vérifier et qui semblerait plausible puisqu'ils ignoraient la véritable explication.

— Je n'ai rien à dissimuler et suis bien conciliant de vous révéler, vu l'aimable manière dont vous me traitez, les raisons de mes déplacements. J'étais en Bretagne sur mes terres pour être présent à la naissance de mon petit-fils quand un chevaucheur m'a apporté un pli m'appelant à Paris. Il se trouvait qu'un de mes vieux amis, Naganda, chef de la confédération des Algonquins en Nouvelle-France, était de passage en France. Son séjour à Versailles sur l'invitation du roi serait bref et M. de Montmorin me signalait sa présence et son souhait de me revoir, fût-ce un court instant. Je me suis donc précipité pour rejoindre Paris.

— Et au cours de ce retour, n'as-tu pas, de sang-froid, assassiné un homme sur la route du Mans ?

Nous y voilà, songea Nicolas, les choses vont devenir délicates et le jeu plus serré. La mort à pile ou face… Oh, il ne craignait pas cette camarde si souvent croisée ! Mais il éprouvait comme un désespoir sans limite d'avoir à abandonner les siens et tous ses amis, pour ancrée que fût sa foi de tous les retrouver un jour.

— Oui, c'est vrai, nous avons été attaqués sur la route du Mans par un brigand que le chevaucheur qui m'accompagnait a dépêché.

— Tu mens. Celui que tu as cru mort ne l'était pas et son récit ne coïncide pas avec le tien, marquis menteur et menteur sur tout ! Nous allons passer à d'autres méthodes. Pourquoi es-tu revenu à Paris ?

Il fit un geste et l'homme au brasero s'approcha. D'un geste brusque il arracha le haut de la manche gauche du prisonnier et approcha la pointe rougie à blanc du tisonnier de son épaule. La peau grésilla ; Nicolas serra les dents, gémissant sous l'atroce douleur. Il songea à Mme de la Motte, marquée ainsi sur les degrés du Palais de justice.

— Devons-nous continuer ou vas-tu enfin te décider à parler ?

VII

COMPLOT ?

> « Est-ce quelque dédale où ta raison perdue
> Ne se retrouve pas ? »
>
> *Malherbe*

À nouveau la pointe du tisonnier s'approchait de l'épaule de Nicolas. Curieusement il n'appréhendait pas la douleur prévisible, mais demandait en grâce que son bourreau ne s'en prît pas à ses yeux. De cela seulement il avait peur. Il serra les dents dans l'attente de l'intolérable douleur quand soudain tout bascula et la pièce se transforma en un incroyable pandémonium. La porte de la cave s'était brusquement ouverte, une forme brune avait jailli et renversé l'homme qui menaçait Nicolas, lui ouvrant la gorge, puis, se retournant, avait bondi sur les autres participants à la séance. Dans le même temps une décharge de mousquets éclatait, mettant hors de combat les ravisseurs de Nicolas.

Les sauveurs s'empressèrent autour de Nicolas. Il reconnut Gremillon, Rabouine et curieusement Gaspard, du *Grand Cerf.* Que faisait-il dans cette expédition ? Enfin, Pluton lui mit les pattes sur les épaules et lui lécha le visage avec de petits grognements de joie. Il fut détaché, relevé, soutenu, car ses mouvements étaient presque impossibles. Immobile depuis tant d'heures, il était quasiment paralysé. Tandis que Gaspard s'occupait de lui, Gremillon et Rabouine fouillaient les cadavres sans que cette recherche aboutît à la moindre découverte. Nicolas fut remonté dans le vestibule de la maison, qui s'avéra aussi peu riche d'indices que ses occupants. Le mystère demeurait complet sur l'origine des ravisseurs. Nicolas, qui reprenait vie, ordonna qu'on emportât les habits. Peut-être révéleraient-ils l'origine de leurs détenteurs ? Maître Vachon pourrait sans doute aider à cette recherche : il avait démontré sa science plusieurs fois dans le passé.

Enfin Nicolas demanda par quel miracle ses amis avaient surgi au moment décisif pour le secourir. Gaspard fut désigné comme étant l'organisateur du sauvetage. Il prit timidement la parole :

— Monsieur, j'étais en train d'achever la préparation du panier de votre souper d'hier soir et je m'apprêtais à partir pour la Bastille. Un homme m'a abordé de votre part pour me dire qu'il était inutile que je me déplace, étant donné que vous étiez l'invité du gouverneur. Il m'a paru étrange et j'ai jugé la démarche plus que louche.

— Bravo, Gaspard !

— J'ai donc discrètement pris en filature la voiture de ce quidam qui m'a conduit jusqu'à cette maison. Je les ai vus partir en force et rejoindre la Bastille. Tout cela me semblait de plus en plus inquiétant. J'ai vu leur cohorte ressortir et gagner cette maison. Par les interstices de la grille, je vous ai aperçu, ligoté, y pénétrer. Il n'y avait plus de doute. J'ai rejoint le Grand Châtelet pour avertir le sergent Gremillon qui était de permanence. Tous les deux, avec Rabouine, nous sommes allés rue Montmartre chercher Pluton qui nous a, la brave bête, volontiers suivis. Arrivés sur place, nous avons pénétré dans les lieux, qui n'étaient pas gardés. Nous avons entendu des voix venant de la cave. Et voilà !

— Raconte-t-il simplement ! dit Nicolas, étreignant Gaspard, rouge de confusion. Je te dois beaucoup désormais. Une dette que je ne pourrai jamais solder. Et à vous deux aussi, mes amis.

— Et aussi à Pluton, ajouta Rabouine.

Le chien aboya joyeusement comme s'il approuvait le propos.

— C'est moi, Monsieur le marquis, qui vous dois tant ainsi qu'à M. de La Borde.

— Il faut réfléchir à toute cette aventure, reprit Nicolas qui avait recouvré ses esprits.

— Si vous voulez m'en croire, dit le sergent Gremillon, il y a pour le moment d'autres priorités. D'abord soigner cette épaule méchamment brûlée et surtout vous reposer. Après cela nous pourrons réfléchir.

— Suis-je toujours sous le coup d'une accusation de meurtre ?

— Nous l'ignorons, mais l'inspecteur Bourdeau a rencontré M. de Sartine qui devait sur-le-champ faire diligence à ce sujet.

— Où sommes-nous ?

— Rue d'Enfer, près du grand réservoir.

À leur arrivée, l'hôtel de Noblecourt était sens dessus dessous. Inquiets, le vieux magistrat et Catherine attendaient dans l'office la suite des événements. Leur joie éclata à la vue de Nicolas sain et sauf.

Chacun s'empressa autour de lui. Gremillon leur indiqua que Nicolas était blessé à l'épaule et qu'il était urgent de lui apporter des soins. Catherine prit les choses en main. Après avoir examiné la brûlure profonde et hoché la tête d'un air entendu, elle fit chauffer un peu de vin.

— Il faut juste le faire tiédir et je vais lui tambonner la plaie avec. Yo, yo, j'en ai vu d'autres durant mes cambagnes.

Elle saisit un linge propre, en fit une sorte de boule qu'elle imbiba de vin tiède et traita doucement la blessure.

— Ne devrait-on pas, demanda Noblecourt, appeler un médecin ? La plaie me semble bien profonde.

— Tut, tut, dit Catherine, irritée, que zeux qui ignorent se taisent. La faculté n'en fera bas mieux que moi, et même blus mal. Elle fa fouloir battre un œuf avec de l'huile ou d'autres cérats. C'est tout ce qu'il ne faut pas faire ! Point de gras sur la brûlure, du moins dans ses débuts. Dans quelques jours, pour faciliter la cicatrice, on fera chercher de la pommade, du baume de Geneviève.

Catherine, sous les regards inquiets de l'assistance, avait saisi un pot sur l'étagère de l'office, dont elle renifla le contenu après avoir ôté le couvercle.

— Foilà le meilleur remède à mon goût. Du bon miel de Narponne, le blus fin.

— Croyez-vous vraiment ? dit Noblecourt, inquiet.

— Baix, mon maître ! Laissez faire la vieille Catherine. Elle en a vu, de semblables plaies, avec M. Chevert à la prise de Prague ! J'étais jeunette, alors !

Elle prit une grosse cuillerée de miel et l'étala avec précaution sur la plaie. Elle déchira ensuite un torchon blanc sorti d'un placard de manière que deux lanières de tissu puissent être nouées, puis elle l'appliqua sur la blessure et l'attacha en passant les liens sous l'aisselle.

— Nos anciens usaient de ce remède debuis toujours. Il est zouverain dans tous types d'agression de la peau. Vous ferrez les résultats, foi de Catherine. Maintenant blus un mot. Tu fas boire, mon betit, un beu de tisane de valériane et de tilleul arrosée d'un trait de schnaps, et au lit. Tu dois te reboser. On changera le pansement dans la journée. Et fous, Monsieur, allez-vous recoucher. Trop d'émotion, gare à la goutte !

Catherine fit taire les protestations, y compris celles de Nicolas. Tous auraient souhaité des lumières sur son aventure et l'intéressé voulait faire le point. Mais il fut conduit d'autorité dans sa chambre où, peu après, Catherine lui fit boire la tisane annoncée. L'alcool dont la boisson avait été largement coupée l'assomma. Il essaya bien de réfléchir, mais la torpeur le gagna bientôt tandis que Mouchette le reniflait avec circonspection ; la souris de la Bastille avait-elle laissé son odeur sur son compagnon provisoire de cellule ?

Catherine l'éveilla vers une heure de relevée. Il se trouva frais et reposé. Seul un tiraillement à l'épaule lui rappelait ses aventures de la nuit. Catherine semblait pourtant préoccupée.

— Qu'as-tu, ma bonne Catherine ? Ne t'inquiète pas, je me porte au mieux, grâce à tes bons soins.

— Monsieur t'envoie une de ses robes de chambre. Hâte-toi. Le lieutenant criminel est dans le salon. Il te feux foir à l'instant. Tout est grafe, Monsieur a mis sa grande perruque !

Nicolas s'enveloppa dans la robe amarante du procureur. Si M. de Villefort a daigné se porter rue Montmartre, songea Nicolas, c'est que l'affaire a évolué. Et qu'il ne s'attende pas à ce qu'il lui facilite la tâche.

Il fit une majestueuse entrée dans le salon-bibliothèque de Noblecourt. Ce dernier, comme à la manœuvre, était debout, l'air sévère. M. de Villefort, le tricorne à la main, semblait figé.

— Ah ! Mon cher Nicolas, s'écria Noblecourt, vous voilà ! Je vous trouve meilleure mine. J'ai dû vous déranger dans votre repos alors que…

Il insistait sur les mots sur un ton théâtral.

— Vous avez été ignoblement traité et torturé. Monsieur le lieutenant criminel a insisté pour vous voir.

Nicolas salua de la tête, la mine sévère.

— Monsieur le marquis, j'ai appris avec un grand regret que vous avez été soumis à un affreux traitement…

— Auquel j'aurais échappé si on ne m'avait pas injustement jeté au fond d'un cachot de la Bastille !

— Bon, à tort, je vous le concède, bien à tort !

— Je suis heureux de vous l'entendre dire, Monsieur le lieutenant criminel. Dois-je lire dans vos propos l'expression de vos regrets et de vos excuses ?

— C'est en effet le sens de ma visite.

— Dois-je, Monsieur, considérer que je ne suis plus soupçonné de l'assassinat de Gilles de Maradon ?

— Oui, Monsieur, oui ! répliqua Villefort, excédé. Lorsqu'un personnage possède comme vous tant d'appuis à la cour, rien ne lui peut être refusé et il obtient tout ce qu'il souhaite.

— Même son innocence dans un crime qu'il n'a pas commis ?

Noblecourt leva les deux mains.

— Allons, Messieurs, tout ceci ne mène à rien. Nicolas, prenez en compte que le lieutenant criminel est venu jusqu'ici pour faire amende honorable et vous, Monsieur, mesurez exactement l'offense faite au marquis de Ranreuil, jeté à la Bastille, torturé, et qui vient, encore une fois, de risquer sa vie au service du roi.

— Soit, dit Villefort. J'ajoute que M. de Ranreuil, lavé de tout soupçon, est chargé de l'enquête sur le meurtre de la rue des Fossoyeurs. Il a été par ailleurs prescrit au commissaire Guyot de vous remettre les pièces de l'enquête. Enfin, par commission spéciale, vous êtes désigné afin de faire toute lumière sur les événements incroyables qui se sont déroulés à la Bastille et sur leur redoutable suite.

Il parut à Nicolas que Sartine avait agi avec une toute particulière efficacité et que Villefort était bellement venu à Canossa.

— Je pense avoir tout dit. Je vous salue, Messieurs.

Et Villefort sortit, le visage défait de dignité offensée.

— En voilà un, grommela Noblecourt, qui a dû avaler bien des couleuvres, dont la dernière n'était pas la moindre ! À nouveau en selle, Monsieur le cavalier. Comment vous portez-vous ?

— Au mieux, avec un petit souvenir lancinant à l'épaule.

— Pensez-vous que le remède de Catherine soit efficace ?

— Dieu aidant, comme la grâce du même nom, plaisanta Nicolas.

— Voilà une recette bien janséniste ! s'étrangla Noblecourt. Vous me faites périr de rire. Je constate avec plaisir que l'esprit ne vous a point quitté.

Nicolas ne put répondre entièrement au désir de son ami, friand des détails de son aventure. Il lui en livra les grandes lignes, remettant à plus tard un récit plus circonstancié de l'ensemble.

Il descendit à l'office se restaurer de brioches et de chocolat. Catherine en profita pour nettoyer la plaie et refaire son pansement. Le miel avait fait son effet et la plaie avait bon aspect. Nicolas remonta dans son appartement pour s'apprêter. Il aurait souhaité s'inonder comme de coutume à la pompe du jardin, mais Catherine s'y était vigoureusement opposée, arguant que, sur une possible fièvre résiduelle, l'eau glacée était contre-indiquée.

Il fit appeler un fiacre, vérifia ses pistolets de poche. Celui du chapeau, présent de Bourdeau, et son frère jumeau qu'il tenait dans la poche intérieure de son gilet. Il réfléchissait à l'emploi qu'il comptait faire de sa journée. Rejoindre le Grand Châtelet, conférer avec Bourdeau, Rabouine et Gremillon, reprendre l'enquête, sans doute au point mort, sur l'assassinat de la rue des Fossoyeurs, démêler à la Bastille l'incroyable concours de circonstances qui avait violé la sûreté de la forteresse et entendre M. de Launay sur ces faits et les explications qu'il était en mesure d'apporter, enfin s'entretenir avec Sartine pour le remercier de son intervention si efficace.

Le cas de Cholet l'inquiétait. La nature de celui qui avait partagé avec lui le long chemin de Ranreuil à Paris était au centre de sa réflexion. Une sympathie naturelle était née entre les deux hommes sans que rien, sauf l'arme dissimulée, n'en vînt troubler le cours. Qui était-il en fait, ce Maradon ? De qui avait-il été la victime ou le complice ? Il enrageait du temps perdu dans les premières heures d'une enquête policière, toujours essentielles pour la suite, tout en espérant que Bourdeau avait pu se joindre aux premières constatations du commissaire Guyot.

Au Châtelet, Bourdeau l'étreignit, au bord des larmes[1].

— Je suis navré… J'aurais dû être là. Ces bougres ne m'ont pas prévenu.

— Allons ! Ils sont allés à l'essentiel et au plus vite. Ils n'ont pas voulu perdre de temps en t'allant chercher faubourg Saint-Marcel.

— Tu es sauf, c'est tout ce qui compte. C'est vrai qu'ils ont fait preuve de la plus intelligente initiative.

Gremillon et Rabouine parurent, que Nicolas salua avec chaleur.

— Pour l'heure, Messieurs, il nous faut faire le point. D'abord, où sont les corps des gredins qui voulaient m'estourbir après m'avoir flambé ?

— À la basse-geôle. Sanson les a examinés. Il n'y a pas grand-chose à en dire. Ils ont péri des balles de nos mousquets, dit Gremillon. Rien de particulier dans leur vêture sinon qu'ils portent tous une tenue identique, comme des soldats. Aucun document sur eux. L'un cependant montre un énorme hématome non résorbé sur la poitrine.

— Ce pourrait être mon agresseur de Ranreuil et le brigand de la forêt du Mans. Cholet l'avait dépêché d'un coup de feu… Mais peut-être était-il pourvu d'une sorte de cotte de mailles dont un vieil ami m'a parlé. Un entremêlé de bambous et de ferraille qui résisterait aux balles. Le choc pourtant doit laisser une marque et, même, sur le coup, faire perdre connaissance à la victime.

— Resterait à savoir si Cholet, *alias* Maradon, était persuadé de la mort de l'agresseur ou s'il feignait d'en être assuré ? La perspective alors change du tout ou tout. Quel tourbillon d'hypothèses !

Nicolas leva les bras en l'air et émit un cri de douleur, ayant dans l'ardeur du débat oublié qu'une de ses épaules le faisait toujours souffrir.

— Cela est un point, dit Bourdeau. Ce qui me laisse pantois, ce sont les conditions dans lesquelles Nicolas a été jeté à la Bastille.

— Sur ce point, ne nous enflammons pas. Tous les indices convergeaient vers ma vraisemblable culpabilité.

— Soit, Nicolas, mais enfin quelles embrouilles a-t-on pu faire avaler au gouverneur de la Bastille, que tu devais être transféré en pleine nuit dans un autre lieu de détention ? Il y a dans tout cela une extraordinaire capacité à tromper et à s'en donner les moyens.

— Y compris, dit Rabouine, l'usage d'une fausse lettre du roi ordonnant le transfert.

— Il faut mettre dans la balance, hélas, la bêtise de Launay que l'ombre d'une feuille affole. Il est si obsédé par la crainte qu'on attaque sa chère forteresse qu'il décèle des menaces dans des riens et demeure aveugle à une aussi énorme fourberie. C'est une proie toute trouvée pour gober une telle duperie.

— Reste à savoir, ajouta Bourdeau, sombre et pensif, par qui et comment tant de renseignements ont pu parvenir aux oreilles de ces malfaisants, autorisant leur tentative ?

— Cette perspective est sans doute la pire de toutes. Car dans cette affaire il y a soupçon de conspiration. L'usage scélérat de la signature du roi est un crime de lèse-majesté. Qui peut oser s'élever à un tel degré de forfaiture ? Ceux qui m'ont enlevé s'exprimaient en français, mais avec un accent que je n'ai point deviné.

— Par où commençons-nous ? demanda Bourdeau.

— Par le gouverneur de la Bastille. Il doit être encore tout chaud de l'événement de la nuit. Peut-être même est-il ignorant des suites, et que son prisonnier a recouvré et sa liberté et ses prérogatives. Pour accentuer encore le solennel de notre visite, nous revêtirons nos robes de magistrat et nous nous présenterons à lui comme il se doit, la verge d'ivoire à la main. Où se trouve le corps de Cholet ?

— En bas, Sanson l'examine.

— Bien, nous verrons ses constatations à notre retour. Gremillon et Rabouine, portez-vous rue des Fossoyeurs et veillez à ce que rien ne soit dérangé dans l'appartement de l'intéressé. Il est bien tard, mais j'espère…

— Rassurez-vous, le commissaire Guyot avait mis des scellés.

Peu après, la voiture des deux policiers se présenta aux portes de la Bastille. Longues et fastidieuses furent les vérifications et contre-vérifications auxquelles ils durent se soumettre avant de gagner la cour d'honneur. Un officier vint les accueillir. Il ne reconnut pas Nicolas dans sa robe noire et, quelque peu affolé, il les guida vers les appartements du gouverneur. Celui-ci tenait conseil de guerre et, entouré de ses gens, multipliait d'une voix angoissée les recommandations, tout aussitôt doublées d'autres instructions qui rédimaient les précédentes. Il leva un œil hagard en voyant surgir les deux policiers.

— Qui vient troubler mon conseil au moment où je m'attache à renforcer la sûreté de ma forteresse ?

Nicolas s'étant découvert, il le contempla avec stupéfaction.

— Comment, c'est vous, Monsieur le marquis ! Par quel miracle ? Je vous croyais transféré à la Pierre Encise[2]…

— C'est donc cette fable qu'on vous a vendue ?

— Comment, vendue ! Des hommes du roi avec une lettre de cachet en bonne et due forme.

— L'avez-vous, cette lettre ? Et l'avez-vous conservée ?

— Point ! Pourquoi voulez-vous que je complique la mission des gens du roi ?

— Leur avez-vous fait signer une décharge indiquant que le marquis de Ranreuil quittait la Bastille sur ordre ?

— Non… Je n'ai pas cru devoir marquer une telle méfiance à l'égard d'un ordre de Sa Majesté.

— Mais, pardieu, ce n'était pas méfiance, mais règle habituelle à observer.

— Tout semblait rentrer dans l'ordre. Et les gens du roi vous ont libéré, ce me semble.

— Que vous croyez. De fait, ils m'ont entraîné, bâillonné, lié aux pieds et aux mains et furieusement torturé dans une cave de la rue d'Enfer !

Launay, qui prenait conscience du piège dans lequel il était tombé, s'enfonçait peu à peu dans son fauteuil.

— Veuillez croire, Monsieur le marquis, que je n'y suis pour rien. Ne vous ai-je pas traité en ami ?

— Je vous en rends bien volontiers témoignage, Monsieur le gouverneur ; vous m'avez prodigué tous les égards possibles. Cependant, comprenez que le roi peut s'inquiéter que sa forteresse de la Bastille se transforme en panier percé où l'on entre ou sort sans contrôle.

— Mais la lettre de cachet ?

— Vous n'avez pas encore saisi cette idée simple qu'elle avait été forgée de toute main ? Y avoir fait droit participe selon nos juristes d'une complicité de crime de lèse-majesté.

M. de Launay s'était dressé, pâle et défait au point que Nicolas eut pitié du pauvre homme.

— Moi, Launay, après tant d'années de services, aucune faute, sinon celle de ne pas avoir, en 1778, fait tonner le canon afin de saluer la naissance de Madame Royale, fille aînée de notre bien-aimé souverain, être ainsi maltraité et menacé !

— Monsieur, le roi m'a chargé d'enquêter sur l'incroyable scandale qui s'est perpétré cette nuit à la Bastille. Si de fidèles amis n'avaient pas retrouvé ma trace, à l'heure qu'il est, je serais mort et vous auriez eu votre part de responsabilité à mon exécution. Sachez que je ne vous en veux pas. Le passé est le passé et je ne vous chargerai pas dans le rapport que j'aurai à dresser sur cette affaire. Cependant, il faut maintenant tenter de découvrir comment cet attentat aux lois de l'État a pu survenir. Alors asseyons-nous et examinons paisiblement et de point en point les événements de la nuit.

— Je m'en remets à vous, Monsieur le marquis. Que voulez-vous savoir ?

— Contez-moi par le menu les événements de la nuit dernière.

— Soit. J'avais mené ma dernière ronde, mon souci est permanent de craindre quelque incursion et je projetais de nouveaux aménagements pour…

— Cela, je le sais, dit Nicolas, impatient, vous me l'avez déjà longuement expliqué. Ensuite ?

— Ensuite ? Je me suis couché et vers deux heures un de mes officiers de permanence…

Il se tourna vers les officiers présents.

— Gallard, qu'avez-vous à en dire ?

Un jeune homme rouge de confusion fit un pas en avant.

— Un attelage s'est présenté à la contrescarpe et a demandé à vous voir. Ils m'ont présenté une lettre de cachet et j'ai cru devoir obtempérer.

— Que ne m'avez-vous consulté ? C'est une conduite inqualifiable !

Le mauvais chef, pensa Nicolas, reporte toujours tout sur ses adjoints.

— J'imagine que vous fûtes alors réveillé ?

— Oui, et le chef de cette compagnie me présenta la lettre de cachet dont je pris connaissance. Elle indiquait que j'avais à remettre le prisonnier afin qu'il soit transféré à la forteresse de Pierre Encise à Lyon. Je n'ai pas cherché minuit à trois heures. J'ai donc donné les ordres pour que ces hommes soient conduits à votre cachot, sans plus.

— Pourtant vous n'aviez pas bonne conscience, car je vous ai entendu sous ma cagoule vous inquiéter de la *presse* de cet enlèvement et manifester *le regret de n'avoir pu prendre congé de votre prisonnier*.

— Voyez comme j'étais scrupuleux et soucieux de votre sort.

Nicolas haussa les épaules.

— Que n'avez-vous été agité de ce mouvement de raison au préalable, nous n'en serions pas là ! Est-ce là tout ce que vous avez à nous dire ? N'avez-vous rien oublié ?

— Oui… Enfin ces trois hommes étaient vêtus de manière identique. Ils avaient l'air de soldats, peut-être étrangers.

Nicolas eut un regard entendu vers Bourdeau. Il n'y avait plus rien à attendre du gouverneur.

— Je vous remercie, Monsieur, de votre déposition. Les résultats et décisions de la commission vous seront ultérieurement communiqués.

Les deux policiers se retirèrent, escortés de M. de Launay qui multipliait les courbettes et poussa même jusqu'à leur tenir la portière.

— Que fait ce personnage dans cette galère, et quelle autorité aura-t-il désormais sur ses officiers après cette bévue ?

— Bévue ? Tu es généreux, bévue qui a mis ma vie en suspens.

— Explique-moi pourquoi une telle nullité se trouve être gouverneur de la Bastille ?

Nicolas éclata de rire.

— Mais, mon cher Pierre, te voilà bien naïf ! Tout simplement parce qu'il a acheté sa charge au prix de trois cent mille livres à son prédécesseur. Et sache qu'il est rentré dans son investissement deux ou trois ans après.

— Peste, la place est juteuse ! Tu vas encore tourner le nez, mais ne crois-tu pas que le système d'achat des charges devrait être supprimé pour des nominations au choix et avec pour seule motivation le talent de l'impétrant ?

— Là-dessus, je te suivrai bien volontiers. La vénalité des offices est un des défauts de notre vieille machine monarchique. Certains pourtant estiment que c'est un des moyens de tempérer l'autorité royale et même Montesquieu jugeait que le système permettait de récompenser ceux qui avaient fait fortune.

— L'or, bien ou mal acquis, régit l'État. Les prochains États généraux auront à en discuter.

Nicolas ne répondit pas ; il ne voulait pas ouvrir la polémique alors que pour une fois il se trouvait en accord avec Bourdeau. Il revint sur la déposition de Launay.

— Le gouverneur ne nous a rien appris, sinon confirmé qu'il pourrait s'agir d'étrangers.

Il se plongea dans une sorte de rumination où se construisait le mécanisme inconscient de sa réflexion. Puis il considéra la foule du faubourg. Elle lui sembla de nouveau morne et accablée. Nombre de chalands s'appuyaient contre les murs, immobiles et têtes baissées. Il n'était qu'à considérer leurs défroques pour deviner leur origine. Certains étaient pieds nus ou enveloppés de chiffons. D'où venaient-ils ? Souvent de lointaines provinces où de mauvaises récoltes à répétition avaient ravagé des paroisses entières et déclenché des disettes, laissant les paysans sans travail et sans ressources. La grand'ville les avait attirés dans son orbite, rêve lointain plein de promesses qui, sur place, se transformait en piège les tenant prisonniers et les précipitant dans la misère la plus effroyable. Les chiffres des pauvres que relevaient les bureaux de la police augmentaient, souvent peu crédibles tant chaque jour surgissaient de nouveaux arrivants. Bourdeau, qui s'était plongé dans la lecture du *Journal de Paris*, se mit soudain à rire.

— Écoute cela : « M. l'abbé Poinsot curé de Chemilly près de Chablis a trouvé un moyen facile et infaillible de détruire les punaises. Lui écrire et lui adresser une rétribution qu'il réserve aux pauvres de sa paroisse. »

— Et comment s'y prend-il, le brave homme ?

— Point de lumière sur son secret.

— Moi pour les punaises, je fais la momie.

— Qu'est-ce à dire ?

— C'est mon secret ! M'écrire rue Montmartre avec rétribution et se méfier des contrefaçons.

L'inspecteur éclata de rire et poursuivit sa lecture :

— Et cette énigme : « On m'achète au pluriel ; jamais au singulier. » Rien ne me vient.

— C'est pour Noblecourt, il adore les énigmes.

Nicolas réfléchit un instant.

— Je crois avoir trouvé. C'est *honneur.*

— Il y a aussi une lettre de Bernardin de Saint-Pierre : « Je viens de rencontrer trois cabriolets conduits par de jeunes gens très connus et leurs chevaux couverts de petits grelots ; j'ai eu le plaisir d'entendre le peuple les louer et les voir passer avec plaisir, ce qui n'est pas ordinaire. »

— Voilà des élégants des plus urbains !

Quand ils arrivèrent au Grand Châtelet, le père Marie leur indiqua que Sanson les attendait à la basse-geôle et qu'un officier de la Bastille venait d'apporter des objets laissés par Nicolas dans son cachot.

— Peste ! J'avais complètement oublié la chose.

Il retrouva avec bonheur sa montre et sa tabatière.

— Je vais priser. Le temps est orageux et Cholet est mort depuis presque deux jours…

Bourdeau prit sa pipe et sa blague à tabac avec une grimace entendue.

Sanson les accueillit, un masque sur le visage. Au vrai, l'atmosphère était irrespirable et Bourdeau les inonda des volutes de sa pipe. Nicolas prisa d'enthousiasme et se mit à éternuer.

— Mille pardons, mes amis, mais il se passe quelque chose d'étrange et d'inhabituel. Vous allez en juger par vous-même.

Il tira la toile qui recouvrait le cadavre de Cholet. Le visage était méconnaissable et le corps gonflé présentait toutes les apparences d'une décomposition de plusieurs semaines.

— Comment cela est-il possible ? s'écria Nicolas. Quelle abomination !

— Je vais vous révéler les résultats étonnants de l'ouverture : cet homme a été tué deux fois.

— Comment, deux fois ?

— Oui. Par un poison violent dont je ne parviens pas à découvrir la nature mais qui est, j'en suis assuré, à l'origine de la rapide dissolution du corps. Il pouvait être encore vivant quand le coup de feu l'a achevé.

— Mais alors ?

— En effet, je devine votre objection. *Quid* du coup de feu qui selon le commissaire Guyot est la cause du décès ? Certes le corps porte bien cette blessure et j'en ai extrait la balle.

— Fait pour lequel j'ai été innocenté après, je vous le signale pour votre gouverne, une nuit à la Bastille, un enlèvement et une séance de torture au tisonnier rougi. Peut-on déterminer l'enchaînement des faits ?

— L'empoisonnement a précédé le coup de feu et comment pourrait-il en être autrement ? On peut en déduire qu'on voulait faire porter l'accusation sur le détenteur du pistolet.

Nicolas réfléchit un moment au milieu d'éternuements répétés.

— Il y a dans cette description un mystère que je ne m'explique pas. Il aurait suffi de tuer Cholet d'un coup de feu et me faire accuser. Tout était simple. Pourquoi le poison ? Il me semble d'évidence qu'il faut dissocier les deux actions.

— Lui aurait-on, dit Bourdeau, donné le coup de grâce ?

— Ce serait incompréhensible. Il y avait dans cet empoisonnement une volonté mauvaise, meurtrière, qui me paraît exclure tout sentiment de pitié.

— Sauf, dit Bourdeau, si une autre personne entre en jeu et décide de mettre un terme aux possibles souffrances de la victime.

Cette remarque détermina un long silence de réflexion. Chacun mesurait le poids et les conséquences de la remarque de l'inspecteur. Elle ouvrait tout un champ d'hypothèses.

— Mais, ajouta Nicolas, le suicide est-il absolument exclu ?

— Rien n'autorise à prétendre le contraire. Depuis la découverte du corps il n'a été question que d'un meurtre. Matériellement la blessure à la tête telle qu'elle se présente n'écarte pas cette hypothèse. Reste une autre chose, encore plus grave, dit Sanson, que j'ai gardée pour la fin. J'ai bien examiné la balle extraite. Je l'ai pesée et calibrée et je puis affirmer qu'elle ne correspond absolument pas à votre pistolet.

— Comment ! Et pourquoi cette idée vous est-elle venue ?

Sanson hocha la tête.

— J'ai trop de respect et d'admiration envers votre intelligence pour me laisser convaincre qu'ayant tué Cholet, vous auriez eu l'imbécillité de laisser près du corps de votre victime le pistolet à vos armes dont vous veniez d'user.

— Je vous remercie de votre appréciation. On aurait souhaité que le commissaire Guyot fît preuve d'une semblable finesse ! Mais, cher Sanson, vos révélations ne nous simplifient pas la tâche. Nous voici devant un problème dont nous n'avons que le résultat sans en connaître les prémices. Il va falloir, comme toujours, rassembler les petits cartons découpés afin d'obtenir la vue d'ensemble et la solution. J'ai tendance à penser que, si rien n'a été bouleversé dans le logis de Cholet *alias* Maradon, nous y récolterons peut-être quelques indices conducteurs.

Avant de quitter la basse-geôle, Nicolas rentra en lui-même et se recueillit un moment devant l'innommable. Celui-là avait été un beau jeune homme plein de vie pour qui Nicolas avait éprouvé une paternelle sympathie. Cholet lui avait-il sauvé la vie ? Était-il un traître trahissant son roi ? Une victime, proie innocente de forces inconnues et redoutables ? Quoi qu'il en fût, il ne méritait pas le sort affreux qu'on lui avait réservé. Il se promit de répondre à toutes ces questions. Il pria un moment et, sans un mot, entraîna Bourdeau vers le bureau de permanence.

Quelques instants plus tard les policiers roulaient vers la rue des Fossoyeurs. Nicolas était silencieux et Bourdeau n'avait pas besoin qu'il parlât pour deviner les sentiments qui agitaient son ami.

— Ne devrais-tu pas voir Sartine ?

— Ne t'inquiète pas, il surgira au moment où on ne l'attendra pas. Pour le moment il faut aller au plus urgent.

Rue des Fossoyeurs, ils trouvèrent Gremillon et Rabouine qui, assis sur des tabourets empruntés, attendaient. Les cachets posés furent brisés. L'appartement se composait d'un salon bibliothèque, d'une chambre, d'une garde-robe et d'un office si vide et démuni qu'il semblait qu'on ne mangeât pas souvent dans les lieux. Nicolas et Bourdeau procédèrent à une fouille minutieuse. Le commissaire retrouva les vêtements que Cholet portait à Ranreuil. Leurs poches et doublures ainsi que celles des autres hardes furent systématiquement tâtées et examinées. Une commode fut entièrement vidée de son linge sans qu'aucun autre indice ne fût découvert. De fait, rien de particulier n'attirait l'attention dans un ensemble constituant le trousseau habituel d'un jeune homme. Chaque livre de la bibliothèque fut feuilleté. Les bottes et souliers n'échappèrent pas à la perquisition. Les tapis furent soulevés, les planchers et plinthes sondés et dans un placard de la garde-robe furent découvertes des raquettes de paume et une épée accompagnée de son baudrier. Dans la table de nuit s'empilaient force factures de fournisseurs, tailleurs et bottiers.

— Le garçon ne lésinait pas à la dépense, remarqua Bourdeau.

Il observa Nicolas.

— Tu sembles perplexe.

— C'est que je ne retrouve pas le pistolet personnel de Cholet, celui dont il s'est servi pour abattre le brigand de la forêt du Mans.

— Serait-ce l'arme du crime ?

— Et autre chose, je ne vois ni verre, ni tasse ni carafe qui auraient pu contenir le poison dont nous parle Sanson. Il s'est déroulé dans cette chambre une scène dont je ne parviens pas à me figurer la chronologie. Poison, contenant disparu, puis coup de feu avec arme inconnue et elle aussi disparue et enfin disposition auprès du corps de mon pistolet de famille afin de me faire accuser. Ceux qui ont fait cela me connaissaient donc. Nous n'avons pas fouillé le lit.

Avec répugnance ils cherchèrent dans les draps ensanglantés.

— Il y a des traces de vomissures sur le traversin.

— Résultat sans doute du poison, dit Nicolas. Et ce Habert, le médecin de Guyot, qui n'a rien décelé, l'âne ! Ah, je tiens quelque chose.

Il brandit un petit carré de papier couleur d'amande, plié en quatre, qu'il porta à son nez.

— Parfumé, le billet doux d'une femme sans doute.

— Que dit-il ?

Nicolas le déplia et le lut à haute voix :

— « *Afin de célébrer nos retrouvailles. N'oubliez pas jeudi 9 à quinze heures. Votre aimée.* »

— Bigre, dit Bourdeau, c'est là précisément l'heure de la mort de Cholet. Il y a de l'amour dans tout cela.

— Sûrement, mais pas comme tu l'entends, car le rendez-vous galant s'est tragiquement conclu ! grogna Nicolas. Cela expliquerait que la victime a été trouvée renversée sur son lit, sans souliers, en culotte et chemise. En tenue des plus intimes pour un après-midi !

Il continuait à bouleverser la literie.

— Tiens, mauvaise cache, ce lit !

— Qu'as-tu encore découvert ?

— Une liasse de documents. Si je ne m'abuse, cela ressemble à des actes notariés.

Il se mit à les parcourir fiévreusement.

— Les mystères s'ajoutent aux mystères. C'est un contrat de bail pour une maison. Malheureusement, ce n'est qu'un brouillon, copie de la minute originale. N'y apparaissent ni les mentions du propriétaire ni du locataire et, encore moins, du lieu de la demeure dont il est question.

— Voilà qui ne laisse pas d'intriguer. Une idée me vient. Ne serait-ce pas la maison dans laquelle tu étais retenu prisonnier ?

— C'est possible mais non assuré. Je suis de plus en plus inquiet sur ce que dissimulent tant et tant d'éléments qui nous submergent et que nous ne parvenons pas à relier les uns aux autres.

Au moment où Nicolas achevait sa phrase, la porte du logement s'ouvrit et une voix féminine joyeuse se fit entendre.

— Amour, enfin vous êtes là ! J'étais morte d'inquiétude.

Les deux policiers regagnèrent le salon et découvrirent une jolie femme dans une robe parme et dentelles blanches qui ôtait les épingles de son chapeau. Elle les fixait, la bouche ouverte, ses grands yeux noirs écarquillés.

— Mon Dieu, Messieurs, qui êtes-vous et que faites-vous ici ?

Nicolas tira son tricorne et la salua.

— Le Floch, commissaire du roi au Châtelet, et mon adjoint l'inspecteur Bourdeau. Il se pourrait que nous ayons à vous retourner la question. À qui avons-nous l'honneur de parler ?

— Je m'appelle Olympe de Gouges. Mais enfin que…

— Êtes-vous mariée ?

— Non.

— Où demeurez-vous ?

— À quelques pas d'ici, dans la rue des Fossoyeurs. Me direz-vous ?

Nicolas lui tendit le petit message découvert dans le lit.

— Ce papier est-il de votre main ?

— Quelle inquisition ! En quoi cela vous regarde-t-il ? Où est Gilles ?

Elle fit un pas en avant. Nicolas la retint et, ce faisant, sentit le cœur de la dame battre la chamade.

— Quand l'avez-vous vu pour la dernière fois ?

— La dernière fois, qu'entendez-vous par là ? Je devais le voir jeudi dernier. Je fus exacte au rendez-vous. Je frappai à la porte. Personne ne répondit. Ces jours derniers, j'étais à la campagne pour accompagner la troupe du petit théâtre qui m'appartient. Je ne suis rentrée que ce matin. Où est Gilles ?

— Hélas, Mademoiselle, je déplore d'avoir à vous apprendre qu'il est mort.

Elle le regardait avec une expression figée d'horreur et d'un coup, comme une masse, tomba dans ses bras.

VIII

ENCHAÎNEMENTS

> « Mais quoique je craignisse, il faut que je le die
> Je n'en avais prévu que la moindre partie. »
>
> *Racine*

Nicolas demanda à Bourdeau d'aller chercher de l'eau à l'office pendant qu'il portait Mlle de Gouges sur un sofa. Il aspergea son visage et elle finit par reprendre connaissance. Elle se redressa et mit de l'ordre dans sa toilette.

— Enfin, Monsieur, quel est ce conte ?

— Hélas, Mademoiselle, il n'est rien de plus certain et je crois que vous devriez vous apprêter à répondre à quelques questions. J'ai le regret de vous apprendre que M. de Maradon est mort assassiné.

— Assassiné !

Nicolas craignit un nouvel accès, mais elle se mordit les lèvres et respira profondément.

— Que voulez-vous savoir ?

— Il va falloir me parler avec sincérité sur deux parties des plus délicates. Quelle était la nature de votre relation avec Maradon ?

— Il y a deux mois, il avait emménagé dans cette demeure. Je l'ai croisé dans la rue. Nous nous sommes salués…

— Pardonnez-moi cette question : était-il votre amant ?

Elle le regarda avec amusement.

— Certes.

— L'aimiez-vous ?

— C'était un bon amant.

La réponse surprit Nicolas, non qu'il fût scandalisé par sa nature, mais bien par sa crudité.

— Soit. Vous deviez donc le rencontrer jeudi dernier ?

— Oui, il avait été plusieurs jours absent. De retour il m'avait informée du jour où il souhaitait me voir. J'avais glissé sous sa porte le billet que vous avez découvert.

— Et le jeudi ?

— J'étais ici à l'heure dite.

— Et alors ?

— J'ai frappé à la porte. Personne n'est venu m'ouvrir. Je jurerais pourtant avoir entendu du bruit à l'intérieur de l'appartement.

— Quelle sorte de bruit ?

— Une respiration étouffée et des craquements.

— Qu'avez-vous fait alors ?

Elle eut une sorte de mimique ironique.

— J'ai supposé que la place était prise et que j'étais remplacée. J'en ai pris mon parti.

— Sauf que vous êtes revenue aujourd'hui en appelant « amour » Gilles de Maradon.

— Comprenez, Monsieur le commissaire, que notre liaison n'avait rien de romanesque. Le cœur n'y était pas impliqué.

Encore une fois Nicolas fut stupéfait de l'impudeur de Mlle de Gouges et du caractère direct de son propos.

— Et le fait qu'il pût vous être infidèle ne vous troublait pas ?

— Vous exprimez la chose avec la plus délicate exactitude.

L'ironie du propos était manifeste.

— Autre point. Quelle était l'occupation de M. de Maradon ?

— Je n'en sais fichtre rien. Ce n'est pas cela qui m'intéressait chez lui. Outre ce que je vous ai confié, l'homme possédait toutes les qualités d'un honnête homme. J'aimais sa conversation. Il m'aidait à réfléchir sur le sujet de mon prochain ouvrage.

— De quelle nature ?

— C'est une réflexion sur les hommes nègres.

— Et quelle thèse est la vôtre ?

Elle parut enchantée que Nicolas lui posât la question.

— De fait, c'est une sorte de commentaire de présentation d'une pièce destinée à la Comédie française. Elle doit représenter sur scène les Nègres dans leur couleur et leur costume. Depuis toujours, je m'indigne du commerce effroyable dont ils font l'objet. En quoi, nous les Blancs, différons-nous de cette espèce ? J'en appelle à une liberté générale. Connaissez-vous des Nègres, Monsieur le commissaire ?

— J'en ai connu, j'en ai défendu et l'un de mes meilleurs amis vit avec une dame de Saint-Louis.

— Ainsi vous êtes un homme éclairé, lui dit-elle avec un charmant sourire.

— Vivez-vous seule rue des Fossoyeurs ?

— Je suis veuve. Mon mari, dont j'ai eu un fils, est mort en 1766. Je considère le mariage comme le tombeau de la confiance et de l'amour. Aujourd'hui je vis avec mon ami M. de Rozières. Il a souhaité m'épouser. J'ai écarté ce vœu ; cela me permet de conserver ma liberté de publication, ce qui ne serait pas le cas dans la situation de femme mariée.

— Et il connaît vos infidélités ?

— Nous ne les considérons ni ne les nommons ainsi.

Nicolas sursauta, puis se reprit. Qui était-il pour juger cette femme ? Respectait-il toujours dans sa vie les principes évangéliques ? Il y avait dans ces déclarations un vent de liberté tranquille et assumée.

— Pouvez-vous m'assurer que votre compagnon ne peut à aucun moment être agité de quelque mouvement de jalousie ? C'est un sentiment assez commun et qui saisit avec force celui qui en est l'objet.

Elle haussa les sourcils et fit une petite moue amusée.

— Il semble, Monsieur, que, sans vous offenser, ce soit un sentiment qui vous est familier.

— Peut-être, dit Nicolas, mais on peut faire effort pour le maîtriser.

Bourdeau, qui sans doute estimait que la conversation prenait un tour bien personnel, se mit à tousser d'abondance. Nicolas le regarda et comprit le message.

— Si M. de Maradon prenait aussi quelques libertés dans la variété de ses liaisons, connaissez-vous par hasard quelle pourrait être votre rivale ?

— Gilles était un homme séduisant et séducteur. Mais comment pouvez-vous penser que je l'espionnais !

— Pardonnez-moi, mais je n'y songeais pas.

— Mais vous tentiez le coup.

— Soit. Mademoiselle, il se pourrait que nous ayons à reprendre cet interrogatoire. Je n'ai pas de raisons à vous opposer pour vous soupçonner, aussi je vous laisse libre. Cependant, dans le cas où un élément nouveau interviendrait, n'hésitez pas à venir au Grand Châtelet pour nous en informer.

D'un geste gracieux elle ramassa les plis de sa robe, s'inclina en plongeant son regard dans celui de Nicolas, se tourna vers Bourdeau qu'elle gratifia d'un sourire et sortit de la pièce d'un pas glissant.

— Ne figure-t-elle pas l'automate d'une boîte à musique ? Elle se déplace de la même manière, sans à-coups.

— M'est avis, Nicolas, que la gueuse a quelque peu ameubli tes défenses. Tu parais bien charmé. La théâtreuse !

— Allons, Pierre, te voilà bien sérieux. Serait-ce la liberté proclamée de cette dame qui te scandaliserait ? Regarde autour de toi. Chacun revient à l'état de nature que décrit ton Jean-Jacques, « les seuls biens qu'il connaisse dans l'univers sont la nourriture, une femelle et du repos ».

— Quelle mauvaise foi ! On retrouve chez toi le disciple du Président de Saujac. Tu prends le début d'une réflexion pour la fin. Te moques-tu !

— Point, mon ami, je cite ! Au fait, en ce qui concerne notre affaire, que penses-tu de la dame ?

— Sa légèreté est à la mesure de sa sincérité. C'est un témoin, pas une coupable.

— Ou alors sa sincérité jette un voile sur une autre réalité et elle parvient à nous flouer.

— Tu changes de cap soudain, dit Bourdeau, et détruis ce que tu as adoré !

— Adoré ! C'est un bien grand mot pour parler de l'appréciation du charme et de l'intelligence d'une femme. Justement, je ne m'y laisse pas prendre.

Après une dernière visite du logement, ils replacèrent les scellés et renvoyèrent Gremillon et Rabouine au Châtelet, puis décidèrent de faire un tour dans le voisinage. Ils frappèrent à la porte palière faisant face à l'appartement de Maradon. Une jeune fille leur ouvrit et s'enquit timidement de ce qu'ils voulaient.

— Mademoiselle. Vous connaissez sans doute le drame qui s'est déroulé et a causé la mort de Gilles de Maradon, votre voisin. Nous souhaitons recueillir votre témoignage.

Elle tirebouchonnait son tablier de dentelle sans les laisser pénétrer à l'intérieur du logis.

— Quel est ce bruit ? cria une voix chevrotante.

— Vous avez dérangé mon père, dit-elle d'un ton désolé.

— Mademoiselle, je suis commissaire de police chargé de l'enquête. Permettez que nous entrions.

Doucement, il l'écarta et les deux policiers découvrirent un salon pauvrement meublé et un vieil homme chauve sur une chaise roulante. Il les considérait avec des yeux blancs, mais ne paraissait pas les voir.

— Votre père est-il aveugle ? demanda Nicolas.

— Hélas ! Et très sourd de surcroît.

— Ce sont des policiers ! cria-t-elle.

— Des pommiers ! Que racontes-tu là, mon enfant ?

Nicolas observait la jeune fille. Ses cheveux blonds étaient tressés et ramenés en macarons de chaque côté de la tête comme sur les gravures anciennes. Son visage était fin avec des yeux bleus ou gris suivant la lumière qui les frappait. Depuis leur arrivée, son teint très pâle s'était empourpré et des larmes perlaient, qu'elle finit par essuyer avec un petit mouchoir tiré de son fichu.

— Mademoiselle… Mademoiselle ?

— Geneviève Millot.

— Où vous trouviez-vous jeudi après dîner, vers trois heures de relevée ?

— Jeudi ? Il me semble que je suis sortie prendre l'air.

— Il vous semble ou en êtes-vous sûre ?

Elle avait pris son menton dans une main, comme si elle voulait en calmer le tremblement.

— Il ne me vient pas à l'esprit que j'aurais pu me trouver ailleurs.

— Soit. Connaissiez-vous Gilles de Maradon, votre voisin ?

— Il est locataire depuis fort peu de temps. Nous nous sommes salués chaque fois que le hasard nous a mis face à face.

Nicolas nota le caractère contourné de cette phrase marquée par une soudaine rougeur du visage.

— Et ce hasard s'est-il souvent manifesté ?

— Je ne sais.

— Recevait-il des visites ?

— Une dame paraissait de temps à autre.

Ce qui prouvait une chose, estima Nicolas, c'est que Maradon était l'objet d'une sourcilleuse attention de la part de la demoiselle Millot.

— La sauriez-vous décrire ?

— Une femme aux yeux noirs, élégante, d'environ trente-cinq ans. Si toutefois les fards ne dissimulent pas un âge plus avancé.

Bourdeau leva les yeux au ciel. Sans doute le commissaire jugeait-il comme lui la précision de cette description empreinte d'une rare perfidie.

— Ses visites duraient longtemps ?

— Quelques heures.

— Vous en releviez la fréquence ?

Elle le regardait, furieuse.

— Nos appartements sont si proches que le bruit des portes s'entend aisément.

— L'après-midi dont nous parlons, avez-vous entendu un coup de feu ?

Elle répondit trop vite :

— Aucun coup de feu, je n'ai rien entendu.

— Cela serait étonnant en effet puisque vous étiez sortie prendre l'air.

Le vieillard s'agitait dans son fauteuil.

— Pom ! marmonna-t-il.

— Pardonnez-moi, il faut que je m'occupe de mon père. Certain besoin le presse.

Elle les reconduisit à la porte, tête baissée.

— Mademoiselle, il est possible que nous nous revoyions pour préciser certains points.

Dans leur voiture, Nicolas interrogea Bourdeau sur l'impression que lui avait laissée Mlle Millot.

— Si tu veux m'en croire, son babillage me paraît dissimuler bien des choses. La douce agnelle me semble folle de passion pour son beau voisin qu'elle surveillait comme lait sur le feu. Était-elle présente le fameux après-midi ? Je n'en jurerais pas et tu lui as à ce sujet tendu un beau piège. Quant à son opinion sur Olympe de Gouges, tu as constaté comme moi de quelle manière elle l'a tympanisée !

— Mon opinion rencontre la tienne. Mais de là à estimer que cette juvénile passion l'aurait conduite à supprimer l'objet de celle-ci, il y a un grand pas que je ne parviens pas à franchir. Reste qu'elle est sans doute plus impliquée, d'une manière ou d'une autre, dans cette affaire qu'elle veut bien le dire. Au fait, qui a découvert la mort de Maradon ?

— La question est bonne. Je n'ai vraiment pas réussi à démêler les circonstances. Guyot, interrogé, est demeuré évasif. Il semble que l'information soit parvenue de manière anonyme au poste du guet du quartier.

— De plus en plus étrange. La présence d'un trio infernal, l'amant, la maîtresse et la rivale. Il s'agirait alors d'une figure habituelle, sauf que…

— Sauf que, poursuivit Bourdeau, il y a l'élément inconnu, disparition d'un pistolet et lien possible avec les missions de Cholet *alias* Maradon !

— Cette jouvencelle en sait davantage qu'elle a bien voulu nous en dire. Pourquoi se retient-elle ainsi ?

Bourdeau frappa la glace de la main.

— Peut-être en a-t-elle trop vu et se sent-elle menacée ?

— Je crois qu'il est temps que je visite Sartine. Lui qui se targue de tout savoir, il est possible qu'il nous en apprenne en surcroît. Il serait trop navré de demeurer coi et honteux de sa méconnaissance. Je te ramène au Châtelet où tu mettras nos gens à la recherche du notaire qui a dressé ce brouillon de bail. Quant à moi, je vais affronter le maître des ténèbres.

À l'hôtel de Juigné, Sartine le reçut aussitôt. Il achevait de déjeuner et offrit une tasse de café à Nicolas.

— Monsieur, dit le commissaire, je suppose que vous êtes pour quelque chose dans ma libération. Croyez que je suis sensible à votre sollicitude.

Sartine sembla touché de cette déclaration.

— Que serions-nous, vous et moi, dans le cas contraire, mon cher Nicolas ? Depuis tant d'années… Il reste que vous vous attirez des ennemis fort puissants. Et d'autant plus redoutables qu'on avait animé contre vous, outre le lieutenant général de police, un duo d'imbéciles. Dans des cas similaires, ceux-là mêmes qui s'acharnent sur la proie qu'on leur désigne. Sachez qu'il a fallu que je monte jusqu'au roi, d'ailleurs justement scandalisé de l'affaire, pour obtenir votre libération. Qu'en est-il de votre enquête à la Bastille ?

— Hélas, l'impunité y domine. Le gouverneur obsède ses gens sous de fallacieux prétextes. Ceux-ci le détestent. Tout y est réuni pour que des agents extérieurs puissent y agir sans obstacle. Là aussi, au mieux il y a laisser-aller, et trahison au pire.

— Le pire n'est pas là, soupira Sartine. On m'a rapporté que vous avez été torturé.

— Mes amis m'ont sorti de ce mauvais pas.

Nicolas entreprit de faire à Sartine le rapport complet des événements depuis leur dernière entrevue. Il souligna en particulier le lien étroit qui existait avec la présence à Paris de l'évêque d'Adran et son pupille, le prince héritier de Cochinchine. Le pire et le plus inquiétant était la disparition d'un envoyé de l'évêque qui, jusqu'aux constatations sur le cadavre d'un agresseur hollandais, pouvait se confondre avec l'agresseur de la Bôle et de la forêt du Mans. Il semblait, selon les allusions des ravisseurs de Nicolas, que l'homme abattu n'était pas mort. Cette information jetait un trouble manifeste sur la personnalité de Cholet, *alias* Gilles de Maradon.

— Je connais la suite, Nicolas, et le crime de la rue des Fossoyeurs.

Nicolas eût été surpris du contraire. Il indiqua néanmoins à son ancien chef les résultats de son enquête sur place, s'étonnant d'ailleurs du mystère autour de la dénonciation de la mort de Maradon au bureau du guet du quartier.

— Ne vous troublez pas pour si peu. C'est votre serviteur qui voulait entretenir Cholet. Je le visitai vendredi matin et ai découvert le drame. Je me suis discrètement retiré et ai fait prévenir au plus vite le guet de l'événement.

Nicolas demeura stupéfait de cette révélation.

— Monsieur, qu'avez-vous vu très exactement ?

— Fi ! Nicolas, vous savez mon éloignement pour ces choses sanglantes. J'ai découvert un cadavre. Un pistolet à ses côtés. Il m'eût déçu que vous n'en semiez pas. Déjà deux !

— Ciel, plaisanta Nicolas, vous avez frôlé la Bastille comme moi ! Imaginez un peu qu'on vous ait surpris ou reconnu.

Sartine prit un air offusqué de l'éventualité évoquée.

— Nul doute, Monsieur, que vous vous seriez évertué à m'en sortir.

— L'amitié que je vous porte ne m'aurait laissé nulle autre issue, car l'occasion m'eût été ainsi offerte de vous assurer, Monsieur, que personne n'est plus véritablement à vous que moi.

Sartine grommela, l'air satisfait d'un chat buvant du petit-lait.

— Puis-je vous demander si vous avez eu le sentiment qu'il s'agissait d'un assassinat ou d'un suicide ?

— Je n'ai pas fait le tri. Je me suis aussitôt retiré, croisant malheureusement une jeune fille blonde qui sortait de l'appartement voisin.

— Aviez-vous laissé votre carrosse dans la rue ?

— Non, il m'attendait devant Saint-Sulpice.

— Vous ignorez donc l'énigme des pistolets ?

— Ah ! Oui, Crosne m'a parlé de ce pistolet à vos armes. Comment a-t-il pu croire ? Enfin, vous avez une explication, je suppose.

— Certes, je l'avais offert à Cholet après qu'il m'avait sauvé la vie dans la forêt du Mans. Mais celui qui a tué Cholet a disparu.

— Eh, pardieu ! Que n'avez-vous avoué où vous vous trouviez à l'heure du crime ?

Nicolas hésita, puis se crut autorisé de dire la moitié de la vérité.

— J'étais au Carmel de Saint-Denis avec Madame Louise.

Sartine posa sa tasse si violemment que la fine porcelaine se brisa. Il se mit à arpenter la pièce, murmurant des propos indistincts :

— La sainte fille n'en fera jamais d'autre ! Je n'éclaircirai pas ce qui pouvait justifier cet entretien spirituel. Bien, Nicolas, vous allez me laisser débrouiller l'affaire de ces trahisons et des soupçons qui pèsent sur l'un de nos gens. Je redoute que le fonds du complot, car il s'agit bien de cela, touche la négociation entre la France et le royaume de Cochinchine. Des menaces sont proférées… Tout peut survenir. Revoyez Adran et veillez avec lui à la sûreté du prince. Le petit sort trop. On assiste à une sorte d'engouement général, un effet de mode si propre à nos Parisiens. Vaudevilles, madrigaux, impromptus et chansons ne laissent pas de chanter ses louanges et celles de l'évêque d'Adran. La reine le réclame souvent afin qu'il vienne jouer avec le dauphin malade. L'enfant a le don merveilleux de distraire le prince de douleurs qui, hélas, s'aggravent de jour en jour.

— Encore un point, Monsieur. Cholet, Maradon, où se niche la vérité dans ces pseudonymes ?

— Dans une troisième et secrète voie, dit Sartine, ricanant.

Cette réplique ne laissait pas d'être insatisfaisante. Enfin, il fallait faire avec. Nicolas s'était levé. Au bout du compte, il n'était pas si mécontent – une fois n'était pas coutume – de son entretien avec Sartine.

— Mon ami, dit celui-ci, détournant la tête, j'ai craint pour votre vie. Désormais épargnez-moi ; je suis trop vieux pour ces inquiétudes ; elles ne m'amusent plus.

Nicolas décida de se rendre sur-le-champ aux Missions étrangères, rue du Bac. Il se fit reconnaître par des gardes qui lui semblèrent plus suspicieux que lors de sa précédente visite. Sans doute des instructions plus sévères avaient-elles été données afin d'assurer la sûreté des lieux. Il fut conduit jusqu'à la bibliothèque, croisant dans les salles vides deux mandarins qui, l'air sévère, le saluèrent de multiples courbettes. Adran, le teint toujours aussi vermeil, lui donna l'accolade et l'invita à s'asseoir.

— Mon cher Pierre, j'ai tant de choses à vous relater que…

L'évêque prit un air effrayé, se leva et s'approcha de Nicolas pour lui parler à l'oreille :

— Nous sommes dans une maison de verre : tout y est observé et rapporté sans que je sache si le manège est innocent. Les anciens de la maison sont pires que les mandarins de la suite du prince. Je ne ferai nulle confiance à des confidences exprimées dans cette pièce. Vu les circonstances, nous ne pouvons parler ici.

Il jeta un regard inquiet autour de lui.

— Que pouvons-nous faire ? Aller nous promener au hasard des rues ?

— Bien imprudent ! J'ai une autre idée, dit Nicolas. Je devais vous conduire chez maître Vachon, mon tailleur, pour renouveler votre garde-robe. Allons-y et profitons de cette escapade et tant du secret de ma voiture que de celui de l'atelier.

Dans la voiture, le commissaire exposa à son ami la suite tumultueuse des événements survenus depuis leur dernier entretien. Il lui rapporta notamment les propos de ses ravisseurs, laissant clairement entendre que le messager de l'évêque, l'agresseur de la forêt du Mans, avait survécu au coup de feu tiré par Cholet. Pigneau tomba d'accord avec lui pour convenir qu'un lien était vraisemblable entre tous ces faits et que la menace persistait.

La voiture arrivait rue Vieille-du-Temple. En quelques phrases, Nicolas brossa un rapide portrait de l'artisan. Enfoncé dans sa cathèdre d'où il surveillait le bataillon de ses petites mains, Vachon les accueillit avec une satisfaction marquée. La voix n'était plus l'impérieux instrument qui dirigeait naguère l'orchestre des ciseaux et des aiguilles, mais son autorité subsistait et nul n'aurait osé s'y soustraire.

— Alors, dit Nicolas, comment se porte ce bon M. Vachon ?

— Hélas, je me fais plutôt porter. Monseigneur…

— Je vous présente Pierre Pigneau, évêque missionnaire en Cochinchine, mon plus vieil ami.

Adran retint le vieil homme qui se soulevait pour marquer son respect.

— *Adran, Adran*
Voici de Xavier le successeur
L'émule du grand Athanase.

On fredonne cela dans les rues !

— Maître Vachon, c'est trop d'honneur. Nicolas m'a chanté vos louanges et l'estime que le roi vous porte.

— Oui, oui ce bon M. Vachon ! Ah ! Monsieur le marquis, c'est à vous que je dois l'honneur qu'en ce jour je reçois. Que puis-je pour vous ?

— Plusieurs services à vous demander. Notre prélat souhaite renouveler sa garde-robe et, quant à moi, j'ai une question à vous poser qui me semble de votre ressort.

Nicolas sortit de sa poche un morceau de tissu.

— Que vous dit-il ?

Vachon le sentit, le froissa et le considéra en transparence devant une chandelle avant d'en enflammer un fil.

— Aucun doute, une laine hollandaise provenant d'un uniforme. Il sent encore la poudre.

Nicolas lança un regard entendu à Adran. Vachon appela deux de ses aides qu'il dirigea pour prendre les mesures de l'évêque.

— Alors, mon ami, comment vont les affaires ?

Vachon haussa les épaules, l'air dégoûté.

— Vous connaissez mes sentiments à cet égard ; tout lasse, tout casse. La réunion des notables avait poussé la surenchère. Chacun voulait un gilet. Mais quelle indécence, ne voilà-t-y pas qu'on s'est mis en tête d'en broder l'ensemble d'après l'estampe de la cérémonie d'ouverture. On figurait le roi sur son trône de telle sorte qu'il était placé sur la poche et qu'il paraissait fouiller dedans ! Du haut jusques en bas, les métiers se plaignent. Le traité avec l'Angleterre facilite son commerce : leurs draps se trouvent d'une meilleure qualité que les nôtres et d'un coût moins élevé.

— Et la mode, toujours mouvante ?

— Ne m'en contez pas ! Point de repos pour qui manque au décalogue de la tyrannique mode. Pardon, Monseigneur ! L'incongruité domine et l'élégant se doit d'être ganté dans son costume à n'y point respirer. On exige de nous de la magie : il faut convertir le prélat en adonis. Oh ! Pardon, Monseigneur ! Le magistrat en petit-maître, le commis en marquis. Oh ! Pardon, Monsieur le marquis. Le marquis en duc et le duc en potentat ! Et c'est à qui trompera son tailleur, l'amorçant par des promesses, et finira par manquer au payement. Paix, mauvais drôles !

Soudain il dressa la tête, courroucé.

— Ne dirait-on pas un troupeau d'oisons qui cancanent ? Une soutane de soie violette et un habit court de satin noir, Monseigneur, cela vous convient-il ?

— Je m'en remets à votre sagesse.

Nicolas, que le propos du tailleur amusait, décida de le pousser dans ses retranchements tandis que se poursuivait le minutieux relevé des mesures de l'évêque.

— Et cette mode, dans le détail, comment se présente-t-elle, mon bon Vachon ?

Bougon, l'intéressé soupira.

— L'homme se doit d'être vêtu d'un habit, couleur *de suie des cheminées de Londres*, fendu sur les côtés avec une queue de serin. Sous la veste à boutons de cuivre, une culotte de drap jaune avec sept boutons blancs. Bottes molles jaune et noir, gants de peau jaune et chapeau de jockey à tresse, raies noires et dorées. La cravache ou le fouet est de rigueur. Un oiseau des îles à mettre en cage, pardi ! Ou sous cloche, pour un cabinet de curiosités.

— Allons, cela fait marcher les affaires.

— Que vous croyez ! Et d'ailleurs j'ai des concurrents ; M. de Calonne, l'ancien ministre, homme d'une élégance rare s'il en fut, s'habillait chez Vanzut et Dosogne, réputés à juste titre, je le dois dire, pour la qualité de leurs tissus, l'ajustement parfait de leur coupe, mais aussi pour le montant exorbitant de leurs mémoires. Ce n'est pas mon cas, rassurez-vous, Monseigneur ! Il est de bon ton, dans un certain monde, de considérer que crédit n'est pas mort et que c'est preuve de ses quartiers que de s'y conformer et de laisser passer la Saint-Michel sans honorer ses mémoires. Enfin ce que j'en dis, vous le concevez, Monsieur le marquis, ne vous est pas destiné. Ce n'est pas vous, ma pratique depuis tant d'années, qui manqueriez de me régler rubis sur l'ongle ! Je vous l'ai souvent reproché, mais vous agissiez en bon bourgeois, ce qui de ma part est un compliment.

Nicolas remarqua cette pointe qui donnait à réfléchir sur le sentiment général à l'égard de la noblesse.

— Bien, maître Vachon, nous vous allons quitter. Veuillez, je vous prie, envoyer un de vos oisons aux Missions étrangères, rue du Bac, pour prévenir Mgr d'Adran du moment de son essayage.

— Je n'y manquerai pas. Faites mes compliments à M. le vicomte de Tréhiguier.

— Qui vient d'avoir son premier-né, je vous l'annonce.

Vachon, extatique, joignit les mains et leva les yeux vers les poutres enfumées de son atelier.

— Trois générations de Ranreuil, merveille ! J'espère vivre assez vieux pour habiller votre petit-fils.

Le vieil artisan se fit rouler jusqu'à la porte pour accompagner ses visiteurs qui purent, après force saluts, rejoindre leur voiture.

— Voilà, mon cher Nicolas, un brave homme qui vous manifeste une adamantine fidélité.

— C'est que nous nous connaissons depuis plus d'un quart de siècle et que nombreuses furent les occasions de se rendre mutuellement quelques signalés services.

— J'ai bien compris cela, et j'ai également observé qu'il était fort informé de la situation, portant sur la société de très judicieuses remarques. Absent depuis tant d'années, j'ai peine à saisir le mouvement du temps dans ce royaume. Puis-je vous demander votre sentiment ?

Nicolas demeura un moment silencieux.

— Vachon et moi, nous nous ressemblons : il traverse comme moi-même les ordres supérieurs de la société. Il en observe les imperfections et les démérites, se constituant ainsi peu à peu une sorte de philosophie acquise à force de se frotter aux pratiques de son atelier. Certes, sa vue est un peu limitée, le peuple lui échappe. Il reste qu'il aspire à une égalité, celle que réclame une bourgeoisie avide de pouvoir. Pourtant il ne manque pas de contradictions et sa fidélité au roi est proclamée.

— Et vous-même ?

— Un serment de fidélité prêté au roi la nuit de son sacre ne me ferme pas les yeux. Peu à peu j'ai pris conscience des insondables misères du peuple et de la montée d'un monde vicié, celui de l'argent et du grand négoce. À y bien réfléchir, M. de Calonne avait sans doute raison. Il soutenait le principe d'égalité devant l'impôt. Les notables jusqu'aux princes du sang se sont opposés à cette tentative de réforme qui aurait sans doute épargné au royaume et à la monarchie bien des déboires prévisibles.

— Et le roi ? Lors de l'audience qu'il m'a fait l'honneur de m'accorder, il m'est apparu bienveillant, instruit et tout empreint des qualités qui font un bon souverain. J'ai quelque expérience de ce pouvoir-là, servant un prince qui peut se montrer cruel et tyrannique. J'essaye autant que possible de le tempérer…

— Le roi a toutes les qualités du monde, sauf une : il ne sait pas vouloir. Je vous le dis, mon ami, en confidence, quasiment en confession. Ce n'est pas à moi de le juger.

— Mon ami, votre loyauté vous honore et vous la conserverez tout au long de votre vie comme un précieux viatique. Pour évoquer autre chose, vous m'apparaissez apaisé, désormais éloigné des tourments qui vous agitaient naguère. Êtes-vous en paix avec vous-même ?

— J'ai peu à peu surmonté ce que vous évoquez. Le regret de ne pas avoir mieux connu mon père…

Il s'arrêta, la gorge nouée. Il semblait qu'à ses côtés Adran priait, les yeux fermés. Ce recueillement se prolongea un long moment.

— Enfin, reprit Nicolas, riant, j'ai eu des pères, Noblecourt, Sartine et, j'ose le dire, le feu roi.

Disant cela, il lui revint à l'esprit le sang qui coulait dans ses veines. Il se retint d'en faire confidence au prélat.

— Suis-je heureux ? Qu'est-ce à dire ? La venue de mon fils a calmé bien des peines qui m'assaillaient. Et voici qu'un petit-fils m'est donné. Je serais ingrat de me plaindre. J'ai longtemps tout fait pour me renforcer dans l'espérance que la Providence les apaiserait. Je ne prétendrai pas que parfois des rechutes menacent. Les horreurs du monde du crime, mais aussi la contemplation des cabales, des brigues et des trahisons de cour ne laissent pas, comme des vagues incessantes, de battre ma sérénité. Ma foi, voilà qui nous rajeunit, et votre présence ouvre la porte des confidences. Je vous prie d'excuser cet abandon.

Adran se tourna vers Nicolas et lui prit les mains.

— Ne regrettez pas ce moment. Je vous retrouve tel qu'en vous-même, et il me semble que ces confidences devaient être formulées. Le hasard ne fait rien à l'affaire, ou plutôt il nous offre l'occasion de ces retrouvailles qui sont d'autant plus riches qu'elles étaient plus inespérées. Dieu parfois favorise les circonstances les plus inattendues pour nous conduire au terme de nos désirs. C'est ainsi qu'il a souhaité, je le crois, nous réunir.

Ils poursuivirent leur chemin, Adran apportant à Nicolas de nouveaux détails de sa vie en Cochinchine, la rigueur du climat, les périls qu'il avait affrontés dans la jungle et la sourde opposition des mandarins et des talapoins des entours de Nguyen Anh, qui redoutaient son influence et son prosélytisme. Parvenue rue du Bac, leur voiture fut empêchée d'avancer par une foule rassemblée devant le porche des Missions étrangères. Ils descendirent pour se frayer le passage jusqu'à la porte. Nicolas interrogea un vieillard chenu qu'il avait remarqué lors de ses précédentes visites, toujours assis sur une chaise paillée.

— Mon ami, seriez-vous en mesure de nous dire ce qui justifie cet attroupement et l'émotion qui se lit sur tous les visages ?

— Mon bon monsieur, c'est que le bruit les a tous attirés.

— Quel bruit ?

— Il y a environ trois quarts d'heure, on a perçu, venant de cette maison, le bruit d'une terrible explosion. On en ignore les causes pour le moment. Les gardes-françaises, avertis, ont aussitôt dépêché une pompe d'un dépôt proche. Ses servants, dit-on, sont en train d'éteindre un incendie.

— Mon Dieu ! s'exclama Adran, je pressens qu'il est survenu quelque chose de grave. Pressons le pas, Nicolas, j'appréhende le pire, après toutes ces menaces.

De fait, la maison semblait sens dessus dessous. Prêtres et novices couraient dans tous les sens et la garde annamite croisait les hallebardes. Les pompiers venaient à bout du feu qui avait détruit une réserve de bois située dans un appentis au bout du jardin. Le frère Paul Nghi, le plus proche confident de l'évêque, s'approcha, blême et tremblant.

— Monseigneur, Monseigneur, Dieu nous sauve, vous voici…

— Allons, dites-moi, ne me cachez rien, qu'est-il advenu ?

— Sans doute l'œuvre d'un mauvais plaisant qui a réussi à semer trouble et inquiétude. Il semble, d'après le brigadier de la pompe, qu'on ait accumulé de gros pétards auxquels on a mis feu, provoquant l'incendie de la grange à bois.

Nicolas considéra la pompe. D'ordinaire, elle contenait cinq muids d'eau et on avait recours le cas échéant aux réserves des puits. Son brigadier approcha et s'adressa à Nicolas qu'il connaissait :

— Monsieur le commissaire, l'affaire est à la fois claire et étrange. Il semble qu'on se soit efforcé de créer ici le désordre.

— Mais d'abord, demanda Nicolas, comment les engins ont-ils été mis à feu ?

— Oh ! N'importe quel garnement vous l'apprendrait aisément. Il suffit de fixer les mèches sur un cordon en coton ou en amadou. Allumé, celui-ci prendra un certain temps pour se consumer et, au bout du compte, enflammera la mèche imprégnée de poudre noire. Mais pour le coup, on a forcé sur la puissance.

— Ainsi l'auteur de cette explosion a pu se retirer bien avant ?

— Certes, il suffisait pour cela de mettre la longueur de mèche en proportion du temps nécessaire.

— Et le prince ? demanda soudain Adran.

— Oh, il est à l'abri dans ses appartements.

Adran avait saisi Nicolas par le bras et l'entraînait vers le bâtiment où se trouvait la suite qu'il occupait. Ils gravirent l'escalier quatre à quatre et pénétrèrent dans les pièces consacrées à l'évêque et à son pupille. Ils eurent beau faire et appeler, tout fut inutile et rien n'indiquait que l'enfant fût présent. Adran courut jusqu'à son bureau et s'arrêta, atterré.

— Qu'y a-t-il ? demanda Nicolas.

— L'armoire forte ! Seigneur, faites que…

Il désignait de la main un panneau de la boiserie, arraché, découvrant la porte béante d'une armoire de fer dont la serrure avait été apparemment forcée.

— Que contenait-elle ?

— Hélas, un inestimable trésor. Le sceau du dragon de Nguyen Anh. Non seulement sa détention légitime le souverain, mais de surcroît il me fonde en tant que son plénipotentiaire. C'est un objet inestimable d'or ciselé et sans lui Nguyen Anh n'est plus rien et moi non plus. Je dois renoncer à négocier le traité et, ce qui est pire, le prince a disparu lui aussi.

Soudain une petite voix se fit entendre, émanant d'une rangée d'in-folio.

— Oncle Pierre, suis là.

Adran se précipita et fit voler à terre la rangée de livres. Apparut alors, recroquevillé contre le fond du meuble, le prince Canh, le visage inondé de larmes, qui se jeta aussitôt dans les bras de l'évêque.

— Que vous est-il arrivé, mon fils ? Calmez-vous, c'est fini, vous êtes sauf.

— Entendu grand bruit comme canon de mon père. Eu peur et venir ici, dans bureau. Quelqu'un venir. Moi pas reconnaître pas de l'oncle et me cacher derrière livres. Homme casser bois et ouvrir armoire. Sortir objet enveloppé dans tissu rouge.

— Avez-vous reconnu son visage ?

— Trop peur pour regarder. Quand lui se retourner, moi baisser tête.

Adran, effondré, se tourna vers Nicolas.

— La Providence, mon ami, vous place au bon endroit pour sauver l'innocent et rendre la justice. Tout dépend de vous désormais.

Il s'agenouilla et se mit à prier.

IX

BRANLE-BAS

> « Qu'est-ce que la vie de cour […] qu'une révolution fatigante de craintes, de précautions, d'espérances ? »
>
> *Massillon*

Nicolas s'était assis au bureau de l'évêque et écrivait un billet.

— Paul prendra notre voiture et gagnera le Châtelet afin de remettre ce pli à mon adjoint, l'inspecteur Bourdeau. J'espère qu'il n'est pas trop tard pour fermer les portes de la ville et fouiller les voyageurs.

Paul fut rappelé et Nicolas lui donna ses instructions.

— Que faire maintenant ? dit Adran qui reprenait des couleurs.

— Surtout garder notre sang-froid et réfléchir aux faits qui nous ont été courtement exposés. Une chose est sûre : l'objet a d'ores et déjà quitté les Missions étrangères. Pourriez-vous me le décrire ?

— C'est une pièce d'orfèvrerie qui fut fondue en or fin un jour favorable. Sa base est rectangulaire et soutient la figure d'un dragon.

— Quel poids ?

— Environ quinze livres[1].

— C'est déjà considérable.

— La pièce est enveloppée, comme dit le prince, dans un tissu de velours rouge.

— Une chose me surprend, reprit Nicolas. Le prince n'a pas évoqué la tenue de l'inconnu.

— Il était beaucoup trop effaré pour cela.

— Ou elle lui était tellement habituelle qu'il ne l'a pas remarquée. Je vais maintenant vous laisser reposer et rassurer votre pupille. Pendant ce temps, j'interrogerai l'ensemble de la maison. Il me faut savoir si un étranger a été vu dans le périmètre des Missions. Au fait, vous étiez-vous ouvert à quelqu'un de la disparition de votre messager, celui-là même qui fut tué dans la forêt du Mans ?

— Non, je m'en étais bien gardé.

— Pourriez-vous me donner quelqu'un pour me servir d'interprète auprès de votre suite ?

— Le mandarin Minh parle parfaitement le français.

Installé peu après dans le réfectoire, Nicolas entama le fastidieux travail d'interrogatoire et de recherche des indices. Défilèrent devant lui deux vieux missionnaires qui ne dissimulaient pas leur aigreur vis-à-vis de l'évêque et de jeunes novices plus favorables. Le plus malaisé fut de recueillir les témoignages de la partie annamite. Il ne pouvait vérifier l'exactitude des traductions. Il nagea bientôt dans une mer d'incertitude, tant les propos étaient vagues et contournés. Tous paraissaient effrayés par la conjoncture. Le commissaire essayait tant bien que mal de déterminer si un individu, connu ou inconnu, avait pu pénétrer dans l'enceinte des Missions étrangères ou en était sorti. Au bout du compte, seul un des gardes finit par reconnaître avoir vu un homme s'échapper avec un paquet en profitant du désordre occasionné par l'incendie.

— Le connaissiez-vous ?

— Oui, répondit le garde, avec réticence semblait-il, autant que le pouvait laisser percer la traduction.

— Savez-vous son nom ?

— C'est Co. Il était parti depuis longtemps à l'extérieur, et j'ai été étonné de le revoir, si empressé de sortir.

Il convenait maintenant de vérifier la chose auprès d'Adran. Celui-ci confirma qu'il s'agissait bien de son protégé. Il devait porter un message à Nicolas et aurait été abattu dans la forêt du Mans.

— Ma foi, répliqua Nicolas, le bougre n'était pas mort. Il est probable qu'il a agi seul. Il a allumé la mèche, a attendu, dissimulé quelque part, et a profité de l'émoi suscité par l'explosion pour s'introduire dans votre bureau et s'emparer du sceau du dragon.

— Pensez-vous qu'il ait eu des complices ?

— Comme je vous l'ai dit, rien ne le laisse supposer. Mais cela ne garantit pas que vous n'ayez autour de vous d'autres traîtres. Si l'on en croit les indications du personnel, votre homme appartenait à une organisation secrète.

— Eh bien, nous la détruirons ! s'écria la voix péremptoire de Sartine, faisant irruption dans le bureau.

— Puis-je vous présenter, dit Nicolas s'adressant à l'évêque, M. de Sartine.

Adran s'avança et salua l'ancien ministre.

— Votre réputation d'homme d'État, Monseigneur, est parvenue jusqu'aux lointains de l'Asie. Le marquis de Ranreuil, mon ami, m'a longuement décrit la protection et l'appui que vous avez dès longtemps prodigués à sa carrière.

Sartine semblait charmé de ce compliment. Il s'inclina à son tour.

— Monseigneur, je suis infiniment honoré de vous rencontrer, même si les circonstances ne se prêtent guère aux politesses. On m'a fait part…

Nicolas sourit intérieurement. L'ancien lieutenant général de police n'avait pas perdu la main. On pouvait toujours compter sur lui pour être sur-le-champ informé de tout.

— … de l'attentat qui vient de frapper les Missions étrangères. Vous m'en voyez consterné. Il n'est pas de coutume que des actes semblables frappent le plénipotentiaire d'un souverain étranger.

Il parut à Nicolas que Sartine ignorait l'essentiel.

— Monsieur, sans doute ne connaissez-vous pas le pire.

Il jeta un œil sur Adran, qui lui fit un signe d'assentiment.

— Comment ! Existe-t-il autre chose qui ne m'aurait pas été rapporté ?

— Je le crains. L'attentat que vous évoquez n'avait d'autre but que de détourner l'attention à l'intérieur des Missions. Il se trouve que, profitant du désordre, l'armoire forte de l'évêque a été forcée et le sceau de Cochinchine dérobé.

— Les conséquences en sont-elles irréparables ?

— Cet objet garantit la légitimité du roi de Cochinchine et, d'autre part, établit le caractère de plénipotentiaire de l'évêque d'Adran. Le projet de traité avec la France est de ce fait compromis. Ce sceau a été volé et sans doute l'enlèvement du prince héritier

Canh était-il envisagé. La Providence a voulu que l'enfant ait eu la présence d'esprit de se dissimuler.

— Je vois, dit Sartine, pensif, c'est infiniment plus grave que je ne l'imaginais. Monseigneur, je vais à Versailles avec Nicolas. Vous-même, allez vous claquemurer dans ce bâtiment avec le prince. Entourez-vous de ceux de vos gardes que vous jugerez les plus loyaux.

— Hélas ! À qui désormais dois-je me fier ? Un de mes fidèles était un traître et je soupçonne qu'il disposait d'un complice dans la place.

— Peu importe ! Je suis venu du Châtelet et le sergent Gremillon m'a accompagné. C'est un homme sûr et déterminé. Il va vous rejoindre et vous protéger.

Sartine avait-il repris son autorité sur la police ? Décidément, songea Nicolas, rien ne résistait à cet homme. Tout s'organisa et Adran, aidé par Gremillon, établit une véritable place forte autour de la suite de l'évêque. Après d'ultimes recommandations, Sartine et Nicolas montèrent en carrosse et prirent le chemin de Versailles.

— Qu'allons-nous faire au Château ? demanda Nicolas, qui brûlait de curiosité.

— Mon cher, donner un coup de pied dans la fourmilière. Versailles est bien loin et les nouvelles y parviennent comme amorties. Ensuite il faut encore du temps pour qu'une décision soit prise, si tant est qu'on en prenne. Au fait, savez-vous pourquoi Loménie de Brienne appuie Adran ?

— Il semble que ce soit par l'intermédiaire de l'abbé de Vermond, le lecteur de la reine. Ce sont des relations qui remontent à leur jeunesse. Du coup on dit notre ami soutenu par le parti de la reine. Elle apprécie l'évêque ou plutôt marque sa ferveur envers le prince Canh, qui sait distraire le petit dauphin de plus en plus malade.

— Quelque chose m'échappe dans tout cela. Pourquoi le principal ministre, qui déteste toute l'œuvre de Calonne, soutient-il l'idée d'un traité avec la Cochinchine et d'un appui militaire à son roi ? Vergennes était fort intéressé par ce projet, mais il est mort. Quant à Montmorin, sa prudence, vous le savez, est extrême et il avance comme l'armée ottomane, deux pas en avant, un pas en arrière !

— Je dois vous informer, reprit Nicolas, que grâce à notre tailleur maître Vachon, j'ai pu déterminer l'origine du tissu des habits de ceux qui m'avaient enlevé. Selon lui, il s'agit d'une serge d'origine hollandaise. Cela correspondrait aux propos que je n'ai pu alors comprendre, ni en deviner l'origine.

— Voilà, Nicolas, qui est du dernier intéressant. Si les Hollandais font partie du complot, cela pourrait s'expliquer par beaucoup de raisons. Parfois il faut prendre les choses de plus loin et les considérer par le gros bout de la longue-vue.

— Que signifie, Monsieur, cette jubilation qui soudain vous saisit ?

— Ne prenez pas, cher Nicolas, cet air ahuri. Il y a une brassée de coïncidences qui alimentent la conjoncture. Et bien sûr nos amis anglais ne doivent pas être loin, surveillant la manœuvre. Prêtez-moi un effort d'imagination. Vous savez, je pense, que la Hollande est en proie à une guerre civile. Les partisans favorables à l'alliance française s'opposent aux Orangistes soutenus par l'Angleterre et la Prusse. En août dernier le conseil décida de ne rien faire, uniquement d'envoyer à Amsterdam quelques canons et des instructeurs. Ni le roi, ni Loménie n'entendaient respecter l'alliance signée par Vergennes en 1785. La France n'avait plus les moyens d'une aventure guerrière.

— Et désormais ?

— La Prusse restaure l'autorité du stathouder Guillaume d'Orange et lui dépêche un corps d'armée. L'Angleterre nous intimide et menace d'intervenir. Sentez-vous le lien qui existe entre notre affaire et ces vastes intérêts ? Pressentez-vous où tout cela nous mène ? On fait disparaître le sceau de Cochinchine, on tente d'enlever le prince Canh. Et pourquoi donc tout cela ?

— Un chantage s'exercerait-il sur la France à partir de cet événement ?

— Je constate que votre entendement s'est mis en branle. Oh ! La tentative est habile et ses conséquences multiples. Craint-on à Amsterdam et à Berlin, sinon à Londres, qu'en dépit de notre pusillanimité le royaume entre en guerre ? Vous me suivez, mon cher Nicolas. La grave offense faite à un souverain qui recherche l'appui de la France, pis que cela, la mise en cause de sa légitimité, événements auxquels s'ajoute la déconsidération attachée à un pouvoir qui ne sait protéger ses alliés. Voyez-vous, là aussi, la chaîne des conséquences, non seulement sur le théâtre européen, mais aussi en Asie où notre tentative de reprendre pied après la perte des Indes échouera ? Et même s'il y avait tentative de tractations, j'imagine à quel prix, et à quel déshonneur aboutirait leur triste conclusion.

— Vous m'ouvrez là, Monsieur, de considérables perspectives. Mais que viennent faire en cette occurrence la présence et l'action d'une association secrète issue de Chine ?

— C'est par trop oublier que la Hollande possède en Orient nombre de comptoirs et d'établissement et qu'un *service* bien organisé…

En prononçant ce mot, il sourit avec un air gourmand.

— … sait fort bien manipuler ce type de redoutables sociétés.

— Et j'ajouterai, reprit Nicolas, la sourde opposition qui s'est créée contre Adran de la part de mandarins de cour, jaloux de son influence sur le roi Nguyen Anh, et de talapoins inquiets de la présence d'un prêtre chrétien.

— Voilà le tableau bien complété ! Il nous faut revenir au jour le jour. De l'infiniment grand à l'infiniment petit. Quoi de nouveau quant à l'assassinat de la rue des Fossoyeurs ?

— Mes adjoints s'y affairent. Je possède quelques soupçons qui sont à vérifier. Au vrai, le meurtre de Maradon est-il oui ou non lié à de plus hautes questions ? Ou alors plusieurs menées pourraient s'être mélangées et auraient conduit à l'imbroglio que nous connaissons avec, comme fil de l'énigme, la présence du pistolet à mes armes offert à Cholet.

— Vous savez mon opinion sur Maradon. Je ne peux me résoudre à le considérer comme un traître. Cela est impossible, c'est moi qui l'ai recruté et instruit.

— C'est tout dire, dit Nicolas d'un ton déférent. Il est hors d'hypothèse que vous vous soyez trompé sur la nature profonde de cet homme.

— Voilà, mon cher, une ironie bien mal placée !

— C'est que, Monsieur, les faits sont têtus, même si je dois, moi-même, faire effort pour le voir en coupable.

— Cessons cet échange de paume. L'avenir, je l'espère, tranchera quant à la nature profonde de celui que je continue à tenir pour un fidèle serviteur.

Agacé par la dernière partie de leur conversation, Sartine s'était mis à grommeler, tassé dans le coin de la voiture, tapotant nerveusement le plancher de la caisse avec sa canne. Nicolas savait bien par expérience que l'attitude de son ancien chef signifiait que ses arguments avaient jeté le trouble dans son esprit qui, en dépit de sa malice, aimait les chemins débroussaillés.

Suivi de Nicolas, Sartine gagna prestement la grande galerie. Là il chercha du regard un garçon bleu. L'un d'entre eux, qui paraissait connaître le ministre, s'empressa auprès de lui. Sartine lui parla à l'oreille et le jeune homme, abandonnant aussitôt son attitude compassée, disparut en courant par la porte de l'œil-de-bœuf.

— Il semble qu'ici, remarqua Nicolas, chacun vous obéisse au doigt et à l'œil.

Sartine eut un rire sarcastique.

— C'est un fait. Il est vrai que chacun me doit quelque chose. À la cour, l'apparence n'est rien et seul compte le dessous des choses, comme les passages en bois brut derrière les chambres d'apparat. Sachez que je suis plus libre et plus influent depuis que je ne suis plus ministre. Le pouvoir paralyse, mon ami.

Une dame d'un âge respectable s'approcha d'eux et salua Sartine.

— Comtesse, puis-je vous présenter le marquis de Ranreuil ?

— Je le connais de réputation. La reine souvent l'évoque.

— Vous semblez bien désoccupée, Madame.

— C'est que Sa Majesté a gagné Saint-Cloud où elle surveille l'installation du nouveau mobilier.

Elle le salua et s'éloigna à petits pas. Pensif, Sartine la suivit du regard.

— La comtesse d'Ossun, dame d'atours de la reine, a toujours brillé par sa piété et ses vertus. Elle ne se mêle d'aucune intrigue et reçoit une société à son image. La reine l'apprécie et passe de plus en plus souvent ses soirées chez elle.

— Qu'y trouve-t-elle de mieux que dans le salon des Polignac ?

— La bonté, peut-être. Le fait est qu'elle montre chez M. d'Ossun plus d'aisance et de gaieté qu'elle n'en a jamais laissé percer chez les Polignac dont les intrigues et l'insolence finissent par la lasser.

Sartine consulta sa montre.

— La reine devrait prendre garde. Le roi lui a donné Saint-Cloud et elle y engage des sommes considérables. Elle a commandé des meubles somptueux dont elle a dessiné les modèles. Elle s'est inspirée pour la chambre à coucher de la pièce qu'elle occupait à Schönbrunn. Elle voulait faire surmonter les sièges de l'aigle d'Autriche à deux têtes. Quelle maladresse ! L'opinion, cette nouvelle maîtresse des esprits, condamne ces extravagances qui ne sauraient demeurer ignorées. Finalement elle a perdu une tête et a utilisé l'aigle du Tyrol qui n'en a qu'une. Calonne cédait à ses caprices, espérant qu'elle lui en serait reconnaissante. Hélas, en vain ! Maintenant, c'est Loménie qui abonde ses dépenses, à la grande fureur du roi qu'on a entendu parler de son épouse en l'appelant « *cette femme* ». Voilà où nous en sommes.

Le garçon bleu revenait accompagné de Thierry de Ville d'Avray, premier valet de chambre du roi.

— Mes amis, mes amis, si j'en crois ce que vous m'avez fait passer, la chose est grave. Le roi est rentré fort tard de la chasse et ce conseil prévu de longue date a pris beaucoup de retard. Dois-je déranger le roi, qui confère avec Mgr de Loménie et M. de Montmorin ? Le faut-il vraiment ?

— Vous l'ai-je assez signifié. Leur conjonction est heureuse et nous ne pouvions espérer mieux pour les nouvelles que nous apportons.

— Allons, puisqu'il en est ainsi, suivez-moi. J'espère que Sa Majesté vous recevra.

Un huissier gratta à la porte de la salle du conseil où se tenaient le roi et son ministre. La voix agacée du roi se fit entendre et au bout d'un moment, Sartine et Nicolas furent introduits. Le roi était assis dans son fauteuil, ayant à ses côtés Loménie de Brienne et Montmorin sur des ployants.

Louis XVI parut à Nicolas, qui ne l'avait pas vu depuis un bon moment, derechef engraissé. Le visage était bouffi et les yeux gonflés bordés de rouge. Il semblait à la fois las et irrité. Loménie, en habit court, triturait des dartres qui le défiguraient. On prétendait à cet égard que le roi avait dû surmonter sa répugnance et son dégoût avant de céder aux pressions et accepter de le nommer ministre. L'homme avait la réputation d'un ambitieux sans scrupule, d'un prêtre athée aux mœurs dissolues, le corps rongé par l'eczéma.

— Allons, Sartine, que justifie, dit le roi d'une voix atone, qu'on vienne troubler mon conseil ?

Sartine s'expliqua avec l'aisance d'un vieux courtisan qui avait affronté d'autres circonstances.

— L'honneur de la Couronne est en cause, Sire, voilà pourquoi je dérange votre conseil.

Loménie jeta sur Sartine un regard vipérin et, ignorant la règle qui voulait qu'on ne prît la parole qu'invité par le roi, s'indigna.

— Nous sommes pour l'heure, reprit le ministre, préoccupés par l'évolution de…

Soudain le ministre se rendit compte de la présence de Nicolas, debout un peu en retrait derrière Sartine. Il eut une sorte de haut-le-cœur et tortura derechef ses ulcérations.

— Mais devrions-nous commenter ces événements devant cette personne ?

— Le marquis de Ranreuil, jeta soudain le roi sortant de son marasme, est mon plus fidèle serviteur. Il a accès à mon privé et naturellement à mes conseils. Qu'on note cela à l'avenir et qu'on n'y revienne plus.

— Feu M. de Vergennes, ajouta Montmorin, l'utilisa jadis comme plénipotentiaire et le tenait en très particulière estime.

— Votre Majesté voudra bien pardonner mon erreur, murmura Loménie en fixant froidement Nicolas, j'aurais dû le savoir.

— Veine, un ami de plus pour vous ! dit Sartine, lèvres serrées, à l'oreille de Nicolas.

— Je disais donc que l'évolution des affaires de Hollande s'avère très préoccupante par l'intervention de la Prusse pour restaurer l'autorité du stathouder. En dépit de notre modération, on paraît douter de notre bonne foi et abstention dans ce conflit. C'est dire, Sartine, que tout ce que vous pouvez nous annoncer est sans poids en comparaison de ces graves menaces.

Sartine, se campant sur sa canne et prenant un ton d'incomparable ironie, toisa Loménie.

— C'est que, Monseigneur, vos arguments sont de peu de poids et quelque peu faussés face à la réalité des faits.

Le roi, de plus en plus impatienté par cet échange qui se prolongeait trop à son goût, frappa du plat de la main sur la table du conseil.

— Il suffit, Messieurs. Sartine, si vous avez quelque nouvelle d'importance, parlez, nous vous écoutons.

— Sire, Votre Majesté connaît l'importance de la négociation que nous menons…

— Que je conduis avec Montmorin, interrompit Loménie.

— … Que nous menons, poursuivit Sartine, imperturbable, avec l'évêque d'Adran, plénipotentiaire du roi de Cochinchine.

— Allez-vous dépriser cet éminent prélat que la reine apprécie ?

Nicolas observa que le roi avait eu un mouvement d'humeur à cette évocation. Placé de trois quarts par rapport au souverain, il voyait le nez bourbonien, si évident sur les pièces de monnaie, qui suggérait une image de force et d'autorité ; mais lorsque la tête se tournait, apparaissait un visage empreint de mollesse, à la bouche charnue et aux bajoues naissantes. Laquelle de ces deux apparences l'emporterait-elle ?

— Point du tout, répondit Sartine, bien au contraire, mais apprenez que vous n'avez, pour l'heure, plus d'interlocuteur.

Il y eut un moment de stupeur, sauf de la part du roi qui, ayant sorti de sa poche une mine de plomb, s'attachait à la tailler à l'aide d'un petit canif orné de nacre.

— Comment ! s'écria l'archevêque de Toulouse, Alors que nous venons de tomber d'accord sur l'utilisation par nos commerçants de l'île de Poulo Condor et que dès lors nous nous acheminons, Sire, vers une heureuse conclusion et la signature d'un traité qui fera honneur à votre règne et marquera le retour de la France dans ces contrées lointaines.

— Je suis navré de vous le répéter, l'évêque d'Adran n'est plus en mesure de traiter avec vous.

— Comment ! Aurait-il changé d'avis ? De nouvelles instructions de son maître lui seraient-elles parvenues ? Que me dissimule-t-on ?

— Point, mais à la suite d'un attentat aux Missions étrangères, rue du Bac, et du forcement d'une armoire forte, le sceau du royaume, si essentiel dans les traditions annamites, a été dérobé.

— Eh peste, qu'avons-nous à faire de cet objet ? Qu'on en grave un autre.

— Comme chez nous la Sainte Ampoule, cette pièce d'orfèvrerie d'or donne au souverain le mandat du ciel et le légitime aux yeux de ses sujets. Nguyen Anh a fait grande confiance, et à nous, et à Adran, en lui confiant et le sceau et son fils qui, je dois aussi vous l'apprendre, a failli être enlevé. L'enfant, grâce à son intelligence, a réussi à se dissimuler. Sans le sceau le plénipotentiaire ne peut, je le répète, traiter.

— Et donc ? dit le roi, balayant de la main le petit tas poudreux qui s'était accumulé sur le tapis de la table.

Montmorin s'agitait et sur un geste du roi prit la parole :

— Je commence à comprendre pourquoi ce matin j'ai dû donner audience successivement à deux envoyés des Provinces, et cela de toute urgence. Le premier, proche de la famille d'Orange, s'est permis en un galimatias étrange de nous menacer dans le cas où nous interviendrions dans le conflit. Je l'ai sèchement congédié.

— Et l'autre ?

— C'était un représentant des insurgés qui nous demandait notre appui contre la Prusse.

— J'espère, dit le roi, que vous ne lui avez pas donné d'espérance. La question a été tranchée. Je préférerais tout plutôt que de livrer ce pays à ce parti patriote aux aspirations républicaines ! Et d'ailleurs vous savez comme moi que notre agent à Londres…

Il jeta un regard de côté sur Nicolas. Ainsi Antoinette, désormais Lady Charwel, continuait sa tâche de renseignement sur la Navy.

— … nous a signalé l'envoi par le cabinet britannique d'une puissante croisière le long des côtes des Pays-Bas.

— Cependant, Sire, c'est toute notre influence qui s'effondre.

Le roi soupira.

— Peut-on supposer une concomitance entre ces démarches et le vol du sceau ?

— Cela va de soi et, si Votre Majesté le permet, le marquis de Ranreuil va vous résumer la chose.

Il y eut acquiescement d'un geste et Nicolas fit un pas en avant pour s'adresser au conseil. Faisant le tri de l'accessoire et de l'essentiel, il manifesta, comme à l'accoutumée, son don de conteur, qui jadis faisait le bonheur du feu roi, et résuma clairement les divers éléments de l'affaire. Un silence accablé succéda à son récit que Loménie rompit bientôt :

— Que décide le conseil ?

Le débat reprit sans que le roi, enfoncé dans un silence boudeur, y participât. Nicolas se laissa peu à peu emporter dans une sorte d'absence. Il voyait et entendait ce qui se passait autour de lui sans que ces sensations parussent atteindre sa conscience assoupie. Non qu'elle fût vidée de toute réflexion, mais celle-ci peu à peu abordait d'autres tournants. Comment, se disait-il, voilà une pièce où quatre personnages débattent du destin d'un monde. Aucun ne paraît en ressentir le poids. Il y a là un souverain amorphe et silencieux dont on aurait pu attendre qu'il tranche et décide, le principal ministre d'un puissant royaume, agité sans vergogne du souci de son maintien au pouvoir qui le travaille comme un prurit, et Montmorin, accablé dans son état d'honnête homme, de voir détruit ce que M. de Vergennes avait bâti. Enfin Sartine, pétri de nobles sentiments et de dévotion à l'État et au roi, mais travaillé par le regret d'une carrière écourtée et les ressentiments qui en découlent. Et, continuait Nicolas, ce petit groupe d'individus, il le pressentait, était sur le point pour de mauvaises raisons d'arbitrer le destin de la Hollande et celui d'un royaume lointain dont les liens possibles avec la France orienteraient sans doute leur avenir réciproque.

Il sortit soudain de sa réflexion. Sartine parlait :

— Je suggère donc à Votre Majesté que le marquis de Ranreuil, avec tout pouvoir, soit chargé d'élucider cette affaire et de retrouver au plus vite le sceau de Cochinchine. Les distances nous protègent de toute divulgation auprès du roi de Cochinchine de cette fâcheuse nouvelle.

— Et pourquoi le marquis de Ranreuil, demanda sur un ton aigu Loménie de Brienne, doit-il être désigné ? Bénéficie-t-il de quelques exceptionnelles qualités ?

Le roi s'était levé, mettant ainsi fin au conseil.

— Le marquis de Ranreuil en charge des affaires extraordinaires a fait ses preuves. Dois-je répéter qu'il a toute ma confiance ? Son passé plaide pour l'avenir.

Et d'un pas lourd, il se dirigea la tête baissée vers la porte de ses appartements.

Loménie de Brienne s'adressa à Nicolas :

— Monsieur, sachez que je vous tiens responsable de tout ce qui pourrait désormais survenir. N'oubliez pas que l'évêque d'Adran est mon protégé, que sa mission est essentielle. Retrouvez le sceau, Monsieur, retrouvez ce sceau. Je vous en saurais gré. Et puisque Sa Majesté vous tient en haute estime, l'échec est hors mesure.

Et il se retira.

— Encore heureux qu'Adran paraisse l'intéresser ! murmura Sartine.

— C'est que notre évêque des antipodes est réputé du parti de la reine avec l'abbé Vermond et Dillon, dit Montmorin. On s'interroge sur cet étrange appareillage. Notre missionnaire a su plaider sa cause ! Les mystères du sérail ou plutôt du séminaire !

Sartine entraîna Nicolas par le bras.

— Ne vous troublez point de l'attitude de Loménie. Il peut être bon bougre et facile à vivre. Reste que nous avons surgi comme des renards dans son poulailler. Ce n'est rien d'autre qu'un Richelieu au petit pied, ou qui se veut tel, ambitionnant le pouvoir et le chapeau rouge. Il n'en a point la mesure et apparaît la plupart du temps indécis, pusillanime, avançant sans prudence et reculant sans honneur. Hélas, avec le roi, cela fait deux indécis. Pauvre royaume de France ! Qu'adviendrait-il si… La reine, dit-on, le soutient. Mais on sait ce que vaut sa faveur. Elle détestait Calonne, tout en appréciant son esprit jusqu'à se plaindre lorsqu'il ne paraissait pas à son jeu.

Après cette exécution en forme, Sartine annonça à Nicolas qu'il restait à Versailles pour recueillir les dernières rumeurs du Château et Nicolas prit donc une voiture de cour pour rentrer à Paris. La journée avait été si longue et si variée qu'il ne l'avait pas vue passer. De fait le crépuscule tombait. Il décida de faire escale à l'hôtel d'Arranet dans l'espérance qu'Aimée serait présente. Elle lui manquait. Cela le poignait et son cœur se mit à battre la chamade. Il se sentit encore jeune homme d'éprouver de tels sentiments. Parvenu à destination, il renvoya le cocher en lui demandant de le prendre le lendemain matin. En tout état de cause, il coucherait à l'hôtel d'Arranet. Tribord l'accueillit avec son enthousiasme habituel.

— Monsieur Nicolas, que me voilà aise de vous voir. J'vous rends les honneurs à la coupée même si je n'ai plus de sifflet. Vous tombez bien. Je trouvais Mademoiselle bien songeuse et même un peu triste. Elle soupe seule dans le grand salon. J'vas mettre un couvert de plus. Nous sommes au taquet à l'office : quelques ris d'agneaux rissolés accompagnés des premiers cèpes ramassés au fond du parc ce matin à la rosée. J'vous laisse faire la surprise à Mademoiselle.

Cet accueil réconforta Nicolas qui s'approcha sur la pointe des pieds du salon. Il découvrit Aimée de dos, en négligé de coton lilas, qui effeuillait une rose dont elle mordillait les vestiges. Il s'approcha et la saisit aux épaules. Elle poussa un cri, puis reconnut, sur la main qui la pressait, la chevalière de Nicolas.

Elle s'abandonna tandis que ses lèvres l'embrassaient à la naissance du cou, la faisant frémir et trembler.

— Ah, mon ami, comme vous savez y faire !

— J'ai faim à vous dévorer, mon amour.

— Gourmand ! Je me languissais de vous. Je m'inquiétais de votre silence après que Bourdeau m'avait fait passer votre billet.

— Hélas, vous saviez mon arrestation et mon incarcération à la Bastille qui furent suivies par bien des événements.

— Racontez-moi tout par le menu.

Nicolas lui fit le récit succinct de ses aventures, puis Tribord apporta triomphalement le plat annoncé.

— Les ris sautés, mis à part mollets, et, dans leur jus, faire dorer sans plus les cèpes gros coupés. Un vrai repas d'a… mais tais-toi donc, vieille bête. Et ensuite des pêches pochées, comme vous les aimez, Monsieur Nicolas. Je vous sers le vin rafraîchi.

Il se retira en les considérant d'un air ravi.

— Combien Tribord vous aime !

— C'est que je suis aimable.

— Fi, le prétentieux !

Le souper se poursuivit dans un bonheur gourmand partagé puis, après avoir fait quelques pas dans le parc pour profiter du serein qui se levait, serrés l'un contre l'autre, ils rejoignirent la chambre d'Aimée. Il l'aida à se délacer et elle voulut lui retirer sa chemise quand elle découvrit le pansement de son épaule.

— Mon Dieu, qu'avez-vous là ? Vous êtes-vous battu ?

— C'est, répondit-il en riant, qu'après avoir été embastillé, j'ai été torturé.

— Je crois qu'il faut changer le pansement. J'appelle Tribord qui est expert en blessures.

Le majordome fut sonné et examina la plaie.

— Voilà qui a dû être cruel, Monsieur Nicolas. Il me souvient d'avoir reçu un biscaïen rougi à feu... Foutue blessure. Oh ! Pardon, Mademoiselle. Je vais chercher du vinaigre pour la nettoyer, de la charpie...

— Et du miel si vous en disposez. C'est le remède de ma cuisinière et cela me semble des plus efficace.

— Ma foi, il y en a dans la cambuse.

Il remonta bientôt avec le nécessaire et s'appliqua avec délicatesse à changer le pansement.

— Cette saleté est venue de quoi ?

— On a voulu que je parle et je ne suis d'ordinaire pas bavard.

— Le cœur d'un matelot ! Mes compliments, Monsieur, ce sera une nouvelle cicatrice ! Et bonne nuit, naviguez au plus près !

Aimée pleurait doucement. Il la prit dans ses bras. Elle reniflait à petits coups, la figure écrasée contre sa poitrine. Tant de douceur et de tendresse émurent Nicolas au point de devoir, le cœur soudain comme vidé, dissimuler sa propre émotion dans la chevelure d'Aimée.

— J'ai... toujours... peur... pour vous, bégaya-t-elle au milieu de ses larmes. Je crains...

— Que craignez-vous donc, ma mie ? Ne suis-je pas toujours de retour ? Faut-il désormais que nous nous aimions dans les larmes, à notre âge ?

— Comment, à notre âge ? dit-elle, mi-pleurant, mi-riant, parlez pour vous, Monsieur.

Il lui ferma la bouche d'un baiser. Elle avait posé ses mains sur ses hanches, leur tiédeur le fit frémir. Puis elle caressa toutes les marques de ses combats avant d'y poser les lèvres. Il l'allongea et se débarrassa de ses derniers vêtements. La nuit fut courte, agitée de tendres embrasements. Enfin, épuisés, ils s'endormirent dans l'enchevêtrement de leurs corps assouvis.

Lundi 13 septembre 1787

À sept heures, Nicolas se dégagea doucement, gagna la garde-robe pour une rapide toilette puis descendit pour trouver Tribord, l'air complice, qui lui servit le café. Nicolas rejoignit sa voiture et repartit pour Paris. Au Grand Châtelet, il trouva Bourdeau désemparé de sa longue absence et encore surpris du passage de Sartine. Il rendit compte à son chef des mesures extérieures de sûreté qui avaient été prises pour protéger les Missions étrangères. Il lui remit aussi un pli qu'un chevaucheur du gouverneur de Bretagne avait apporté à l'hôtel de police. Nicolas, ayant reconnu le cachet, le rompit fébrilement.

Mon père,

Le gouverneur de Bretagne nous ayant fait la surprise de nous demander à souper, il m'a proposé ce matin de faire acheminer du courrier à Paris. Je m'empresse d'écrire ce petit mot. Sachez que ma femme et votre petit-fils se portent à merveille. Mon beau-père et Semacgus poursuivent leurs joutes aux échecs ou en politique. Je constate que l'acrimonie du début a laissé place à une mutuelle sympathie. Awa se multiplie auprès du petit Nicolas et à l'office où les dons du Comus océanique l'inspirent.

Tout irait pour le mieux hormis l'inquiétude qui me tourmente après l'événement que vous savez. Je monte chaque jour Sémillante qui, ayant reconnu la main du père sous celle du fils, folâtre gaiement le long de nos rivages. Donnez-nous de vos nouvelles. Saluez M. Cholet qui a laissé un bon souvenir en dépit de son court séjour auprès de nous.

Prenez soin de vous, mon père, et croyez à la déférente affection de vos enfants.

Louis

— Pas de mauvaises nouvelles, j'espère ?

— Non, tout va bien à Ranreuil. Il nous faut faire le point. La priorité est de retrouver le sceau dérobé.

— Quel sceau dérobé ? De quoi me parles-tu ?

— Ah, mon Dieu, dit Nicolas se frappant la tête, tout se mêle et j'ai omis de t'en parler.

Il fit rapport à Bourdeau, relatant même le résultat du conseil de Versailles.

— Voilà pourquoi je ne comprenais tes instructions concernant la surveillance des barrières et des voyageurs.

— Maintenant te voilà au fait du problème. Il me semble que tout se tient.

— Mais quel fil de la pelote faut-il tirer ?

Nicolas se mit à réfléchir un moment.

— Je ne laisse pas de penser que le crime de la rue des Fossoyeurs pourrait être intimement lié à notre affaire.

— Je suis d'accord avec toi et cela signifie à tout le moins que l'enquête rue des Fossoyeurs doit être reprise dans ses moindres détails. Pour aller du plus évident au moins évident, l'amour a son rôle et de ce côté-là nous avons des suspects, la dame de Gouges et, si tu veux m'en croire, la petite Geneviève Millot qui, dans ce domaine, ne me paraît pas innocente. Un vieux père sourd, paralytique et gâteux, que nous pouvons mettre de côté. Une chose m'intrigue cependant. Qui nous a précisé avoir entendu des craquements et des soupirs dans l'appartement de Maradon ?

— Mlle de Gouges, si je ne m'abuse.

— Or il est possible qu'elle se soit trompée sur l'origine de ces bruits, qu'elle affirme avoir mis au compte d'une rencontre amoureuse. Il est vraisemblable qu'ils provenaient d'une présence autre. Si elle avait passé outre, peut-être se serait-elle trouvée face à l'assassin.

— Et dans ce cas, elle aurait sans doute péri.

— C'est possible, mais cela nous donne l'heure du meurtre.

— Celui de l'empoisonnement ou celui de l'achèvement ?

— Mais qui l'a entendu, ce fichu coup de feu ?

— Il suffit de mettre un tampon pour atténuer le bruit de la détonation.

— Sanson n'a pas trouvé traces d'un tel usage. Reste le bruit de la rue, un fardier qui passait a pu la couvrir.

— Il aurait fallu attendre un tel passage et je ne crois pas à la coïncidence. Il faut que je te révèle un fait que la précipitation des événements m'avait fait oublier. Sais-tu qui, le premier, a découvert le cadavre et donné l'alarme au guet ?

— Il est vrai que la question de l'alerte n'a pas été posée et que le début de l'enquête a été mené sens dessus dessous.

— Eh bien, imagine que Sartine a voulu entretenir Cholet. Il n'a fait que passer et n'a qu'une vision vague du théâtre du crime. Tu connais son goût pour les cadavres. Il a donné l'alerte sans se démasquer.

Avons-nous des informations du côté des notaires au sujet du bail trouvé chez Maradon ?

— Rien pour le moment ; Rabouine s'y évertue. Il faut faire le tour des études de Paris, ce n'est pas une petite affaire.

— Donc deux champs d'investigations s'ouvrent à nous, les Missions étrangères et la rue des Fossoyeurs. Par lequel commençons-nous ?

Au moment où Nicolas prononçait ces paroles, le père Marie entra en hâte dans le bureau de permanence.

— On vient d'apporter un pli urgent pour toi.

Le message était fermé d'un sceau portant le blason épiscopal de l'évêque d'Adran. Nicolas en prit aussitôt connaissance et le relut deux fois.

— Tu as l'air stupéfait ? De mauvaises nouvelles ?

— Pis que cela ! Un bouleversement de perspectives. Écoute :

Mon cher Nicolas,

Vous savez l'événement inattendu qui vient de se produire. Je suis encore sous le coup de son annonce. Vous vous souvenez que nous supposions à ma grande tristesse que le messager envoyé par moi à Ranreuil, mon fidèle disciple Co, avait trahi, avait agressé le chevaucheur de M. de Sartine avant de tenter de vous tuer, puis de reparaître dans la forêt du Mans.

Or apprenez que ce Co a reparu rue du Bac après votre départ et m'a fait un tout autre récit. Il aurait été surpris sur le chemin de Bretagne et laissé pour mort et, par conséquent, ce serait son agresseur l'auteur des attentats qui ont suivi. Connaissant l'homme depuis longtemps, je ne suis pas le mieux placé pour démêler le vrai du faux et je craindrais un préjugé favorable qui fausserait mon jugement. Pouvez-vous venir l'interroger sans désemparer tant il me paraît urgent de faire toute la lumière sur cette réapparition ? Je vous attends donc. Vale.

Pierre, évêque d'Adran †

— Je savais que ce Co avait reparu. Il avait été repéré porteur d'un paquet sortant des Missions étrangères.

— Ce n'est pas l'attitude d'un coupable…

— Et pourtant ce paquet ? Et si on songe que celui de mes agresseurs qui portait un hématome sur la poitrine n'était pas mon moine de la forêt du Mans puisqu'il n'y avait pas trace de la mâchoire de Pluton. Voilà qui répond à nos incertitudes sur les priorités de l'enquête et modifie les perspectives !

X

TOURMENTE

> « Je vois de son esprit la profonde noirceur. »
>
> *Voltaire*

L'homme entravé était assis dans le bureau d'Adran, étroitement surveillé par Gremillon. Dans l'incertitude du moment, on avait décidé de prendre ces précautions, la méfiance étant de mise. Le nommé Co ne portait plus le costume traditionnel annamite, mais des hardes de paysan en loques. Son visage impassible ne permettait pas de lire sur ses traits le moindre sentiment. Nicolas ordonna qu'on le déliât.

— Parlez-vous français ?

— Il le parle parfaitement, répondit Adran.

— Bien. Alors, rapportez-nous ce qui vous est arrivé alors que vous étiez chargé de me porter le message de Monseigneur ?

— J'ai été surpris et attaqué sur le chemin.

— Avez-vous vu votre agresseur ?

— Non !

Il souriait.

— Une corde tendue en travers du chemin m'a violemment désarçonné. J'ai perdu connaissance.

Bourdeau, qui était en retrait avec l'évêque, lui parla à l'oreille :

— Pourquoi, Monseigneur, rit-il ainsi ? Est-ce provocation ?

— Non pas, Inspecteur. Mais sachez que là-bas le rire est le symptôme de la gêne et du mal aise.

— Du mensonge.

— Pas forcément.

— Et alors ? demanda Nicolas.

— J'ai repris connaissance. J'étais couché dans un fossé, couvert de sang, blessé à la poitrine.

— Veuillez enlever votre chemise.

L'homme eut un haut-le-cœur de révolte mais, sur un signe d'Adran, obéit à l'injonction du commissaire. Co était désormais debout et apparaissait sur sa poitrine, un peu en dessous du sternum, une trace violacée et croûteuse que Nicolas examina longuement. Il fit se retourner Co et considéra le dos sans y relever la moindre trace suspecte.

— Rhabillez-vous. À quoi attribuez-vous cette trace de blessure sur votre poitrine ?

Co eut à nouveau un rire nerveux.

— Je l'ignore. C'est une blessure que j'ai dû recevoir alors que j'étais inconscient.

Nicolas demeurait silencieux et faisait appel à sa mémoire. Or celle-ci, sollicitée, s'avérait bien vague. Dans la forêt du Mans, tout s'était déroulé si rapidement. La soudaine apparition d'un moine, l'immédiate réaction de Cholet. Et ce même constat, Cholet lui désignant une blessure sur la poitrine de l'assaillant et le pansement là où Pluton avait planté ses crocs et arraché la poche de l'habit. Mais à bien y réfléchir, avait-il vraiment vu ce qu'on lui avait si brutalement désigné ? Il avait été extrait en sursaut d'un profond sommeil. Il ne jurerait de rien désormais. Il fit derechef ôter la chemise pour examiner la hanche de Co. Elle ne portait aucun vestige de la morsure du brave Pluton. Que déduire de tout cela ? Les hypothèses se bousculaient dans sa tête en un tourbillon sans qu'il parvînt à en fixer aucune. Co ne pouvait être l'homme qui lui avait tiré dessus sur la plage de la Bôle. Cependant l'homme portait trace d'une blessure à la poitrine. Par balle ? Mais alors il y aurait eu une trace de la sortie de celle-ci dans le dos ?

— Qui vous a soigné ?

— Personne. J'ai utilisé de l'argile trouvée dans la forêt.

— Et savez-vous à quel endroit de votre chevauchée cet attentat s'est produit ?

— Je ne saurais le dire, aux trois quarts du chemin, je pense.

Il fallait se souvenir aussi que Cholet avait affirmé avoir été attaqué deux fois lors de sa chevauchée vers Ranreuil. Tout se compliquait dans une sorte d'imbroglio où se confondaient agresseurs et agressés. Co ne pouvait être ni l'agresseur de la forêt du Mans, ni celui de la Bôle. L'absence des marques qu'auraient forcément laissées les crocs de Pluton le démontrait sans conteste. Il lui revint aussi en mémoire qu'à un moment il avait redouté d'être manipulé par l'aimable Cholet.

— Qu'avez-vous fait avant de rejoindre Paris et la rue du Bac ?

— J'ai longtemps erré. Des paysans m'ont recueilli et soigné. Puis j'ai repris la route de Paris.

— En malle-poste ?

— Des charrettes m'ont ramené ici.

Nicolas demeurait sceptique. Il y avait du conte bleu dans le récit de Co, mais non plus rien qui fût du domaine de l'impossible. Il avait affaire à une volonté bien assise qui ne se troublait pas et ne laissait échapper aucun fait qui fût absolument contradictoire. Si l'homme qu'il interrogeait était un traître, pourquoi était-il venu se jeter dans la gueule du loup ? Quel dessein secret l'amenait-il, d'être ainsi reparu ? Il fallait trouver la faille qui parviendrait à déséquilibrer cette belle assurance.

— Voilà qui est des plus clair ! Il est vrai que je ne demande ni *le Nord, ni le Sud, ni l'Est, ni l'Ouest*.

Tout en parlant il observait avec attention les impressions qui transparaissaient dans l'attitude de Co. Adran et Bourdeau s'interrogeaient d'évidence sur son propos. Il lui sembla que dans les yeux sombres les pupilles s'étrécissaient. Les muscles de la mâchoire se gonflèrent et, baissant le regard, Nicolas remarqua les orteils des pieds nus qui se crispaient sur le sol. Il n'y avait aucun doute : l'évocation de la formule de la triade trouvée dans la poche de l'agresseur de la Bôle ne laissait pas de produire un effet certain sur le protégé de l'évêque d'Adran. Coupable ou innocent, l'homme connaissait la formule secrète. Que devait-on en déduire ? Qu'on ne pouvait guère lui faire confiance. Quelle sourde menée tramait-il en revenant rue du Bac ? Il paraissait inutile de poursuivre un interrogatoire qui ne conduirait à rien. Il convenait donc de prendre l'homme à son piège et de lui faire croire qu'on ne lui reprochait rien. Avait-il été dupe des propos de Nicolas ? La formule pouvait prêter à plusieurs interprétations. Il pourrait penser que le propos introduit dans une phrase banale appartenait au hasard.

— Bien, mon ami, nous reprendrons cette conversation plus tard. Allez revêtir une tenue plus conforme aux règles de cette maison.

Co s'inclina profondément, les bras croisés selon la coutume annamite, et se retira.

— Tu le laisses partir ? dit Bourdeau.

— La longe sera courte, mon ami. Il faut le laisser aller et venir et même sortir à l'extérieur des Missions. Bien sûr, tout sera, et sur l'heure, organisé afin qu'on ne le perde pas de vue une seule seconde, ici et ailleurs. J'aimerais assez, Monseigneur…

Devant Bourdeau, Nicolas jugeait bon d'observer les règles de déférence à l'égard d'un prélat, fût-il son ami de près de trente ans.

— … que vous trouviez un prétexte de lui faire remplir une course dans Paris. Cela lui confirmera la confiance qu'on lui fait et lui permettra de prendre éventuellement contact avec ses complices. L'inspecteur va sur-le-champ mobiliser les mouches nécessaires à cette surveillance.

Bourdeau salua Adran et sortit en hâte. Adran regarda Nicolas avec surprise.

— Avez-vous bien mesuré les conséquences de votre décision ?

— Le ton de votre question marque, s'il en était besoin, que vous-même doutez de l'innocence de votre protégé.

— Il est vrai que son propos est confus et qu'on est en droit de douter de la véracité des faits qu'il avance. Mais, dans ce cas, pourquoi le libérer ?

— Il appartient, croyez-moi, à un type d'hommes qu'on ne tient pas longtemps enfermé. Si nous voulons en apprendre davantage et peut-être, pourquoi pas, revenir sur notre jugement, il nous faut lui laisser la liberté d'agir. À condition, bien sûr, que nous puissions le tenir à vue. J'aime mieux, voyez-vous, le savoir dehors que dedans. L'homme, s'il appartient à ces triades criminelles, est très dangereux. Avez-vous observé ses réactions lorsque j'ai cité un passage du verset secret de reconnaissance des affidés de cette secte ?

— Je ne possède pas la même perspicacité que celle d'un policier émérite. Votre suspicion à son égard ne nourrit-elle pas d'injustes préventions ?

Nicolas sourit et posa sa main sur le bras de son ami.

— Allons, je reconnais bien là votre apostolique indulgence. Votre bonté concourt à vous fermer les yeux. Je ne prétends pas avoir raison sur la question, mais, pour le coup, je m'acharne à prendre toutes les précautions nécessaires. Avouez qu'elles ne sont pas cruelles et qu'il dépend de votre néophyte de nous prouver par ses actes sa bonne foi et son innocence.

— Puissiez-vous avoir raison. *Os iusti meditabitur sapientiam* (La bouche du juste proférera la sagesse).

— Et, répondit Nicolas, *lingua eius loquetur iudicium* (Et sa langue exprime la justice).

— Amen ! Je vais attendre quelques heures avant que de charger Co de quelque course à l'extérieur. Que vos hommes fassent le nécessaire. Autre chose me tourmente sur laquelle je souhaiterais recueillir votre sentiment. La reine m'a fait tenir un billet dans lequel elle exprime le vœu de voir le prince Canh se rendre à Meudon. L'air y est meilleur et le petit dauphin le réclame pour jouer avec lui. Que dois-je répondre ?

— Refuser une invitation de la reine, c'est-à-dire de fait un ordre, serait maladroit. D'un autre côté, ce déplacement du prince pourrait être périlleux. Il ne doit sous aucun prétexte quitter les Missions étrangères où sa sécurité est parfaitement assurée.

— Soit, mais que faire alors ? Que devrais-je répondre à la reine ?

— Usez d'un prétexte. Répondez à Sa Majesté que l'enfant est souffrant et qu'on soupçonne une fièvre tierce, sans plus de détails. À la cour, on s'évertue à écarter du petit dauphin, déjà maladif, tout risque d'infection. Croyez-moi, on n'insistera pas. Si l'on vous propose un médecin en quartier, écartez cette idée : excipez du fait que le prince possède son propre médicastre. Toute sortie de votre pupille serait un risque insensé avec tout ce que nous avons subi et tout ce que nous pouvons craindre.

Nicolas s'empressa de rejoindre Bourdeau au Grand Châtelet.

— Où en sont nos préparatifs ?

— J'ai dû faire appel au guet. Non seulement il faut surveiller les barrières, mais aussi tendre le filet pour ton Annamite. Enfin, depuis la rue du Bac, c'est une vraie nasse. Il ne nous échappera pas. Que faisons-nous maintenant ?

— La rue des Fossoyeurs nous attend. Il y a quelques points que je souhaiterais éclaircir avec en particulier la demoiselle Millot.

Arrivés à destination ils gagnèrent le logement de la voisine de Maradon. Ils frappèrent à la porte sans qu'aucun bruit ne se fasse entendre. Pourtant au bout d'un moment, ils perçurent une sorte de piétinement et des voix étouffées. Enfin la porte s'ouvrit et Mlle Millot les accueillit. Elle était rouge et essoufflée, la respiration oppressée, la main sur le cœur.

— Je suis désolée, Messieurs, de vous avoir tant fait attendre. Le ménage me prenait et je nettoyais les tapis. Mais entrez donc.

Rien n'indiquait dans le salon qu'on vînt de procéder à un nettoyage de fond. Bourdeau, discrètement, d'un coup de pied, souleva l'angle d'un tapis, la poussière s'y accumulait. N'y avait-il aucune servante dans cette maison ? Près d'une des croisées, le père de la jeune fille semblait dormir dans son fauteuil.

— Mademoiselle, nous vous serions reconnaissants de bien vouloir compléter votre premier témoignage.

— Ne suffit-il pas, et faut-il encore me tympaniser avec cette histoire dont je n'ai que faire ?

Le ton était aigre et vindicatif.

— Il faut cependant en passer par les exigences de la justice.

— Que voulez-vous donc savoir ?

— Je répète une question à vous déjà posée. Où étiez-vous jeudi vers trois heures ? Vous avez affirmé…

Il avait ouvert son petit carnet noir.

— … être sortie prendre l'air.

— Certes.

— Vous avez affirmé ne pas pouvoir vous être trouvée ailleurs. Cet ailleurs est bien ambigu…

À la grande stupéfaction de Bourdeau, il se mit à esquisser un entrechat suivi d'un jeté-battu.

— Il y a ailleurs là, et ailleurs là-bas, la la la, et ailleurs, ailleurs ! Tout cela est bien vague.

— Monsieur, je vous en prie. Votre attitude dépasse…

Elle était rouge de colère.

— C'est que vos affirmations battent la campagne et que leur teneur s'avère du dernier vague, Mademoiselle. Savez-vous ce que m'inspire cet *ailleurs* ?

— J'aimerais en effet le savoir, Monsieur.

— C'est votre attitude qui me conduit à poser ces questions. Vos réponses ne me satisfont pas. Revenons à une question que je vous ai déjà posée. Quelles étaient vos relations avec Gilles de Maradon, votre voisin ? Vous avez mis en avant le hasard. Ce compère-là a bon dos, difficile à consulter.

Bourdeau intervint à son tour :

— Vous nous avez donné une description fort exacte d'une femme qui visitait votre voisin. Est-ce à dire que vous le surveilliez ? Car la précision de votre témoignage décèle une volonté de contrôler, sinon d'espionner, ce qui se passait chez lui.

— Vous m'avez dit, poursuivit Nicolas, que vos appartements étaient si proches que le bruit des portes s'entendait et, peut-être, autre chose aussi…

Elle s'empourpra et ses yeux s'emplirent de larmes.

— Ce rappel semble vous émouvoir à l'envi.

— C'est que, Monsieur, il s'agit de la mort d'un homme. Et toute bonne chrétienne se doit…

— Avez-vous entendu un coup de feu ?

— À l'heure de la détonation, j'étais ailleurs.

Elle balbutiait.

— Enfin, je veux dire que…

— Certes, Mademoiselle, vous avez été très claire et vous en avez trop dit. En vérité, vous avez entendu le coup de feu. Et comment connaîtriez-vous le moment exact de ce coup de feu si vous ne l'aviez pas entendu ? Et si vous l'avez perçu, c'est que vous étiez ici ou dans l'appartement de Maradon. Et alors se lèvent en masse nombre de soupçons, vous le comprenez. Ils nous obsèdent.

— Vous m'avez mal comprise.

— Non, je vous entends très bien, trop bien. Alors maintenant vous allez m'expliquer ce qui justifiait le soin si attentif que vous portiez à votre voisin.

Elle reprit contenance.

— C'était là l'effet d'une bien naturelle curiosité. Les distractions ne sont pas si fréquentes. Il s'agit en l'occurrence d'un jeu bien innocent. J'observe de la même façon les pigeons qui se perchent sur le rebord de nos fenêtres. Tout m'est amusement.

Elle parlait comme à s'étourdir, sans conscience de la confusion de son propos.

— Des pigeons, certes. Voilà qui est du dernier intéressant. Sérieusement, un sentiment particulier vous liait à M. de Maradon, n'est-ce pas ?

Elle paraissait à bout et s'était laissé tomber sur une chaise.

— Monsieur, vous m'accablez et me poussez dans mes retranchements. Ainsi me contraignez-vous à vous confier un secret qui m'obsède. J'ai bien entendu le coup de feu. Mais ce n'est pas tout. J'ai entrouvert ma porte et j'ai aperçu un homme qui s'enfuyait dont je serais incapable de vous faire une description raisonnable tant il m'est apparu surprenant. C'était d'évidence un étranger. Il s'est enfui aussitôt son forfait accompli. La seule chose que je pourrais vous dire, c'est qu'il avait les cheveux tirés avec une sorte de natte derrière.

— Voyez, Mademoiselle, comme il était aisé de décharger votre conscience. Je ne comprends pas que vous ayez reculé si longtemps à nous avancer la vérité. Et pourquoi ne point avoir donné l'alarme ?

— Je craignais d'être accusée du meurtre de Gilles.

— Vous avez donc présagé sur-le-champ qu'il avait été assassiné.

— J'ai pressenti la chose.

Pour la première fois son langage la trahissait en dévoilant son attachement à son voisin. Nicolas ne souhaita pas enfoncer le clou ; le moment n'était pas encore venu.

— Mademoiselle, sous réserve des suites de l'enquête, nous suspendons toute présomption à votre égard. Nous nous reverrons au Châtelet pour confirmer votre témoignage.

Au moment où ils s'apprêtaient à sortir, Nicolas se retourna.

— Encore un point. N'avez-vous rencontré personne vendredi matin ?

Elle rougit.

— Oui, Monsieur, un personnage à l'air sévère qui semblait pressé à l'excès.

— Que n'avez-vous signalé la chose plus tôt ? Ce sont de pareilles omissions qui rédiment et jettent le doute sur chacune de vos déclarations. Le comprenez-vous, Mademoiselle ?

Elle baissait la tête, rouge de confusion. Ils la saluèrent et gagnèrent la rue.

— Qu'en penses-tu ? Mais d'abord, pourquoi tout à l'heure cette gigue insensée ?

— Je vieillis et cela me donne le droit à quelques facétieux caprices.

Bourdeau se mit à rire.

— Il me semble que chaque fois que tu fais étape à Fausses-Reposes, ton humeur au retour est toujours juvénile et joyeuse.

— Je vais te dire, mon Pierre, rétorqua Nicolas, lui décochant une bourrade, tu ne vois qu'au bout de ton nez. Cette gigue était, je te l'assure, bien pourpensée. Mon objectif n'était pas de battre les défenses de Mlle Millot qui nous menait en bateau, mais de vérifier certaines choses du côté du père. Or l'expérience a montré que ses yeux blancs étaient fausseté et qu'il entend parfaitement.

— Et quelles conclusions en déduis-tu ?

— Qu'il nous faudrait nous pencher de plus près sur ce personnage. Rouler des yeux blancs est des plus aisé et je t'en donne sur commande si tu le veux. Mais chaque chose en son temps…

— Je m'en passerai, mais où nous entraînes-tu ?

— Je sens que tu vas te porter derechef hors de gamme et condamner mes déportements, et m'accuser de galantiser. Nous nous rendons chez la charmante Mme de Gouges dont j'ai la faiblesse de penser…

— Faiblesse est le mot juste ; il est d'évidence que son charme n'a pas cessé d'agiter l'aimable marquis de Ranreuil.

— Je te remercie du compliment, mais là n'est pas la question. Je suppose que, maîtresse de Maradon, la dame a pu découvrir des éléments utiles à partir de ces confidences que les amants se murmurent sur l'oreiller. Elle peut à cet égard nous en apprendre beaucoup.

Bourdeau se mit à rire.

— Ma foi, le beau et convaincant prétexte ! Il transpire son loyoliste. Tu tires toujours bon compte de tes études chez les pervers jésuites de Vannes.

— Je respecte mes maîtres.

Le débat s'acheva, Bourdeau sachant d'expérience qu'il y avait des limites à ne pas franchir. Avec un Nicolas sourcilleux sur certains sujets, le persiflage ne laissait pas de se confondre aisément avec une provocation.

À quelques pas de là, chez Mme de Gouges, une soubrette les introduisit dans un boudoir tendu de ce papier à rayures dont la mode s'imposait de plus en plus. La soubrette disparut pour aller quérir sa maîtresse, qui apparut peu après, vêtue d'une élégante robe couleur jonquille boutonnée sur le devant. Elle plongea dans une révérence plus ironique que déférente.

— Ah ! Je suis bien aise de revoir le charmant marquis de Ranreuil, orgueil de notre police.

Il semblait que la dame eût pris des renseignements.

— Madame, l'inspecteur Bourdeau et moi-même sommes au désespoir de devoir vous déranger, mais les impératifs de l'enquête imposent cet entretien.

— Cet interrogatoire, voulez-vous dire. Nul n'est besoin de gazer la réalité. Je ne suis pas dupe, Monsieur, de ces pratiques-là. Si vous vous présentez en ce bel équipage, c'est que vous avez idée en tête, et elle n'est pas malaisée à déterrer.

Ce que craignait Nicolas survenait avant même le début du questionnement. Mais il n'entendait pas tirer sa poudre aux moineaux et perdre son temps dans une sorte de marivaudage avec une femme qui semblait des plus expertes en la matière. À cette chasse-là, il ne se ferait pas relaisser comme lièvre qui s'arrête de lassitude.

— Soit, Madame, puisque vous avez l'esprit de deviner le motif de notre courtoise visite, nous irons directement à l'essentiel. Vous avez été la maîtresse de M. de Maradon. Plus de corps que de cœur, ainsi que vous-même m'avez décrit cette liaison. Je vous remercie d'ailleurs de l'avoir fait sans fard et en vérité. Alors, cessons, je vous prie, ce petit jeu, et veuillez répondre à mes questions. Nous nous en trouverons bien tous les trois.

Elle plissa les yeux en ployant le cou.

— Soit, Monsieur, je me rends à votre déterminante plaidoirie.

— Madame, pensez-vous que M. de Maradon ait pu avoir d'autres maîtresses que vous ? Votre sincérité appelle la brutalité de ma question. Vous était-il fidèle ?

Elle jeta la tête en arrière et roucoula un rire de gorge.

— Souvent, Monsieur !

— C'est-à-dire ?

— Je plaisante, vous le concevez bien, j'espère ? En vérité, si j'en juge par moi-même, il pouvait à son aise courir d'autres aventures. Ni pour lui ni pour moi, celles-ci n'étaient censées avoir quelque importance. Qu'il ait eu d'autres maîtresses, c'est fort possible et peu m'en chaut. Et je crois pouvoir affirmer que pour lui, ce sentiment était identique.

— Soit. Alors j'exprimerai ma question différemment. Vous a-t-il, à un moment ou à un autre, laissé entendre ou supposer qu'il entretenait une autre liaison, fût-elle de peu d'importance à ses yeux ?

Olympe de Gouges regardait Nicolas fixement, l'air amusé. L'arrivée d'un inconnu en négligé et cheveux gris défaits, l'air bonhomme, empêcha la réponse.

— Puis-je vous présenter, Monsieur le marquis, mon ami Jacques Biétrix de Rozières. M. de Ranreuil dont je vous ai parlé.

— Certes ! Le policier qui ne croit pas aux passades amoureuses et qui doute que la liberté réciproque des couples cimente les ménages unis. Réglons, Monsieur, à l'instant, un point capital.

— C'est déformer ce que je puis assumer : la liberté des mœurs peut conduire chez l'une des parties à des sentiments violents de jalousie.

— Soit. Mais, avec moi, il n'y a pas matière. Olympe a dû vous l'expliquer.

— Auriez-vous l'obligeance de me préciser où vous vous trouviez à l'heure présumée du crime ?

Rozières se mit à rire.

— Que voilà une question bien policière et combien innocemment formulée ! Si je vous réponds, vous vous étonnerez que je connaisse l'heure du crime et en tirerez quelque avantage sur moi et peut-être plus. Alors je vais calmer vos scrupules. Je suis administrateur de marine et, pour l'heure, directeur d'une compagnie de transports militaires. Je suis rentré hier d'une inspection à Metz. Vous le pourrez aisément vérifier.

— Monsieur, répondit Nicolas, je vous remercie, de ces précisions si clairement et, je dirais, si aimablement dispensées. Madame…

— Oui, oui, pour répondre à votre précédente question, reprit Mme de Gouges, il m'a bien laissé entendre que sa jeune voisine paraissait sensible à sa virile séduction.

— Et y avait-il cédé, selon vous ?

— Hé, qu'en sais-je ? Et d'abord, que m'importaient les papillonnages d'un jeune homme dont c'était la liberté de butiner à l'envi ?

Était-ce une fausse impression ou un peu d'aigreur persistait-il dans le propos d'Olympe de Gouges ?

— N'insistez pas, Monsieur, je connais trop mon amie et la sincérité de ses humeurs. Ne l'acculez pas comme une biche traquée aux tréfonds de vos soupçonneux raisonnements.

— Soit, je n'insisterai pas et retiendrai mes chiens ! Mais comprenez qu'il s'agit d'un meurtre et que son auteur doit être confondu. Je conçois fort bien que vous déploriez cet état de choses, mais il reste que Mme de Gouges, et vous-même tant que votre présence à Metz n'est pas avérée, appartenez, quoi qu'il m'en coûte, à ceux que le devoir m'impose de compter au nombre de suspects.

— Faites, Monsieur, faites selon votre gré, mais vous constaterez bientôt que votre soupçon est malvenu nous concernant et tombera de lui-même.

— Je serais heureux qu'il en soit ainsi, dit Nicolas en saluant le couple. Le soupçon n'implique pas le préjugé.

Regagnant leur voiture, Nicolas se frappait les mains l'une contre l'autre.

— Tout cela est fort intéressant.

— Que déduis-tu de ces rencontres ?

— Que la raison nourrit l'intuition ; qu'il faut toujours considérer le plein pour remplir le vide et que ce qui n'est pas dit est plus important que ce qui l'est.

— Quand cesseras-tu de parler par énigme et de *noblecouriser* sans rime ni…

— Point, point, mon cher Pierre. Veux-tu bien me suivre un instant sur le chemin le plus caillouteux ?

— Il le faut bien !

— Soit. Je ne suis pas tant ému par Mme de Gouges que tu le supposes et moi, je n'ai pas oublié qu'à l'instant où nous lui annoncions la mort de son amant, elle est tombée en pâmoison. Tu ne juges pas cela excessif ?

— C'était le corps qui parlait.

— Le corps ou le cœur ? Et puis il y a la jeune Millot dont les vrais sentiments demandent à être démêlés.

— Il est vrai qu'elle les dissimulait fort mal et nous débitait des faliboudes !

— Que veut-elle dire par *étranger surprenant* ?

— Que ne lui as-tu posé la question ?

— Il faut bien se garder du froment pour la suite. Et je goûte assez de poser une question quand je connais d'abord la réponse.

— Tu la connais donc ?

— J'ai quelques idées sur la chose.

— Encore ?

— Il faut aussi se pencher sur le père dont l'attitude m'apparaît des plus troubles, de fait intrigante à l'excès. Et ce n'est pas tout…

— Quel ingrédient vas-tu ajouter à ta sauce ?

— Quelque chose me tarabuste. Il est vrai, et ce n'est pas ta faute, que l'enquête a débuté en dépit du bon sens. Personne ne s'est soucié de la tenue de Maradon. Nous les premiers d'ailleurs.

— Et pour cause, il était à moitié déshabillé.

— Certes, mais où se trouve l'autre moitié ? Imagine la scène, deux amants se retrouvent. Les primes caresses ne semblent pas avoir abouti. Pourtant Maradon a vomi, c'est donc que l'effet du poison s'était fait sentir. Sens-tu le mystère qui pèse sur la chronologie des faits ? L'aurait-on par hasard déshabillé à moitié pour figurer et insuffler à ceux qui découvriraient le corps l'image d'une scène galante qui n'avait pas eu lieu ? Dans cette hypothèse, que voulait-on faire croire ? Nous ignorons de fait si l'empoisonnement et le coup de feu ont été simultanés ou séparés d'un délai inconnu. D'où l'importance capitale de découvrir ce que sont devenus les vêtements qui manquent.

Bourdeau hocha la tête et par un mouvement qui lui était familier souleva sa perruque pour se gratter le crâne.

— Il est étrange de constater cette absence de hardes et de souliers alors que des documents, ces modèles de minutes notariales, ont été abandonnés, dissimulés dans la literie. Voilà bien du laisser-aller et de la presse. Tout pue, si tu veux m'en croire, une mise en scène bien accommodée ! Vers quoi cherche-t-on à nous conduire ?

— D'évidence vers un chemin de traverse dans lequel nous nous fourvoierons.

— Je crains que nous ayons à reprendre très précisément la chronologie de l'affaire. Mais pour l'heure la faim me tenaille. Si nous allions réfléchir à la question dans quelque gourmande taverne où nous pourrions gentiment festiner ?

— La proposition est séduisante. Connais-tu un endroit propice par ici ?

— Une boucherie passage de la Treille, près la foire Saint-Germain.

— Comment, une boucherie ?

— C'est-à-dire… Un pays à moi qui sert de bons morceaux dans son arrière-boutique.

— Je vois ! Paris est le nouveau Chinon et ses naturels en colonisent le commerce de bouche ! Et comment concilies-tu ce trafic clandestin et le respect des ordonnances ?

— C'est affaire d'appétit et dans ce débat-ci, répliqua Bourdeau en riant, je plaide pour seigneur *gaster* et mets le plaignant hors cour !

— Soit, dit Nicolas qui s'étranglait de rire, il y a bien conflit de juridictions et pour ma part, ayant récemment été soupçonné d'un meurtre et pour cela embastillé, je puis bien fermer les yeux et attaquer quelque rôt de contrebande à ta seule et coupable instigation.

Le passage en question, étroit et puant, conduisait dans son fond à une boucherie dont l'étroite façade était enveloppée d'une treille d'où pendaient de superbes grappes. Les deux compères entrèrent et traversèrent une salle où deux commis découpaient et taillaient des carcasses. Puis Bourdeau guida Nicolas dans un dédale de couloirs qui débouchait sur une petite cour carrée ombragée par l'origine de la treille. Son large développement s'appuyait sur un entrelacs de bois appuyé sur le tronc monstrueux de la vigne. Un personnage bedonnant, chauve, dans les cinquante ans, se retourna, inquiet du bruit de leur arrivée, mais son visage mafflu s'éclaira aussitôt à la vue de l'inspecteur.

— Ah ! Mais c'est mon vieux Pierre ! s'écria l'homme saisissant Bourdeau par les épaules et lui claquant des baisers sur les joues. Il y a lurette ! Aurait-on rogné ton écuelle, que tu renonces à venir dépenser tes liards chez ton ami Robert, ou bien ferions-nous son paladin de mépriser ainsi le passage de la Treille ? Et qui donc t'accompagne ?

— Point, les méchants prennent tout mon temps. Voici Maurice, un Breton de mes amis.

Nicolas comprit le pourquoi de cette demi-vérité. Il tendit la main au maître-boucher qui la saisit avec quelque réticence et ne la lâcha pas, considérant, perplexe, la vêture de son visiteur inconnu.

— Je t'entends, à chemin battu, il ne croît point d'herbe… Et quel est votre emploi, Monsieur ?

— Commissionnaire aux bois à la Râpée.

L'homme après un temps se détendit et leur désigna une petite table et deux chaises à l'ombre. Il disparut et revint aussitôt avec un pichet de vin rouge et deux gobelets d'étain.

— Ce n'est pas du tien, mais il n'est pas mal, dit-il en claquant la langue. Savez-vous, monsieur Maurice, que ce bougre de pousse est aussi vigneron ?

Il les servit.

— Certes, il m'en fit goûter, répondit Nicolas, Mais le vôtre le vaut bien.

Le boucher rougit de plaisir.

— Allons, foin de babil, quel morceau vous complairait ? J'ai de la poire, du filet, de la côte, du rond de tranche, de l'aloyau, le tout bien rassis comme il convient, j'ai une cave du temps du roi Philippe, froide en tout temps. Quoi voulez-vous que je vous rôtisse en catimini ?

Bourdeau interrogea Nicolas du regard.

— Mais disposez-vous de merlan ?

— Il n'est point poissonnier ! s'exclama Bourdeau.

— Allons, Pierre ! c'est une pièce du bœuf.

Ravi, maître Robert se frottait les mains.

— Je vois que ton ami est connaisseur, une pièce fine.

— Eh bien, donnez-nous du merlan pour nous ouvrir l'appétit, et ensuite une belle côte de bœuf.

— Et j'ajouterai quelques pommes de terre cuites sous la cendre.

— Voilà qui me semble parfait.

Le boucher s'empressa de rejoindre sa cheminée.

— Ces racines, je les ai découvertes à mon arrivée à Paris, cuisinées excellemment par Catherine qui les traitait en ragoût. Mais revenons à notre affaire.

Nicolas sortit une mine et son petit carnet noir. Il se mit à murmurer :

— Arrête-moi si quelque chose te trouble ou te paraît erroné. D'abord tu m'as conduit rue des Fossoyeurs. Le lieutenant criminel, le commissaire du quartier et un médecin avaient procédé aux premières constatations : un cadavre péri d'une balle dans la tête, semble-t-il le jour précédent, soit le jeudi. Le nommé Gilles de Maradon couché à la renverse sur son lit, en culotte, bas, sans souliers. Les volets de la pièce étaient clos.

— Le reste de la vêture a disparu, comme tu le rappelais.

— Auprès du corps un pistolet à mes armes dont Sanson nous affirme qu'il n'est pas l'instrument du crime. Au cours de cette même ouverture, outre la nature de la balle extraite il a été constaté un empoisonnement dont nous avons trouvé des traces.

— Et, comme toujours, incertitude pour savoir quel acte criminel a été premier dans son exécution.

— La fouille de l'appartement, poursuivit Nicolas, a permis de découvrir un mystérieux document notarial.

— N'oublie pas le billet d'un rendez-vous le jeudi 9 à 3 heures de relevée pour célébrer les « retrouvailles ». Or le jeudi, Mme de Gouges a entendu du bruit et une respiration étouffée dans l'appartement de son amant.

— Puis, compléta Nicolas, Mlle Millot, qui nous a menti dès l'origine, a entendu une détonation et a perçu un étranger pourvu d'une natte s'enfuir dans l'escalier.

Maître Robert reparaissait avec dans une main un plat contenant le merlan découpé recouvert de persil et d'un large morceau de beurre et dans l'autre un nouveau pichet de vin.

— Tendre et juteux à souhait. Je suppose que vous aimez la viande ainsi traitée, à l'anglaise.

— Voilà qui est excellent, dit Nicolas, j'en ai pris le goût lors d'un voyage en Angleterre.

Le boucher se pencha vers son oreille et lui saisit la main qui portait sa chevalière.

— Et vlan, l'échafaudage de Bourdeau est culbuté ! Rassurez-vous, Monsieur le commissaire, je sais reconnaître Nicolas Le Floch, marquis de Ranreuil. Ce noble-là, on l'aime, car il est juste et défend le peuple. Il ne se donne pas des airs sur une chaise à bras. Je vous ai entendu naguère au cimetière des Innocents. Topez là, Monseigneur. Et toi, gros malin, archi-biberon, t'avise plus de me brouiller la marmite et de me présenter des propos oiseux.

— Allez chercher un gobelet, maître Robert, dit Nicolas riant aux larmes, que nous trinquions ensemble en bonne amitié.

Les libations communes achevées, les deux policiers reprirent la chronologie de l'affaire.

— Enfin, reprit le commissaire, Sartine a découvert le cadavre, a croisé Mlle Millot et a donné l'alarme.

— Tout cela est bel et bon, mais à quoi cela nous mène-t-il ?

— J'estime que le nœud du problème réside dans le double *modus operandi* du meurtre. Pourquoi l'empoisonnement et le pistolet ? Nous ne cessons de tourner autour de cette contradiction. Et il faut bien convenir que la présence d'un étranger à natte suppose un lien avec les activités secrètes de Maradon *alias* Cholet. Ainsi je ne peux m'empêcher de penser qu'autre chose se conjugue avec nos propres constatations. Enfin, laissons le silence de la réflexion faire son œuvre insidieuse. Il en sortira bien quelque chose. Concentrons-nous sur cette superbe côte de bœuf dont le gras grésille si agréablement à mes oreilles et sur ces pommes de terre dont la peau rôtie éclate et laisse apparaître leur chair jaune.

Maître Robert découpa adroitement le morceau et assista, souriant, à la querelle amicale des deux compères qui chacun lorgnait d'obtenir la partie du côté de l'os. Il régla la question d'un coup bien ajusté de tranchet, partageant équitablement la part gourmande entre les deux compétiteurs.

— Rue Montmartre, le débat est le même quand on se régale de l'éclanche du dimanche. Chacun veut la souris. Un jour, excédée, Catherine l'a jetée à Pluton qui, sous la table, n'attendait que cela et n'en fit qu'une bouchée.

Un nouveau pichet leur fut apporté, puis un autre encore.

— Pourquoi es-tu noble, Nicolas ? demanda soudain Bourdeau.

Nicolas fut surpris de la question, mais comme le ton de son ami n'était pas acrimonieux, il décida d'y répondre.

— Le sais-je moi-même ? C'est une longue histoire... Mon père le marquis de Ranreuil m'en parla un jour. Une histoire de spoliations. Des brutes qui de force s'imposent sur un domaine et imposent leur pouvoir. L'Église atténua leur violence. Puis ce fut une histoire de fidélités, d'hommes qui s'attachèrent au souverain et, comme mon ancêtre, le suivirent à la croisade. Cependant, mesure combien peu nombreux sont ceux qui peuvent aujourd'hui se targuer d'appartenir à de vieilles familles militaires qui, génération après génération, servaient à la guerre et, en contrepartie du sang versé, obtenaient avantages et privilèges.

— Mais aujourd'hui, Nicolas, combien voyons-nous de gens qui, prétendant appartenir à cet ordre, ne se justifient par aucun service particulier ? Ceux qui profitent des savonnettes à vilains, achètent un lieu et en prennent indûment le nom et le titre usurpé, et les traitants et les fermiers généraux et tous ceux qui s'accrochent le plus aux symboles d'une inégalité et défendent un ordre qui n'est plus admis par le peuple. Pourquoi ne pas jeter tout cela, titres, privilèges et droit d'écraser au seul nom de la naissance ? Pourquoi ne pas proclamer l'égalité de tous ?

Nicolas eut l'impression de retourner plus de vingt ans en arrière quand, dans une taverne louche où ils attendaient des malfaisants, il avait interrogé Bourdeau sur sa famille et son passé. De ce moment datait le début fondé de leur amitié, celui où la vérité de Bourdeau lui était apparue dans sa nudité, avec une histoire qui lui râpait l'âme et qui justifiait une permanente irritation, comme en attente d'une réparation. Ce sentiment, parfois ranimé par la constatation de l'injustice, pouvait le conduire à souhaiter ce que beaucoup désormais appelaient de leurs vœux et qui prenait le nom de révolution sans qu'aucun en définisse exactement les limites. Attentif, Bourdeau paraissait comme suspendu à ses lèvres, attendant de son ami la réponse qu'il souhaitait ou qu'il craignait.

— Crois-tu que je ne connaisse pas tout cela ? Penses-tu que je serais demeuré commissaire de police au Châtelet à servir le roi si j'approuvais la déliquescence d'un ordre qui, pour beaucoup de ceux qui y appartiennent, n'est que prétexte et motif d'un goût indigne du lucre et du parvenir ? Tous heureusement n'agissent pas ainsi, et demeurent fidèles aux traditions de leurs pères.

— Approuverais-tu, par exemple, la suppression des ordres, privilèges et l'instauration d'une égalité et d'un impôt général ?

— Ma foi, qu'aurais-je à y perdre ? Contrairement à d'autres, je ne me suis pas seulement donné la peine de naître. Abandonné sur la pierre froide d'un tombeau, pendant vingt ans j'ai ignoré qui j'étais. Ce qui m'a été donné par la Providence l'a été en surplus sans que jamais je l'aie demandé. Et ainsi je pourrais être encore à Rennes, à gratter la minute dans quelque obscure étude. Ou encore j'aurais pu être tué dans une malheureuse affaire au début de ma carrière si tu ne m'avais pas sauvé la vie. J'ai saisi, étonné, ce qui se présentait à moi, n'ayant d'autre considération que pour la fidélité et d'autre estime que pour les talents. Alors le reste m'est indifférent ou plutôt j'ai ouvert peu à peu les yeux sur la misère du peuple, j'en pleurerais et puisque je suis noble, paraît-il…

Et même, songea-t-il, descendant d'une famille sacrée.

— … J'essaye vis-à-vis de ceux qui dépendent de moi sur quelques arpents de landes, que je serais volontiers prêt à labourer moi-même, de rendre un peu de ce qui m'a été donné. Que l'ordre ancien vienne à disparaître et avec lui les privilèges, soit, mais il serait alors à craindre qu'à la noblesse détruite succédât une nouvelle aristocratie tout aussi rapace, celle des seigneurs de l'argent. Et que le roi daigne entendre les bons conseils.

Bourdeau, au bord des larmes, était saisi de la véhémence de Nicolas. Il lui serra la main.

— Tout cela explique que chacun t'aime naturellement. Au fond, quelle que soit la scène où tu parais, tu attires, comme l'aimant les poussières de fer, la sympathie et l'adhésion.

— Plût au Seigneur s'il en était ainsi ! Mais je suis trop souvent pris pour cible et poursuivi de trop de haines pour que je me convainque de ton aimable affirmation.

Ils devisèrent encore longtemps, renouvelant ainsi le pacte qui les liait depuis tant d'années.

XI

LA PAULET

« Ne t'égare pas dans tes imaginations. »

Marc-Aurèle

— Permettez-moi de vous dire, mon cher Nicolas, que vous arborez la mine d'un homme qu'un souci taraude. Ne souhaiteriez-vous pas vous en ouvrir à votre vieil ami ? Cela ne laisserait pas de vous apporter un soulas.

Nicolas hocha la tête et considéra Noblecourt qui dégustait sa tisane du soir avec des mines pincées. Le commissaire se mordillait l'intérieur de la bouche, habitude qui lui était commune avec sa sœur Isabelle. Voilà au moins, songeait-il, quelque chose qui ne lui venait pas du grand Bourbon. Il fixa son vieil ami, le regard un peu perdu.

— C'est, voyez-vous, que Bourdeau m'a cet après-midi posé de curieuses questions. Je lui ai répondu et maintenant c'est moi-même qui y suis confronté.

— Et quelles sont donc ces questions qui vous soucient tant ?

Nicolas hésita un moment avant que d'avancer la chose.

— Il m'a demandé… Voyez, considérez la curieuse matière… ce que signifiait être noble.

Noblecourt plissa son vieux visage en accentuant les rides les plus profondes.

— Et la chose, donc, vous paraît incongrue ? Ce qui me surprend, moi, c'est que Bourdeau, qui toujours essaie de maîtriser ses opinions, ait osé vous la poser.

Nicolas se leva et fit quelques pas, suivi par Mouchette qui espérait que l'heure du coucher était venue, moment délicieux où son maître était tout à elle. À son grand désespoir, il se rassit.

— C'est, dit-il, confus, que nous avions dîné chez un tavernier de ses connaissances, boucher de son état et aubergiste clandestin. Je n'ai pas compté les fillettes que nous avons gentiment éclusées.

— Que diable ! s'écria Noblecourt, riant. Ne voilà-t-il pas qu'au mitan de votre âge vous vous abandonnez à la ribote. Étiez-vous tous les deux dans les vignes, au point de perdre toute décence ?

Nicolas s'esclaffa à son tour.

— Non point, mais juste dans cet entre-deux qui autorise les confidences.

— Rassurez-vous, la vieille médaille que je suis peut comprendre la chose. Et qu'avez-vous répondu à cette précise interrogation ?

— Je suis remonté aux origines. J'ai évoqué le service du roi et marqué sans conteste que la vérité d'un homme et ses talents l'emportaient plus que tout.

— Pardi, vous lui jouâtes du chalumeau !

— Non, j'ai poussé la chose plus loin, marquant que seule la fidélité au roi m'attachait à cet ordre, désormais dispensé sans mesure et vendu à l'encan.

— Tout cela me paraît raisonnable. Alors, le motif de votre tourment ?

Nicolas s'interrogeait à part lui. Était-il sincère dans ce qu'il affirmait à Noblecourt ? S'efforçait-il, entraîné par un fond de bonté et de compassion pour les pauvres et tous ceux que frappaient un monde cruel et une justice aveugle, d'oublier qu'il participait de cette société et qu'il ne pouvait d'une phrase s'en défausser ? Une bouffée d'orgueil lui montait à la tête, celle que suscitait son appartenance à la lignée des Ranreuil et à une autre, secrète, plus prestigieuse. Cela le plaçait-il au-dessus de la plèbe courante ? Il s'en défendait tout en sentant bien que ce mouvement était le fruit de sa volonté plus que d'une impulsion naturelle. Or il s'en voulait et c'est de ce sentiment qu'était né le malaise dont Noblecourt avait décelé les symptômes. Il en concluait que de cette mauvaise conscience, Bourdeau, qui le connaissait bien, avait sans doute deviné les signes et qu'il avait profité d'un mouvement d'abandon favorisé par le vin de maître Robert. Devinant le débat intérieur qui agitait Nicolas, Noblecourt s'était tu un moment et observait son ami qui derechef s'était levé.

— Asseyez-vous et écoutez-moi. Je puis m'autoriser à vous parler comme quelqu'un qui vous connaît et vous observe depuis tant d'années. Bourdeau est votre ami, vous n'en doutez pas. Il a mis le doigt sur ce qui vous est le plus sensible. Non, ne protestez pas, et entendez-moi : vous êtes le fruit d'un mystère, Nicolas. L'enfant dont les origines sont pour une part inconnues. Vous avez eu la chance ou la malchance de recevoir une double éducation, celle d'un petit paysan breton, vous me l'avez souvent répété, et celle d'un enfant de la noblesse. Vous n'avez eu connaissance de votre appartenance à cet ordre que le jour où le feu roi vous a révélé que votre parrain, le marquis de Ranreuil, était votre père. Depuis, je vois et je crois que vous êtes conduit à naviguer entre deux eaux. Une partie de vous-même est Ranreuil, et l'autre vous rapproche de ce peuple pour lequel votre naturelle mansuétude nourrit l'indulgence, même pour ses travers. Vous poursuivez le crime, mais toujours avec la volonté de comprendre le coupable et d'opposer à l'injustice le bouclier solide de votre compréhension de la nature humaine. Alors quoi ? Cela a-t-il vraiment tant d'importance que Bourdeau pose cette question-là ? Rentrez en vous-même et vous la résoudrez.

Nicolas réfléchit un moment.

— À quoi peut correspondre ce souci de Bourdeau ? N'est-il pas convaincu de mon estime et de mon amitié ?

Noblecourt frappa les accoudoirs de son fauteuil. Mouchette se dressa, les oreilles en alerte.

— Il ne s'agit pas de cela. Ne comprenez-vous pas enfin ce qu'il redoute pour vous ? Ne sentez-vous pas les orages s'amonceler ? N'appréhendez-vous pas, vous qui ne cessez de traverser les différentes parties de cette société, combien tout s'ébranle et que le vieil ordre des choses s'apprête à s'effondrer ?

— Certes. Qu'on touche à tout, je ne m'y oppose point. J'ai toujours lutté contre les injustices d'une société souvent cruelle. J'ai compris peu à peu qu'on la devait réformer. J'accepte le mouvement, hormis qu'on s'attaque au roi… Et à Dieu.

— Voilà une équation, dit Noblecourt tristement, dont la résolution pourrait s'avérer incertaine. Je crains que la vague qui se forme et menace de déferler risque de tout emporter. Il n'y aura pas d'exception. Le vrai est que Bourdeau, vous connaissant, redoute pour vous cette menace.

— Allons, tout cela appartient à ses vieilles antiennes et à ses ressassements, et aux lectures mal digérées qui lui travaillent l'esprit.

— Que voilà une aristocratique manière de voir, bien peu soucieuse de l'opinion d'autrui.

— Mais pourquoi, reprit Nicolas, négligeant l'objection, a-t-il évoqué cette question à ce moment précis ?

— Il me semble, observa Noblecourt avec ironie, que vous sous-estimez l'état de grâce que le vin peut susciter. Il lève des barrières jusque-là fermement baissées et libère la parole. Et puis, s'agit-il de vous, ou s'agit-il de lui ?

— Que voulez-vous dire ? Je n'entends goutte à ce propos.

— Vous êtes-vous par hasard interrogé sur ses propres angoisses ? Oubliez-vous cette rancœur qui n'a jamais cessé de le ronger ? La mort de son père à la vautrait du roi et ce qui s'ensuivit. Ce ressassement de Rousseau que vous dénoncez n'a cessé de nourrir l'état de cette âme souffrante. Enfin, je dis l'âme… c'est façon de parler. Vous savez mon appartenance à certains cercles que vous respectez, dont, en dépit de multiples avances et des exemples de vos amis, vous vous êtes toujours tenu à distance. Pendant votre voyage en Bretagne, Bourdeau, qui se languissait de vous, est souvent venu m'entretenir. Le quartier populaire où il vit est en pleine effervescence. Lui-même prend part aux réunions de ceux qui espèrent le salut de la patrie dans la convocation des États généraux vers laquelle nous nous acheminons. Ces débats créent en lui de multiples contradictions et sans doute même des affrontements de fidélité. C'est pourquoi il veut savoir ce que vous êtes exactement afin de pouvoir, le cas échéant, vous mieux protéger. Mais depuis votre retour vous avez été lassé par trop d'événements. Allez prendre un repos bien mérité et, à l'occasion, réfléchissez à tout ce que j'ai tenté de vous faire entendre.

Pensif, Nicolas se retira lentement, précédé de Mouchette qui se retournait à chaque pas, inquiète de voir son maître disparaître comme trop souvent. Mille pensées l'agitaient, plus contradictoires les unes que les autres. Il s'allongea. La tête lui tournait. Une oppression angoissée pesait sur sa poitrine. Il s'interrogeait : qu'avait-il fait de ses talents et qu'avait-il fait de sa vie ? Au milieu de son âge ces questions s'imposaient avec une particulière acuité. Il lui sembla soudain que seuls le hasard et la volonté des autres avaient dirigé son existence. Paysan, il aurait pu l'être, clerc de notaire aussi, mais rien de tout cela ne lui était destiné. La volonté de son père, une lettre de recommandation pour Sartine, et il avait été précipité dans une carrière dont il n'était jamais sorti. La faveur du feu roi l'avait ancré dans une fonction éminente, celle de commissaire aux affaires extraordinaires. Une autre ambition l'avait-elle jamais effleuré ? N'avait-il pas tracé son sillon sans se soucier outre mesure de tout ce à quoi il aurait pu aspirer si une naturelle ambition l'avait animé ? Il eût fallu pour cela qu'il consentît à sacrifier son libre arbitre et s'abandonner à l'esprit courtisan. Ne le faisant pas, il était sans doute passé à côté d'une grande carrière. Certes le regret le poursuivait de l'état militaire si propre à sa lignée. Sa modeste participation au combat d'Ouessant avait à la fois satisfait et aiguisé ce lancinant désir.

Restait malgré tout qu'il se sentait un enfant du siècle, ballotté entre des destins divers et, parfois, le pantin impuissant dont l'histoire pouvait paraître écrite par des circonstances qu'il ne maîtrisait pas et des influences qui s'étaient imposées sans qu'il en eût. Il avait vécu à la marge de deux mondes, proche des rois et si pitoyable envers le peuple. Cela augurait mal des temps qui venaient, que chacun s'accordait à décrire menaçants. Ce que Bourdeau avait suggéré et Noblecourt répété signifiait qu'il serait un jour confronté à des choix cruels qui risquaient de le déchirer entre ses deux appartenances. Il éprouva une peur soudaine, non pour lui, mais pour ses enfants, son petit-fils et Aimée. Ce monde-là était-il sur le point de vaciller ? N'était-il pas temps, comme souvent l'envie le prenait, de se retirer à Ranreuil loin des agitations à venir ? Et même là, dans ce lieu préservé… Il songea à Louis et à sa périlleuse position auprès de la reine et son angoisse s'en accrut.

Sensible à son état, Mouchette lui léchait la joue. C'était sa manière à elle de manifester son amour. La petite boule de poils de jadis n'avait jamais oublié la main secourable qui l'avait recueillie aux thermes de Julien. Cette fidélité émut Nicolas qui, touché de cette attention, la caressa, et le contact avec la douce fourrure finit par l'endormir.

Mardi 14 septembre 1787

L'éveil fut difficile tant pesait encore sur sa poitrine le nœud d'angoisse de la veille. Il convenait de se secouer et d'épouser la journée l'esprit clair, débarrassé des miasmes inquiétants qui l'encombraient.

Il se souvint d'une vieille méthode que lui avait enseignée le marquis son père. Un rasage précis durant lequel tout autre souci risquait de faire trembler la main et conduire à une coupure aidait à faire le vide d'une tête trop chargée d'inquiétudes. Devait suivre une toilette à l'eau froide qui achèverait de remettre les humeurs en place. La saison s'y prêtant encore, il descendit dans la cour de l'hôtel pour verser sur saatureté plusieurs seaux d'eau glacée tirée du puits, sous le regard de Catherine que ce spectacle gaillard réjouissait toujours.

— Yo, yo, dit-elle en lui tendant une serviette sèche dans laquelle il s'enveloppa avec volupté, serais-tu tombé dans la crabule bar hasard ? Tu n'étais bas frais hier zoir, l'œil fague et la démarche hésitante. Azieds-toi et avale-moi ce bol de bouillon, c'est zouverain bour ton état, crois-moi.

Les deux recettes firent merveille et il se sentit aussitôt ragaillardi. Il se jeta avec un appétit renouvelé sur une montagne de brioches qu'un mitron venait d'apporter du fournil du rez-de-chaussée. Il remonta dans son appartement pour s'apprêter avec le plus grand soin. Plaçant un mouchoir dans son habit, un détail lui revint à la mémoire qu'il avait complètement oublié dans la suite rapide des événements. Qu'en était-il de ce papier reçu avant de se rendre rue des Fossoyeurs, trop vite jeté dans sa poche, saisi et considéré comme étant de la main de Gilles de Maradon ? Qui pouvait lui avoir donné rendez-vous dans un lieu qu'il aurait dû connaître ? Toutes les écritures se ressemblaient, les menues griffes de chat de Sartine pouvaient se confondre avec l'écriture déliée du sergent Gremillon. Soudain la lumière se fit, c'était la main de Restif de la Bretonne qui lui faisait savoir qu'il souhaitait le rencontrer à la taverne des Trois-Maries, lieu habituel de leurs entretiens. Il était trop tard pour y répondre. Désormais il fallait mettre la main sur l'écrivain en jetant Tirepot sur la piste de ce ludion parisien.

Au Grand Châtelet, il découvrit un Bourdeau silencieux, sans doute gêné du souvenir de leur conversation de la veille et des limites qu'elle avait tutoyées, sinon franchies. Nicolas se montra d'autant plus chaleureux qu'il soupçonna aussitôt ce que ressentait son adjoint. Le pire eût été d'en laisser paraître la trace et d'en marquer la moindre acrimonie qui, vu l'extrême susceptibilité de l'inspecteur, se serait transformée en drame au détriment de leur vieille amitié. Il feignit donc de plaisanter sur la qualité du vin de maître Robert.

— Une chose m'est revenue cette nuit. Te souviens-tu qu'au moment où nous partions pour la rue des Fossoyeurs, j'ai reçu un billet que machinalement j'ai lu et mis dans ma poche ? Un rendez-vous m'était donné de manière anonyme de me rendre là *où je savais*.

— Et donc ?

— L'écriture était commune à tous ceux qui ont reçu quelque éducation. Elle a été mise au compte de Maradon mais je crois, moi, que c'était celle de Restif et l'endroit suggéré la taverne des Trois-Maries où nous sommes accoutumés de nous rencontrer. Qu'est devenu ce billet ?

— Il est entre les mains de Villefort, le lieutenant criminel, à qui je nous vois mal le réclamer.

— Peu importe, il me faut joindre le Hibou ; ses informations sont toujours précieuses. Tirepot, qui n'est jamais très loin, se chargera de le trouver.

— Je suis comme toi, j'avais oublié cet épisode. Autre chose, j'ai peu dormi…

— Ah, Ah ! C'est le vin de Loire, mon ami ! Et ?

— Ne poursuivons-nous pas des ombres puisque tous ceux qui t'avaient enlevé sont morts lors de l'assaut donné pour te libérer ?

Nicolas derechef se mordait l'intérieur de la joue.

— Espérons-le, mais je crains que tout ce à quoi nous nous affrontons soit beaucoup plus important et dangereux que le pire cauchemar ne nous conduit à l'imaginer. Qu'en est-il de notre Annamite ?

— Ce Co va et vient, visitant en curieux la ville et ses monuments dans lesquels il entre et sort. Rien de suspect jusqu'à présent n'a été relevé par nos gens.

— Et la copie de la minute notariale ?

— Toujours rien.

— Sommes-nous donc devant un mur ? Dans quelles directions porter nos regards et pousser notre enquête ?

— Il n'est pas d'exemple que l'immobile perdure trop longtemps. Il faut savoir attendre comme à la chasse à l'affût. Pour l'instant…

Le père Marie surgit soudain, interrompant Nicolas.

— Nicolas, il y a là la grosse dame ; tu sais, celle qui se fait appeler la Paulet. Elle veut à tout coup te voir sur-le-champ.

— Qu'elle entre, la chère âme, qu'elle entre ! En voilà bien d'une autre !

La dame fit une entrée spectaculaire, appuyée sur deux négrillons enturbannés et vêtus de satin rouge. Elle était enveloppée dans une cape légère qui laissait transparaître à chaque mouvement un corps d'habit vert pistache et des falbalas vieux rose. Une sorte de résille lui dissimulait le visage, qu'elle releva, découvrant une face amaigrie, comme réduite, sillonnée de rides profondes qu'un maquillage forcené tentait de masquer. Bourdeau lui avança une chaise qui grinça sinistrement lorsqu'elle laissa choir son corps énorme au milieu d'un nuage de poudre qui parut un instant provenir de la fumée d'un feu qu'on éteignait. Elle haletait comme un soufflet de forge, tordant ses mains épaisses serrées dans des mitaines de filoselle.

— Ah, cet escalier qui monte, qui monte, dit-elle, hoquetant. Heureusement que j'avions les petits bienheureux.

Elle fit le geste de chasser des mouches.

— Allez jouer, les enfants. J'vas tirer mes pauvres pieds de ces diables de souliers qui me torturent à l'essai.

— À l'excès, murmura Bourdeau.

— Quoi tu dis, mon mignon que j'adore ?

Tout en parlant, elle sortit une longue aiguille à tricoter fichée dans sa robe, avec laquelle elle fourragea dans sa longue perruque d'un or éclatant.

— Cette foutue toison me démangeoit comme un boisseau de puces. Que faut-y pas faire pour assurer sa beauté ? dit-elle avec un galant mouvement de tête, déclenchant un nouveau nuage de poudre qui la fit éternuer, faisant tomber des morceaux de céruse séchée.

Nicolas frémit de pitié devant cette face de méduse flétrie. Le souvenir de la vieille Émilie, rencontrée au début de sa carrière près des fourches patibulaires de Montfaucon et beaucoup plus tard croisée chez la mère Morel, s'imposa à lui. À cette épave-là, au cours d'un rude hiver, il avait alors donné son manteau.

— Alors, dit-il, ma vieille amie, que nous vaut votre visite ? L'occurrence est si rare que seul un grave événement la peut justifier.

Il y eut un nouvel ébrouement de satin et de soie.

— Tu l'as dit, mon Nicolas, la vieille haquenée s'est mise en route. Je me disois : voilà des bougres à poil qui donneront bien de la tablature à mon chéri.

Le propos était pour le moins obscur.

— Que voulez-vous dire et quels sont ces bougres dont vous parlez ?

Elle claqua de la langue et fit d'étranges bruits de gorge.

— La bouche me sèche, dit-elle, se tournant vers Bourdeau, n'aurions-tu pas quelque boisson rafraîchissante, mon mignon ?

L'intéressé s'empressa de lui verser l'eau d'une carafe dans un verre dont elle se saisit. À peine y avait-elle mis les lèvres qu'elle en cracha sur le sol.

— Pouah ! Suis-je donc une chatte mitée que tu me donnois cette eau de pisse ? Tu n'as rien d'autre de plus confortant, mon blondin ?

— Allons, dit Nicolas, demande donc au père Marie un peu de son cordial pour notre amie qui n'est pas une chattemite.

Ce qui fut dit fut fait et la Paulet fit raison d'un plein gobelet du cordial sous le regard admiratif de l'huissier.

— Ça, c'est de la bonne limonade ! Elle arrache la gueule de bonne façon. J'en suis toute requinquée.

Elle fouilla dans ses jupes, en tira un réticule en mailles d'argent, en sortit un écu et le donna au père Marie éberlué, qui se confondit en saluts bégayants. Elle s'essuya la bouche d'un revers de la main avec effet d'étaler son carmin et d'ajouter encore à l'affligeant tableau qu'elle présentait.

— Alors, pressa Nicolas qui s'impatientait, qu'en est-il de ces informations ? Vous nous faites languir, chère Paulet.

— Ah, c'est le biribi !

— Comment, le biribi ? Suggéreriez-vous par là que vous tenez toujours commerce de jeux interdits ?

Elle releva la tête d'un air de défi.

— Pas ça, pas toi, pas moi, ne joue pas les hypocrites, cela fait tant d'années que tu profites de la chose.

Elle avait raison, songeait Nicolas, mais il convenait de lui tenir la longe courte, quelle que fût l'affection qu'il lui portait. Autrement sa capacité était grande d'en user à son profit.

— Soit, mais n'oubliez pas à qui vous vous adressez.

— Adonc, je tiens, oui, outre les filles, un cabinet discret de jeu. Quatre gobelins se présentent hier soir et me demandent le lieu. C'est dire la réputation honnête de ma maison, dit-elle en se rengorgeant. Et là, mon nez s'agite. J'envisage leur portraiture : c'était point des flandrins de chez nous. Des mines sombres et patibulaires, habits noirs fort serrés, et je m'y connaissions. Point des piliers de biribi. Cela me met la cervelle à l'envers, j'aimions pas le louche chez moi, et j'me dis : ma fille, y sont pas ici pour faire gogaille, qu'est-ce qu'y viennent comploter, ces gonzes-là, et, avant qu'il soit l'âge d'un petit chien, je prenois mes dispositions pour les examiner en tapis noir.

— Tapinois, dit Bourdeau, hilare.

— Tapis noir. Causes-tu français, oui ?

— Allons, brave Paulet, qu'avez-vous fait ?

Elle cligna d'un œil.

— *Le Dauphin couronné* est une boîte à malices. Les pendules des cheminées ne donnent pas seulement l'heure. Elles dissimulent de petits trous par lesquels je peux surveiller, voir et entendre ce qui se trame et aussi l'honnêteté de mes croupiers en cas de bisbille. D'ailleurs je peux bien t'avouer : toutes les pièces sont ainsi écoutées. Pour les filles certains amateurs aiment… Enfin je ne te fais pas un dessin. Mais, pour le coup, ce qui m'a mis le russe à l'oreille, c'est qu'ils n'ont pas voulu de ponte et que l'un d'eux en prendrait le rôle.

— Et ainsi qu'avez-vous découvert ? demanda Nicolas, partagé entre rire et sérieux.

— Tout semblait normal, tout au moins au début. Les joueurs misaient sur les cases numérotées et les boules creuses étaient tirées au sort, sauf que…

— Que ?

— Il apparaissait gros comme un bas…

— Le bras.

— Tais-toi donc, le blondin, et garde tes joberies pour toi ! En fait ils ne jouaient pas, mais faisaient semblant, ce qui n'était guère sain pour le bénéfice de mon négoce. Point de ponte, point d'or, la chose était grave. Je redoublai d'attention et portai mon cornet au plus près de la paroi.

Elle les considéra, la mine sévère.

— Point de flèches je vous prie, c'était pour mieux entendre. N'imaginez pas que je suis, moi encore jeune, une de ces vieilles sans pis éternelles qui n'ouïent rien et qu'on peut injurier et railler sans mesure.

Ce disant, l'œil salace, elle enroulait galamment une des boucles de sa perruque autour d'un doigt d'un air minaudier. Nicolas la trouva ragaillardie depuis leur dernière rencontre. Bourdeau s'étranglait et tentait de gazer son rire derrière une toux persistante.

— Comment te v'là pris, mon mignon ! Viens me voir, j'ai un ratafia au marrube, souverain dans ton cas.

— Ce sera un pis-aller, un rhume pris sur la pâture. Mon état est pitoyable, j'y songerai.

— Nous allons de mal en pis, dit Nicolas, ce qui redoubla la quinte de l'inspecteur. Et qu'auraient pu entendre ces sempiternelles, ma chère ? Qu'avez-vous au fait saisi du gazouillis de ces pirates qui jouaient sans jouer ?

— Au début j'n'entendions rien à leur galimatias puis, peu à peu, le rideau s'est levé.

— Ma chère Paulet, prenons les choses dans l'ordre : combien étaient-ils ? Quelle était leur tenue ? Étaient-ce des étrangers ? Les connaissiez-vous ? Et enfin, qu'ont-ils dit de si grave qui vous ait poussée à vous déplacer d'urgence jusqu'au Grand Châtelet afin de m'avertir sans désemparer ?

— Il y a un instant que je te le sonnais aux corneilles, es-tu sourd ? Des mines sombres et des habits noirs.

— Des militaires ?

— Peut-être. En tout cas trois d'entre eux étaient étrangers avec un fort accent, le quatrième français, j'en jurerais. Lui seul était poudré et maquillé et il me semble l'avoir déjà reçu, mais ma maison est si réputée que je ne pouvions me ramentevoir de toutes les faces de carême qui y frayent.

— Et alors qu'ont-ils dit ?

— Des choses affreuses que je n'ai pas comprises tout de suite. Le Français paraissait le chef. Il était question d'échec d'une mission. Un homme était toujours vivant et leur plus redoutable adversaire, ce commissaire bien en cour. Cependant tout autorisait la poursuite du plan. Il fallait renoncer à s'emparer de ce qui était prévu, mais ce qui avait échoué auparavant pouvait réussir avec le lionceau sur la même route. En dépêchant une nouvelle troupe plus aguerrie. L'échange sera ensuite aisé à condition que le sang ne coule pas. J'en frémissions. Pour le reste il y avait eu trahison. Ils ont alors tourné la médaille et ont parlé de choses insignifiantes. Après je n'ai rien entendu, car l'une de mes nobles pratiques survint, que j'ai dû accueillir.

— C'est bien, mon amie.

Nicolas, dont le sang s'était glacé, saisit la main de la Paulet qu'il serra, en tâchant de mettre dans ce simple geste tout le sentiment qu'elle lui inspirait. Elle ressentit la chose comme telle et une larme perla au bord de sa paupière.

— Nicolas, je ne sais pourquoi j'ai peur.

Elle n'était pas la seule et il éprouva dans tout son corps un tremblement et une angoisse qu'il maîtrisa difficilement. Il avait été souvent le témoin des prémonitions de la Paulet et avait appris à ne pas négliger ses avertissements.

— Qui sont ces hommes ? Hélas, nous n'en savons rien.

Elle prit un air triomphant et coquin.

— Hé, hé ! Mais d'abord la langue me sèche.

On rappela le père Marie avec une nouvelle provende de cordial.

— Paulet, vous en savez davantage, n'est-ce pas ? Alors ?

— J'étais intriguée et persuadée que tu étais dans le coup et que ces maltôtiers te concoctaient une mauvaise manière. Je ne suis pas de celles qui, timorées, pissent le verglas dans la canicule. J'ai donc chargé Amédée et Gaspard de courir à leurs trousses. Ce sont de petits va-de-bon-cœur qui sont agiles à ne pas savoir comment et savent s'accrocher à un fiacre ou se cacher dans un trou de souris. Je les ai donc lancés à la traque, l'un a suivi le pommadé et l'autre le groupe d'hommes en noir.

— Et qui sont ces espions ? demanda Bourdeau.

Elle frappa dans ces mains ; les deux négrillons apparurent aussitôt.

— Vous n'avez pas honte, gronda Nicolas que la situation révulsait, quelle envie qu'il eût d'en apprendre plus long, d'utiliser ainsi de pauvres enfants.

— C'est la charité qui se fout de l'hôpital. Tu me la bailles belle, toi, avec ton armée de petits mendiants et de vas-y-dire. Moi, ces petits, je les ai recueillis à la mort de leur mère, aimés, soignés, nourris à la becquée et maintenant je les fais éduquer. Leur moindre fièvre me donne des palpitations comme jadis, tu devrais t'en souvenir, les maux d'un petit garçon qui alors n'avait point de père. Et les tiens, savions-tu vraiment où ils crèchent la nuit ? Sous les ponts, au risque d'être ramassés par le guet et jetés dans quelque dépôt misérable.

Nicolas reçut la leçon avec humilité. Le présent se chargeait toujours de vous rappeler à l'ordre. Il s'accusa dans son for de ce mouvement. Comme il l'avait souvent observé, la Paulet, en dépit de son condamnable office, manifestait toujours à l'envi des trésors de bonté et de charité. Il eut soudain honte de son attitude. Il se souvint du chanoine Le Floch qui aimait citer la parole du Seigneur *Et quiconque accueille en mon nom un de ces petits enfants, c'est lui qui est le plus grand dans le royaume des cieux.* Pour cela la Paulet serait peut-être sauvée.

— Vous avez raison, mon amie, et vous êtes en droit de m'en faire reproche. Qu'ont vu et découvert vos protégés ?

La Paulet quitta son air offusqué, prit Amédée sur ses genoux, l'embrassa à l'étouffer en le barbouillant de son maquillage.

— Tu te souviens, mon mignon, de ces hommes que je t'avions demandé de suivre ?

— Oui, maman Paulet.

— Où sont-ils allés ?

— Je me suis accroché à la voiture et, parvenu à destination, j'ai sauté à terre pour me cacher à l'angle d'une porte. Les trois hommes en noir sont entrés dans une belle maison. J'ai hélé un passant qui m'a indiqué le nom de la rue et qui habitait l'endroit. C'était rue d'Anjou, non loin d'ici, au faubourg Saint-Honoré, et l'hôtel est celui de M. de Berkenroode, ministre des Provinces-Unies.

Nicolas fut émerveillé de la clarté des propos de l'enfant dont on pouvait craindre, avec un pareil mentor, qu'il en épousât les tournures langagières. D'évidence leur protectrice veillait avec soin à l'instruction des deux frères.

La Paulet s'empara du plus âgé qui subit le même affectueux traitement.

— Et toi, Gaspard, qu'en est-il de ton homme ?

— Il s'est porté plus loin, mais ce fut facile. Il a emprunté la rue Saint-Honoré jusqu'au Palais-Royal où il est entré.

— Au Palais-Royal ? En êtes-vous assuré ?

— Oui, Monsieur ; sans conteste. Et même par la grande porte. Et la garde semblait le bien connaître, qui ne l'a pas arrêté.

Nicolas s'aperçut soudain que la Paulet s'était affaissée sur son siège, la respiration sifflante et les yeux mi-clos.

— Avez-vous retenu votre fiacre, les enfants ?

— Non, dit le plus âgé, maman Paulet avait dit que vous y pourvoiriez.

— Pierre, demande au père Marie de faire avancer ma voiture pour reconduire notre amie.

L'intéressée reprenait couleurs et se leva, appuyée sur les enfants.

— Merci, mon Nicolas, je vas aller prendre un peu de repos. Il te faut veiller sur toi.

— Merci, chère Paulet, je vous enverrai le docteur Semacgus dès qu'il sera rentré de Bretagne.

Elle fit un geste incertain de la main et sortit enveloppée dans ses voiles comme le vaisseau perdu d'un naufrage annoncé.

— Pauvres enfants, dit Bourdeau, que deviendront-ils le jour où…

Nicolas soupira. Il se souvint de sa récente conversation avec la Paulet. Cela justifiait encore davantage qu'il en acceptât la succession et l'utilisât à bon escient.

— La connaissant, je suis assurée qu'elle a prévu la chose. Le cas échéant, je veillerai à ce qu'ils n'en pâtissent pas. Pour le reste nous voilà devant un cruel dilemme. Ce qu'elle a appris se résume ainsi : ma famille est menacée et le lionceau pourrait être Nicolas, mon petit-fils. Leur mission a échoué pour le moment et je suis leur plus redoutable adversaire. De quel échange s'agit-il ? De quelle trahison est-il question ? Les Hollandais et, je suppose, le duc d'Orléans participent du complot et marchent d'un même pas vers, je le pense, des directions différentes.

— Orléans ? Encore !

— Les temps se prêtent à ses permanentes manigances. J'ai toujours eu un duc en face de moi, naguère d'Aiguillon et maintenant Orléans ! Essayons de répondre à toutes ces questions.

Bourdeau semblait perplexe. Il avait allumé sa pipe et considérait rêveusement les volutes de fumée qui montaient vers les poutres noircies du plafond.

— À quoi penses-tu, Pierre ? Je te connais, quelque chose te turlupine.

— Et si tout cela n'avait pour objet qu'à chercher à t'éloigner de Paris et de l'enquête ? Réfléchissons. Quelles raisons auraient ces gens de venir chez la Paulet, connue pour ses relations avec toi, pour s'enfermer dans une pièce dans laquelle ils pouvaient supposer que, sur le modèle d'autres maisons de cet acabit, ils seraient observés et entendus ?

Indécis, Nicolas méditait.

— Voilà un pari qui serait redoutable à tenir, mais ton avis est vraisemblable. Dans cette hypothèse, pourquoi nous auraient-ils lâché tant de lumières sur leur plan ? Cet échange, de quoi s'agit-il ? Ont-ils l'intention d'échanger un bébé contre le prince Canh ? Je suppose plutôt qu'ils n'ont pas réussi à mettre la main sur le sceau de Cochinchine.

— Et alors qu'en déduis-tu ? dit Bourdeau dans un nuage de fumée.

— Je pousserai plus avant mon raisonnement : dans cette perspective il me semble que nous sommes devant deux affaires et une collusion redoutable de forces convergentes. *Primo*, l'action des Hollandais désireux de faire pression sur la politique du roi concernant les affaires des Pays-Bas n'a plus d'objet. Notre politique demeure immobile sur ce point et ils doivent savoir désormais que cette politique ne variera pas et que nous ne nous mêlerons pas de leurs luttes intestines.

— Par conséquent, ils sortent du champ des adversaires ?

— Que non pas, il faut voir au-delà. Si les Hollandais sont maintenant convaincus que rien ne justifie leurs menées à ce sujet, ils peuvent toujours envisager de nous damer le pion en Asie, où leurs intérêts sont importants. Pour cela, ils doivent maintenir leur complicité avec des forces qui, dans un premier temps, ont le même objectif qu'eux-mêmes. La possession du sceau leur assurerait la première place en Cochinchine, le roi risquerait de perdre son trône, ils profiteraient des troubles qui s'ensuivraient et les négociations avec nous seraient rompues.

— Et *secundo* ?

— Nguyen Anh est en guerre avec les Tây Son. Nul doute qu'Adran, étranger, chrétien et favori du roi, s'est fait de redoutables ennemis. Ceux-ci, sans doute, trahissent leur souverain et agissent dans l'ombre avec l'aide et l'appui de cette société secrète dont nous avons discerné la présence et l'action. Cette *triade* n'est pas à l'aisc en pays étranger, aussi l'aide des Hollandais est-elle, dans un premier temps, indispensable pour mener à bien leur redoutable entreprise.

— Autre chose m'intrigue, cette crainte que tu leur inspires ?

Nicolas se mit à rire.

— Tu me le demandes ? dit-il, l'air faraud. C'est le fait de ma réputation ! Plus sérieusement, imagine que j'aie été tué sur le rivage de la Bôle, il est vraisemblable que rien ne se serait déroulé de la même manière. À cela s'ajoute ma vieille amitié avec l'évêque d'Adran.

— Bon. Prenons ta démonstration en compte, *quid* de l'assassinat de Maradon *alias* Cholet ? Comment prend-il place dans cette magnifique épure ? Il y a d'évidence lien, mais lequel ?

— Tu mets le doigt sur une énigme de cette affaire, l'autre étant de savoir en quelles mains se trouve aujourd'hui le sceau de Cochinchine ? Reprenons les faits. Qui est Cholet ? Un envoyé de Sartine qui fait fond sur lui. D'apparence, il me sauve la vie dans la forêt du Mans. Là commence le mystère. J'étais trop ahuri par le choc pour vérifier que notre agresseur était bien mort. Le dénommé Co qui est revenu au bercail porte une blessure sur la poitrine et selon toute logique pourrait être le moine agresseur de la forêt.

— Pourtant tu l'as laissé en liberté.

— Oui, car j'espère qu'il finira par nous mener quelque part. Je reprends. Ce Maradon, séduisant et de bonne compagnie, apparaît cependant comme un jeune homme libertin. Un appartement vide, sans aucune trace des affaires du jouvenceau, au point qu'on est en droit de redouter que le vide ait été fait avant que nous paraissions sur les lieux. Un poison inconnu et, pour parfaire le tout, tué, achevé, ou suicidé d'une balle en apparence tirée par un pistolet qu'on découvre près de lui, qui se trouve être celui que je lui avais offert, mais qui ne correspond pas au calibre de la balle.

— Et surtout la mystérieuse copie d'une minute notariale, ou plutôt un brouillon sans indications de noms ni de lieu.

— Et puis, reprit Nicolas, deux femmes, enfin pour le moment, qui d'évidence portaient à Maradon les sentiments les plus vifs. Au fait, as-tu donné des instructions afin de vérifier l'alibi de Rozières, l'ami et protecteur de Mme de Gouges ?

— C'est en route.

— Et n'oublie pas la présence remarquée d'un homme à natte dans l'immeuble de la rue des Fossoyeurs.

— Tu as raison. Tous ces faits prouvent que nombre de suspects se trouvaient là le jour où Maradon a été assassiné.

— Il faut mêler et démêler ces éléments et déterminer si certains coïncident. Mais pour l'heure nous avons oublié l'essentiel et retardé le moment de la décision : que dois-je faire ? Demeurer de marbre face aux menaces qui pèsent sur ma famille ou sur l'heure prendre la route de Bretagne ?

— C'est affreux à dire, mais tu risques de perdre du temps et d'affronter les aléas de la route sans savoir où l'éventuelle attaque se portera. C'est, j'en suis persuadé, répondre exactement aux vœux de nos adversaires.

Nicolas réfléchissait, la tête dans les mains.

— S'il arrivait quelque chose, je ne me le pardonnerais pas… Pourtant je…

Au moment où il allait poursuivre, des pas pressés se firent entendre et le docteur Semacgus, en tenue de voyage, surgit en tourbillon dans le bureau de permanence. Nicolas, livide, se dressa, les jambes tremblantes.

— Bonjour, mes amis ! s'écria le voyageur avec son habituelle jovialité. Nous voici revenus et Louis, qui, après cette longue absence, aide sa femme à réinvestir l'hôtel de Mezay, m'a chargé de vous en avertir.

— Mais le pourquoi de ce retour prématuré ? demanda Nicolas, qui avait repris des couleurs.

— Peste ! Mon cher, quel chaleureux accueil ! Devons-nous sans débotter reprendre le chemin de la verte Armorique ? Éloigner derechef l'enfant nouveau-né de son aïeul grincheux ? Dépiter la piaffante Sémillante qui hennit de plaisir de revoir son maître ? Et décevoir votre serviteur qui venait vous convier, et vous aussi Bourdeau, à un souper de retrouvailles en nos terres de Vaugirard ?

Nicolas se jeta dans les bras de Semacgus étonné.

— Pardonnez, cher Guillaume, mon émoi. Vous allez comprendre.

Et en quelques phrases concises, il expliqua les raisons de son émotion.

— Mais pourquoi êtes-vous rentrés si tôt ?

— C'est à cause d'une tempête effroyable qui nous a décidés de raccourcir notre séjour à Ranreuil. Les vagues de grande marée submergeaient même le littoral. À cela s'est ajoutée la proposition de M. le duc de Penthièvre, gouverneur de Bretagne, qui, enchanté de son séjour sur vos terres et de l'accueil de Louis, nous a proposé de faire route commune vers Paris, avec tous les privilèges attachés au déplacement d'un aussi noble personnage. Escorte et changements aisés d'attelages à chaque relais de poste. Le duc a marqué beaucoup d'intérêt à votre personne, à votre caractère et à vos qualités. Nous n'avons guère eu de temps pour vous informer de notre retour. Et, au vu des circonstances, je comprends votre effroi en m'apercevant. Et vous n'avez pas été oublié, Bourdeau, le duc s'est aussi enquis de vous, je ne savais pas qu'il vous connaissait.

— Oh ! C'est une vieille histoire, dit l'intéressé, rougissant et s'enveloppant aussitôt d'un nuage de fumée.

Nicolas frémissait, c'était son oncle, le petit-fils de Louis XIV et le demi-frère de sa mère, qui avait entretenu Semacgus. Qu'il prît de ses nouvelles lui procurait un sentiment diffus de bonheur et de nostalgie. Un possible destin différent… Il se ressaisit et réfléchit à la nouvelle situation. Certes sa famille n'était plus sur les chemins, et l'escorte du gouverneur de Bretagne, prince du sang, avait évité le pire, mais le danger éventuel n'en était pas pour autant écarté. Il convenait de mettre jusqu'à la résolution de l'affaire l'hôtel de Mezay en état de siège. Le congé de Louis n'était pas épuisé et il fallait d'urgence l'avertir de prendre les dispositions nécessaires.

— Je crois qu'il faut éloigner votre petit-fils et jouer le jeu qu'il est à l'hôtel de Mezay.

— Je ne veux pas jouer la vie d'un autre enfant.

— Je vous reconnais bien là ; le moindre poupon de coton fera l'affaire et ajoutera à d'apparentes mesures de sécurité.

— Mais, sur votre conseil, il est allaité par sa mère.

— Même chose, une servante qui lui ressemble figurera la vicomtesse de Tréhiguier qui, elle, rejoindra Awa à la Croix-Nivert où une forte troupe d'exempts et de mouches surveillera les environs.

— Le docteur parle d'or. Il faut précéder l'attaque et en détourner le lieu.

Nicolas se leva ; il avait pris ses résolutions.

— Je cours prévenir Louis.

— Mauvaise idée, dit Bourdeau. Tu les avertiras s'ils te guettent. Mieux vaut laisser Semacgus s'y porter paisiblement sans attirer l'attention. Dès que Nicolas le jeune et sa mère auront discrètement quitté la rue Neuve-Sainte-Catherine, nous établirons un faux-semblant. Pour le reste, nos mouches y pourvoiront. Laisse nous agir au mieux, le docteur et moi. Tu es trop nerveux en cette occurrence. Tu dois trouver Restif et savoir ce qu'il te veut.

Semacgus et l'inspecteur se retirèrent pour mobiliser les exempts et préparer le départ de Mme de Mezay et de son fils. Peu de temps après leur départ, le père Marie le dérangea dans sa réflexion : Restif l'attendait à la taverne des Trois-Maries. C'est le cœur lourd qu'il s'y rendit.

XII

CONFUSION

> « N'admettons jamais comme cause de ce que nous ne comprenons pas quelque chose que nous comprenons moins encore. »
>
> *Sade*

Parcourant la rue Saint-Germain, un curieux sentiment agitait Nicolas. La vie se répétait comme une sorte de nasarde ironique, soulignant l'inanité des actions passées. Combien de fois avait-il rejoint Restif dans ce bouge ? Mais l'homme avait toujours marqué une loyauté qu'on n'attendait pas forcément de la part d'une âme aussi rouée et ses informations, puisées aux sources les plus troubles, n'avaient jamais cessé d'être utiles. Quelle curieuse alchimie, se disait-il, qu'il faille du charbon pour faire du diamant !

Il retrouva Restif tapi dans son angle habituel, les pans de son manteau bleu élimé ramenés sur les épaules, la tête enfoncée dans le col, comme un oiseau de proie les ailes repliées.

— Mille grâces, Monsieur le marquis, dit le Hibou, déployant son maigre cou, je désespérais de vous voir. J'appréhendais quelque mécompte ou malentendu entre nous survenu. Je m'en attristais au plus haut point, n'ayant pour vous, comme vous savez, que respect et souci de vous complaire.

— Vous devez m'excuser, il se trouve que votre pli m'a été enlevé avant que je comprenne qu'il émanait de vous. Il m'a valu, ajouté à d'autres éléments, un petit séjour à la Bastille, votre écriture ressemblant à celle d'un autre dans une affaire de meurtre.

Après avoir regardé à droite et à gauche, Restif, effrayé, rentra sa tête dans son col, puis se mit à parler à tue-tête :

— Je voulais signaler à qui de droit l'insupportable situation qui trouble trop souvent nos spectacles. Du fait d'une jeunesse indisciplinée et polissonne, on a décidé de faire asseoir le parterre. Songez qu'aux Italiens la place était à 24 sous, et on parle de doubler son tarif ! La mauvaise éducation de la jeunesse donnera, je vous le prédis, du travail au gouvernement. Il lui faut fournir de l'occupation à celle-ci. Jusqu'à vingt-cinq ans, les jeunes devraient porter les cheveux d'une certaine manière afin qu'on les reconnaisse et qu'on puisse sévir contre eux. Si vous voulez des citoyens, des hommes sérieux et non des bambochins, ou des marionnettes, il faut qu'ils apprennent par la loi à être retenus et soumis.

Éberlué, Nicolas écoutait cette diatribe sans en saisir la raison.

— Répondez-moi sur le même thème, chuchota le Hibou, en jetant un regard méfiant sur l'assemblée. Et à voix haute surtout.

— Je pense en effet que vous parlez d'or et qu'il faut réprimer ces mœurs de sauvageons. Puissions-nous à l'avenir avoir des spectateurs plus justes et plus sensés.

– Je vous laisse, murmura Restif se levant, retrouvons-nous à Saint-Germain-l'Auxerrois, dans le confessionnal de gauche où j'ai mes habitudes.

Nicolas commanda une bavaroise sous le regard méprisant du tavernier, habitué à fournir des boissons plus redoutables et qui répondit d'un ton rogue qu'il n'en servait pas. Le commissaire dut se contenter d'un infâme verre d'eau-de-vie qu'il s'empressa de verser sous la table. Il remarqua qu'un homme s'était levé au départ de Restif pour, d'évidence, le suivre. Il régla sa consommation et celle de Restif et sortit de la taverne pour s'appuyer un moment contre la muraille. Aucun suspect ne sortit à sa suite. Il ne s'inquiéta pas outre mesure de son compère qu'il savait pouvoir se fondre dans le dédale de ruelles connues à merveille par ce piéton de Paris. Nicolas emprunta la rue de la Monnaye, puis tourna à main gauche rue Baillet. Il passa devant le logement du commissaire Chéneau, son collègue, où avait été conduit *incognito* le comte d'Artois, après une querelle avec un perruquier, et joignit la rue de l'Arbre-Sec. Il y demeura un instant avant d'entrer dans une boutique de marchand grainetier qui, surpris par cette brusque intrusion, le vit sortir par ses arrières et traverser une cour adjacente. Ce détour permit à Nicolas, après un coup d'œil sur la rue déserte, de sortir quelques toises plus loin d'où il gagna l'église Saint-Germain-l'Auxerrois.

L'obscurité régnait dans le sanctuaire, seulement tempérée par les lueurs tremblantes des cierges et par le prisme d'un rayon de soleil qui, filtré par un vitrail, jetait une flaque rouge sang sur le dallage du chœur. Un remugle composite stagnait, relents de cire, encens froid et souvenir persistant de la pourriture qui montait naguère des caveaux et des cryptes maintenant désaffectés. Nicolas se dirigea vers la gauche. Une toux discrète l'avertit que Restif l'avait précédé et se tenait à la place du prêtre. Il s'agenouilla et perçut la respiration sifflante du Hibou.

— Êtes-vous assuré, demanda ce dernier, de n'avoir point été suivi ?

— Pas plus que vous, je suppose. Et pourquoi, diable, le devrais-je redouter ?

Restif tourna en tous sens sa tête, découvrant son cou décharné.

— Parce que la menace que je vous avais signalée existe toujours et même j'estime qu'elle s'est encore accrue.

— Et quels éléments fondent cette certitude ?

— L'agitation dans la fourmilière, je devrais dire dans les fourmilières.

— Lesquelles, selon vous ?

Un silence suivit et, à travers le grillage de bois, Nicolas perçut la respiration plus rapide de Restif.

— Ne jouez pas à ce jeu avec moi, vous avez plus d'atouts que moi. Les officines qui conspirent au Palais-Royal vous détestent. D'autres groupes dont je ne parviens pas à déterminer l'appartenance s'agitent sur vos brisées. Un mystérieux Oriental erre dans Paris sans but défini et rentre chaque jour aux Missions étrangères de la rue du Bac.

Il plaisait à Nicolas de prendre Restif en défaut et, pour une fois, de posséder un temps d'avance sur le rusé compère.

— Et alors ?

— Me voici humble et vergogneux devant vous. Je ne parviens pas à élucider certain mystère qui, semble-t-il, vous touche de près. Il semble que l'enjeu au vrai serait la recherche d'un objet – la pierre philosophale ? – qui attise les convoitises et nourrit les menées peut-être meurtrières.

— Mon cher Hibou, c'est à vous de m'apporter de nouveaux éléments. Je ne vois dans tout cela rien qui me puisse aider dans une enquête qui s'éparpille en tous sens. N'avez-vous rien de plus tangible à me mettre sous la dent ?

Le bois du confessionnal craqua.

— Je sais que vous enquêtez sur le drame de la rue des Fossoyeurs.

— Oui.

— Et à ce sujet, avez-vous interrogé l'amant de Mme de Gouges ?

— Rozières ? Il paraît qu'il était à Metz en mission.

— Eh bien, je vous conseille de vérifier, et de bien vérifier. Oui, en vérité.

Le ton était fourbe ; la parole, le sifflement d'un serpent. Nicolas frémit : avec quelles âmes fangeuses devait-il depuis tant d'années composer ? Il n'avait jamais éprouvé le moindre attrait pour un homme dont rien ne le rapprochait sinon un talent certain d'écrivain.

— Que savez-vous que vous ne voulez pas m'avouer ? Cela peut vous coûter cher, Restif.

— Ah, maintenant la morgue et la menace du procureur ! Êtes-vous sûr de ne rien me celer ? Vous m'avez lancé à la traque sans m'indiquer quel est le gibier.

— Vous inversez nos rôles au risque pour vous d'en pâtir d'une manière ou d'une autre.

Le silence s'appesantissait. Comme souvent, Restif tirait sur la longe et regimbait. En général un coup de caveçon suffisait à le ramener, écumant, mais dompté, dans la carrière.

— Suggéreriez-vous que le compagnon de Mme de Gouges ait pu la tromper ? Ce serait hors de propos : la nature de leur liaison laisse supposer une parfaite liberté des deux partenaires et la dame d'ailleurs en profite allègrement.

— Soit. Ne m'écoutez pas, Monsieur le commissaire. Serviteur !

Le grillage s'abaissa brutalement et la porte du confessionnal claqua. Le temps que Nicolas se redresse, Restif avait pris le large. Il n'entrevit qu'un pan du manteau bleu qui flottait à l'une des sorties latérales du sanctuaire. Quelle mouche avait donc piqué le Hibou au point de provoquer son irritation ? L'avait-il un peu trop rudoyé ? Pourtant l'homme, animé de motivations diverses, n'avait cessé, depuis qu'il le connaissait, d'apporter une aide utile et, en apparence, sincère à la police. Cependant il n'y avait rien à faire, il n'était jamais parvenu à accorder sa confiance à cet auxiliaire ambigu. Au vrai, pour des raisons qu'il démêlait mal, il n'estimait pas M. Restif de la Bretonne. Sans doute ce dernier rédimait-il toute sympathie par son rôle de mouche stipendiée, soucieux qu'il était de protéger les vices d'une vie agitée. En s'examinant, il s'accusa à l'ordinaire de manquer de charité à l'égard d'un de ses semblables.

Restait que l'entretien n'avait guère apporté d'éléments nouveaux à tout ce que le commissaire savait déjà. Encore devait-il prendre en compte l'étrange suggestion de Restif concernant M. de Rozières et son séjour à Metz. Il attendrait le résultat de l'investigation ouverte à ce sujet, à laquelle ses gens se consacraient, pour reprendre, ou non, l'interrogatoire de l'intéressé. C'est ruminant ces diverses réflexions qu'il revint au Châtelet. Le temps avait changé et s'accordait à ses états d'âme.

La tempête qui s'était abattue sur la Bretagne, justifiant le retour prématuré de sa famille, commençait à se lever sur Paris. Des rafales flagellaient les enseignes qui, en dépit des interdictions de la police, demeuraient encore en place. Celles qui pendaient, grinçant au bout de leurs chaînettes, paraissaient devoir s'envoler, menaçant les piétons. Des feuilles mortes volaient en tous sens au milieu de petits tourbillons de poussière. Ayant emprunté le bord de la rivière, il remarqua que le fleuve grossissait, animé de petites vagues crêtées se chevauchant les unes les autres et de nuées de mouettes tournoyantes, poussant des cris aigus, augures sinistres de la tourmente à venir. La nostalgie du pays natal le poignit avec la tentation toujours présente d'abandonner le fil des choses et de retrouver les grèves aux horizons lointains. Il ferma les yeux et le clocher de Batz battu d'écume de mer surgit comme le reproche d'une désertion. Cette tempête qui allait se déchaîner lui apparaissait comme le prélude d'une possible subversion de l'ordre de la société. Il se reprit. À quoi tout cela menait-il ? Qu'allait-il se tympaniser avec de telles pensées ? Il se moqua de lui-même et estima que les propos de Noblecourt la veille lui avaient tourneboulé l'esprit. Il voulut absolument s'en persuader sans toutefois s'en convaincre tout à fait.

L'ambiance chaleureuse du Châtelet le rasséréna. Bourdeau, réjoui, se frottait les mains, impatient d'apprendre au commissaire les derniers progrès de l'enquête mais, connaissant son homme, il remarqua les indices de l'anxiété de Nicolas.

— Alors, le Hibou t'a-t-il craché de bons morceaux ? Je n'aime point ce bougre-là. T'aurait-il fourni de l'amer, ainsi que ces rides-là le montrent éloquemment ?

Et ce disant, il se toucha le front. Nicolas souriait, lèvres serrées.

— Il ne m'a rien dit que nous ne sachions déjà. Il m'a filé entre les mains, prétextant que je le rudoyais un peu.

— Le vieux sapajou ! Veux-tu qu'on te le ramène par la peau du cou ?

— Inutile, je le connais, il viendra à composition de lui-même. Il a trop intérêt à ne pas nous provoquer. Pourtant il m'a confié quelque chose qui m'a mis…

— Le Russe à l'oreille.

Ils s'esclaffèrent. Ah, comme il était bon de rire, songea Nicolas.

— Le Hibou n'est pas la Paulet et il use de notre langue avec l'élégance d'un écrivain.

— Un écrivain ? Lui ? Peuh !

— Ne le mésestime pas sur ce point. Il m'a suggéré de mieux vérifier si Rozières se trouvait effectivement à Metz.

Bourdeau ricana.

— Voilà justement ce que je voulais te dire. Nos investigations montrent que Rozières n'a jamais quitté Paris. Il nous a donc menti et, subséquemment, ta Gouges aussi !

Agacé, Nicolas haussa les épaules.

— Ce n'est pas *ma* Gouges ! Je la traite comme les autres témoins, ni plus ni moins.

— Bon, bon, ne prends pas la mouche. Il n'y a pas de mal à être sensible aux charmes d'une jolie femme. Moi-même avec la Paulet, hé, hé ! Et c'est réciproque.

La saillie fit rire le commissaire.

— Chacun sa préférence. Et donc, quoi de neuf au sujet de M. de Rozières ?

— Il se trouve que l'homme est à la jonction des intérêts de la Marine et de ceux des traitants et fournisseurs auxquels sont adjugés les marchés des transports et des fournitures du ministère. Issu d'une riche famille de Toulouse, il dispose d'une fortune personnelle qui s'est considérablement accrue ces derniers temps, depuis qu'il occupe ces fonctions. Bref, pour faire court, il n'était pas à Metz. Il ne possède pas d'équipage et les registres de la poste ne montrent aucun passage à son nom pour la Lorraine. Il se trouvait à Paris où il avait pris une chambre à l'hôtel d'Angleterre pour négocier avec une délégation de la compagnie choisie (et quand je dis choisie…) chargée de fournir la Marine.

— Quelle compagnie ?

— Hé ! C'est bien là le problème. Mais avant que d'entrer dans le détail, il me faut t'expliquer la situation. Après les guerres avec l'Angleterre, la collecte de biens nécessaires à l'armement français s'est beaucoup éloignée de Rochefort et de Brest. Après la fin de la guerre en Amérique, on recourut pour les mâts à la taïga du nord, et particulièrement à la Livonie

Fasciné, Nicolas écoutait Bourdeau.

— Et, ma Doué, comment es-tu parvenu à tant de science sur un domaine aussi particulier ?

— C'est le fruit de nos trames, dit Bourdeau, clignant d'un œil. Tu sais mieux que personne que nous disposons partout, et même auprès des ministres et leurs services, de collaborateurs zélés qui ne manquent jamais, sauf à trahir des engagements qui les lient à nous, de rapporter tout ce qui peut, ou pas, révéler des pratiques suspectes. L'un de ces Hermès, sournois à souhait, a parlé.

— Au sujet de Rozières ?

— Et de qui pourrait-il s'agir d'autre ?

— Je languis. Que nous a-t-il appris ?

— Que M. de Rozières est le négociateur unique chargé de passer commande du bois livonien. Cette voïvodie appartient à la Russie depuis le premier partage de la Pologne. Le mécanisme est enfantin. Il n'y a pas qu'une seule proposition pour le bois de Baltique, mais à chaque traité de nombreux candidats. Imagine la situation, Rozières est maître du jeu. Le vainqueur de cette compétition est fécond en profits. Notre champion facture beaucoup plus au royaume qu'il est demandé en fait. Le surplus grossit le bas, ou plutôt les bas, tant la chose est fréquente, de notre Rozières.

— En voilà de belles !

— Et ce n'est pas tout !

Et Bourdeau tendit à Nicolas un document qu'il tenait dans ses mains depuis le début de l'entretien. Nicolas en prit aussitôt connaissance.

Je soussigné, Gilles de Maradon, reconnais devoir à M. de Rozières la somme de 2 500 livres, payables en totalité avant le 1er d'octobre 1787. Fait à Paris le 20 avril 1787.

— Voilà en effet un papier qui ouvre des perspectives. Et pourquoi Metz ?

— Rozières a pensé qu'on négligerait d'enquêter si loin et je te parie qu'il s'est empressé d'écrire à un compère qui aurait, je t'en fiche mon billet, confirmé sa présence.

— Donc, résumons-nous. Rozières nous a bel et bien menti. Il n'était pas à Metz, donc il n'a point d'alibi. Au fait, comment t'es-tu procuré ce papier ?

La gêne de Bourdeau était manifeste.

— Un petit vol domestique au bureau de l'intéressé. Tu vas sans doute en recevoir la nouvelle en lisant les rapports quotidiens des commissaires si tant est que l'intéressé ait porté plainte.

Nicolas fit la grimace. Il ne goûtait guère ces pratiques dans lesquelles le mal s'évertuait pour le bien. S'y habituerait-il un jour ?

— Tu connais mon goût pour ces procédés.

Bourdeau, lassé, soupira.

— Que veux-tu, il est difficile d'en user autrement.

— Et qui s'est livré à ce coupable travail ?

— Je préfère que tu l'ignores. Mais, pour te rassurer, l'argent dérobé a été remis, il fallait faire vrai, de manière anonyme à la caisse des pauvres de l'Hôtel-Dieu. Au moins, vois-tu, ce délictueux profit servira à de bonnes œuvres.

Nicolas grommela deux ou trois mots indistincts.

— En tout cas, le mur est abattu, reprit Bourdeau, il y a là de quoi nous mettre aliment sous la dent. Je ne prétends pas que nous ayons découvert le coupable, mais pour le moins un suspect qui avait de solides motifs.

— Agissons au plus vite, déclara Nicolas après un temps de réflexion. Qu'on envoie sur-le-champ chercher Mme de Gouges et M. de Rozières et qu'on veille à ce qu'ils ne soient pas en condition de se concerter.

En toute hâte, Bourdeau sortit pour donner les ordres nécessaires. Nicolas se mit à siffler un air allègre de *La Caravane du Caire* de Grétry. C'était, chez lui, un rituel qui dénotait soit une grande satisfaction soit une vive inquiétude. Il revenait sans cesse sur le débat souvent répété et jamais résolu. Devait-on emprunter des voies obscures, et sans aucun doute condamnables, pour assurer la justice ? Le crime, car un vol appartenait à ce type de délit, devait-il servir à prouver le crime ? Le mal contre le mal était-il la seule solution acceptable ? Il essaya de chasser ce débat moral auquel il avait été mille fois confronté au cours de sa carrière. Il n'y avait pas de réponse satisfaisante à cette question. Un jour il devrait répondre de ce qu'il n'osait appeler des infamies perpétrées sous son autorité. Puissent alors les innocents sauvés par ces pratiques apporter au plaid de son salut le témoignage de leur reconnaissance.

Il tenta de dissiper un débat de conscience, s'appliquant à tirer des conclusions de ce que Bourdeau venait de lui apprendre. Le louche apparaissait dès le moment où ce couple étrange avait dissimulé la présence de Rozières au moment où Maradon était assassiné. À cet égard Mme de Gouges était complice de son compagnon. Certes il n'était pas chargé d'enquêter sur les prévarications concernant les fournitures et transports de la Marine. Il pouvait comprendre que la négociation en cours fût entourée de discrétion surtout si l'homme se faisait graisser la patte par le fournisseur livonien. Restait qu'il n'était pas incompatible de négocier et, dans un temps mort, de venir assassiner Maradon. Mais pourquoi l'aurait-il fait ? Il n'était pas de bonne politique de faire disparaître un débiteur surtout pour une dette relativement importante, ou alors on pressentait pouvoir compter sur le billet pour montrer l'inanité d'une telle accusation. Voilà qui aurait été bien tordu. La jalousie avait-elle eu sa part dans le geste criminel ?

Par expérience, Nicolas comprenait la fureur que pouvait susciter ce sentiment. N'y avait-il qu'apparence dans l'image lisse qu'offrait ce couple hors du commun ? Mais enfin lui-même et Aimée d'Arranet ne donnaient-ils pas l'exemple d'une situation ambiguë ? Toutefois un état paisible et accepté pendant des années était susceptible de dégénérer à la suite d'un banal incident.

Pourtant l'éventuelle culpabilité de M. de Rozières ne correspondait pas exactement avec les éléments fragmentaires recueillis lors de l'enquête, même si celle-ci s'était avérée dès l'origine frappée du sceau de l'incertain. Dans le cas où le suspect devait être accusé, que faire du pistolet aux armes des Ranreuil et d'où provenait le poison utilisé pour assassiner Maradon ? Il devait aussi prendre en compte l'attitude étrange de la jeune voisine de la victime et le passage mystérieux de l'étranger à natte envisagé dans l'escalier de la maison de la rue des Fossoyeurs. Il marcha un long moment de long en large dans le bureau de permanence, la tête bourdonnante de pensées diverses et de stratégies contradictoires.

Sur le coup de midi, Bourdeau reparut, l'air goguenard.

— Te voilà bien réjoui, mon Pierre !

— Il y a de quoi ! Mme de Gouges a montré son vrai caractère. Une harpie, qui m'a invectivé de belle manière, une tigresse, tu peux m'en croire. C'est toute la gent féminine qu'on semblait insulter en s'en prenant à elle. Il a fallu négocier finement pour éviter toute brutalité.

— Et Rozières ?

— Il a pris la chose de haut, excipant comme de juste de l'importance de ses fonctions, mettant en avant ses hautes relations, bref le concerto habituel dans ce genre de cas.

— Savent-ils qu'ils sont arrêtés ?

— Comment cela ?

— Gouges sait-elle que son compagnon est ici ?

— Non, elle a été interceptée dans la rue et lui à son bureau.

— Et donc lui non plus ?

— Non, nous l'avons trouvé d'évidence préoccupé du vol qu'il n'a pas signalé, mais que l'un de ses commis nous a rapporté.

— Bien, ne t'en vante pas. Je vais commencer par la dame. Peut-être pourrons-nous utiliser son témoignage pour l'interrogatoire de son compagnon. Nous allons viser une étoile voisine proche de l'astre principal.

Déconcerté, Bourdeau le regardait sans saisir le sens de la manœuvre.

— Tu vas vite comprendre.

Olympe de Gouges fit son entrée encadrée de deux exempts que Nicolas écarta d'un geste. Vêtue d'une robe de velours vert et coiffée d'une toque du même tissu ornée d'une plume, elle balançait, l'air menaçant, le réticule qu'elle portait à la main.

— C'est ainsi, Monsieur, que l'on traite les honnêtes gens ?

Nicolas lui avança une chaise qu'elle refusa.

— Vous vous plaignez à tort, il n'y a rien dans tout cela que de très coutumier, Mademoiselle.

— Madame, je vous prie.

— Madame, reprit Nicolas en réprimant un sourire. L'entretien pourrait être long et rester debout serait de nature à compromettre la clarté de vos réponses par la fatigue que cette position entraînerait.

Elle hésita un instant et finit par prendre place en frappant tumultueusement les plis de sa robe.

— Me donnerez-vous enfin la raison, Monsieur le commissaire, de cette arrestation arbitraire, en pleine rue, et de cette entrave à ma liberté de femme et de citoyenne ? Vous ne m'aviez pas habituée lors de nos autres entrevues à une telle ignominie. Je vous avais pris pour un gentilhomme.

— Allons, Madame, point de ces grands mots qui fâchent. Que vous soyez une femme n'implique en rien d'être traitée par privilège. Vous prônez l'égalité entre les sexes, acceptez de bonne grâce d'en offrir le bon exemple, celui de la soumission aux lois.

Elle se mordait les lèvres.

Nicolas prenait son temps et feuilletait avec une feinte attention un épais registre. Il s'adressa à Bourdeau :

— Monsieur l'inspecteur, vous voudrez bien prendre les notes nécessaires en vue de dresser le procès-verbal habituel.

Il soupira et fixa Mme de Gouges.

— Fréquentez-vous, Madame, le bal de l'Opéra ?

— Ce n'est pas le lieu que je préfère, mais il m'est arrivé d'y passer une soirée.

— Récemment ?

— Il y a plusieurs semaines.

— Y avez-vous rencontré des étrangers ?

— On y croise, Monsieur, toutes sortes de gens.

— Cela n'est pas une réponse.

Nicolas mouilla un doigt et tourna lentement des pages du registre.

— Vous rencontrez-vous au Vauxhall avec ces mêmes étrangers ?

— Je vous ai dit que je n'avais croisé aucun étranger au bal de l'Opéra.

— Certes, je vous ai entendue, mais au Vauxhall ?

— Comment faudra-t-il vous le dire, dois-je vous le chanter ? À quoi rime cette inquisition ?

— Madame, Madame, gardez, je vous prie, le ton qui convient, vous adressant à un magistrat.

— Mais à la fin, que cherchez-vous à savoir ? Je n'avais conservé de mes précédentes entrevues que le souvenir d'un galant homme.

Elle pencha la tête avec un charmant sourire.

— Inutile d'user, Madame, des armes de votre sexe. La justice y est insensible.

De nouveau il feuilletait le registre. Son index passa sur une ligne. Il releva la tête.

— Connaissez-vous M. Restif de la Bretonne ?

— Je le connais comme folliculaire et comme hypocrite qui souhaite traiter les femmes comme du bétail, les cloîtrant dans des phalanstères appartenant à l'État pour les soumettre au bon plaisir des hommes. Comment voulez-vous que j'aie la moindre relation avec ce débauché obsédé ?

— Vous évoquez sans doute l'ouvrage de cet auteur, *Le Pornographe*, dans lequel il expose ses idées d'instauration de maisons galantes qui seraient organisées par l'État.

— Oui, et cela me répugne à l'excès.

— Je le peux comprendre. Soupez-vous en ville parfois ?

— Je vis comme tout un chacun et il m'arrive de le faire.

— Avec M. de Rozières, par exemple.

— Il n'y a pas que M. de Rozières avec qui je suis susceptible de souper.

Rabouine entra dans le bureau de permanence et tendit à Bourdeau un papier que celui-ci passa aussitôt à Nicolas.

— Aimez-vous le théâtre, Madame ?

— C'est une question ? Elle n'a pas de raison, vous le savez bien !

— Soit, c'est une constatation. Vous m'en avez vous-même parlé. Avez-vous assisté aux Italiens à la représentation de *Dormenon et Beauval*, comédie en deux actes avec ariettes ? Ah, songea-t-il, la police des théâtres est vraiment une belle chose ! La critique estime que la musique n'y est pas mauvaise, mais pas assez pour faire ressortir, ou plutôt pour masquer, un fond assez banal.

Elle semblait soulagée de voir aborder un thème de propos qui lui convînt.

— Certes, Monsieur le commissaire, on peut sans conteste avancer que cette œuvre est ratée.

— Je suis heureux que vous tombiez d'accord sur ce point avec ses contempteurs. Vous l'avez donc vue ?

Bourdeau, les yeux mi-clos, semblait boire du petit-lait.

— En effet, je le répète, et ce ne fut pas pour mon plaisir. Enfin la soirée ne fut pas gâchée totalement, nous avons ensuite soupé très agréablement chez les Frères Provençaux qui régalent de plats de leur province.

— Voilà qui est tentant. Qu'y déguste-t-on ?

— Surtout du poisson.

— M. de Rozières en a-t-il, comme vous, apprécié la cuisine ?

Nicolas s'était avancé benoîtement, posant la question sur un ton égal et sans lever les yeux sur Olympe de Gouges. Comme si de rien n'était, il poursuivait sa consultation du registre.

— Nous avons, sur ce point, des goûts identiques.

Elle avait répondu avec la légèreté d'un moment de conversation anodine qui ne pouvait prêter à controverse. Elle ne s'était pas rendu compte que le commissaire l'avait conduite peu à peu là où il souhaitait la faire tomber, dans un piège de longue main tendu.

— Ainsi M. de Rozières, ce soir-là, a soupé en votre compagnie aux Frères Provençaux à la sortie des Italiens ? C'était bien le 9 ou le 10 septembre, si je ne m'abuse ?

Soudain le visage de l'intéressée se crispa et elle tenta de dissimuler le trouble qui l'envahissait en fouillant dans son réticule pour y dénicher un petit miroir où elle se considéra avant d'arranger avec un soin excessif une mèche de sa coiffure.

— Oui, je l'affirme.

Nicolas, dubitatif, hocha la tête.

— En effet, ce registre le prouve. Le 9 septembre, c'est le jour où fut assassiné M. de Maradon.

Elle sourit, l'air indifférent.

— Me serais-je trompée, égarée dans les dates ? Il y a tant d'obligations à Paris. Se peut-il que je fusse en réalité avec Rozières ? Je dois y réfléchir.

— Il serait opportun que la chose fût rapidement éclaircie. Je vous rappelle que vous témoignez devant un magistrat, dans l'instruction d'une affaire de meurtre. Je suis en droit sur-le-champ de vous déférer devant le lieutenant criminel. Alors je vous pose la question de manière différente : pourquoi avoir dissimulé la présence de votre compagnon à Paris durant cette période ? Lui, nous a affirmé être à Metz.

— Je n'ai rien dit.

— Vous ne l'avez pas démenti.

— Était-il donc besoin de le faire ? N'est-ce pas manière insensée de traiter le monde ? Suis-je comptable des allées et venues de M. de Rozières ? Les négociations qu'il mène en toute confidence avec les fournisseurs de la Couronne ont-elles à être jetées en pâture à tout un chacun ? Je vous le demande, Monsieur le commissaire.

— Mais, Madame, comment vous en vouloir de dire la vérité ? Votre sincérité éclate. Vous n'avez rien dissimulé en indiquant, sans y être contrainte, qu'à cette période, celle du meurtre de votre amant, M. de Rozières se trouvait bien à Paris et non à Metz. Votre témoignage est édifiant et je vous sais gré d'y avoir consenti. Vous pouvez vous retirer, Madame. Il est assuré que nous nous reverrons pour parfaire, le cas échéant, certains points de détail de votre déposition.

Elle se leva dans un grand *esbrouffement* de tissus, ajusta son chapeau et, sans un mot, se dirigea vers la porte, bousculant Bourdeau qui se trouvait sur son chemin.

— Madame, dit Nicolas, la rappelant d'un geste, encore un point : seriez-vous par hasard au courant d'une dette de Maradon, contractée auprès de M. de Rozières ? Je vous prie de prêter la plus exacte attention à votre réponse.

Elle se retourna, l'air déterminé et provocant.

— Oui, Monsieur, c'est sur ma demande que M. de Rozières a consenti un prêt à Maradon qui se trouvait provisoirement gêné, comme tout jeune homme peut l'être.

— C’est tout, Madame. Vous pouvez aller.

— Tu as mené ton affaire de main de maître, dit Bourdeau. La belle s’est bien empêtrée !

— C’est le fait de mon expérience ! s’exclama Nicolas en riant. La dame est pourtant futée, et avisée, mais elle n’y a vu que du feu. Nous allons écouter à présent ce que son compagnon va nous chanter.

Rozières entra en tourbillon. Il était vêtu d’un habit noir qui lui donnait l’aspect sévère d’un homme de loi. Sa perruque cendrée, dérangée, laissait deviner son crâne chauve. Empourpré de colère, il se planta devant le commissaire et frappa du poing sur le bureau.

— Quelle est cette comédie, Monsieur, de me traîner ainsi comme un criminel, entre deux exempts, dans ce sinistre lieu de justice ? Notre première rencontre ne vous avait-elle donc pas satisfait ? Quelle offense ai-je commise que vous me puissiez reprocher ? J’en appellerai au ministre de la Marine dont je dépends, et je vous préviens que vous n’obtiendrez de moi aucune parole. Je vous somme de me laisser aller à mes affaires.

— Monsieur, dit Nicolas, doucereux, je vous conseille de vous calmer et de vous asseoir. Aux hommes de votre âge, il convient de prendre garde à de tels emportements. Le sang et les humeurs s’agitent avec trop de violence. Une goutte remontée est souvent la conséquence de tels emportements. Souhaitez-vous donc finir podagre ?

— Monsieur, vous moquez-vous ? Sachez que je me porte à merveille. Le pourquoi de ma présence ici ? Pouvez-vous me le dire ? J’en doute fort.

Rozières finit par prendre place, sans doute curieux au bout du compte de connaître les raisons de cette comparution. Nicolas passa dans le cabinet qui jouxtait le bureau, enfila sa robe noire de magistrat, revint et posa la verge d'ivoire, symbole de ses fonctions, par le travers du bureau. Il savait d'expérience combien ces apparences agissaient sur certains hommes de pouvoir, les impressionnaient et leur faisaient mesurer les risques qu'ils pouvaient encourir. Puis il rappela à Rozières les raisons de sa présence au Grand Châtelet.

— Tout d'abord, Monsieur, il est revenu aux oreilles attentives de la police que vous auriez été victime d'un vol à votre bureau. Est-ce exact ?

Rozières hésita un instant, trop long pourtant pour qu'il ne fût remarqué par le commissaire.

— Non… il ne s'agit que de papiers égarés. Et d'abord, comment connaissez-vous cet incident ? Dois-je conclure que vous me faites espionner ?

— Peu importe la manière. Il est singulier que vous n'ayez point porté plainte.

— Pour des papiers égarés ? Vous goûtez les plaisanteries fortes, Monsieur le commissaire. Il me semble que vous avez mieux à faire.

— Je vous sais gré du conseil. Reste que notre police est, vous l'ignorez sans doute, la meilleure de l'Europe. Ses souverains nous demandent conseil afin d'inspirer leurs propres services. Tirez vous-même les conséquences d'une telle situation.

— Quelle suffisance ! Et à quoi cela nous mène-t-il ?

— À la recherche de la vérité : nous enquêtons sur un meurtre, celui de M. de Maradon, qui était l'amant de votre compagne, Olympe de Gouges.

Rozières semblait soulagé que Nicolas eût abandonné la question des papiers dérobés. Ce mouvement n'échappa nullement au commissaire, toujours en embuscade.

— En quoi puis-je vous aider à ce sujet ? demanda Rozières, calmé. Il me semble qu'Olympe et moi avons réglé devant vous la nature de nos relations avec ce jeune homme et les habitudes de liberté qui président à notre union.

— Union sans contrat. Sans vous offenser, chacun peut nourrir à cet égard les réserves les plus fondées.

— Que voulez-vous dire ?

— Que vous pouviez légitimement prendre ombrage de cette liaison avec un jeune homme susceptible d'offrir à Mme de Gouges une passion plus juvénile.

— Je pense que ce serait mal comprendre notre philosophie.

— Soit. Pour en revenir à ces papiers dérobés, j'ai une heureuse nouvelle à vous offrir : ils ont été retrouvés.

— Mais ils n'avaient pas été perdus… égarés, tout au plus.

— Inutile de vous mettre martel en tête.

Nicolas frappa la planchette du bureau, marquant ainsi les trois coups d'un nouvel acte de la pièce qui se jouait.

— Comment cela ?

— Oh, le hasard fait bien les choses, et travaille souvent pour les honnêtes gens. Un fripon que nos gens surveillaient depuis bien longtemps a été repéré dans son galetas de la rue Geoffroy-l'Asnier…

Des indications précises, songea Nicolas, confortent toujours et authentifient le mensonge le plus éclatant.

— … et nous avons retrouvé vos papiers. L'homme, hélas, a réussi à s'enfuir alors que son affaire paraissait scellée et bridée. Mais vous serez de mon avis : l'essentiel demeure que vos papiers aient été retrouvés. J'ignore ce que le voleur comptait en faire, je vais donc vous les rendre.

Nicolas sortit du tiroir du bureau un dossier ficelé. Rozières tendit la main.

— Point d'impatience, il nous faut d'abord en faire l'inventaire afin que vous puissiez nous donner quittance.

— Est-ce bien nécessaire, grommela Rozières.

— Sans aucun doute. Une bonne police est faite de règles respectées. Elles assurent les intérêts de tous ceux que la loi se doit de protéger.

Nicolas défit le nœud et souleva le premier document qu'il approcha du chandelier pour mieux le déchiffrer. Le reste du dossier n'était composé que de feuilles vierges.

— Ma foi, dit-il, voilà qui est du dernier étrange. Étiez-vous en affaires avec M. de Maradon ?

— En aucune façon.

— Allons, je me suis sans doute mal exprimé. Vous était-il redevable de quelque service signalé ?

Rozières ne répondait pas.

— Je vais vous aider, dit Nicolas en agitant la feuille de papier. Voici une reconnaissance d'une dette de mille deux cents livres en votre faveur, signée de ce malheureux jeune homme.

— Ah, cela, dit Rozières avec un petit geste de la main, comme s'il chassait une mouche. C'était un petit traité entre lui et moi. Ces jeunes gens ont des besoins et par conséquent des dettes qu'ils accumulent pendant des années. Les fournisseurs s'agitent, les fournisseurs sont convoqués et la prison pour dettes se profile. Nous avons tous connu cela.

— Mille deux cents livres, comme vous y allez. La somme est d'importance.

Nicolas referma le dossier, et remarqua aussitôt comme un soulagement chez Rozières, comme si la perspective de voir ouverts d'autres documents que cette reconnaissance de dette le mettait sur la sellette. Or le commissaire se sentait désarmé, ne disposant que de cette pièce, la seule que lui avait remise Bourdeau. Pourtant les papiers avaient bel et bien été volés. Qu'en avait fait la « main » utilisée par l'inspecteur ? Il l'appela auprès de lui et lui parla à voix basse :

— Qu'a fait ton homme des autres papiers ?

— Bon, il a dû les vendre à un chiffonnier.

— C'est dommage, car j'ai l'impression qu'ils inquiètent Rozières.

— Quand on me les a remis, des papiers pleins de chiffres ont été écartés et seule la reconnaissance de dette a été conservée.

— Il faut tenter de les récupérer au plus vite.

Bourdeau se précipita, sous le regard inquiet de Rozières. En fait, Nicolas soupçonnait que l'auteur du vol chez Rozières ne serait pas trop malaisé à trouver. Il avait quelque soupçon à cet égard.

— Je répète la constatation : la somme est d'importance.

Rozières ne répondait pas, mais l'un de ses pieds, qui battait la chamade, parlait pour lui d'éloquente manière.

— Vous devez comprendre, Monsieur, qu'il y a lieu de s'étonner. Il n'est pas courant qu'un homme réponde aux besoins d'un jeune homme, surtout quand celui-ci est l'amant de sa compagne. Ne sentez-vous pas le scabreux de cette situation, et les questions malséantes qu'elle peut susciter ?

— Monsieur, dit Rozières en relevant la tête avec une brusquerie de colère, en d'autres lieux vous me rendriez raison de vos propos injurieux.

— Certes, encore que le duel soit interdit et que vous vous trouviez ici, ne l'oubliez pas, dans un lieu de justice.

Nicolas avait levé sa verge d'ivoire comme un sceptre.

— Oublions cela. N'insistons pas sur ce fait, nous y reviendrons. Autre chose : aimez-vous le théâtre ?

— Beaucoup. Olympe, comme vous le savez, pousse ce goût à l'extrême.

— Fréquentez-vous les Italiens ?

— Oui, ainsi que tous les autres théâtres de Paris.

— Avez-vous apprécié la dernière œuvre représentée, *Dormenon et Beauval*, agrémentée d'ariettes ?

— Peu, j'ai trouvé l'ensemble fort médiocre.

— Je suis de votre avis. La musique ne rattrapait pas la platitude de l'intrigue.

— L'ariette, reprit Rozières soudain disert, a tendance de nos jours à gagner le grand opéra. Cela lui donne les lettres de noblesse qui lui manquaient, et les plus distingués de nos auteurs y ont désormais recours.

— Enfin cette représentation procurait une agréable soirée qu'on était en droit de conclure par un souper fin, n'est-ce pas ?

Rozières comprit soudain dans quel chemin périlleux il s'était engagé, et ne répondit pas.

— Je vais vous poser une question à laquelle je vous conseille de réfléchir avec sincérité. Le soir du 9 septembre, n'êtes-vous pas allé, après avoir assisté à la représentation aux Italiens, souper avec Mme de Gouges chez les Frères Provençaux ?

— C'est bien possible. Je ne tiens pas mémoire de mes sorties.

— Voilà un propos bien incertain. N'avez-vous pas affirmé vous être trouvé à Metz, à cette époque ?

— C'est fort possible, en effet.

— Je vous serais reconnaissant d'agiter vos souvenirs, il y va de votre liberté.

— Enquêtez, c'est votre office. Mon correspondant à Metz pourra vous confirmer ma présence en Lorraine.

— De qui s'agit-il ?

— De M. François Eisener, banquier.

À ce moment de l'interrogatoire, Bourdeau revint avec une liasse de papiers dans laquelle Nicolas se plongea aussitôt. Il avait bien deviné qu'il serait aisé à l'inspecteur de les retrouver. Au-delà de la complexité des termes et des chiffres, apparaissait avec une grande netteté la nature des épices que recevait Rozières lors de la négociation des traités d'approvisionnement en bois de marine. Qu'apportaient d'ailleurs à Nicolas ces peu ragoûtants errements qui seraient portés à la connaissance de qui de droit, qui en ferait ce qu'il voudrait ? Il nourrissait cependant peu d'espoir à cet égard. Pour le moment, cette découverte lui offrait un moyen de pression sur le suspect. Il décida de présenter au regard de Rozières la pièce la plus ouvertement compromettante. L'intéressé sortit ses besicles et lut à plusieurs reprises le document qui l'incriminait. Il le rendit au commissaire et s'éclaircit la voix.

— Mais, Monsieur, je ne voudrais pas que vous vous mépreniez. Ces pratiques commerciales apparemment délictueuses sont nécessaires et ne vont pas à sens unique.

Il fit un grand geste balancé de droite à gauche.

— L'argent va et vient. Celui que l'on reçoit est utilisé dans l'autre sens. Au fond, c'est un flux de commerce qui n'appartient à personne. Où irions-nous s'il fallait respecter des règles rigides et s'en remettre aux seuls impératifs d'une morale commune ? C'est pourquoi aussi j'ai dû prétendre me trouver à Metz, car je souhaitais dissimuler ma présence à Paris afin de gazer une importante négociation pour les raisons que vous pouvez imaginer.

Le théâtre et les Frères Provençaux, songea Nicolas ne sont guère des lieux où l'on passe inaperçu. Pour quelles raisons Rozières s'était-il empêtré dans de telles contre-vérités ?

— Pour le reste, je ne partage point vos sentiments. Vous semblez ignorer que l'État est en déficit. Ce n'est pas l'heure de le piller. En attendant, j'ai le regret de vous arrêter comme suspect du meurtre de M. de Maradon.

XIII

DISPERSION

« Est-ce réalité ? Est-ce mensonge ?
Je n'ose rien affirmer. »

Shakespeare

Rozières paraissait écrasé par la parole du commissaire. Il s'était affaissé sur sa chaise, soudain vieilli.

— Je suis innocent, balbutia-t-il.

— Hélas, Monsieur, dit Nicolas, doctoral, selon ses propres vues chacun est innocent. Il vous revient de considérer les présomptions qui pèsent sur vous. D'une part, vous nous avez sciemment menti en ce qui concerne votre prétendu séjour à Metz. D'autre part vous nous avez dissimulé avoir prêté une somme importante à M. de Maradon.

— Je vous interromps, je l'ai reconnu.

— Certes quand je vous ai interrogé sur ce point. Vous avez été confondu par le témoignage même de Mme de Gouges au sujet de votre présence aux Italiens et chez les Frères Provençaux à la date incriminée. Vous êtes de plus soupçonné, pour ne pas dire convaincu, de prévarication au détriment des finances lors des contrats passés avec des compagnies étrangères. Ce seul fait devrait être communiqué au lieutenant criminel. Il y a, vous le constatez, mille raisons de porter accusation contre vous et de vous incarcérer afin que vous n'ayez nul contact avec d'éventuels complices.

— Je n'ai pas tué Maradon.

— Il vous plaît de l'affirmer. Cependant j'observe que deux motifs, qui se peuvent compléter et confondre, militent pour votre culpabilité. Vous avez beau vous défendre de toute jalousie, soutenu en cela par les déclarations de votre compagne, il reste que ce puissant sentiment, qui emporte toute barrière, a pu vous entraîner à un geste irréparable. De même, l'animosité à l'égard d'un homme qui n'était pas en mesure d'honorer sa dette envers vous…

— Mais enfin, Monsieur, l'échéance indiquée sur cette reconnaissance n'était nullement atteinte et, dans la perspective que vous évoquez, il eût été honnête d'en attendre la confirmation et d'activer alors ce que la justice prévoit dans ce cas, huissier, exploit, magistrat et, au pire, prise de corps et prison pour dettes.

— Sauf que vous avez pu rencontrer Maradon auparavant, qui vous aurait informé de son incapacité à payer, et que là encore la rage vous prenant… Cela s'est-il produit ?

Rozières semblait hésiter, caressant l'arête de son nez.

— À vrai dire, je ne l'ai pas rencontré.

Disait-il la vérité ? En toute logique, songeait Nicolas, il n'avait aucun intérêt à le reconnaître, ce qui ajouterait encore au soupçon qui pesait sur lui.

— Quant à ce que vous avez observé, reprit Rozières, dans la comptabilité des marchés que je suis fondé à passer au bénéfice de la Marine, je vous répète qu'il s'agit de pratiques banales. Là où vous avez la malignité de déceler de la prévarication au détriment du trésor royal, je ne vois qu'usages utiles et réguliers, permettant de disposer d'une caisse secrète propre à répondre à certains besoins immédiats. La France a des ennemis puissants qui se mettent en travers de nos entreprises et du renforcement de notre marine. Certains acteurs doivent être caressés dans le sens du poil, nos concurrents en font autant. Il va de soi que le contenu de cette caisse se doit confondre par discrétion avec mes biens propres. Cela autorise une plus grande liberté d'usage. Liberté et rapidité sont essentielles pour la marche la mieux comprise de tout commerce. Et d'ailleurs, ces documents sont mes papiers personnels. Enfin, Monsieur le commissaire, je vous crois homme d'honneur. Êtes-vous en capacité de m'affirmer, en toute bonne foi, que dans les services de police il n'existe pas de fonds dissimulés dont vous useriez à l'occasion et qui ne sont pas répertoriés sur les lignes du budget de la lieutenance générale de police ? En vérité, le pouvez-vous soutenir ? Je vous le demande.

— Monsieur, vous inversez malencontreusement les rôles. C'est à vous de répondre à mes questions, et non à moi de rétorquer aux vôtres.

— La belle réplique, en vérité !

De fait, Nicolas ne pouvait s'empêcher de porter son esprit vers le cabinet voisin où gisait, sous les défroques parfois utilisées dans les enquêtes, une certaine petite cassette. En conscience, y avait-il jamais trouvé à redire ? Il est vrai qu'il n'y avait pas commune mesure entre cette poignée de louis et les sommes considérables maniées par Rozières. Enfin, c'est pour le cas que Bourdeau aurait pu l'accuser de reprocher à autrui ce qu'il tolérait chez lui-même tout en manifestant la critique morale la plus sévère. Le contenu de cette cassette frauduleuse était utilisé honnêtement en cas d'urgence.

Un coup d'œil éloquent de Bourdeau l'avertit que Rozières tentait de déplacer l'interrogatoire sur un terrain secondaire, celui de ses possibles prévarications, éloignant ainsi les risques que s'approfondissent les questions sur l'assassinat de Maradon.

— Revenons, dit Nicolas, à vos relations avec l'amant de votre compagne. Lors même que vous n'étiez pas en Lorraine, l'avez-vous rencontré ?

— Non. Combien de fois devrai-je vous le dire ?

— Soit. Pourriez-vous me préciser votre emploi du temps pendant la journée décisive durant laquelle le crime a été commis ?

Rozières réfléchit un long moment.

— Savez-vous qu'à mon âge la mémoire est souvent défaillante ? J'ai grand mal à fixer les choses. J'hésite…

— Il faudrait pourtant vous y efforcer. Le détail est d'importance, sinon essentiel.

Rozières hochait la tête de droite à gauche, paraissant mimer un effort.

— J'ai le sentiment, reprit-il, d'avoir obéi à la routine habituelle : me lever tard, faire ma promenade au Luxembourg, dîner avec Olympe, pour ensuite gagner mon bureau où j'ai traité plusieurs affaires avant que de retourner rue des Fossoyeurs pour me changer en vue de la représentation des Italiens.

— Et comment connaissez-vous la date en question ?

— Olympe m'en a parlé, je crois.

— Mme de Gouges et la police des théâtres confirmeront que vous assistiez ou non à la pièce et peut-être chez les Frères Provençaux se souviendra-t-on de vous, mais, pour le reste, tout demeure environné de ténèbres. Nous interrogerons vos gens afin de vérifier votre présence au bureau durant la journée du 9 septembre.

À ce moment de l'interrogatoire, le père Marie entra, faisant des signes à Bourdeau de venir le rejoindre. Ils échangèrent quelques mots, puis l'inspecteur vint rendre compte à Nicolas à voix basse :

— Il s'avère que Sanson a poussé plus loin ses recherches et souhaite te communiquer au plus vite les résultats. Ils peuvent modifier la suite de notre enquête.

— Bon, en voilà bien une autre !

Il observa Rozières qui, sur sa chaise, offrait l'image d'un coupable accablé.

— Monsieur, dit Nicolas, dans l'attente de la confirmation de certains éléments découlant de votre interrogatoire, nous devons vérifier la véracité de vos affirmations. J'ai le regret de vous retenir au Châtelet, au secret. Je veillerai que les conditions qui vous seront faites soient les meilleures possibles durant cette période incertaine.

— Mais enfin, Monsieur le commissaire, je suis innocent.

— Nous l'espérons pour vous. Si vous l'êtes, rassurez-vous ; l'erreur judiciaire n'a jamais été de notre fait.

Les exempts furent appelés, qui se saisirent de Rozières. L'homme se laissa emmener, trébuchant à chaque pas. Sanson entra. À son habitude, Nicolas lui serra la main.

— Quelle découverte pressante nous vaut votre présence ici, mon cher Sanson ?

— C'est que je dois battre ma coulpe avec d'autant plus de force que je n'avais pas relevé à l'origine ce que je viens de constater. Il est vrai que, dans l'état de la science et de la raison qui illuminent ce siècle, la recherche des traces des poisons est la plus malaisée.

— Qu'est-ce à dire ? Éclairez notre lanterne.

— C'est qu'il n'y a pas de poison dans cette affaire.

— Comment cela, pas de poison ?

— Je le répète. Mais cela ne signifie pas que M. de Maradon n'a pas été empoisonné.

Nicolas eut une sorte d'étourdissement d'étonnement.

— Sanson, mon ami, je vous ai connu plus clair dans vos conclusions. Que cherchez-vous à nous dire ? Pas de poison, mais empoisonné ? De grâce, expliquez-vous.

— Nous avons cru, enfin, j'ai pensé, au vu du premier examen, que la victime avait péri d'un poison inconnu. Or, comme j'ai approfondi, si j'ose dire, l'ouverture et les recherches, qu'est-il apparu ? Que dans un délai de douze à quarante-huit heures avant sa mort, M. de Maradon avait consommé des aliments qui l'ont tué.

— Quelles sortes d'aliments ?

— Des champignons, certains comestibles et d'autres qui ne le sont pas.

— Et le coup de feu ?

— Je crains qu'il n'ait été tué deux fois, et probablement pas par la même main. On a peut-être tiré sur un cadavre encore chaud.

— Et ces champignons, quels sont-ils ?

— Des amanites. De ceux vénéneux que vous avez dû connaître, vous qui avez été élevé à la campagne.

— Certes. Les gamins qui gambadaient avec moi sur la lande les écartaient avec horreur de nos cueillettes. Nous nous régalions des autres sur de petits feux de bois.

Pensif, Nicolas s'arrêta. Il revoyait soudain ces moments lointains, paisibles et sans contraintes. Et Joséphine, sa nourrice, considérant un par un, avec une suspicion sourcilleuse, les plus beaux spécimens rapportés au logis. Il savait ainsi procurer un innocent plaisir au chanoine Le Floch, homme sobre par excellence, qui raffolait de ce mets.

— Donc, désormais, la question se pose de savoir où et de quelle manière Maradon a mangé ces champignons. Les avait-il cuisinés ? Les lui avait-on offerts, ou bien les a-t-il consommés à l'extérieur ?

— Souviens-toi, dit Bourdeau, que nous n'avons rien trouvé dans l'office. Aucune victuaille, aucun reste, aucune vaisselle sale.

— Il est vrai, mais ce n'est pas déterminant. L'assassin a pu nettoyer les lieux.

— Cela tendrait à prouver que l'empoisonnement a eu lieu le 7 ou le 8 septembre, soit au dîner soit au souper, et nous allons devoir dissocier sans doute le cas d'un empoisonnement accidentel ou criminel et la mort par un coup de pistolet. Cela ne simplifie pas notre tâche et peut rédimer à néant nos actuelles hypothèses.

— Je crains, dit Bourdeau, que tu n'aies raison sur la nature différente des deux circonstances.

— Surtout, reprit Sanson, que l'on ne peut rien induire réellement du peu de sang répandu. Le coup de pistolet ayant pu être tiré très peu de temps après la mort de Maradon.

— Reste, dit Nicolas, que tout cela ne met hors de cause aucun des suspects de cette affaire. Il me semble d'ailleurs que ce n'est pas dans les alibis que nous trouverons la clé du problème, mais bien dans les motifs et circonstances qui auraient pu armer le bras de chacun d'eux. J'ose pourtant avancer que le coup de pistolet, compte tenu de ce que nous savons des activités de Maradon, pourrait être l'œuvre de l'Asiatique à natte repéré rue des Fossoyeurs. Exécution d'un affidé reconnu comme un traître ou espion de Sartine infiltré, démasqué, les deux motifs se peuvent confondre dans la décision de la secte en question de se débarrasser du jeune homme.

— J'en ai la goutte-crampe, dit Bourdeau, se frappant du poing l'intérieur de la main. C'est tout un échafaudage effondré qu'il va falloir reconstruire sur des bases nouvelles. Car sur nos hypothèses actuelles, il y a bien du charbon de rabais.

— Voilà qui est bien dit, répondit Nicolas. La galère est décidément hors de cadence, et il convient de la remettre sur son erre.

— Une idée m'est venue en écoutant Rozières… Bourdeau hésitait à poursuivre.

— Je t'écoute.

— Et si notre directeur des transports à la marine nous menait en bateau…

— La formule est plaisante et où te conduit-elle ?

— Peut-être ment-il pour protéger Olympe de Gouges ? Imagine qu'il soit innocent, il ne risque rien à tout faire pour que nous pensions qu'il ne l'est pas ! Le risque serait mineur et le résultat pourrait s'avérer fructueux.

— Sauf à ce que nous le prenions au mot. Allons, il ne faut pas que la folle du logis prenne les rênes en main, malheur à l'esprit qu'elle gouvernerait. Nous ne pouvons douter de tout. Attachons-nous aux faits.

— La difficulté désormais avec les éléments à notre disposition réside dans la constatation que le théâtre s'élargit et que les alibis sont difficiles à vérifier. Si tu ajoutes à cela la nature même d'un empoisonnement et que Sanson ne peut déterminer exactement le moment où les champignons mortels ont été consommés…

Sanson approuvait.

— Un délai de douze à quarante-huit heures nous laisse ouvertes beaucoup de possibilités. Dans cette perspective, il n'y a pas trente-six choix. Soit il a…

Soudain, Bourdeau se frappa la tête.

— Je crains que nous fassions fausse route. Il faut sur-le-champ mettre la chronologie à plat. Douze à quarante-huit heures, annonce Sanson. Or les premières constatations médicales tendent à prouver que Maradon était mort vers trois heures de relevée la veille du 10 septembre, soit le 9, et donc il pourrait avoir été empoisonné le 7 ou le 8 septembre, soit au dîner, soit au souper car on ne consomme pas de champignons au petit déjeuner. Un délai aussi large complique sérieusement l'investigation.

— Il semble en effet, dit Nicolas après un temps de réflexion, avoir bâti nos hypothèses sur deux actes meurtriers qui se seraient produits le même jour. Or du fait de l'empoisonnement accidentel, on ne peut en écarter la supposition, le meurtrier ne peut être intervenu que le 7 ou le 8 septembre. Jusqu'à présent nous pensions que le meurtre avait eu lieu le 9 septembre et mis au jour le 10… Au fait, qui a découvert la mort de Maradon ? Il ne me souvient pas que la chose ait été précisée. Le sais-tu ?

— Dans l'affolement de ton arrestation, je crains que ce point-là n'ait pas été abordé. Il faudrait peut-être consulter le procès-verbal que le commissaire du quartier, ton ami Guyot, a dû forcément dresser.

— Suis-je assez sot, s'exclama Nicolas, cela me revient, c'est Sartine qui a découvert le cadavre et a, discrètement, prévenu le guet, ne voulant pas être compromis dans l'affaire. C'est sans doute pour cela que la question n'a pas été même effleurée, ni par le lieutenant criminel, ni par mon confrère Guyot. Dans l'angoisse de mon embastillement j'avais effacé ce détail de ma mémoire.

— Il ne nous reste plus qu'à élargir nos investigations, et cela à l'égard de tous les suspects.

Nicolas soupira. Dieu savait qu'il avait affronté au cours de sa longue carrière d'invraisemblables intrigues, mais pour le coup il se sentait harassé devant tant de retournements dont il ne devinait pas le dénouement. Depuis son séjour à Ranreuil se succédaient coups fourrés, arrestation et détention à la Bastille, menaces de torture et une poignée de témoins plus susceptibles les uns que les autres d'être également des suspects. Il semblait que rien ne pût être ajusté de bonne manière et qu'on s'égarait dans un brouillard de plus en plus épais.

La lassitude le poursuivait, insidieuse. Depuis qu'il avait goûté aux joies d'une famille rassemblée à Ranreuil, situation qu'il n'avait jamais vécue auparavant, la très ancienne tentation de la retraite revenait l'obséder. Pêcher, chasser et galoper sur les landes bretonnes, prendre sa part aux maux de ses paysans en essayant de les soulager et voir le soir le soleil s'effondrer au-delà des marais au moment où les chats-huants quittent d'un vol lourd et silencieux les tours de Ranreuil, c'était là l'espèce de quiétude à laquelle il aspirait. Était-ce l'âge qui manifestait ainsi ses premières atteintes dans la séduction de ce qui pouvait encore être ? Pourtant il reconnaissait que tout cela n'était qu'illusion. Le devoir et la fidélité le maintenaient cramponné au service qu'il remplissait depuis tant d'années. La pensée d'Aimée d'Arranet s'imposa soudain qui n'aurait pas voulu cette existence agreste, attachée qu'elle était à la vie de cour et fidèle à Madame Élisabeth. Il soupira, il devait continuer à charger une existence avec ses peines et ses joies dans la loyauté du sang double qui coulait dans ses veines.

Nicolas s'enquit de ce qu'il advenait de la filature du serviteur de l'évêque d'Adran. Il semblait qu'il visitait Paris, allait de monuments en églises, entrait dans les boutiques, rêvassait dans le jardin des Tuileries, rien en évidence que de très innocent pour un étranger. Eût-il voulu échapper que son aspect et son accoutrement inhabituels l'en auraient dissuadé, suivi qu'il était d'une foule de curieux.

Il décida de se rendre rue du Bac. Il y trouva Adran jouant au volant avec son pupille. Il semblait curieusement serein.

— *Quid novi*, mon cher Nicolas ? J'ai plaisir à vous voir. Avez-vous des nouvelles heureuses à me communiquer ?

— Hélas, non ! Je viens de la rue des Fossoyeurs.

— Le meurtre de votre chevaucheur.

— Oui, cette affaire se complique à l'excès, avec de surcroît la présence d'un Oriental sur place, repéré par un témoin.

Adran redevint sérieux et renvoya le prince à ses jeux.

— Ainsi je comprends que les deux affaires se rejoignent dans la personne de ce Cholet ou Maradon.

— Tout s'obscurcit et je ne parviens pas à relier tous les fils ensemble.

— Quant à moi, je continue à négocier alors que je ne dispose plus de l'élément essentiel de mon accréditation. Je fais traîner les choses, ergotant sur chaque point pour gagner du temps. Devrais-je signer le traité aujourd'hui que je ne disposerais pas de sceau pour le faire en toute légitimité.

Il sourit, soulevant d'une main sa croix pectorale.

— Mais j'ai confiance en la Sainte Providence. Vous le retrouverez, Nicolas. Vous, avec l'expérience d'une conduite en toute conjoncture, pour difficile qu'elle soit. Je vous remercie des mesures que vous avez prises, les Missions étrangères sont devenues une vraie forteresse.

Nicolas revint à pied au Grand Châtelet. Comme toujours la marche lui offrait le calme et la respiration de sa réflexion ou plutôt une sorte d'oubli méditatif sans but bien déterminé. La musique l'engageait dans le même état second. Il se laissait porter par la mélodie jusqu'au moment où il ne faisait plus qu'un avec elle, le corps et l'esprit captivés. Les bruits de la rue, le passage incessant des voitures, le défilé vertigineux des visages inconnus lui procuraient un engourdissement semblable, scandé par le rythme de ses pas. Il levait parfois la tête pour observer le ciel entre les hautes murailles des maisons. Gagné le Pont-au-Change désormais complètement libéré de ses maisons, le panorama s'élargissait, découvrant un ciel de septembre dont le bleu était moucheté de petits nuages roses. Tout autour les monuments surgissaient, baignés d'une lumière dorée et fauve pareille à celle des pampres mûrs. Un vent de traverse assez fort faisait pencher les esquifs qui, innombrables, encombraient le fleuve déjà gros de l'automne approchant.

Au bureau de permanence le calme régnait. Bourdeau avait laissé un mot : il était parti s'apprêter pour le souper du soir chez Semacgus. Nicolas plaignit la pauvre Awa, obligée de se jeter à son office pour restaurer au débotté une demi-douzaine de convives. Nul doute que les ressources de Ranreuil avaient été mises à contribution. Les heures s'étaient écoulées sans qu'il y prît garde, aussi gagna-t-il la rue Montmartre pour se changer et accompagner Noblecourt à Vaugirard.

Sur place, Catherine et Marion lui annoncèrent que Semacgus était déjà passé prendre le maître de maison. Toutes deux s'inquiétaient de cette sortie inopinée dont elles appréhendaient les suites sur la santé fragile de leur maître. Il les rassura, leur apprenant que celui-ci serait sous la surveillance du docteur qui veillerait à ce qu'aucun excès ne la vienne compromettre. Des hennissements répétés l'avertirent que Sémillante réclamait sa présence. Il la rejoignit dans l'écurie. Elle manifesta sa joie de retrouver son maître en lui soufflant joyeusement sur l'épaule tandis qu'il lui caressait le chanfrein. Quant à Pluton, il frottait son mufle contre ses jambes en gémissant de bonheur.

À la Croix-Nivert et à l'approche de la maison de Semacgus, l'œil exercé de Nicolas repéra un certain nombre de visages connus mobilisés par Bourdeau et Tirepot pour surveiller les abords. Tout cela était plus que rassurant, le guet formait une barrière redoutable et trompeuse autour de l'hôtel de Mezay, rue Neuve-

Sainte-Catherine, et attirerait l'attention de ceux qui voudraient s'en prendre à son petit-fils. Si par extraordinaire la demeure du chirurgien de marine avait été repérée comme abritant la famille de Louis, la bande de Tirepot saurait la défendre avec énergie, celle forgée par une vieille complicité avec le commissaire.

Les retrouvailles furent émouvantes. Nicolas serra dans ses bras son fils et sa belle-fille, embrassa Awa et alla, songeur, considérer son petit-fils qui dormait dans un simple berceau d'osier. Que deviendrait cet enfant ? Quelles joies et quelles peines lui réserverait un avenir incertain dont les assises immuables étaient sur le point de subir de graves ébranlements ?

Oui, que promettait l'avenir à ce dernier rejeton de deux races antiques ? Il en éprouvait une joie mêlée de crainte. Il revint dans cette pièce extraordinaire où le chirurgien de marine avait rassemblé les souvenirs de ses escales dans les pays lointains. Il y retrouva Noblecourt, ravi de cette escapade, qui parlait avec animation à l'inspecteur Bourdeau. Il s'approcha de sa belle-fille, l'image même du bonheur, que Louis considérait avec adoration. Il ressentit encore une fois le regret que les hasards de sa vie l'eussent fait passer à côté d'un bonheur aussi simple.

— Comment se porte votre père ?

— Il nous a abandonnés en chemin, impatient d'aller surveiller les vendanges dans nos terres de Touraine. Il s'est beaucoup plu à Ranreuil, lui qui n'avait jamais vu l'océan. Et je pense aussi…

Elle eut un petit rire moqueur.

— … que les controverses amicales avec notre hôte ont heureusement écarté ses ressassements routiniers. Il en a bénéficié…

— Par un régime de jouvence, dit Semacgus qui apparut revêtu d'un grand tablier blanc.

— Oh ! dit Nicolas. Voici le maître queux dans la tenue de sa profession ou d'une autre confrérie…

Cette boutade ne fut pas relevée qui fut seulement comprise par l'hôte et Noblecourt. Awa revenait avec de petits verres emplis du traditionnel rhum à la vanille, dont seul le vieux magistrat à son grand désespoir fut privé. La conversation devint bientôt générale. Louis prit son père à part.

— J'ai une commission pour vous. Le duc de Penthièvre, qui à ce qu'il paraît semble vous tenir en grande estime, m'a donné ce petit paquet à votre intention, ajoutant que vous comprendriez que la nature de cet objet doit demeurer un secret entre lui et vous. Il m'a fait jurer de ne pas tenter d'en savoir plus long. Il pensait vous trouver à Ranreuil, selon ce qui lui avait été dit.

Il tendit à son père un petit paquet lié d'une faveur aux couleurs passées. Nicolas s'éloigna et s'isola dans l'embrasure d'une croisée, le cœur battant. Il défit le nœud et déplia avec délicatesse le papier de soie qui enveloppait un petit étui de cuir blanc qu'il ouvrit avec précaution. Là reposait sur un lit de satin blanc une simple bonbonnière d'écaille blonde, incrustée en plein d'un portrait en miniature sous cristal, peint en couleurs sur émail, d'une jeune fille en buste, tournée de trois quarts, jouant d'une guitare. Les larmes troublaient sa vision et brouillaient les détails du portrait : la robe de satin bleu avec col et manchettes de dentelle blanche, la chevelure brune légèrement poudrée retenue à l'arrière par un ruban. Il ne douta pas un instant que ce portrait représentât sa mère, la fille naturelle du comte de Toulouse et la demi-sœur du duc de Penthièvre. Son cœur s'emplit de reconnaissance envers celui qui avait eu la délicatesse extrême d'un pareil présent. Ainsi possédait-il désormais une trace de cette mère lointaine et un visage vers lequel se porterait sa dévotion. Louis, qui observait son père, le vit placer sur son cœur l'objet précieux, rejoignant un autre objet qui lui avait sauvé la vie. Il s'approcha, inquiet du changement de visage qu'il avait cru discerner.

— Mon père, vous portez-vous bien ?

— Rassurez-vous, Louis, c'est seulement la courtoisie du duc de Penthièvre qui m'a ému. Rejoignons nos amis, voulez-vous.

Louis n'insista pas et plaça son bras sous celui de Nicolas qu'il sentit trembler. Les hommes suivirent pour prendre place autour d'une table dressée à l'angle de la grande pièce tout à la fois salon, bureau et cabinet de curiosités.

— J'ai choisi une table ronde, dit Semacgus, comme pour les paladins d'autrefois. Cette disposition rend le divertissement plus agréable, surtout quand les convives sont d'un nombre impair. Hélas il nous manque Mlle d'Arranet que je n'ai pu avertir. Donc ici ce soir, point d'étiquette, mais les simples joies de l'amitié.

— Qu'il se taise ou qu'il retourne à son potager ! s'écria Noblecourt. Nous attendons qu'il annonce dans un détail gourmand les actes de la pièce qui se jouera ce soir !

— Voilà de quoi vous serez régalés, à l'exception bien sûr de notre jeune magistrat qui devra se contenter d'une courge bouillie.

Noblecourt prit un air scandalisé.

— Lors que suis-je venu donc faire dans cette galère ? Je pouvais réjouir mon souper d'une tasse de sauge suave accompagnée d'une fade mais roborative compote de pommes. Et j'ai abandonné toutes ces délices pour subir ici les avanies et sarcasmes d'un médicastre qui trouve plaisir à me tourmenter.

Le rire fut général à cette sortie habituelle, qui surprit Julie de Mezay, peu accoutumée aux rites des agapes de la compagnie.

— Allons, dit Bourdeau, prêtons attention à ce que le docteur nous a concocté. Il doit, selon la coutume, nous annoncer les beautés de la pièce.

Semacgus prit un air faraud.

— Vous pourriez vous inquiéter de me voir si rapidement fournir aux plaisirs de cette aimable société. Tout sera, je vous l'assure, de la première fraîcheur, sauf une vieille courge.

— Ah ! le manant, le traître, le filou ! s'écria Noblecourt, s'étranglant de rire. J'en appelle à la cour.

— Voilà que son naturel revient au galop. Il veut m'attaquer et revêt à l'occasion sa tenue de chat fourré !

— Le mot pour votre crime est coup fourré, dit Noblecourt que cette polémique réjouissait.

— Pitié pour M. de Noblecourt, supplia Julie de Mezay, les mains jointes.

— Rassurez-vous, reprit Semacgus, je lui octroierai une cuillerée de sauce.

— Le menu, le menu ! scandèrent les Ranreuil père et fils.

— Soit, je consens à vous éclairer sur la manœuvre.

— Ne dirait-on pas un général à la veille de la bataille ? relança Noblecourt.

— Que le procureur se taise ou je le mets hors de cour ! Grâce à l'entregent de Mgr le duc de Penthièvre, nous sommes revenus de Ranreuil en un éclair avec nos provisions et tout d'abord des huîtres précieusement rapportées de l'océan dans une bourriche tapissée de goémon. Je sais que l'ami Nicolas les aime crues, sans autre apprêt que leur robe couleur de jade, mais ce soir il devra accepter de les déguster farcies et tournées en beignets.

— Ce fut une surprise à mon arrivée à Paris de voir Catherine, alors cuisinière chez le commissaire Lardin, m'en régaler, traitées en potage. Hélas ! Paris m'a procuré depuis ce temps d'autres découvertes moins agréables…

— Vous semblez bien nostalgique, mon père, dit Julie.

— C'est que, ma fille, du passé ne surnagent que les moments heureux et que notre présent est lourd de menace. Suis-je assez sot de parler ainsi alors que vous venez de me donner la plus grande joie de ma vie. Au vrai il y en a deux : avec la naissance de Nicolas, celle que me procura naguère d'avoir un fils.

— Donc, dit Semacgus, impatient, je poursuis. J'ai ouvert ces petites bêtes en leur donnant le temps de lâcher leur eau, puis je les ai blanchies dans cette même eau, veillant surtout qu'un bouillon intempestif ne vienne par trop resserrer les chairs. J'ai alors préparé une farce douce qui ne puisse dominer le goût délicat de l'huître.

— À base de courge sans doute. Il nous prend pour des conins de trois semaines !

— Paix ! Que non pas ! Mais les blancs de la chair délicate d'une poularde, épicée, maniée de beurre et de jaunes d'œufs.

— De mon poulailler de Ranreuil, voleur de poules ?

— Assurément Monsieur le marquis. J'ai, après avoir pilé tous ces ingrédients au mortier, enveloppé mes huîtres dans ce mélange, constituant ainsi des boulettes. Il s'agissait de les tremper dans de la pâte légère à beignets, puis les passer au beurre fin pour enfin les servir sur une serviette avec du persil. Et d'ailleurs, voici Awa qui a veillé à la confection de la recette et qui nous en apporte le fumant résultat.

Awa, le chef recouvert d'un somptueux madras noué émeraude et or, posa sur la table un long plat d'argent où sur une serviette blanche se pressaient les petits beignets annoncés et une saucière de crème persillée. Semacgus ouvrit un flacon de vin blanc sorti d'un rafraîchissoir empli d'eau glacée.

— Voilà, dit Nicolas considérant la chose, l'avantage de posséder au fond de son jardin une glacière qui permet d'attendre l'hiver pour l'emplir à nouveau de neige tassée.

— C'est un cru que nous devons à M. le comte de Mezay.

— J'écrirai à mon père, dit Julie, de quel usage privilégié son présent a fait l'objet.

Elle secoua la tête en riant et ses boucles voletèrent, légères autour de l'ovale parfait de son visage.

— Je vous en préviens, Messieurs, mon père est très fier de sa production et ne supporte à son sujet la moindre critique. Je lui rapporterai exactement les jugements qu'il vous plaira de prononcer.

— C'est à moi d'en juger, dit Noblecourt tendant son verre. Je suis ici le plus ancien, et magistrat de surcroît !

— Breuvage tout à fait contraire, dit Semacgus, mi-sévère, à un patient souffrant de la goutte. D'ailleurs ce nectar ne s'accorde pas avec la courge. Il en emporterait le goût, ce serait le mariage de la carpe et du conin. Enfin, je consens à vous en verser une goutte pour l'ajustement de vos attendus.

Le repas débuta dans un silence recueilli. Après un semblant de refus, Semacgus servit petitement Noblecourt qui renonça à tout mouvement de révolte.

— Chère Julie, dit-il, vous ferez mon compliment à Monsieur votre père. Ce vin délicat s'approche pour l'agrément qu'il procure à celui de mon Jasnières préféré.

— Il se marie, commenta Bourdeau, à merveille avec ces beignets d'huîtres fourrées. Chaque saveur s'ajoute aux autres, l'exquis de ce croustillant, la finesse de cette farce où la poularde apporte son délicat que relève enfin la fraîche sapidité de l'huître encore moelleuse. Mais quel est ce goût délicieux dans cette sauce qui baigne si bien ces cromesquis ?

— On reconnaît, dit Semacgus, l'homme qui tient du côté de Chinon quelques arpents de vigne d'où il tire un vin excellent. Quant à la sauce, ce qui vous intrigue, c'est qu'elle a été parfumée de vin blanc réduit, celui-là même que vous appréciez.

— Je comprends mieux, déclara Julie, Monsieur Bourdeau, votre attention bien comprise pour la bonne chère. Vous ressemblez en cela à mon père qui a coutume de dire qu'un amateur de bon vin ne peut que lier la chose avec un haut goût pour la cuisine.

Nicolas s'amusait sous cape de voir son adjoint placé au même niveau que le comte de Mezay. Il se reprocha aussitôt cette pensée qui ne recoupait nullement son sentiment profond et participait d'une ironie qui ne l'abandonnait jamais. Nul doute que Bourdeau appréciât cette égalité de fait reconnue.

— Vous me faites beaucoup d'honneur, Madame, de me comparer à Monsieur votre père, ce valeureux soldat.

— Je sais vos mérites, et elle accompagna ce propos d'un sourire charmant. Louis, mon époux, vous adore et m'a souvent relaté toutes les fois où vous avez sauvé la vie du marquis, mon cher beau-père.

Bourdeau rougit sous un compliment de nature à le toucher au plus profond.

— Quelle surprise gourmande, demanda Nicolas, nous réservez-vous maintenant, qui change de notre ordinaire et nous transporte ? La gageure est malaisée après ce coup de maître.

Semacgus se rengorgea.

— Un plat de ma façon dont l'inspiration est toute bretonne. Imaginez de belles langoustes conservées dans un tonnelet d'eau de mer et parvenues à Vaugirard toutes gaillardes et claquant vigoureusement de la queue. Je les ai fait rougir dans un bouillon d'herbes épicé. Oh ! Peu de temps, car un trop suffit à rendre leur chair délicate trop ferme et peu propice à poursuivre leur traitement. J'ôte les corps de leur carcasse et les tronçonne. Quant aux têtes, j'en pilonne l'intérieur au mortier, puis je passe cette bouillie affinée à l'étamine que je mouille, mon cher Nicolas, du cidre de vos fermes. La suite m'a été suggérée par mon jardin qui m'a offert de beaux cèpes. Je les ai fait sauter avec du persil et des échalotes et, coup de génie, de petits morceaux d'andouille. Sur ce lit douillet je couche mes tronçons de langoustes inondés de leur sauce.

— Je crois, intervint Noblecourt plein d'espoir, que ce plat est délicieux et léger, tout à fait indiqué dans mon état.

— Ma foi, répondit Semacgus. Certes vous avez un très bon estomac, mais c'est une chair d'une difficile digestion. Quant aux cèpes, ils constituent un aliment échauffant mais sans excès. Aussi bien, mon cher procureur, vous avez droit à une lamelle de langouste, à une once de cèpes et à une ombre de sauce. Ne suis-je pas assez généreux. Demain il vous faudra allonger votre promenade et faire une petite diète.

— Le bellâtre, il me veut assassiner et réduire à quia !

— Et comment, Guillaume, nommez-vous vos plats, dit Julie, dont on pressent qu'ils vous sont personnels. Ainsi il y a le potage à la reine, des sauces à la Villeroy ou à la Béchameil.

— Si vous me l'autorisez, Madame, le premier plat s'appellera *Cromesquis d'huîtres à la Julie* et le second *Langoustes à la Ranreuil*.

— Vous voilà immortels, dit Noblecourt. En France il n'y a que trois recettes pour l'être, l'Académie française, la gloire militaire et l'invention d'un plat.

Chacun se consacra à la dégustation.

— Je vous remercie, Guillaume, dit Nicolas, d'avoir ainsi rendu hommage à ma province d'aussi belle manière.

Il se mit à rire.

— Êtes-vous sûr au moins de vos champignons ?

— Le cèpe est de toutes les espèces celui qui est le plus reconnaissable. Son apparence et son parfum ne s'apparentent à aucun autre. Il n'est pas comme la dangereuse amanite qui peut se confondre aisément avec la russule, commune dans nos champs.

— Dans mon jeune âge, ajouta Noblecourt, on parlait encore de l'affaire des poisons, de la Brinvilliers et de la dame Voisin. Il est vrai que le champignon ne paraissait avoir été d'usage dans les préparations.

— L'arsenic était, semble-t-il, le plus souvent utilisé, dit Semacgus.

— Ce fut une affaire qui défraya la chronique au temps du grand roi. Sa maîtresse, la marquise de Montespan, fut même soupçonnée d'avoir participé à des messes noires afin de conserver son affection.

Nicolas frémissait au fond de lui. C'était de ses aïeux que l'on parlait, leur sang coulait dans ses veines. Deux vers lui revinrent en mémoire :

Le roi jusqu'à ce jour ignore qui je suis
Et ce secret toujours tient ma langue enchaînée.

— Messieurs, Messieurs, dit Julie, voilà des propos trop noirs pour un aussi brillant souper. Faites-moi la grâce de changer de conversation.

— Pardon, belle dame, s'excusa Noblecourt, je suis un vieux sot qui radote plus souvent qu'à son compte.

— Rendons merci à Guillaume, dit Bourdeau, de la délicieuse manière avec laquelle il a traité ce crustacé. L'andouille se marie à merveille en tout équilibre avec la douceur parfumée du champignon et le moelleux de la langouste.

— Décidément, remarqua Julie, M. Bourdeau est un amateur avisé et un gourmet. Les Français sont un peuple étonnant qui parle de cuisine en mangeant. C'est preuve de leur bonne et heureuse nature.

— Ceux, murmura Nicolas, qui ont de quoi manger.

— Pour évoquer les rumeurs de la cour et de la ville, Madame, reprit Bourdeau, on rapporte que la reine aurait eu une conversation très vive avec sa belle-sœur, l'épouse de Monsieur. Zélée, dit-on, pour les affaires publiques, celle-ci l'aurait exhortée à faire plus de cas de ses sujets et à mériter les cris de « *Vive la reine* » qu'on lui prodiguait jadis. Trouvant celle-ci encore ulcérée depuis l'affaire du collier et le jugement du Parlement et persistant dans le dégoût que la nation lui inspire, Madame se serait émue et écriée : « Autrement, vous ne serez que la reine de France, mais nullement celle des Français. »

— Voilà bien, dit Louis, de ces anecdotes frelatées qui émanent tout droit des officines du Palais-Royal.

Un silence suivit cet échange.

— Et d'ailleurs, dit Noblecourt, il y a eu fin août un concert aux Tuileries en l'honneur de la fête du roi. On craignait des troubles et le jardin fut garni de troupes. La cour en souhaitait la suppression. Tout s'est bien déroulé et la cohue a même été moindre que d'habitude.

— Il est vrai que le roi demeure populaire et que le peuple s'attache à espérer qu'il prendra le moyen des réformes.

— Le duc de Penthièvre a paru fort inquiet, dit Semacgus, de l'effervescence du peuple qu'il a pu relever lors de sa campagne et du vœu unanime de la nation, auxquels seuls les États généraux pourraient répondre.

— Mon père, dit Julie, a été sur ce point formel avec vous, mon cher Guillaume. Il en tient pour un état de choses immobile qu'il juge satisfaisant. Il est bienveillant avec ses gens, pitoyable avec ses fermiers et secourable aux pauvres de Mezay en toutes occasions.

— Je ne mets pas en cause, répondit Semacgus, ces éminentes qualités, mais il faut que la société bouge, sans secousses excessives. C'est l'intérêt de tous. Ainsi aux États-Unis les *insurgents* avec notre aide…

— Et notre argent qui a créé le déficit, dit Louis avec une ardeur qui surprit son père. Leurs ploutocrates remplacent l'ordre ancien par un ordre nouveau où l'argent et la richesse demeurent les étalons de la société. Si nous nous inspirons de ce modèle, c'est tout l'échafaudage de mille ans qui viendrait à s'effondrer.

— Allons, protesta Nicolas, que ce débat importunait, nous éviterons de reprendre à table les contestations qui égayèrent nos soirées à Ranreuil tout en agitant nos humeurs. Elles sont contraires à une bonne digestion.

— Cela procura, signala Julie, le plus grand bien à mon père qui, dans sa solitude de Mezay, avait oublié qu'on lui pût tenir tête. Il s'en est trouvé rajeuni, je le répète, et j'en suis reconnaissante au docteur Semacgus qui a su en toute courtoisie argumenter avec lui.

— Le duc d'Orléans a de nouveau scandalisé le public. Après sa chasse au daim en plein Paris, il a traité avec le fameux écuyer Astley, un Anglais, afin de l'autoriser à faire ses exercices dans l'enceinte du Palais-Royal. Le ministre de Paris lui a défendu d'exécuter ce projet consenti par le duc sous peine d'être renvoyé en Angleterre avec ses chevaux. Quant au duc d'Orléans, il lui a été notifié que tout spectacle dans ses jardins serait désormais soumis à l'inspection de la police.

— Voilà quelqu'un, dit Noblecourt, qui en appelle sans cesse à la voie démocratique et qui agit en toute occasion comme un satrape oriental.

— Vous ne sauriez dire mieux. Il court dans Paris un libelle adressé à Philippe Effendi, vice-amiral de Sam-Ouessant.

— Que veut dire cette titulature ?

— C'est qu'elle fait allusion, Madame, aux bruits injurieux qui couraient sur le compte de ce prince au sujet de son courage au combat d'Ouessant.

— Et Effendi ?

— C'est un titre de la Sublime Porte avec aga, cadi, chiaoux, tous connus à Constantinople à ce qu'il paraît pour leurs folies.

— Vous participâtes, dit-on, à ce combat, mon père ?

— Certes, et j'ai toujours répété, nonobstant l'hostilité qu'il m'a en permanence marquée, que le duc, s'il y fit montre d'inexpérience, ne manifesta nulle lâcheté. Le sang de France ne saurait mentir. Alors, ce libelle ?

— Je cite :

Vous allez faire une écurie
D'un beau palais impérial
Quoi ! Monseigneur, les tabagies
Les tripots, les académies,
De vos arcades seuls soutiens,
Vomiront roués, libertins,
Abbés, escroqueurs et catins.

— Hélas, dit Louis, cet homme, le cousin du roi, qui devrait être un pilier du trône, se conduit en toutes circonstances comme son ennemi le plus déterminé. Que ne le jette-t-on dans une prison d'État, Vincennes ou la Bastille !

Nicolas était surpris des propos de Louis. Son fils ne l'avait pas habitué à tenir de tels propos. Était-ce les entours de la reine qu'il fréquentait en tant que garde du corps ou l'influence de son beau-père, mais il semblait qu'il adoptât les jugements les plus radicaux. Il s'étonnait avec nostalgie que ce souper, qui aurait dû mêler légèreté et joie des retrouvailles, ne parvînt pas à se dégager des inquiétudes du moment. M. de La Borde manquait-il à la société pour l'animer de son esprit et de sa gaieté ?

— Et à part cela ? demanda Julie.

— Le résultat d'une inspection de M. le bailli de Suffren faite à Cherbourg. Le compte qu'il en a rendu montre combien le roi est volé dans cette opération. Il s'avère qu'on paye quarante-sept livres la toise cube de pierres dont on remplit les cônes alors qu'en dernière analyse et après examen de deux ou trois sous-baux, elle ne coûterait que dix-sept livres. Il y aurait dans cette affaire des directeurs de la marine compromis, car la différence n'a pas été perdue pour tout le monde !

— Voilà, dit Nicolas, un élément intéressant car du bois on passe aisément à la pierre et de ces deux matières aux moyens de les transporter.

— Mon père, vous parlez par énigme, remarqua Julie, alors que Bourdeau se frappait la tête comme si une idée lui traversait l'esprit.

— Ces cônes s'apparentent, remarqua Noblecourt, à des poivrières ! Ces directeurs ont les mains gluantes. Comme le disait le poète Lucilius, *Omnia viscatis manibus leges omnia finnet.*

— Pitié, Monsieur, pour une pauvre ignorante.

— Veuillez me pardonner ce pédantisme. En gros, le juge qui prend est de tout temps !

Ainsi, songeait Nicolas, du bas en haut de la société, à tous ses étages, dans toutes les conditions, la corruption gagnant peu à peu gangrenait le vieux corps vermoulu de la monarchie. Que pouvait le roi face à une situation où les avantages, les privilèges et la lutte incessante pour les places et les fonctions aggravait le malaise général ? À cela s'ajoutait la grande misère d'un peuple dont l'impatience était encore attisée par ceux-là mêmes qui auraient dû tout faire pour la calmer. Il augurait mal l'avenir car nulle autorité, même celle du roi, ne paraissait en mesure d'écarter les sombres menées qui menaçaient. M. de Calonne avait échoué devant la coalition des intérêts. Il semblait que Loménie de Brienne, son successeur, fût sur la voie de le suivre dans l'impuissance, car aucune de ses opérations ne réussissait. Tous les corps de l'État s'écartaient de leur destination première. Chacun rompait les liens, et la vieille machine dévalait une pente où, sans frein ni recours, elle était entraînée vers le précipice. Ce mouvement fatal, il le pressentait, revêtait désormais un caractère inéluctable.

XIV

LE MORS AUX DENTS

« Quelles secousses ! Quel assaut ! »
Fougeret de Montbron

Le repas s'achevait par un far parfumé au rhum, dessert connu en Bretagne mais qui fit impression sur ces Parisiens. Awa en avait acquis la recette grâce à Mme Guyart, la femme de l'intendant du château qui était venue lui prêter main-forte à l'occasion du séjour du maître des lieux.

La conversation avait de nouveau rebondi au sujet de la nature des réformes que des États généraux auraient à traiter. Bourdeau rappelait, à l'instar de Rousseau, que l'organisation sociale devait favoriser la protection de tous sans entraver en rien la liberté de chacun. Semacgus, qui en tenait pour Montesquieu, pesait les qualités et défauts des trois régimes, despotique, monarchique et républicain, et concluait que ce dernier exigerait avant toute chose, outre l'égalité, la vertu. Au grand désespoir de Nicolas, Louis prenait follement la mouche, s'attachant au seul principe d'aveugle fidélité au roi pour défendre l'immuabilité d'un système dont pourtant, forcé dans ses retranchements, il devait reconnaître à contrecœur les défauts et les faiblesses. Oubliait-il, songeait Nicolas, la maison galante où il avait été élevé et ce à quoi il avait échappé ? La conversation commençait à languir quand le marteau de la porte fut violemment secoué. Semacgus se précipita pour ouvrir. Rabouine, essoufflé, apparut, proférant mille excuses de devoir déranger la compagnie. Il souhaitait parler à Nicolas ou à Bourdeau. Avertis, ceux-ci se levèrent de table, priant Julie de les pardonner.

— Quel mauvais vent t'amène ? demanda le commissaire.

— C'est que, Nicolas, comme tu l'avais craint, l'hôtel de Mezay a été attaqué de vive force et on a tenté d'y pénétrer. Les assaillants sont tombés dans notre piège. L'affaire a été chaude avec force échanges de mousqueteries. Un vrai Fontenoy. À raison de leur chanter la gamme, la troupe a été décimée ou plutôt anéantie. La plupart n'ont pas eu le temps de dire leur chapelet. Bilan de tout cela : un mort chez nos gens, chez les assaillants trois tués et un blessé porté à l'Hôtel-Dieu sous bonne garde.

— As-tu une voiture ?

— Oui, elle t'attend.

— La mienne ramènera Noblecourt. Nous nous portons immédiatement à Paris. Il faut interroger ce blessé sans désemparer.

Bourdeau sortit pour donner des ordres. Il était essentiel que la protection de la demeure de Semacgus fût maintenue, voire renforcée. Pendant ce temps, Nicolas avertissait la compagnie de son départ immédiat et indiquait à Noblecourt qu'il lui laissait son équipage pour rentrer à Paris. Après avoir embrassé ses enfants, il prit Semacgus et Louis à part, leur demandant d'assurer la sûreté de la maison. Toutes ces précautions prises, il s'engouffra avec Bourdeau et Rabouine dans la voiture de police, intimant au cocher de gagner au plus vite l'Hôtel-Dieu.

— C'est à n'y pas croire, dit l'inspecteur, une attaque en plein Paris ! Il va falloir expliquer cela à notre pusillanime lieutenant général de police. Ces coquins sont sans vergogne !

— Ou ils se sentent protégés.

— Le blessé est un étranger, dit Rabouine. Il portait la même tenue que ceux que nous avons estourbis lorsque nous t'avons libéré.

— Une chose m'intrigue, fit remarquer Nicolas. Il ne s'agit plus des affaires de Hollande. Notre position est arrêtée à ce sujet. Ils recherchent autre chose. Toujours le sceau du roi de Cochinchine.

Il porta un regard sur Rabouine qui mit un doigt sur sa bouche, signifiant ainsi qu'il demeurait comme à l'accoutumée une tombe sur tout ce qu'il pouvait entendre.

— Cette situation me semble indiquer que l'objet recherché n'a pas été trouvé et que nos adversaires continuent à s'évertuer par tous les moyens, y compris les plus aventureux.

— Et la secte dans tout cela ? Tiendrait-elle l'objet ? Les deux groupes travaillent-ils de concert ? Ou se sont-ils partagé la tâche ? Ou s'affrontent-ils en rivalité ? Il ne serait pas inutile de le découvrir.

Le silence persista tout au long du trajet. Ils pénétrèrent à l'Hôtel-Dieu. L'endroit, chichement éclairé, était sinistre. Ses longues galeries résonnaient des cris et des plaintes des malades. Les hommes du guet les conduisirent jusqu'à une pièce spéciale où sur un grabat gisait, enchaîné, l'assaillant blessé.

Un infirmier lui confia à voix basse que l'homme n'en avait pas pour longtemps et qu'ils devaient se presser pour l'interroger. Il gémissait doucement, le torse enveloppé dans une bande de tissus sur laquelle une tache de sang s'élargissait peu à peu. Nicolas se pencha sur lui pour lui parler à l'oreille. La pitié le prit devant sa jeunesse et cette vie gâchée qui s'enfuyait.

— Souhaitez-vous décharger votre conscience avant de paraître devant votre créateur ?

L'homme ouvrit les yeux, effaré, et poussa un long soupir.

— *Een tot muslakken gedoemd plan...*

Sa tête retomba,

— Est-il passé ? demanda Nicolas.

L'infirmier vérifia la respiration et tint un flacon de sels sous le nez du patient qui avait seulement perdu conscience.

— Le voici qui revient, mais il n'en a pas pour longtemps.

— Quel est ce charabia ? Qu'a-t-il voulu nous dire ? demanda Bourdeau.

— Je suppose qu'il s'agit de hollandais, vu la raucité de l'accent.

Nicolas se pencha vers le blessé qui rouvrait les yeux et s'agitait.

— Parlez-vous français ?

— Oui, Meener.

— Cela doit vouloir dire monsieur. Que signifie votre première réponse ?

— Plan a été échec, balbutia-t-il avec effort.

— Quel plan ?

Il secouait la tête et exhala de nouveau un long souffle sifflant qui lui fit venir un filet sanglant à la bouche.

— Il refuse de parler, le bougre ! jeta Bourdeau.

L'infirmier vérifia la respiration avec un petit miroir et hocha la tête avant de fermer les yeux du trépassé.

— Peste ! constata Bourdeau. Nous ne tirerons plus rien de celui-là.

Nicolas ne répondit pas ; il priait silencieusement pour le salut de cet homme qui avait droit à cela au moment de paraître, comme les autres et quels que fussent ses crimes, devant le Souverain Juge.

— Il n'y a plus rien à en tirer, répéta Bourdeau. A-t-on fouillé ses hardes ?

— Non, Monsieur l'inspecteur, pas encore, dit un sergent du guet en lui tendant un paquet d'habits que Bourdeau se mit en devoir d'examiner avec le soin le plus attentif.

— Voilà qui pourrait être du dernier intérêt, dit-il, brandissant un petit papier découvert dans la poche de la culotte du mort.

Il le tendit à Nicolas.

— C'est une adresse. Rue de Montreuil face à l'atelier Lebigre. Un utile fil d'Ariane.

— Qui pourrait nous conduire à un dangereux Minotaure !

Nicolas donna des ordres pour que le corps du Hollandais fût porté à la basse-geôle. Puis les deux policiers s'acheminèrent vers le Grand Châtelet afin d'organiser une nouvelle expédition.

Sur place ils mirent sur pied l'opération qui devait combiner prudence et efficacité. Nicolas regrettait que la défense de l'hôtel de Mezay eût coûté la vie d'un homme au service du roi. Un plan de Paris fut consulté. La rue de Montreuil était désormais bordée par le mur des fermiers généraux. Cette maison était-elle le quartier général des Hollandais de manière à ne pas compromettre leur ambassade ?

— Je m'interroge, dit soudain Nicolas. Voilà qu'un homme au moment de paraître devant son créateur nous procure un élément capital, cette adresse de Montreuil. Lui aurait-on insinué de le dire en cas d'interrogatoire ? Veut-on nous entraîner sur une fausse piste ? Par deux fois il semble qu'on ait voulu le faire. La première par cette étrange réunion chez la Paulet destinée, on peut le supposer, à nous donner le change. Sommes-nous tombés dans le traquet ? Tu en avais toi-même soulevé l'hypothèse.

— Cette confidence serait donc de nature non à trahir ses compagnons mais à nous inviter à diriger nos coups vers la bande rivale ?

— D'autant plus que l'ennemi hollandais doit être désormais à bout de forces. Ils ont péri cette nuit dans l'attaque de l'hôtel de Mezay.

— Ce qui signifierait que demeurent face à nous les seuls tenants de cette secte mystérieuse que nous n'avons jamais affrontée de face.

— Je le crains en effet. Nulle force n'est plus redoutable que celle qui échappe des mains comme l'eau qui coule.

Bourdeau se grattait la tête, la perruque ôtée, signe chez lui d'une grande perplexité.

— Nous n'avons toujours pas d'informations sur le brouillon de minute notariale. Peut-être en le consultant aurions-nous la description de la maison de Montreuil. Qu'avons-nous à y perdre ?

— Tu as raison. À force de nous échiner, nous perdons le fil de l'histoire. Il faut s'en tenir aux faits et de ceux-ci passer aux présomptions.

Ils ne tirèrent rien du document en question qui énumérait platement les diverses pièces d'une maison banale.

— Comment envisages-tu l'action à venir rue de Montreuil ?

— Sans violence initiale. Une arrivée en force risquerait de tout faire manquer. Je suggère un investissement prudent et silencieux. Soit la maison est vide, soit elle ne l'est pas, ou bien elle attend ses occupants. La prudence sera notre arme principale. Nos gens en tenue de chalands de tout venant patrouilleront. Quant à nous, après avoir reconnu les lieux, nous rechercherons les endroits les mieux ménagés pour attendre les événements. Tu vas organiser les choses et à l'aube nous partirons en expédition. Pour l'instant, que le père Marie me prépare un de ces cafés améliorés dont il a le secret.

Bourdeau se retira. Peu de temps après, l'huissier apporta à Nicolas le pot de breuvage demandé.

— Tu n'as guère pitié de ma nuit, geignit-il en rajustant un invraisemblable bonnet de nuit.

Nicolas consulta sa montre ; il n'était pas loin de minuit.

— Il est vrai, ajouta le père Marie, que toi non plus tu ne ménages guère ta peine.

À ce moment l'horloge de la forteresse sonna douze coups. Nicolas ouvrit à nouveau le boîtier de sa montre qui souvent retardait et la remit à l'heure, puis il savoura le café dans lequel n'avait pas été pleurée l'amélioration demandée.

Jeudi 16 septembre 1787

Les yeux clos, il somnolait plongé dans ce demi-sommeil où la conscience s'aiguise, coupée de la réalité extérieure. Le cœur serré, il se remémorait la conversation du souper, la tension latente qui présidait aux échanges et qui risquait à chaque réplique de se transformer en ruptures haineuses si la qualité des participants et l'amitié qui les liait n'en avaient pas adouci le ton et moucheté les pointes les plus agressives. Ce qui naguère se présentait comme un jeu de société plaisant entre esprits de bonne compagnie n'avait eu que trop tendance à détruire les connivences et les conventions. Pourtant, il ressentait la justesse de certains arguments soit de l'un ou de l'autre de ses amis, mais, si convaincants qu'ils parussent à sa raison, le sentiment l'entraînait à se débattre et à lutter contre de trop aveuglantes évidences. Il se moqua de lui-même. Voici que resurgissaient au mitan de son âge les vieux scrupules et le profond désarroi qui, jadis, déployaient leurs fausses apparences et le paralysaient.

Vers six heures Bourdeau reparut, la mine soucieuse. Rien ne bougeait dans la maison de la rue de Montreuil, désormais totalement encerclée et surveillée en toute discrétion. Elle semblait abandonnée. Afin de transmettre au Grand Châtelet les informations urgentes, un ingénieux système de relais avait été mis en place, naguère déjà employé en d'autres circonstances. Il permettait aux messages d'atteindre Nicolas sans que le porteur fût retardé par les embarras des rues. La méthode avait sa faiblesse, le détail lui échappait. Dans cet événement précis, il servirait, le cas échéant, à prévenir le commissaire d'avoir à se porter au plus vite rue de Montreuil. Ce moyen était décalqué sur celui utilisé par les vaisseaux du roi, mais de manière simplifiée. Des signes manuels à voir le jour ou des mouvements de lanternes de nuit transmettaient l'appel d'urgence à grande vitesse.

L'organisation imposait évidemment le recours à un nombre considérable d'hommes du guet, de la garde de Paris et une foule de vas-y-dire, ce qui justifiait la durée de l'absence de Bourdeau, chef d'état-major et maître d'œuvre de l'opération.

Une longue attente commença. Bourdeau fumait force pipes et Nicolas vidait autant de bols de café. Vers neuf heures Rabouine apparut et lui apporta une mauvaise nouvelle : l'Annamite Co, le serviteur de l'évêque d'Adran, avait réussi à échapper à la filature dont il était l'objet. Entré à Notre-Dame au cours de l'office du matin, il s'était mêlé à la foule des fidèles, puis s'était envolé par une porte latérale.

— Peut-être, dit Nicolas, ne s'agit-il pas d'une fuite ? Il est sorti et notre mouche l'a seulement perdu de vue.

— Acceptons-en l'augure, répondit Bourdeau. Encore que je sois persuadé que l'homme avait sans doute remarqué depuis longtemps qu'il était surveillé.

— Attendons de voir ce qu'il en est et s'il reparaît rue du Bac aux Missions étrangères. Hélas, la conjoncture nous fait abandonner l'affaire de la rue des Fossoyeurs.

— Quand le diable s'en mêle… Rozières marinera un peu plus dans son cachot, il n'en sera que plus attendri, comme le hareng dans son huile. Et d'ailleurs, nous savons que les deux affaires peuvent être liées.

Ils n'eurent pas longtemps à attendre. Peu de temps après la venue de Rabouine, le message tant attendu parvint au Châtelet. Leur présence était requise d'urgence rue de Montreuil. Un Annamite qui ressemblait à Co avait pénétré dans la maison en question. Dans le fiacre, Nicolas, impatient, pestait contre la lenteur de leur progression, regrettant n'avoir point utilisé des montures avec lesquelles ils eussent gagné du temps. Enfin ils arrivèrent à destination. Après un bref conciliabule avec le responsable du guet et alors que Rabouine rameutait son monde, il fut décidé d'investir la demeure. Nicolas recommanda la prudence. Il ne souhaitait pas que d'autres gens du roi pâtissent de l'opération ni, non plus, que fût tué le ou les occupants qu'il voulait pouvoir interroger à loisir. L'objectif était une maison à deux étages entourée d'un jardin que Nicolas ordonna tout d'abord d'encercler pour éviter toute fuite dans sa direction. Les premiers, Nicolas et Bourdeau montèrent à la tranchée et se présentèrent à la porte, en soulevèrent le marteau sans que rien ne répondît à cette innocente façon de se présenter.

Au bout d'un instant, le recours au rossignol ayant été inopérant, le commissaire intima d'avoir à enfoncer la porte avec une masse. Ils s'engouffrèrent dans la demeure qui d'évidence était inoccupée et même non meublée. Bourdeau rcleva seulement de multiples traces de piétinements sur la poussière du parquet. Curieusement des pas uniques s'arrêtaient devant une porte à l'arrière, donnant sur le jardin qui descendait en pente douce vers le mur des fermiers généraux qui désormais entourait Paris. La cave fut examinée en détail et ses murs sondés sans que rien d'intrigant n'y soit relevé.

— J'en perds mon latin. Il faut bien en convenir, grogna Bourdeau, le larron a disparu. Il ne s'est tout de même pas envolé, ou alors c'est le fils aîné d'une chouette !

— Peut-être la surveillance a-t-elle, là aussi, fait défaut, dit Nicolas, le front crispé de contention.

— C'est peu probable, dit Rabouine. Les meilleurs de nos gens étaient disposés autour de la maison. Et d'ailleurs ils n'ont pas manqué de noter son entrée. Dès lors, comme de juste, leur attention n'a fait que redoubler. Le mystère demeure entier.

Nicolas décida d'inspecter le jardin au bout duquel une vieille cabane s'adossait au mur des fermiers généraux. Son loquet fut levé et la porte s'ouvrit en grinçant sur ses gonds. Le lieu, fétide, contenait des instruments de jardinage, mais aussi un siège d'aisances, rien que de très habituel. Nicolas se retira, indécis. Quelque chose lui traversait l'esprit sans qu'il parvînt à en ressaisir la nature exacte. L'idée fugace était liée à un propos de Bourdeau quand il était revenu de Ranreuil. Il se mit à arpenter le jardin en considérant les alentours.

— Te voilà, dit Bourdeau riant, comme un malot qui a reçu un coup de chapeau, une grosse mouche étourdie. Tu tournes en rond.

— Merci de la comparaison ! Je cherche simplement à comprendre comment notre oiseau a pu échapper ici à notre surveillance. À Notre-Dame, d'accord. Moi-même, plusieurs fois, j'ai échappé à des poursuivants en usant des possibilités offertes par une église, mais ici ! Il entre. On devrait le trouver et il n'y a personne !

— Il n'a pourtant pas pu sauter un mur de dix pieds de haut. Je ne vois point d'échelle.

Et Bourdeau de se mettre à chantonner

Pour augmenter son numéraire
Et raccourcir notre horizon
La Ferme juge nécessaire
De mettre Paris en prison.

— C'est cela, merci, cher Pierre, moque-toi ! Le moment s'y prête, dit Nicolas interrompant soudain sa déambulation. Mais tu as raison…

— Comment cela ? Que veux-tu dire ?

— Qu'il faut prendre la question à l'envers. Il ne s'agit pas de passer par-dessus, mais de se glisser en dessous. Ne m'as-tu pas raconté que certains trafiquants faisaient traverser le mur par des tuyaux et des passages aménagés sous sa maçonnerie ?

— Par des tuyaux où passent du vin ou l'eau-de-vie de contrebande, mais un homme ! Je verrais plutôt, et encore, le recours à un grappin fixé à la muraille afin de gagner le chemin de ronde.

— Pour vous trouver nez à nez face à une patrouille. Le chemin de ronde, tu le sais, est très étroitement surveillé.

— Je ne vois aucun souterrain.

Nicolas se précipita dans la cabane, et envisagea un grand cageot empli de pommes. Mettant la main dessus, il s'aperçut que sa masse se déplaçait aisément comme s'il avait été posé sur de petits rouleaux. Le poussant de côté, il trouva une large planche qui, soulevée, dévoila quelques marches grossières et le début d'un souterrain. Une odeur de terre moisie le saisit quand il se pencha pour examiner les contours de sa découverte qui apparaissait étayée de grossiers madriers. Il recueillit un fil blanc accroché sur l'un d'entre eux qu'il confia à Bourdeau

De vieux souvenirs remontèrent, une angoisse aussi. Des aventures d'enfance, des trous dans la dune, des éboulements et, plus récent, son enfermement dans les carrières de Montmartre. Il n'était pas question qu'il descendît dans ce terrier, non plus d'ailleurs que Bourdeau dont la corpulence interdisait ce genre d'exercice. Rabouine, plus mince, fut appelé. Il se glissa dans l'étroite ouverture pour y disparaître aussitôt.

— Fasse Dieu, dit Nicolas, pâle d'inquiétude, que le tunnel ne s'effondre pas sur lui. Je hais ce genre de passage. Vu son exiguïté, tout retour en arrière peut s'avérer impossible et il serait malaisé de le tirer de ce mauvais pas.

Un long moment qui sembla un siècle aux deux policiers s'écoula avant que le visage de Rabouine ne reparaisse à l'entrée du tunnel. Il était couvert de débris végétaux, racines pourries et même plusieurs limaçons.

— Alors ? dit Nicolas avec une impétuosité à la mesure de la crainte qu'il avait ressentie.

— Une rude reptation, dit la mouche, s'ébrouant et crachouillant. J'ai bien cru étouffer là-dedans.

Un frisson rétrospectif traversa Nicolas.

— Et où cela débouche-t-il ?

— Dans une autre cabane d'un jardin au-delà du chemin de ronde. L'entrée également dissimulée sous des cageots.

— Il a donc suffi, dit Bourdeau, à ce Co de s'enfuir par ce trou à rats pour ensuite pénétrer dans Paris par la barrière.

— Aura-t-il l'audace après ce coup de maître de revenir rue du Bac ? Comment pourrait-il justifier cette visite ici et sa fuite par le souterrain ? Un conte bleu, sans doute !

— Bon. Que cette maison continue à être sous surveillance de jour comme de nuit. Que des scellés soient apposés sur les issues, y compris la cabane. Pierre, tu m'accompagnes de ce pas rue du Bac aux Missions étrangères prévenir Pigneau de cette nouvelle aventure qui, pour le coup, met sérieusement en cause son protégé.

Rue du Bac, le calme régnait. L'évêque donnait une leçon de français au petit prince qui trouva dans l'arrivée des policiers une heureuse diversion pour retourner à ses jeux favoris.

— M'apportez-vous de bonnes nouvelles, mes fils ?

— Malheureusement non !

— Comment cela ?

— Votre secrétaire Co, après avoir échappé à notre surveillance durant l'office du matin à Notre-Dame, s'est rendu dans une maison rue de Montreuil et de là, sans doute conscient que celle-ci était encerclée, s'est enfui par un souterrain creusé sous le mur des fermiers généraux.

Le prélat fut dûment informé des derniers développements de la nuit, notamment l'attaque de l'hôtel de Mezay.

— J'en suis désolé pour votre famille, Nicolas. Mais pour Co, que me contez-vous là ? Pouvez-vous me préciser à quelle heure mon serviteur aurait été vu rue de Montreuil ?

Nicolas, surpris de la question, consulta Bourdeau.

— Il se trouve, Monseigneur, que, vers neuf heures, nous avons été informés de sa disparition du champ de notre surveillance. Nous avons ensuite attendu. J'ai alors organisé un piège autour de la maison de la rue de Montreuil. Cela était compliqué et a pris un certain temps. Votre homme a été repéré et avant que la nouvelle nous parvienne il s'est écoulé encore un certain temps. Je dirais qu'il a dû s'enfuir de ce repaire aux environs de onze heures, un peu plus un peu moins.

Adran se mit à rire.

— À onze heures, mes bons amis ? À cette heure-là, j'en puis témoigner, Co jouait une partie d'échecs avec notre jeune prince. Échecs chinois qui diffèrent quelque peu de ceux que nous connaissons, car à la simplicité apparente de celui inventé, dit-on, par les Troyens, sont substituées des subtilités tout orientales. Le prince y excelle.

— Voilà qui n'est pas banal ! dit Nicolas, interdit. Votre Co n'est pas Asmodée, un diable itinérant. Il n'y a qu'une solution à ce problème. Quelqu'un a pris l'aspect de votre serviteur et s'est fait passer pour lui. Le tout est de savoir désormais s'il a été victime ou complice de cette usurpation.

— Quelque chose m'intrigue, Nicolas. Le coupable de cette captation d'identité devait bien savoir que sa fausseté serait rapidement découverte.

— Sauf s'il estimait que Co ne rentrerait pas de sitôt rue du Bac. Auquel cas l'accusation se justifierait sans conteste. Qui se trouvait rue de Montreuil, et pourquoi ? Et j'ajoute, quelle urgence motivait qu'il s'y trouvât ce matin-là ?

Pour Nicolas les événements de la nuit et tout ce qui s'ensuivait était forcément lié à l'attaque en force de l'hôtel de Mezay. Le mystérieux visiteur de la rue de Montreuil était sans doute impatient de connaître le résultat de cette expédition. Adran opina en ce sens.

— Nos adversaires coalisés avaient sans doute l'intention de décider de la marche à suivre une fois qu'ils auraient en main un otage qui aurait pu être, hélas, votre petit-fils. Dieu merci, cette concertation a échoué faute de participants. Hélas, tous les gens de ma délégation peuvent être suspects et quelle que soit l'étroitesse des mailles de la surveillance, il n'est petit poisson qui ne parvienne à se faufiler hors du filet tendu.

— Nous autorisez-vous, dit Bourdeau, qui pressentait Nicolas embarrassé par ses liens anciens avec Adran, à procéder à une fouille en règle de cette maison ? Cela permettrait peut-être, Monseigneur, de découvrir des indices utiles à notre enquête.

— Qui suis-je pour m'y opposer ? dit l'évêque avec onction. Soyez prudents comme les serpents et simples comme les colombes. Deux choses cependant : les appartements de l'héritier du trône seront épargnés, ainsi que ceux du prince Minh, membre de la famille royale. Que le Seigneur double vos yeux et ouvre vos oreilles.

Les deux policiers commencèrent leurs recherches par la chambre de Co, située dans les combles du bâtiment. Ils le découvrirent en train de lire près de la croisée. Il se leva à leur entrée et les salua, bras croisés selon la coutume des Annamites. Il était proprement vêtu sans qu'aucun détail n'accrochât le regard et ne suggérât que l'homme avait pu se glisser dans le souterrain de la rue de Montreuil. Impassible, il répondit poliment aux questions posées.

— Comment se fait-il, demanda Nicolas avec une sorte de brutalité qui visait à désarçonner le témoin, que vous ayez disparu ce matin de l'église cathédrale durant l'office ?

Le visage de Co se plissa dans un sourire malicieux.

— J'avais compris depuis longtemps votre volonté de me faire surveiller. Ce matin, il m'est venu à l'esprit de jouer une petite farce à celui qui me suivait. Je me suis dissimulé dans le confessionnal un certain temps avant que de rejoindre la rue du Bac où était prévue une partie d'échecs avec Mgr le prince Canh. J'espère, Monsieur le commissaire, que vous me pardonnerez cette petite incartade.

La commode et l'armoire de la chambre furent fouillées sans succès. Les investigations se poursuivirent dans les dortoirs des gardes. Il fut aussi constaté que plusieurs charrois étaient entrés dans le périmètre des Missions étrangères, apportant des matériaux pour reconstruire la cabane qui avait brûlé. Rapport fut fait à Adran qui les écouta, pensif, torturant à son habitude sa croix pectorale. Surpris, il s'inquiéta de l'absence de Bourdeau. Nicolas, qui pensait l'inspecteur sur ses talons, se retourna et s'étonna de sa disparition. Au bout d'un long quart d'heure, celui-ci finit par revenir, empourpré et essoufflé, portant un paquet de hardes et s'essuyant le visage avec un vaste mouchoir.

— D'où viens-tu en cet état ?

— C'est que je suis descendu au lavoir dans la buanderie.

— Et, mon Dieu, qu'y as-tu trouvé qui puisse nous intéresser ?

Il jeta un coup d'œil de côté à l'évêque qui le considérait d'un air inscrutable.

— Une tenue semblable à celle que porte usuellement Co, mais souillée à l'excès.

— Et que déduisez-vous de cette découverte ? La preuve qu'elle lui appartient ? Chacun ici tient à se tenir propre. Cela me fait songer, cher Nicolas, que nous devons une visite à ce charmant maître Vachon pour y prendre livraison de ma commande. Ma soutane est de plus en plus verdâtre et effilochée. J'en ai honte quand j'ai l'honneur de paraître devant la reine. Lorsque j'ai manifesté au roi mon regret de me présenter dans cette tenue devant lui, il s'est esclaffé en me montrant l'usure de son propre habit, soulignant qu'il s'y trouvait à l'aise et qu'il ferait beau voir qu'on se permît de le lui reprocher.

Nicolas eut l'impression curieuse que son vieil ami souhaitait noyer le poisson et s'étourdissait de mots pour retarder ce qu'il allait devoir entendre de manière inéluctable.

— Mais, reprit-il, pardonnez-moi, cher monsieur Bourdeau, de vous avoir interrompu. Qu'avez-vous lu dans les bulles de savon de la lessive ?

L'interruption n'avait pas été goûtée de l'intéressé, ni l'ironie du propos. Du coup il présenta son argument de manière beaucoup plus brutale que prévu et cela, en dépit des sourcils froncés de Nicolas qui sentait monter un éclat.

— Il serait légitime de fronder la méthode et je regrette, Monseigneur, d'être allé respirer les sentines de cette sainte maison. Mais que voulez-vous, nous ne sommes que des policiers que rien n'écœure et qui sont accoutumés à renifler le linge sale. Or le malheur veut qu'il y en ait ici, et du plus gracieux, outre le vôtre qui n'est pas en cause et qui d'ailleurs n'est pas le plus distingué.

— Pierre ! gronda Nicolas.

— Laissez aller, dit Pigneau. Je ne suis pas opposé par principe à la chaleur du propos. Le Christ rejetait les tièdes et chassait les marchands du temple.

— Je n'ai pas contrevenu, Monseigneur, à vos recommandations. J'ai accompli en conscience mon travail d'enquêteur. Il y a déjà trop de morts dans cette affaire. Un chez nos gens et une demi-douzaine chez nos adversaires, sans compter Cholet *alias* Maradon. Voilà un compte un peu lourd qui impose qu'on y mette un terme et que les coupables soient démasqués. Encore pouvons-nous espérer que la lutte s'achèvera faute de combattants ! Bref, je suis allé renauder au lavoir.

— Et, je le répète, qu'y avez-vous découvert outre une tenue sale semblable à celle qui vêt d'ordinaire mon serviteur ?

— En fait, à vrai dire, deux tenues identiques destinées au lavage en attente.

— Une ou deux, mon ami ? Il faut savoir.

— C'est que j'ai pris l'avis du lavandier afin d'être sûr de mon fait.

— Et que vous a dit ce docteur ?

— *Primo*, Monseigneur, vous ignorez sans doute le compliqué de son travail. Chacun possède un casier où il dépose ce qui lui appartient. Le premier geste du lavandier est de marquer à l'encre, s'il ne l'est pas déjà, le linge sale déposé au nom de son propriétaire pour éviter les erreurs et les pertes. Cette pratique est semblable à celle pratiquée par les blanchisseuses de la ville.

— Vous nous faites languir, monsieur Bourdeau.

— *Secundo*, et ce disant, l'inspecteur sortit une masse chiffonnée de vêtements d'un sac de toile sans doute emprunté au lavandier. Voici les corps du délit : un habit d'évidence propre et sa chemise, et un autre couvert de terre et d'épines et sa chemise. Le premier appartient au prince Minh, comme l'indique une marque à l'encre, l'autre à votre serviteur Co. Il est plein d'épines, de taches, de bavures de limaçons et ces témoignages ne sauraient mentir. Il a été porté dans le souterrain de la rue de Montreuil.

— Et alors ?

— Alors, Monseigneur, Co ne peut être selon votre propre témoignage ici et là-bas au même instant. Tout catholique qu'il est, il ne pratique, que je sache, la bilocation propre aux saints qui peuvent se trouver à deux endroits à la fois ! Donc j'estime que son habit n'a pas été porté par lui. Que si nous cherchons un peu, nous apprendrons que son rechange avait disparu pour être endossé par un autre. Et quel autre ? Celui qui, par son rang et sa parenté avec le roi de Cochinchine, ne saurait être soupçonné.

— Je vous avais prié de vous abstenir, de vous tenir éloigné du prince Minh. Et qui vous autorise à porter contre lui de telles accusations ?

— Moi, en tant que commissaire du roi, jeta Nicolas, si toutefois Bourdeau nous apporte sur-le-champ les preuves qui les soutiennent. En dépit de leur nom, les Missions étrangères ne sont pas un pays étranger doté d'immunités diplomatiques.

— Les membres de ma délégation, si.

Quelle mouche, s'inquiétait Nicolas, piquait donc son vieil ami, soudain si éloigné de son onction habituelle, de s'opposer ainsi à ce que toute la lumière fût faite ? Comme il était loin le jeune et timide séminariste de jadis.

— Poursuivez, Pierre, je vous prie.

— Si les vêtements du prince sont exempts de toutes salissures incongrues, il n'en est pas de même de sa chemise.

Il la présenta à l'évêque.

— Elle ne semble pas révéler la moindre trace suspecte.

— Considérez, Monseigneur, la chemise de Co, de lin grossier, en comparaison de la précédente, qui n'est pas un cilice mais toute de soie fine. Voyez au bord du col ce petit accroc qui a formé un trou tant le tissu est fragile. La chemise s'est accrochée et un fil en a été tiré, d'où le froncement de la toile. Or il se trouve que ce fil, le commissaire Le Floch l'a recueilli sur un madrier à l'entrée du souterrain de la rue de Montreuil. Il appartient sans nul conteste à la chemise du prince Minh. Vous me direz : l'habit qui compromettrait Co ? Il est vraisemblable qu'on ait supposé, ignorant son rendez-vous avec le prince héritier pour une partie d'échecs, qu'à l'accoutumée il rentrerait tard de ses promenades dans Paris. Nous n'avons pas demandé à Co si un vêtement ne lui avait pas été dérobé afin de ne pas ajouter pour le moment au trouble de cette maison.

Adran avait joint les mains. Il semblait qu'il priât. Au bout d'un long moment qui sembla une éternité aux policiers, il s'assura que la porte de son bureau était bien close, puis, les prenant chacun par un bras, il les attira vers la croisée qui faisait renfoncement et, à voix basse, se mit à leur parler :

— Hélas, mes amis, vous n'avez que trop raison dans tout ce que vous m'avez exposé et je vous demande pardon, monsieur Bourdeau, d'avoir semblé douter de votre parole. Le secret, qui a toujours plusieurs têtes, ne le demeure qu'à condition qu'une seule personne en soit détentrice. Ce secret, vous me voyez contraint de vous le demander de manière absolue. J'ai naguère exposé à Nicolas la fragilité de ma position auprès de Nguyen Anh. Un siège en toile d'araignée que seule la confiance du souverain, l'affection du petit prince et l'appui d'une poignée de néophytes préservent des aléas d'une cour corrompue et des complots ourdis contre le souverain et par conséquent contre moi, ministre d'une croyance étrangère. J'ai été informé dès mon départ de Saigon que cette camarilla, qui rassemble nobles, talapoins et sectateurs des triades, avait placé un des leurs dans mon ambassade. Jusqu'ici je le soupçonnais, maintenant grâce à vous, mes amis, me voici convaincu de l'identité du coupable.

— Que ne le mettez-vous hors d'état de nuire dans l'heure ?

— Je ne veux ni ne peux rien faire. Représentant d'un royaume étranger, il m'est impossible de déconsidérer le membre le plus important de ma délégation. Si une peine est encourue par le coupable, elle doit être prononcée en Cochinchine par Nguyen Anh lui-même. En outre, songez que, présumant l'ennemi et désormais le connaissant, ma stratégie consiste à jouer un coup d'avance sur lui. Il faut qu'il se sente épargné de tout soupçon ; aussi je vous suggère de faire force tumulte et d'arrêter Co. Cela confortera Minh, le rassurera et lui fera sans doute commettre l'irréparable mouvement qui le confondra.

— N'est-il pas protégé par un privilège d'immunité ?

— Pas lui, il fait partie de la suite domestique.

— Cependant, Pierre…

Bourdeau leva la tête, attentif.

— Non, pas toi ! Je m'adresse…

— À un vieil ami de jeunesse. C'est moi-même qui ai souhaité cette affectueuse familiarité à votre ami qui n'a que trop l'usage des cours.

— Donc, reprit Nicolas, un détail d'importance me chiffonne. Comment le prince Minh pouvait-il supposer que le vêtement souillé serait examiné et permettrait de confondre Co ou, à tout le moins, de le soupçonner ?

Doctoral, Adran leva une main.

— Vous sous-estimez, cher Nicolas, toutes les subtilités de l'âme orientale. Si je joue un coup d'avance, lui, parfois, en joue deux et même le cas échéant roque son roi, ce qui déplace le théâtre des opérations. Reprenons le fil des événements : Co, ce matin, s'en va à son ordinaire par la ville. Le hasard ou la Providence fait que Minh le remarque et le suit. Le connaissant, je puis vous assurer qu'il n'a pas manqué d'observer qu'une mouche filait mon serviteur. Il a dû ricaner de voir l'échec de cette poursuite. Sur le moment il n'a su que faire de cette découverte et a poursuivi son chemin vers son rendez-vous. Au vu de l'investissement de la rue de Montreuil, impossible de partir et, soudain, il a compris l'usage qu'il pouvait faire de la scène de Notre-Dame. Le linge est nettoyé le matin très tôt. Je pense qu'il a utilisé une tenue normale des gens de ma suite en y apposant à l'encre le nom de Co et en le plaçant dans le casier correspondant.

Nicolas hochait la tête.

— Pardonnez-moi d'insister : comment pouvait-il savoir que nous découvririons l'issue du souterrain ?

— Et aussi, dit Bourdeau, que le vêtement serait trouvé à la buanderie ?

Face à ses objections, Adran eut un mouvement d'impatience et sous l'aspect bonhomme du prélat surgit derechef un autre masque qui durcissait le regard et figeait les traits du visage.

— Une fois de plus vous mésestimez la subtilité du personnage. Il avait finement présumé que le souterrain serait découvert car personne ne pouvait croire qu'il se fût évaporé. Ce point acquis, il a réfléchi et concocté son plan. Revenir rue du Bac sans être remarqué dans une tenue souillée ou, les deux hommes sont à peu près de la même stature, se faire passer par la garde pour Co et au contraire attirer l'attention sur le désordre de sa tenue, écartant ainsi un examen plus attentif de son visage. Et il a attendu le résultat de son manège, présumant justement que vous vous précipiteriez aussitôt ici pour m'informer de l'événement. Poussant un pion audacieux, il a placé un indice dans la buanderie. Je puis vous jurer, si mon sacerdoce ne me l'interdisait, que dans le cas où vous n'auriez pas découvert le stratagème, d'une manière ou d'une autre, celui-ci eût été porté à notre attention.

— Monseigneur, je présume, dit Bourdeau, que vous l'allez mettre hors d'état de nuire en attendant votre retour en Cochinchine.

— Calmez votre fougue, Monsieur l'inspecteur, ce serait là belle erreur de le faire. Bien au contraire, si je puis vous citer un de nos moralistes, « la plus subtile de toutes les finesses est de savoir feindre de tomber dans les pièges que l'on nous tend ». Certes, je vous accorde que le propos n'est rien moins qu'apostolique, mais nous devons faire face aux menées du mal. Je propose que vous emmeniez Co de telle manière que chacun soit persuadé qu'il vient d'être arrêté. Il faut convaincre l'ennemi d'en face qui, rassuré, ne manquera pas de faire le faux pas attendu. Et d'ailleurs nous allons commencer aussitôt avec Minh dont nous allons prendre benoîtement le conseil. Mais, auparavant, je demanderai à M. Bourdeau de replacer la chemise du prince là où il l'a trouvée afin de ne pas lui donner l'éveil. Il n'est que temps.

L'inspecteur revenu, l'intéressé fut appelé. Se relayant, Adran et les deux policiers lui exposèrent la situation avec les seuls détails utiles, omettant ceux qui justement auraient pu l'intriguer outre mesure. Adran exposa par le menu tout ce qui touchait le souterrain et l'idée de vérifier si l'habit de Co ne portait pas les traces de cette expédition sous terre. Le prince les écouta avec un mince sourire, puis se félicita de ces étonnantes circonstances qui lui donnaient raison et justifiaient toutes les préventions qu'il n'avait jamais cessé de nourrir à l'égard de Co, mais qu'il avait tues afin de ne pas contrister le seigneur évêque qui appréciait tant ce misérable.

— Je vous remercie, mon cousin, dit Adran. J'aurais dû vous confier aussitôt un secret qui hante mes jours et mes nuits. Apprenez que le dépôt sacré dont je suis détenteur de par la confiance du roi a disparu, volé dans la récente attaque des Missions.

Il sembla à Nicolas qu'un imperceptible sentiment de surprise traversait, fugace et indéchiffrable, la face figée du prince Minh. Était-ce vraiment le résultat de l'annonce qui lui était faite ou l'étonnement qu'Adran lui lâchât un secret si bien gardé jusque-là, ou encore ce que cela impliquait s'il avait part à une conspiration dont le but était précisément de s'emparer de l'objet en question. Pour Nicolas cette attitude à peine sensible confirmait ce dont il se doutait : que chacune des parties, pourtant en chasse de concert, soupçonnait l'autre d'avoir subtilisé le sceau royal, Minh sans doute comme les autres. Le cousin du roi se retira sans autre commentaire.

— Soyez, tranquille, Pierre, dit Nicolas, je réserve à ce maître fourbe une piperie de ma façon qui le fera tomber dans un panneau duquel il ne se sortira pas. Le grain de sa perte va germer qui le détruira. Pour l'heure veillez à la personne du petit prince.

— À ce sujet j'ai une requête à vous présenter, dit Adran.

Il s'assit à son bureau et écrivit un court billet qu'il cacheta avant de le confier à Nicolas.

— La conjoncture a changé. Aujourd'hui j'estime que Canh serait plus en sûreté à Versailles. Voici un message par lequel je m'adresse à la reine. Je réponds favorablement à l'invitation de le voir séjourner au Château quelques jours afin de distraire Mgr le dauphin.

Il tira un cordon. Un serviteur apparut.

— Veuillez, je vous prie, préparer le porte-manteau de Monseigneur et lui dire de me rejoindre sur-le-champ.

Il se retourna vers Nicolas et s'adressa à lui en le prenant par les bras :

— Mon ami, je vous confie ce que j'ai de plus cher. Je sais que vous risqueriez votre vie pour défendre le prince. Pardonnez-moi, je n'ai pas même eu la courtoisie de vous demander votre accord.

— Cela allait de soi, dit Nicolas, ému.

Canh apparut, à qui l'évêque parla longuement en langue viêt. Il opinait de la tête à chacune de ses phrases et regardait Nicolas à la dérobée. À la fin, il vint placer sa main dans celle de son nouveau protecteur et sortit tête droite en retenant ses larmes.

XV

VERSAILLES

> « Celui qui est habile à éclairer plusieurs questions n'a besoin que d'un seul mot pour apporter beaucoup de lumière. »
>
> *Liu Shao*

Le petit prince n'avait pas lâché la main de Nicolas ; par instants il la serrait plus fort, en accompagnant ce mouvement d'un regard éploré auquel succédait bien vite un timide sourire. Pourquoi cet innocent devait-il être précipité dans un drame bien au-dessus de son âge ? Pour le distraire, Nicolas lui désignait les monuments avec un petit commentaire sur chacun d'eux. Au bout d'un moment la tête de Canh s'appuya sur l'épaule du commissaire, prélude à un sommeil tranquille.

Cet apaisement de l'enfant autorisa Nicolas à reprendre le cours de ses réflexions. Il réfléchissait sur l'ensemble des événements survenus depuis son séjour à Ranreuil et la tentative d'attentat contre lui. À bien revenir sur ce passé récent, il en venait à douter de tout. Plusieurs points l'intriguaient. Comment, sur la plage de la Bôle, le tireur mystérieux avait-il pu le manquer ? Il n'était pourtant qu'une cible immobile allongée sur le sable. Pourquoi ne pas avoir tué Pluton avant que de récidiver ? Rien également n'avait été tiré au net sur la vérité de l'agression de la forêt du Mans. Co ne pouvait être accusé ni de l'attentat de la plage ni de celui de la forêt du Mans car il ne portait aucune trace de la morsure de Pluton. En revanche, une trace suspecte avait été relevée sur sa poitrine. Mais l'énigme qui prévalait et ordonnait tous ces mystères résidait dans la nature exacte de Cholet *alias* Maradon. Qui était-il ? Selon Sartine, un agent du roi jeté dans un complot pour le détruire de l'intérieur. Autre chose ? Il essayait de classer tous les éléments susceptibles de fonder son opinion. Maradon pouvait-il s'avérer agent double et triple dans cette affaire ? La minute notariale découverte sous sa couche était-elle la copie d'un bail de location de la maison de la rue de Montreuil ?

Il semblait à Nicolas qu'il n'avait pas suffisamment médité sur la nature de cette demeure. Quel usage cette conspiration entendait-elle en faire ? Un lieu de rendez-vous à issue de fuite aisée en cas de danger immédiat ? Il se souvint des pratiques de certains contrebandiers : passage clandestin de produits qui ainsi n'étaient pas soumis à l'octroi. Une idée surgit, qui prit corps peu à peu : si, pour des raisons différentes, la bande coalisée de la triade, des Hollandais et apparemment de la coterie du duc d'Orléans voulait s'emparer du sceau de Cochinchine et le mettre à l'abri en le faisant sortir de Paris, quelle meilleure méthode possible que d'évacuer leur butin par ce moyen, au lieu du vin ou de l'eau-de-vie ?

Demeurait en suspens la question de la mort de Maradon. L'empoisonnement par des champignons conduisait à supposer une action domestique. Le coup de feu, une volonté extérieure. La tentative d'impliquer le commissaire par la présence d'un pistolet à ses armes aussi. Les deux modes d'opération étaient-ils isolés ou concomitants ? Il jugeait l'ensemble des témoignages recueillis nébuleux au possible. Plusieurs suspects se disputaient au même titre la palme du soupçon. Le prince Minh, Co non encore innocenté, Olympe de Gouges, Rozières, son compagnon, et Geneviève Millot, la voisine de palier. Dès qu'il aurait conduit le prince à Versailles, il reprendrait le fil interrompu de cette enquête capitale qui, il le souhaitait, lui permettrait peut-être de remonter aux origines et de lier les deux affaires.

Le prince s'éveillait et bâillait alors que la voiture empruntait l'avenue de Paris. Un moment de panique traversa ses grands yeux noirs. Nicolas lui serra la main plus fortement pour le rassurer. Il dut parlementer pour qu'ils puissent entrer à pied dans la cour de marbre. Nicolas prit Canh dans ses bras pour gravir le grand escalier jusqu'à une porte située à droite et qui ouvrait sur la salle des gardes de la reine. Il soupira d'aise en apercevant Louis qui avait repris son service et bavardait avec Mme Campan, première femme de chambre de la souveraine. Nicolas fit les présentations. Le prince s'adressa à Louis avec une gentillesse marquée :

— Monsieur, si vous fils de Monsieur Ranreuil, ami de mon oncle Adran, vous êtes ami de moi et je vous aimerai.

— Votre Altesse Royale peut compter sur mon dévouement.

Canh se tourna vers Campan et lui fit un salut les bras croisés auquel la bonne dame lui répondit par une grande révérence de cour.

— Madame, dit Nicolas, je suis heureux de vous revoir. La reine serait-elle visible ? J'ai un pli urgent à lui remettre et un dépôt précieux à lui confier.

— Elle se trouve chez le dauphin. M. le vicomte de Tréhiguier va vous y conduire.

Les appartements du dauphin se trouvaient au rez-de-chaussée du château, anciennement ceux de son père, alors duc de Berry, et ensuite de Mme la comtesse de Provence. Sur le chemin Louis raconta qu'il avait rejoint Paris pour y dormir. Fort tôt, il avait revêtu son uniforme et rejoint Versailles au grand galop.

Avant de les laisser entrer, une femme du service leur demanda l'objet de leur visite sous le regard suspicieux d'un huissier, mais, reconnaissant soudain Louis, elle s'empressa de gratter à la porte et prévint la reine de leur présence avant de revenir les introduire dans la vaste pièce qui servait de salle de jeux et d'étude à l'héritier du trône. La reine parlait à l'une de ses dames.

— Il est insensé, disait-elle, qu'on ait décidé qu'à partir du 8 de ce mois, la mode imposerait des habits d'automne. Voyez ce que me propose Madame Étoffe. Ce ne sont que vestes et jupons de drap écarlate, violet, bleu de roi, vert dragon, bleu du ciel, gris américain et autres couleurs foncées qui attristent alors que l'été traîne et que certains jours sont encore très chauds.

Elle s'interrompit en voyant entrer Nicolas.

— Mais voilà qui va réjouir ma journée : le cavalier de Compiègne ! Je craignais, Monsieur, que la campagne et ses prestiges vous eussent retenu sans espoir de retour.

— Votre Majesté sait bien que j'aurais pour cela sollicité son autorisation.

— Que vous n'auriez pas obtenue. Le père et le fils absents… Mais qui me conduisez-vous là ?

Le petit prince s'était agenouillé et saluait, bras croisés, le front touchant presque la grande savonnerie qui recouvrait le parquet. La reine plongea dans une grande révérence.

— Je suis heureuse et mon fils le sera encore davantage de vous voir rétabli, Monseigneur.

Elle releva Canh et l'embrassa sur les deux joues avec un plaisir évident. Le dauphin s'était approché, marchant difficilement, et, prenant le prince par les épaules, le serra contre lui. Le tenant par la main, il alla lui montrer un petit fortin de bois autour duquel étaient disposés une foule de soldats de plomb et des modèles réduits d'artillerie. Il se mit en mesure de lui expliquer doctement les règles qui régissaient l'investissement de la place.

— Ne sont-ils pas charmants, soupira la reine, émue aux larmes devant ce spectacle. Je suis heureuse que Mgr d'Adran ait consenti à accepter mon invitation. Ce petit camarade, qui est aussi un futur roi, est si aimable et complaisant qu'il fait le compagnon de jeu idéal pour mon fils. Cela augurera favorablement des relations futures entre les deux royaumes. Dommage qu'il ne s'agisse que d'une courte visite.

— Je ne le pense pas, dit Nicolas, tendant le pli à la reine qui, après avoir chaussé ses besicles, en rompit le cachet et en prit connaissance.

Elle relut le billet plusieurs fois.

— Je consens très volontiers à accueillir ici le prince. Il y sera traité comme un troisième fils. Le vicomte de Tréhiguier veillera personnellement sur la sécurité de ces enfants, encore que je n'imagine pas qui oserait s'en prendre ici à leur sûreté. Faisons quelques pas, voulez-vous.

Elle l'entraîna vers la porte croisée qui donnait sur le parc.

— Puis-je compter sur votre sincérité, Monsieur ?

— Il me semble que Votre Majesté a eu par le passé quelques raisons de n'en pas douter.

— Pardonnez-moi, mais, voyez-vous, je suis environnée de telles trahisons ! Vous avez raison. Vous ne m'avez jamais celé la vérité, quelque déplaisir qu'il en ressortît. Je serai donc sincère avec vous. Que dit-on de moi en province ? Pour Paris je sais à quoi m'en tenir, hélas !

Nicolas ne goûtait guère ce genre de questions qui lui imposait un choix difficile entre fausseté et brutalité. Il ne souhaitait pas accabler la reine, mais il était bon qu'elle se rendît compte d'une situation qui s'aggravait jour après jour.

— Vous hésitez, Monsieur ?

— Non, j'essaye de trouver la forme la plus propre à ne pas blesser ma souveraine.

— Faites, dites. Ce seul propos engage la suite. Je suis prête à tout.

— Madame, l'affaire du collier a marqué les esprits. La fuite de la femme La Motte a excité la voix publique, nourrissant les accusations que vous connaissez. On évoque les visites de Mme de Lamballe à la Salpêtrière… Ces calomnies sont relayées par des membres du Parlement et par le duc d'Orléans.

— Ce fourbe qui me hait, murmura sourdement la reine. Mais poursuivez.

— Le déficit du trésor est aussi porté au compte de Votre Majesté et des familles qui dans ses entours bénéficient de ses grâces. L'achat de Saint-Cloud et les travaux dans les résidences royales ne sont pas compris et alimentent libelles et pamphlets. On parle de folles prodigalités.

— Quel tableau, Monsieur, me dressez-vous là ! En suis-je arrivée à cette extrémité de désamour avec ce peuple ? N'est-il rien qui améliore ma situation dans l'opinion ?

— Vos amis jouent sur votre rôle de mère. Mais il est difficile d'en présenter les douceurs tant Votre Majesté tient à préserver son intimité.

— Eh quoi ! Devrais-je ouvrir mon intérieur à tout va, pour satisfaire une opinion publique vindicative et qui s'évertue à me couvrir d'opprobre ?

Un silence suivit cette triste constatation.

— Madame, dit Nicolas, puis-je prier Votre Majesté d'informer le roi de la venue du prince héritier de Cochinchine au Château ?

— Je le ferai. Rassurez Mgr d'Adran : son protégé sera sous la garde et la responsabilité de M. de Tréhiguier.

— Puis-je me permettre de demander à la reine des nouvelles de la santé du dauphin ?

— À vous je puis bien l'avouer. Il nous donne bien des inquiétudes. Hélas, considérez de quelle manière il se déplace… Il est souvent fiévreux et il semble, selon les médecins, qu'une de ses hanches soit plus haute que l'autre. La présence du prince Canh lui sera un grand divertissement. Quant à moi, je n'ai plus goût à rien…

Elle se détourna pour essuyer ses larmes, puis se redressa comme si elle devait soudain affronter une menaçante présence. Elle tendit sa main à baiser à Nicolas, qui se retira. Canh, voyant son protecteur quitter la pièce, abandonna le jeu et vint se jeter dans ses jambes, auxquelles il se cramponna.

— Adran dire que toi rester avec moi.

Nicolas se pencha et plongea le regard dans les yeux du prince.

— Votre Altesse, votre oncle Adran vous a dit de m'obéir comme à lui-même. Vous voyez là mon fils, qui va demeurer à vos côtés. Considérez-le comme un autre moi-même. Vous êtes ici sous la protection du roi de France.

— Et de la reine.

— Apaisez-vous et prenez patience.

Le petit prince acquiesça et, après avoir embrassé la main de Nicolas, retourna à pas lents rejoindre le dauphin qui l'appelait pour poursuivre leur jeu. Dans l'antichambre Nicolas donna ses instructions à Louis. Comme il descendait le grand degré, il se heurta à un homme qui montait.

— Mille excuses, Monsieur le marquis. J'ai la tête en l'air ce matin et je ne vous avais pas vu.

Ce disant, M. de Ville d'Avray, premier valet de chambre du roi et désormais commissaire général des meubles de la Couronne, tira son chapeau.

— Je suis aise de vous voir, dit Nicolas. Êtes-vous satisfait de vos nouvelles fonctions ?

— Hélas, certes je suis heureux d'habiter à Paris un lieu magnifique, place Louis-XV, où il me siérait fort de vous recevoir. Pour le reste, ce n'est qu'une immense gabegie à laquelle je dois mettre un terme.

— Comment cela ?

— Comme je vous le dis ! D'une part la coutume s'était établie de prêter des meubles des maisons royales, trop bon prétexte pour les voir disparaître. En vain voudrais-je détailler le désordre qui existait dans le garde-meuble quand j'ai pris mes fonctions ! Chacun s'entendait avec les fournisseurs qui ainsi faisaient d'immenses bénéfices. Je suis de plus en plus accablé de recommandations du ministre de la Maison du roi en faveur d'innombrables quémandeurs. J'ai tenté d'obtenir que les pièces d'orfèvreries en or ou vermeil soient inscrites à l'inventaire après avoir été numérotées. Le roi, ou sans doute le ministre, s'y est refusé. Et je ne parle pas des diamants et joyaux de la Couronne.

— Mais enfin, vous avez l'oreille du roi.

Thierry soupira.

— Mon Dieu certes, mais le roi a d'autres soucis et il est sourd à ceux que je voudrais lui soumettre. En bon père il se désole de la santé déclinante du dauphin. Il se désespère de l'état des finances. Il ne sait plus à quel saint se vouer. Vous connaissez aussi bien que moi l'homme et ses profondes qualités. Il n'est pas sans sentir monter les périls, mais il se croit impuissant. Il ne se sent plus maître de rien, s'isole et rumine et seules la chasse et la table peuvent conjurer ses craintes. De méchantes gens prétendent qu'il boit. Rien n'est plus faux. Le goût des pendules le poursuit. On dit qu'à Yuste l'empereur Charles Quint après son abdication collectionnait les horloges… Notre roi trouve-t-il dans ces mécanismes l'ordre immuable et, pour tout dire immobile, auquel il aspire ?

— Mon ami, vous me dressez là un tableau bien lamentable. Je sors de chez la reine qui me paraît elle aussi bien soucieuse de la situation.

— Que ne l'a-t-elle été plus tôt ! Je m'en voudrais de l'accabler, mais elle a été trop souvent de mauvais conseil. À cela s'ajoute… Mais je préfère me taire. La fidélité, c'est aussi savoir demeurer la carpe du sérail. Venez au plus vite me demander à souper, je vous ferai visiter le garde-meuble, les merveilles y abondent et nous parlerons.

Nicolas rejoignit sa voiture à pas lents, méditant sur ce qu'il venait d'apprendre. Il croisait des personnages qu'il avait connus jadis et qui soudain réapparaissaient transformés et vieillis. Tel arrogant crêté avait perdu sa superbe, telle autre dissimulait sous de savants artifices le désastre d'une beauté disparue. Le temps faisait son œuvre inexorable. Quand il se considérait dans une glace il ne s'inquiétait pas outre mesure ; mais se voyait-il vraiment dans sa vérité ?

Après les états d'âme de la reine, les désillusions de Thierry, pourtant fidèle parmi les fidèles, l'inquiétaient sans le surprendre. Tout corroborait les alarmantes informations qui lui parvenaient de toutes parts. Ah, certes oui, la vieille machine qui, jusque-là, avançait cahin-caha s'embourbait peu à peu sous les assauts conjugués du peuple et des privilégiés, aveugles, qui sciaient les branches sur lesquelles ils étaient installés depuis tant de siècles.

Passant devant l'hôtel d'Arranet la tentation le saisit d'aller embrasser Aimée. Il ne résista pas à ce mouvement, tant le réconfort de sa maîtresse lui manquait dans le désordre menaçant de ces journées. Sa déception fut grande lorsque Tribord, ravi de le voir, l'informa qu'Aimée était de quartier chez Madame Élisabeth et l'amiral en inspection à Rochefort. Il demanda au vieux majordome de signaler son passage et continua sa route vers Paris.

Il reprit sa méditation. Pendant que la reine lisait le billet d'Adran, il avait écouté plus qu'entendu le doux gazouillis du prince Canh qui décrivait au dauphin les jouets dont il disposait aux Missions étrangères. Sur le moment quelque chose avait frappé son esprit sans que pour autant cette observation atteignît sa pleine conscience. Il s'évertua à retrouver cette impression fugitive sans y parvenir. Sans doute sa mémoire lui présenterait-elle ce détail quand il ne s'efforcerait plus à le rechercher.

Les jours se succédaient dans un désordre d'événements qui l'entraînaient malgré lui dans des directions différentes. Désormais il devait s'appliquer à imaginer de quelle manière il parviendrait à confondre Minh. L'homme, subtil, ne se laisserait pas aisément piéger. Il allait demeurer immobile, assuré que cette attitude le protégerait de toute inquisition. Avait-il d'ailleurs encore les moyens de nuire, isolé dans un pays étranger et ne disposant en apparence d'aucune force ? Le curieux de tout cela était qu'on affrontait en permanence des Hollandais, mais qu'aucune autre troupe ne s'était jusqu'alors manifestée. Peut-être devait-il porter ses investigations vers les gens du duc d'Orléans. Par expérience il savait que ce prince du sang établissait toujours des pare-feu entre lui et ses hommes de main en charge des plus sinistres besognes. Il ne disposait à cet égard que du seul témoignage du petit protégé de la Paulet.

Il réfléchit qu'il aurait sans doute intérêt à reprendre langue avec Restif de la Bretonne. Rien n'échappait de jour comme de nuit à ce promeneur infatigable. Il regrettait d'avoir poussé à bout et exaspéré outre mesure cet étrange interlocuteur lors de leur dernier entretien à Saint-Germain-l'Auxerrois. Lui seul pourrait sans doute lui apporter des informations supplémentaires qui permettraient de relier Minh au complot en cours. Il devrait mettre dans sa poche l'éloignement, voire le dégoût que lui inspirait ce personnage.

Il s'interrogeait : quel intérêt le duc d'Orléans avait-il à compromettre son honneur et son nom dans une telle fange ? Se venger de la reine en affaiblissant le trône ? Il semblait que le scandale du collier et ses suites judiciaires eussent dû suffire à le satisfaire. Au parlement, usant de la manière cauteleuse qui lui était propre, il soutenait sans vouloir le paraître l'obstruction aux tentatives de réformes qu'à l'instar de Calonne, Loménie poursuivait. Trahissait-il au profit d'une puissance étrangère ? Cette perspective donnait la nausée à Nicolas. Et pourtant tout concourait à le supposer et, dans ce cas, Minh qui ambitionnait sans doute d'usurper le trône de Cochinchine aurait partie liée avec le cousin du roi, attaché quant à lui à miner le pouvoir royal et peut-être davantage. La rupture des négociations avec Nguyen Anh ne manquerait pas, aussitôt connue et répandue, de déclencher la risée de l'Europe envers une monarchie incapable de protéger dans sa capitale le plénipotentiaire d'un souverain ami. Minh par ce biais avait-il d'autres complices ? Les liens du duc avec l'Angleterre, y compris financiers, le conduisaient-ils à être soumis de ce côté-là à des pressions ? Ses intérêts, quelle que fût l'immensité fragile de sa fortune, avaient depuis longtemps traversé la Manche.

Au Châtelet, une nouvelle découverte apportait un élément supplémentaire au carton découpé incomplet de l'affaire ; Gremillon avait fini par retrouver l'étude d'où provenait la copie de la minute trouvée sous la couche de Maradon. Chez Renard, rue Mercière, il avait poussé son enquête jusqu'à obtenir d'un jeune tabellion effaré une description du client, un homme blond d'une trentaine d'années, dont il se souvenait qu'il avait précisément demandé la copie sans mention de nom ou d'adresse du projet de bail. De fait le sergent avait pu subrepticement relever ces mentions. Il s'agissait bien d'une demeure rue de Montreuil et d'un dénommé Pacôme Bougard, sans profession, domicilié rue Saint-Honoré.

— Là, dit Bourdeau, nous retombons dans l'inconnu. On aurait pu supposer trouver la mention de Maradon ou d'un nom hollandais.

— Inutile de nous casser la tête, soupira Nicolas, ce nom est faux et ne mènera à rien. Ce blond d'ailleurs l'est-il de nature, et ne saurait-il s'avérer brun et se confondre avec Maradon ? Quant à l'adresse, elle peut dissimuler le Palais-Royal. Je suis d'ailleurs persuadé qu'il s'agit de l'homme que le petit protégé de la Paulet a vu y entrer. Dans l'immédiat je souhaiterais qu'on charge Tirepot, que j'ai aperçu sous le porche il y a un instant, d'envoyer un de ses vas-y-dire porter un billet à Restif au plus vite.

— Qu'avons-nous à faire avec ce faquin fécond en fariboudes ?

— Pas tant que cela : il a fait ses preuves et connaît son intérêt.

Nicolas écrivit un petit mot dans lequel il plaça un louis et qu'il scella après l'avoir soigneusement fermé pour le remettre à Gremillon, avec une poignée de liards à partager entre Tirepot et l'envoyé qui serait désigné.

— Que lui veux-tu ?

— Notre dernier bavardage a tourné court alors qu'il s'annonçait avantageux en diable. Je suis très curieux d'apprendre ce qu'il allait me confier.

Bourdeau fit une moue dégoûtée.

— À traiter avec de longues cuillères enfin... Autre chose, une idée m'est venue dont tu me diras ce que tu en penses. Considère Maradon, on peut comprendre qu'un jeune homme désargenté se passe de valet, mais la voisine en charge d'un parent infirme ne devrait-elle pas être aidée par quelque servante ? Or nous n'en avons relevé nulle trace.

— En effet, c'est une piste à suivre et *fais au plus matois donner du nez en terre*.

Nicolas consulta sa montre et fut surpris que la fin du jour fût si proche.

— Je crois que rien ne troublera cette nuit ; je rentre rue Montmartre.

— Prends garde à toi ! Tu sais que toi aussi tu peux être une cible.

À l'hôtel de Noblecourt, le maître des lieux, troublé par les événements de la nuit et le départ soudain des deux policiers auxquels, en dépit des précautions, s'ajoutaient les conséquences d'un souper trop arrosé, avait souffert une mauvaise nuit. Dès que Nicolas entra dans l'office, des coups de canne autoritaires se firent entendre.

— Cours le rechoindre, mon betit, dit Catherine. Il n'a bas cessé de grognonner toute la journée. Yo, yo, il n'est blus fait bour ce type d'exbéditions, tu beux m'en croire !

Nicolas s'empressa de monter dans la chambre de Noblecourt qu'il trouva en robe de chambre et le madras de nuit en bataille, grommelant d'incompréhensibles paroles au milieu d'un invraisemblable amas de coussins qu'il jetait à terre. Grimpée sur la tablette de la cheminée, Mouchette gémissait faiblement et considérait le champ de bataille, les oreilles aplaties d'épouvante et la queue en écouvillon face à ce charivari.

— Que m'apprend-on ? Vous vous agitez sans souci de votre santé au lieu que la raison devrait vous inciter, après les excès du souper, à vous noyer dans la sauge ou le tilleul.

Noblecourt frappa les accoudoirs de son fauteuil, à la consternation de la chatte qui derechef poussa un long miaulement de désespoir.

— Voyez ! Vous effrayez cette pauvre bête qui vous aime tant.

— Vous aussi, Nicolas, vous allez me tympaniser. Je n'ai point fermé l'œil de la nuit. Votre départ si soudain m'avait obsédé de fâcheuses pensées.

— Et le vin blanc du seigneur de Mezay…

Noblecourt prit un air coupable et secoua la tête.

— … Comment ? Croyez-vous que je ne vous ai pas vu, dans le feu du débat, emplir subrepticement votre verre, et à ras ?

— Traître, espion, mouche, cafard, policier pour tout dire, marmonna Noblecourt retenant son rire.

— Gast, le beau chapelet ! Ne voulez-vous donc rien savoir des événements de la journée ? Et d'abord faites la paix avec Mouchette.

Nicolas saisit la chatte qui au contact de son maître se calma. Il la posa sur les genoux de Noblecourt qu'elle considéra tout d'abord avec suspicion avant de céder à sa caresse.

— Et avant que je vous conte par le menu des faits mémorables, frappez le parquet de votre canne ; je meurs de faim.

Catherine fit son entrée, essoufflée d'avoir gravi l'escalier en toute hâte.

— Ma fille, dit Noblecourt avec pompe, il faudrait rassasier ce jeune homme. Je pense qu'il n'a rien pris depuis le souper chez le docteur Semacgus. Et m'apporter ma sauge avec quelques gimblettes ou croquignoles qui ne sauraient charger outre mesure *Messer Gaster* avant la nuit.

— Que vous voilà raisonnable !

— C'est que, et Noblecourt jeta un coup d'œil circonspect vers la porte pour s'assurer que la cuisinière était bien sortie, si je demande autre chose de plus consistant, ma geôlière me le refusera avec force arguments dirimants.

— Allons, vous l'adorez !

— Oui, comme une divinité redoutable !

La cuisinière revint avec une salade de petit salé aux lentilles qu'elle avait fait attiédir, sur laquelle Nicolas se jeta avec voracité tandis que Noblecourt, l'air contraint, trempait ses biscuits dans sa tisane.

— Je vous écoute.

Nicolas refit l'historique de l'affaire jusqu'aux événements du jour tandis que son vieil ami sirotait son breuvage, les yeux fermés pour mieux réfléchir.

Son exposé achevé, Nicolas allait se retirer, croyant que Noblecourt s'était endormi, mais au bruit que fit cette retraite celui-ci ouvrit les yeux.

— Je ne dormais point. En fait je tentais de réduire à quelques points cruciaux le long récit de vos investigations. J'y rencontre beaucoup de postulats, que vous n'avez peut-être pas visités suffisamment.

— Lesquels, par exemple ? fit Nicolas, un peu piqué de la remarque.

— C'est que vous prenez le début pour la fin et déduisez de la fin ce que vous supposez du début.

Me suis-je bien fait comprendre ? L'homme ne doit pas supposer connaître ce qui lui est inconnu.

— Bon ! Voici le Chinois du Tao.

— Vous avancez dans le noir : vous avez deviné, une sage parole du Maître. Confucius peut vous aider.

— Donc ?

— Êtes-vous assuré de l'identité de votre agresseur à Ranreuil ?

— Que voulez-vous dire ?

— Combien de temps s'est-il écoulé entre le coup de feu sur la plage et votre retour à Ranreuil ?

Nicolas réfléchit.

— À l'aller Sémillante avait pris le trot et nous avons mis presque une heure pour parvenir à la plage. Au retour ce temps a été multiplié par deux, je suis passé au pas par les difficiles sentiers du marais dans lesquels je pouvais voir au loin et prévenir une embuscade.

— Question : votre agresseur aurait-il pu être M. Cholet ?

— Matériellement oui, car les temps coïncident. Mais alors Pluton l'eût reconnu et, lors de l'ouverture, la morsure à la hanche eût été découverte.

— Soit, poursuivons, votre Minh pourrait-il être l'homme qui vous a tiré dessus ?

— Non ! Sa position auprès du prince héritier empêchait toute absence trop prolongée.

— Alors, si Co n'est pas non plus votre agresseur et que pourtant lui-même a été agressé, il porte d'étranges marques sur la poitrine, comme l'un des agresseurs hollandais. Quelles conséquences tirez-vous de tout cela qui soit conforme à la raison ?

— Hélas ! cet imbroglio me désespère.

— Il est vrai que le nœud de cette énigme repose, il me semble, tout entier dans cet épisode de la forêt du Mans.

— En dépit de Confucius nous voici parvenus aux mêmes conclusions que celles que j'ai déjà formées. Il reste une autre hypothèse, celle de la présence d'un troisième larron qui attaque Cholet et le chevaucheur de l'évêque. Il suit Cholet à la trace ou peut-être le précède-t-il à Ranreuil, car alors comment aurait-il appris mon escapade à la Bôle ? C'est alors qu'il me poursuit sur la plage… À quoi songez-vous ?

— Je réfléchis, c'est tout. Il n'y a point de mystère, Nicolas, qui ne cède à la raison bien accommodée.

— Et d'où, selon vous, parviendrait ce troisième homme ?

— Les perspectives se multipliant à cet égard, reprit Noblecourt, sentencieux, je privilégierais un homme de Minh, pris dans la garde qui veille à la sûreté du prince. Ou alors ce n'est pas un Annamite et le document trouvé dans la poche arrachée par le brave Pluton servait à cet inconnu de sauf-conduit auprès des chefs de la conspiration.

— Là encore l'absence d'un membre de la garde annamite paraît impossible. Il y aurait, sauf complot général, trop de témoins pour signaler son absence. Quant à la présence d'un autre complice, c'est une question sur laquelle je travaille. Reste en effet un mystérieux personnage qui a eu langue avec les Hollandais dans un des cabinets de la Paulet. Demeure aussi la présence avérée d'un Annamite rue des Fossoyeurs dans l'escalier de Maradon. Qu'y faisait-il ? Et pour le coup, il est vraisemblable que c'était Minh. Je fonde cette assertion sur le fait que nous l'avons convaincu de complicité dans cette affaire.

— C'est en effet probable.

— C'est ce Maradon qui agace le raisonnement. Vu sa culture, un fils de bonne famille dont Sartine s'est emparé pour ses basses ou bonnes œuvres, c'est selon. A-t-il péri au service du roi ou été assassiné par ses complices pour trahison ? Au profit de qui ? Peut-être de lui-même, qui sait ?

— Il reste que vous n'avez toujours pas retrouvé le sceau de Cochinchine. Vu l'agitation de ceux qui le recherchent et meurent pour sa quête, je m'interroge comme vous. Entre quelles mains se trouve-t-il aujourd'hui ?

— Il semble que ces Hollandais seraient hors de cause, Minh ne l'a pas, d'évidence. Alors, le duc d'Orléans ?

Sur cette intrigante question Nicolas quitta Noblecourt et rejoignit son appartement précédé de Mouchette, la queue en point d'interrogation. Sa nuit fut agitée, non que le sommeil lui manquât, mais il était traversé de rêves qui tournaient au cauchemar répété.

Il traversait le marais autour de Guérande quand la vase avait emprisonné ses jambes, l'empêchant d'avancer et de rejoindre des petits gueux, ses compagnons de jeu, qui l'appelaient au loin. Plus il s'évertuait et plus il s'enfonçait au point que son corps tout entier disparaissait dans cette gangue visqueuse. Au moment où elle atteignait sa bouche, il tentait de lancer un dernier appel mais, le souffle coupé, son cri demeurait inaudible. Puis la même scène recommençait sous une forme identique. Puis une variante surgit : trois Annamites aux visages ricanant dansaient autour de lui en se tenant par la main et chantonnaient d'une voix criarde. Mais à leurs mouvements saccadés et maladroits, il compre-

nait dans sa hantise que c'étaient des marionnettes. Il aurait voulu les écarter et saisir les fils qui les animaient afin de les rompre et de démasquer celui qui les tenait. À ce moment, les puppi *se transformèrent et laissèrent la place à trois araignées qui fondirent sur son visage. Il voyait leurs petits yeux cruels, la vase alors le submergea et il se sentit aspiré dans un gouffre sans fond pour enfin se réveiller.*

Couchée sur sa poitrine, Mouchette le fixait de son regard émeraude, grondant doucement tel un cerbère né de ses rêves.

Sa soif était intense et sa bouche tant sèche qu'il but le contenu entier d'un pot d'eau limonée que Catherine avait coutume de disposer sur sa table de nuit ; puis il tenta de retrouver le sommeil sans toutefois y parvenir.

Vendredi 17 septembre 1787

Il lut jusqu'à six heures, moment où il finit par s'assoupir pour une courte trêve réparatrice.

Sur le chemin du Châtelet, Nicolas réfléchissait à l'ordre des priorités : sans doute, d'abord, consulter Restif qui d'évidence en savait plus long que ce qu'il avait bien voulu dire lors de leur dernière rencontre avortée. Au moment d'entrer dans la vieille prison, Tirepot qui le guettait le happa au passage.

— Mon Nicolas, j'ai un message pour toi de qui tu sais.

Quel nouveau lieu de rendez-vous avait pu trouver le Hibou, qui semblait penser que leur taverne, rue des Trois-Maries, ne convenait plus ?

— Dis-moi tout, et vite.

— Tu dois te rendre à la fontaine d'Alexandre, rue Saint-Victor. On t'attend devant la tour à laquelle elle est adossée.

— Et là ?

— On te dira où aller. Tu connais le bonhomme, plus méfiant tu fais pas.

Nicolas reprit sa voiture et se fit déposer un peu avant le monument qu'il gagna à pied. En attendant, il admira l'œuvre du Bernin, ses étages successifs, ses tritons joufflus et tout le détail d'une vasque avec un mascaron au visage de Neptune surmonté d'un chapiteau et d'un médaillon entouré de deux sirènes. Il s'y tint un long moment avant qu'une vieille femme vêtue de haillons le bouscule et lui dise de sa bouche édentée d'avoir à la suivre. Elle s'échappa en boitillant et Nicolas jugea prudent de lui laisser prendre un temps d'avance. Il la suivit sous le porche d'une vieille demeure dont la presque totale obscurité le surprit. Une main lui saisit l'épaule et l'attira dans un recoin.

— Faut-il que je vous aime, pour satisfaire ainsi votre vœu de me voir, murmura la voix grinçante de Restif.

— Le Hibou a parfois besoin d'un autre oiseau de proie. Qu'avez-vous donc à m'apprendre ?

— Peut-être qu'un échange réciproque serait souhaitable pour amorcer la lumière.

— Soit, dit Nicolas. Je veux bien commencer. Auriez-vous, par hasard, entendu parler d'un certain Pacôme Bougard, qui est soupçonné d'être un affidé du duc d'Orléans, lequel l'utiliserait pour ses basses œuvres ?

— Oh ! reprit Restif, s'esclaffant. Je vois que vous avez avancé à grands pas. C'est grand plaisir de parler avec vous. Nous sommes à égalité, sauf que…

— Sauf que ?

— Sauf que vous ne possédez que les initiales.

— Comment cela ?

— P. B. Votre nom est un nom d'emprunt que l'intéressé utilise en France.

— En France ! Mais qui est-il en vérité ?

— Patrick Barrington, ancien agent de la Compagnie des Indes. Il parle chinois et d'autres idiomes de l'Asie lointaine. Directeur à Bombay, il a été chassé pour prévarication en 1783. Après diverses aventures, il est repêché par le Secret anglais et se retrouve le truchement entre le duc d'Orléans et ses amis anglais. C'est par la maîtresse anglaise du prince qu'il s'est insinué dans ses bonnes grâces. Il travaille donc à deux mains pour le duc et pour le Secret anglais. D'un séjour à Singapour il a également été initié aux mystères des triades.

— Comment diable as-tu appris tout cela ?

La main sur l'épaule de Nicolas se resserra.

— Vous ai-je demandé qui vous a renseigné sur Pacôme Bougard ?

— Non, il est vrai. À chacun ses secrets. Je crois que vous méritez, mon cher Hibou, une récompense de fonds. C'est un investissement, car il se pourrait que j'aie de nouveau recours à vos services. Fouillez ma poche droite.

Restif en sortit une bourse bien remplie.

— Monseigneur est trop bon et je demeure son dévoué serviteur.

Il lâcha l'épaule de Nicolas et disparut dans l'obscurité avec un grand rire saccadé. Ainsi l'homme qui avait passé le bail pour la rue de Montreuil s'avérait être ce Bougard *alias* Patrick Barrington. Derrière lui, le duc d'Orléans, qu'animaient sa vindicte envers le trône et ses sombres ambitions, se trouvait encore la main d'une conjonction hétéroclite de Hollandais et de la triade. Le prince Minh et l'opposition à Nguyen Anh y prenaient appui pour tenter de renverser la dynastie cochinchinoise. Nicolas soupira. Il devait tout tenter pour écraser les vestiges subsistants de cette hydre aux têtes multiples.

L'idée lui vint aussitôt de faire d'une pierre deux coups, d'anéantir le sicaire anglais tout en confondant le prince Minh. Ce dernier, isolé en terre étrangère, serait alors réduit à l'impuissance, même si rien ne pouvait être mené contre lui par la justice du roi, au vu de son caractère de plénipotentiaire de la suite du prince héritier. Il faisait confiance à l'évêque d'Adran pour le rendre inoffensif jusqu'à son retour à Saigon. Restait à mettre en place le piège qui se refermerait sur les coupables. Pour cela, il devait requérir à nouveau l'aide du père Samuel qui, seul, pouvait lui permettre de mener à bien ce qu'il envisageait.

Il donna ordre à son cocher de rejoindre la rue Trousse-Vache. Il éprouva le même sentiment que la première fois en gravissant les degrés encombrés d'ordures, reflets de la profonde misère qui accablait la partie la plus pauvre de la ville. Tous ces malheureux au regard haineux qu'il croisait n'étaient que trop préparés à fournir la masse agissante de troubles suscités par les manipulateurs politiques. Il frappa à la porte du père jésuite qui aussitôt trembla sous les coups caractéristiques des poignards du saint homme qui se fichaient dans le bois, avant qu'une voix rauque lui demandât qui venait là.

— Nicolas Le Floch, l'ami de M. de La Borde.

Les verrous grincèrent et on lui intima d'entrer. Il trouva le père Samuel se débattant au milieu d'un amoncellement d'in-folio.

— Dieu vous envoie, mon fils. Je dois mettre de l'ordre dans ce capharnaüm. Voyez cette solive. Sans doute attaquée par les vers, elle a cédé. Aidez-moi donc à dégager la voie.

Ils s'attelèrent à la tâche, soulevant la lourde pièce de bois dans un nuage de poussière et empilant les volumes pour former une nouvelle tour branlante s'ajoutant à d'autres. Nicolas craignit que le toit ne s'effondrât mais d'autres piles de livres paraissaient servir de soutiens.

— Grand merci, je n'y serais pas parvenu tout seul. Quelle aide puis-je cette fois-ci vous apporter ? Une traduction peut-être ?

— J'irai au fait sans barguigner. Je souhaiterais adresser un message émanant de la secte que vous savez. Ou, plus exactement, obliger son destinataire à y répondre.

— Soyez plus clair.

Il fallait faire vite et Nicolas improvisa. Il rechercha dans sa mémoire un lieu qu'il connaissait bien. Les thermes de Julien où, jadis, il avait recueilli Mouchette lui vinrent en mémoire. Le lieu était désert et propre à une souricière.

— Mon père, c'est un message en chinois qui doit être envoyé et reçu, sinon les deux protagonistes se méfieraient et suspecteraient un piège.

Le vieux jésuite réfléchit un moment. Dans son désordre, il trouva un curieux papier jaune. Il usa d'une substance noire qu'il mouilla, dans laquelle il trempa une sorte de plume en bois pour ensuite tracer avec précision des colonnes d'élégants caractères.

— Celui, dit-il, qui recevra le message demandera à l'envoyé son lieu de naissance.

— Il y a là une impossibilité, dit Nicolas. C'est un petit vas-y-dire inculte qui portera le papier. Il ne parle pas chinois.

— Peu importe, dit le père Samuel, qui avait saisi une de ses lames et fixait d'une inquiétante manière un point derrière Nicolas. C'est le texte en langue chinoise qui compte. Le destinataire demandera à votre envoyé son lieu de naissance. Celui-ci n'aura qu'à lui tendre le papier.

— Dont le sens est ?

— *Je suis né sous les pêchers à fleurs rouges, le 25 du 7e mois de l'année Kak-Yin.* Votre vas-y-dire donnera alors le lieu et l'heure du rendez-vous et usera du même procédé avec l'autre destinataire.

— Je vous remercie, mon père.

— Je vous bénis, la tâche est rude. Je prierai pour votre salut terrestre et dans le ciel. Vous affrontez de bien redoutables adversaires.

Et ponctuant cet inquiétant propos, il lança son poignard qui au passage frôla Nicolas. Un rat qui avait pointé son nez au détour d'une pile bondit sous l'impact en couinant.

— Et un de plus ! s'écria le père Samuel, se frottant les mains avec satisfaction. Je finirai par en venir à bout, oui, oui !

Nicolas prit congé mais, avant qu'il franchisse la porte, le vieux jésuite l'approcha, l'accrocha par un bouton de son pourpoint et lui murmura une dernière mise en garde :

— Prenez garde, mon fils, ces gens-là, oui, oui, sont doubles et n'agissent jamais seuls, jamais, jamais !

Nicolas aurait voulu qu'on lui explicitât la formule, mais il fut poussé au-dehors en un tournemain après un coup d'œil inquisiteur jeté sur le palier par un Samuel suspicieux. Plusieurs targettes grinçantes furent aussitôt tirées. Le commissaire descendit l'escalier et traversa à nouveau un monde de pauvreté. Il s'interrogeait. Que pouvait espérer cette foule de misérables qui peuplaient les sordides garnis de la ville ? Une masse redoutable exploitée et menacée par des propriétaires hargneux et sans pitié qui eux-mêmes ambitionnaient de rejoindre une bourgeoisie désormais avide de pouvoirs. Il y avait dans cette situation une menace que Nicolas pressentait avec d'autant plus d'acuité qu'il ne prenait parti pour aucune des factions ou courants politiques qui foisonnaient alors dans une opinion agitée par la perspective des États généraux.

Après la désastreuse issue de l'affaire du collier et en dépit du voyage triomphal du roi en Normandie l'année précédente, la vindicte populaire contre la reine croissait avec la multiplication des caricatures, pamphlets et libelles plus cruels les uns que les autres qui inondaient toutes les couches d'une société enfiévrée aspirant au changement. Nicolas ressassait ce qu'il avait expliqué à Bourdeau. Il discernait bien, avec ce détachement d'un homme qui ne se sentait l'otage des intérêts d'aucun ordre, les ayant tous éprouvés, que ceux qui bénéficiaient des privilèges et qui se refusaient à tout partage et à toute réforme oubliaient que leurs avantages correspondaient à l'origine à l'impôt du sang pour la défense du royaume. L'argent et le lucre dominaient tout.

À part lui, il regrettait l'immobilisme du souverain dont il aurait souhaité qu'il prît l'initiative d'un mouvement au lieu de se laisser imposer par la succession des ministres, apprentis sorciers, des recettes incertaines pour pallier le déficit, sans pour autant les soutenir vraiment et pour les renvoyer à la première difficulté venue. Turgot, Necker, Calonne et maintenant Brienne surgissaient sur le théâtre des affaires publiques pour faire quelques tours comme ces pantins de la foire Saint-Laurent que le public bombardait de boules de chiffons pour les abattre. Ils disparaissaient alors, vite oubliés, silhouettes figées comme les répliques de cire que Mme Tussaud présentait avec un succès croissant sur les boulevards.

Nicolas abandonna cette triste réflexion pour revenir à la préparation de la souricière qu'il prévoyait de mettre en place afin de confondre le prince Minh et Pacôme Bougard, *alias* Patrick Barrington, l'homme de la faction d'Orléans.

XVI

EMBUSCADE

> « En un instant la foudre écrasa leur palais. »
>
> *Nguyen Du*

Au Grand Châtelet Nicolas convoqua ses gens. Devant Bourdeau, Gremillon et Rabouine, il dévoila son plan après avoir exposé les informations recueillies auprès de Restif et du père Samuel.

— Nous allons conduire nos suspects, le prince Minh et Barrington, à se retrouver en un endroit précis où un piège leur sera tendu.

Bourdeau hocha la tête.

— Les messages doivent leur parvenir en même temps. Et qui portera les poulets aux destinataires ?

— Le plus malin des vas-y-dire qu'emploie notre ami Tirepot pour son double office.

— Les intéressés ne flaireront-ils pas l'embrouille ? demanda Gremillon.

— C'est l'utilisation de la langue chinoise qui garantira l'innocence et la véracité du rendez-vous.

— Bien pensé, dit Bourdeau en se frottant les mains. Il est probable qu'ils n'y verront que du feu. Une objection cependant, si nous sommes à l'affût dans les parages, il serait bon que nous puissions comprendre le détail de la conversation.

— Tu as raison, Pierre, je demanderai à Adran qu'il nous confie Paul Nghi, son fidèle confident.

— Et dans quel lieu comptes-tu tendre ton filet ? Nicolas se mit à rire.

— Dans un endroit que nous connaissons bien, ce qui nous procure un avantage sur l'adversaire. J'entends les réunir aux thermes de Julien où jadis tu jouas un rôle plus qu'utile[1].

— Il est vrai que l'endroit est parfait. C'est une souricière naturelle. On y entre aisément, mais c'est une autre affaire que de s'en échapper.

— Quoi qu'il en soit, reprit Nicolas, le fait même que les deux compères répondent à la convocation prouvera sans conteste leur implication dans une entreprise secrète et, d'évidence, criminelle. L'inspecteur et moi, nous nous tiendrons avec le truchement à l'intérieur dans le fenil qui surplombe la grande salle. Une fois Minh et Barrington entrés dans la nasse, celle-ci se refermera au-delà de la grille d'entrée avec Gremillon et Rabouine. Pour plus de sécurité nous n'interviendrons pas immédiatement et tâcherons d'écouter l'échange entre les deux hommes. Ils devraient comprendre assez vite qu'ils sont tombés dans un piège. C'est alors qu'il faudra tout faire pour les appréhender.

— Puis-je te suggérer que Pluton nous accompagne et qu'il sente la poche arrachée à ton agresseur de la Bôle ? Si c'est l'un des hommes présents, excepté le prince Minh qui n'a pas pu se déplacer seul hors Paris, il nous le désignera aussitôt.

— C'est une bonne idée. Sans compter qu'en cas de bataille il n'est pas d'un appui négligeable.

— Pour quand prévoyons-nous cette rencontre ?

— Ne tergiversons point trop longtemps. Demain c'est trop tôt pour les préparatifs. Je pense que le meilleur serait après-demain au coucher du soleil avant que l'obscurité ne s'installe et que nous n'y voyions goutte.

— Nous n'aurons qu'un coup à jouer, car un bon renard n'est pas pris deux fois à un même piège.

Bourdeau jeta un regard sévère sur Gremillon et Rabouine.

— Et surtout vous deux, pas un mot, le secret le plus absolu. On ne prend pas le lièvre en tapant du tambour !

— Nous leur faisons confiance, dit Nicolas, amusé du ton sévère de son adjoint. Mobiliser une troupe plus importante est inutile. Nous quatre et Pluton suffirons à la tâche. Toutefois, je recommande que chacun se munisse de deux pistolets. Cela évite de prendre le temps de recharger son arme, intervalle qui autorise votre adversaire à vous dépêcher proprement.

Il s'interrompit un moment.

— Je continue, ajouta Nicolas, perplexe, à m'interroger. Les Hollandais paraissent hors-jeu, leur troupe d'évidence exterminée. Restent Minh et Barrington et, à l'ombre de ce dernier, le Secret anglais qui a essayé d'enlever le petit prince.

— Et le duc d'Orléans ?

— C'est une anguille que sa qualité de prince de sang dérobe à toute tentative d'enquête. Pour le moment on dit qu'il agite le Parlement et s'oppose à toute mesure prise par Brienne. Ce qui continue à m'intriguer, c'est que nous n'avons nulle trace du sceau de Cochinchine. De quelles mains est-il en possession ? Ou bien l'un des deux groupes naguère coalisés a dissimulé à l'autre qu'il en disposait après l'incendie aux Missions étrangères.

— Note, Nicolas, que si ces deux mécréants se rendent à ce rendez-vous, c'est qu'ils s'interrogent eux-mêmes sur le destin de cet objet.

— Voire ! L'on peut vouloir tromper l'autre en le persuadant qu'il ne possède pas l'objet. Dans le cas où il le détiendrait…

— C'est chose risquée. Il y a déjà beaucoup de morts dans cette affaire. Ils peuvent aussi flairer l'embrouille et s'enfuir aussitôt.

— Le seul fait de répondre à la convocation les compromet l'un et l'autre. Cela nous suffit.

Nicolas s'était mis à dessiner sur une feuille de papier. Ils s'approchèrent tous pour examiner le croquis sommaire.

— Voilà, dit-il, commentant son travail. Rue de la Harpe, vis-à-vis l'hôtel du Bœuf couronné, une vieille maison. Au fond de sa cour, une grille qui permet de pénétrer dans la grande salle dans laquelle des granges de torchis s'appuient à la muraille avec un fenil chargé de foin et de fagots…

— À ce sujet, dit Bourdeau, il serait utile de vérifier qu'aucun mendiant ne dort à cet endroit, dont la présence pourrait troubler la représentation.

— Surtout qu'ayant l'expérience du lieu, c'est là que nous nous dissimulerons avec Nghi. Rabouine et Gremillon bloqueront l'issue en fermant la grille dès que nos suspects auront commencé leur débat. Il serait d'ailleurs approprié de graisser les gonds de cette grille afin d'éviter tout grincement intempestif.

— Pluton demeurera-t-il silencieux ? s'inquiéta Gremillon.

— Il sait le faire à merveille. Ai-je omis quelque chose ?

— Il faut donner les instructions nécessaires pour que le prince Minh ne soit pas suivi. Si par hasard il se sentait filé, il ne manquerait pas de soupçonner la trame que nous lui ménageons. Aussi tu dois bien informer l'évêque de notre plan afin qu'il ne risque pas de se mettre en travers.

Une voix autoritaire se fit soudain entendre.

— J'entends « plan » et j'ignore de quel plan il s'agit et ce qui le fonde. Je croyais vous avoir demandé de m'informer plus précisément de la marche de cette affaire. Je suis fort marri de cette discrétion qui m'écarte de toute décision dans une affaire d'État qui me tient à cœur. Alors, Nicolas, qu'en dites-vous en défense ?

M. de Sartine venait de surgir, suivi par le père Marie gesticulant qui voulait marquer ainsi qu'il n'avait pu empêcher la brutale incursion de l'ancien ministre. Gremillon et Rabouine s'esquivèrent prudemment.

— Monseigneur, il s'agit…

— Monseigneur, Monseigneur ! N'essayez pas de m'amadouer. J'entends savoir ce qu'il en est.

— C'est que justement, répondit Nicolas, irrité, je prenais toutes dispositions pour confondre les coupables de cette ténébreuse affaire et que j'allais de ce pas vous en distiller le détail, et voilà qu'à votre habitude vous apparaissez comme un diable hors de sa boîte, plein d'invectives et de soupçons. Chacun sait que vous préférez le ragoût achevé plutôt que sa préparation.

— À savoir, Monsieur, à savoir ! Il est facile à vous de me l'affirmer alors que je vous prends sur le fait de dissimulation.

Sur un coup d'œil de Bourdeau, Nicolas qui allait répliquer se contint.

— Pierre, avancez une chaise à M. de Sartine.

Nicolas, avec son extraordinaire capacité d'exposition et de clarté, résuma les conclusions auxquelles il était parvenu. Il en martela les certitudes sans en dissimuler les obscurités. Il détailla le plan envisagé aux thermes de Julien. Son ancien chef, si habile d'ordinaire à dissimuler dans ses traits immobiles les sentiments qui pouvaient l'animer, paraissait pour le coup incapable de conserver son impassibilité tant la succession rapide des informations reçues le surprenait.

— Ma foi, Nicolas, voilà qui n'est pas banal. Mais êtes-vous assuré par la suite de retrouver ce fameux sceau qui tant nous importe ?

— Du moins approchons-nous sans nul doute du but recherché.

— Et le meurtre de Maradon ? Possédez-vous quelque lumière sur le mobile et sur l'auteur ?

— Chaque chose en son temps. Il me semble que les deux affaires se sont, à un moment donné, croisées. Il n'est peut-être pas mort pour les raisons que nous serions conduits à supposer.

— Que voulez-vous dire ?

— Hélas, rien pour le moment.

— Et vous m'assénez la chose en toute tranquillité ! C'est toujours ainsi avec les cadavres que vous avez la mauvaise habitude de traîner derrière vous !

— Préféreriez-vous que je vous livre un conte bleu pour calmer votre légitime impatience ? L'enquête se poursuit et nous avons d'ores et déjà quelques suspects.

— Un seul me suffira bien convaincu de ce crime, et au plus vite. Vous êtes le meilleur, Nicolas.

— Monseigneur, dit Nicolas saluant dans un simulacre de révérence, lorsqu'on a eu l'honneur d'avoir servi le roi sous vos ordres, on ne peut viser qu'à l'excellence.

Sartine considéra Nicolas avec attention, ne sachant s'il devait prendre au pied de la lettre un compliment de cour aussi bien balancé. Finalement il choisit d'obéir à sa naturelle vanité et sourit de satisfaction.

— Voilà qui est bien vrai, mon ami. Si naguère on m'avait écouté, nous n'en serions pas où nous en sommes. Bon, dit-il, se levant, j'attends de vos nouvelles, mon cher Nicolas.

Et il sortit aussi vite qu'il était entré, bousculant au passage le malheureux père Marie qui n'avait pas bougé.

— Et, grommela Bourdeau, *petite pluie abat grand vent et longues buvettes rompent le tonnerre* ! Tu lui as servi du lard pour du cochon.

— Te voici bien rabelaisien !

— C'est un pays à moi, de Chinon où est la cave peinte. Je possède un lopin de vignes à Seuilly, près de la Devinière sa demeure. Enfant, j'allais voler des prunes dans le verger. Savais-tu qu'il reposait à Paris dans le cimetière Saint-Paul sous un figuier ?

— Bon, je te laisse la main sur le gouvernail pour la préparation de notre équipée. Je vais saluer Adran et l'informer de notre détermination et des détails de la chose.

Et, sous les regards étonnés des policiers, Nicolas se retira en chantonnant : « *Non, non, au milieu de mon âge, je ne me plaindrai pas, non, non, je ne me plaindrai pas*... » Un air de *La Caravane du Caire* de

Grétry, œuvre pour laquelle il nourrissait une particulière dilection tant elle le ravissait par la gaieté de ses mélodies.

Rue du Bac, il trouva l'évêque en plein travail devant une brassée de papiers, des volumes ouverts et des cartes marines.

— De bonnes nouvelles, Nicolas ?

— Tout d'abord des nouvelles du prince qui a été accueilli selon son rang par la reine elle-même. Elle vous remercie de procurer au dauphin son fils un camarade qui le distraira et lui fera peut-être oublier ses souffrances.

— Pauvre enfant, je prie chaque jour pour sa guérison.

— Pour le reste, c'est selon. Nous voici sans doute à la veille d'un premier dénouement, quant aux coupables de cette conspiration.

Adran lui demanda distraitement ce qu'il entendait par là.

— Je ne voudrais pas troubler votre tâche. Reste que je pense bientôt pouvoir m'ouvrir à vous d'une hypothèse quelque peu intrigante que bien des indices conduisent à formuler.

— Je relisais les premières minutes du projet de traité entre nos deux royaumes, dit l'évêque en posant sa plume et en écartant les documents. Mais je vous devine songeur et inquiet.

Les grandes lignes du plan envisagé aux thermes de Julien furent présentées. Adran l'écouta, le visage plongé dans ses mains comme s'il priait.

— J'ignore encore, ajouta le commissaire, si cela aboutira à retrouver le sceau de votre roi. Mais je suis près du but ce me semble et, je le répète, je pense juger droit.

— Mon ami, Dieu, qui jusqu'ici nous a protégés de la clique des méchants et de la horde des fauteurs d'injustice, ne manquera pas d'y pourvoir et de restituer à l'innocent ce qui lui appartient.

Nicolas s'interrogea sur ce qui fondait Adran à se montrer aussi optimiste, mais il avait appris à compter avec le langage apostolique du prélat. Il mit sur le compte de sa fatigue cette distance que ce dernier manifestait. Paul Nghi fut appelé, à qui fut expliqué ce qu'on attendait de lui. Une fois le confident retiré, Nicolas interrogea l'évêque sur les avancées de la négociation.

— Pas à pas et plutôt par à-coups. Trop de gens s'en occupent et la rivalité des bureaux n'arrange rien. Je me vois contraint de relancer presque chaque jour, soit par des courriers soit par des démarches souvent inutiles, le mécanisme qui hoquette et se grippe.

— Une question, Pierre, si vous le permettez. Comment faites-vous pour séparer les intérêts du roi de France dont vous êtes le sujet et ceux du souverain que vous servez ?

Adran se mit à rire.

— Je vous reconnais bien là ! C'est comme jouer aux échecs contre soi-même. La moyenne des avantages se fait toute seule. Et à tout vous dire, je suis persuadé que ce traité est dans l'intérêt bien compris des deux royaumes. Et le travail avance.

— Cependant le temps ne presse pas, tant que le sceau n'est pas retrouvé.

— Certes, certes. Rassurez-vous, mon cher Nicolas, j'ai bon espoir que, sous peu, tout sera accompli.

Et sur cette prédiction quasi biblique, Nicolas quitta son ami, quelque peu inquiet de l'espèce de détachement dont il faisait preuve et qu'il mit sur le compte d'une inébranlable confiance dans les desseins cachés de la Providence. Il se souvint que jeune séminariste Pigneau avait entrevu de larges pans de son existence à venir comme missionnaire dans l'Orient lointain.

Dimanche 19 septembre 1787

La veille Nicolas s'était octroyé une pause. Au grand ravissement d'Aimée, il s'était hasardé à Montreuil pour faire sa cour à Madame Élisabeth, qui le connaissait. Elle lui avait réservé le meilleur accueil et il avait été retenu pour un dîner charmant en cercle restreint en la seule présence de la marquise de Bombelles, l'une des dames de compagnie, et de Mme de Cimery, la première femme de chambre. Il s'était laissé séduire par la douce simplicité de la sœur du roi. La conversation avait porté sur les fleurs, puis sur un ouvrage de piété qui venait de paraître, sur le départ de Calonne dont la princesse se disait charmée et enfin elle s'était lâchée sur les nouvelles de Russie, regrettant que M. de Ségur, notre ambassadeur à Pétersbourg, eût accompagné l'impératrice Catherine en Aulide sur une route parsemée d'écriteaux dressés portant l'inscription *Chemin de Byzance*, mise en scène en prélude aux hostilités contre les Turcs voulues par Potemkine. *Elle trouvait que la bonne dame du Nord se remuait terriblement, ce qui lui déplaisait fort, elle-même étant partisane du repos*[2]. Une partie d'échecs avec Noblecourt avait conclu cette paisible journée.

Le lendemain, il occupa sa matinée à examiner et parfaire la préparation de l'opération du soir. Il s'en répétait inlassablement les phases successives, s'efforçant de sortir de lui-même pour mieux étayer la critique et déceler la moindre faiblesse du dispositif. La plus petite erreur pouvait être fatale, non seulement à la quête de la vérité, mais aussi à ceux qu'il entraînait dans cette entreprise risquée. Il savait bien pourtant que le succès ou l'échec dépendrait au bout du compte non de l'épure parfaite, sinon mathématique, mais de l'accumulation de détails inattendus, imprévisibles, qui surgiraient inopinément au cours de l'action sans que rien ne les annonçât et qui pourraient faire balancer l'avantage d'un côté ou d'un autre. Bourdeau, qui respectait son silence et sa méditation, finit par les rompre.

— Nicolas, une pensée me vient qui contient, je le crois, son boisseau d'importance.

Nicolas sortit de sa réflexion et leva la tête vers son ami.

— Je t'écoute et sans doute tes idées épousent-elles la pente de celles que je forme.

— Nous n'avons pas encore envoyé les missives à leurs destinataires. Songe que si nous le faisons trop tôt, ils pourraient faire surveiller les lieux, nous voir entrer et nous installer dans les thermes de Julien et faire ainsi échouer toute l'affaire.

— Ma foi tu as raison et la seule manière de pallier l'inconvénient est de nous trouver installés avant l'arrivée de Minh et de Barrington.

— Et j'ajouterai, il est nécessaire que Gremillon et Rabouine prennent une chambre de face à l'hôtel du Bœuf couronné pour guetter l'arrivée de nos gonzes et être à même de se porter à la grille pour bloquer la seule issue du monument. Avez-vous compris, tous les deux ?

Le sergent et la mouche acquiescèrent. Nicolas consulta sa montre.

— Il est onze heures. Tirepot attend notre signal pour lâcher ses deux vas-y-dire.

— Comment, deux ?

— Nous avons jugé préférable avec Tirepot de doubler nos chances que les messages arrivent à destination. Dès que nous en aurons le retour et la certitude, nous nous porterons tous aux thermes pour prendre notre faction.

— Autre objection, dit Gremillon, les thermes sont un lieu public fréquenté le jour comme le prouvent le foin et les fagots qui y sont entreposés…

— Je t'entends, mais d'ores et déjà j'ai ordonné à la garde de Paris de fermer à clé la grande grille qui y donne accès. Le lieu sera désert et à notre disposition.

— Alors tout est bien et il faut désormais s'en remettre à la fortune.

— Celle que je nomme la Providence, dit Nicolas en décochant une bourrade à son ami.

— Donc quelle heure ?

— Je lâcherai nos petits porteurs à quatre heures de relevée. Nous nous donnerons un délai d'une heure. Durant cet intervalle, Rabouine et Gremillon se porteront discrètement au Bœuf couronné où une chambre leur est réservée. Pour moi, j'irai chercher Pluton rue Montmartre. Tu m'y accompagneras et nous gagnerons rapidement les thermes. Tapis dans le foin du fenil, nous ferons le guet ; j'en ai, hélas, l'habitude. Au fait, Gremillon, des nouvelles de Geneviève Millot ?

— Certes ! J'allais oublier de vous en informer. Il s'avère que, comme c'était vraisemblable, le père et la fille disposaient d'une femme de chambre. Or celle-ci a disparu depuis plusieurs jours. Selon la rumeur, elle serait repartie à Choisy dont elle est originaire.

— Avons-nous d'elle quelque description ? demanda Bourdeau.

— Une jolie fille d'une vingtaine d'années, guillerette à souhait.

— Lorsque nous en aurons achevé avec la présente affaire, il conviendra de reprendre dans le détail les données de ce meurtre où tant de suspects se bousculent sans qu'aucun d'eux jusqu'à présent ne l'emporte sur les autres.

— Nous la ferons chercher pour l'interroger.

Le plan se déroula comme prévu. Il fallut éloigner un mendiant qui s'était adossé à la grille, étalant tout un fatras de gamelles et de hardes. Quelques liards suffirent à le faire décamper sans scandale. La grille fut débloquée et les deux policiers, accompagnés du frère Nghi, grimpèrent dans le fcnil suivis de Pluton, que l'aventure semblait ravir. Ils disposèrent de la paille pour dissimuler leur présence. Nicolas prit la tête de son chien entre ses mains, le regarda au fond des yeux, lui parla doucement et lui fit sentir la poche que le molosse avait arrachée en mordant l'agresseur de la Bôle. Pluton gémit en posant sa patte sur le bras de Nicolas d'une manière si expressive qu'on se serait persuadé à le voir qu'il avait parfaitement compris ce qu'on attendait de lui. À la surprise de Nicolas, Bourdeau sortit de sa redingote un pain, un couteau, un pot de terre contenant des rillettes et une petite bouteille de vin.

— D'où sors-tu tout cet attirail ?

— En prévision de cette attente et comme nous avons manqué le dîner, j'ai fait chercher par le père Marie, chez notre ami de la rue du Pied-de-Bœuf, de quoi tenir le siège.

Nicolas consulta sa montre : ils avaient tout loisir pour faire honneur aux provisions de l'inspecteur. Pluton observa tout ce remue-ménage et manifesta par un regard suppliant qu'on ne l'oubliât pas. Leur fringale assouvie, ils se préparèrent à une longue attente.

— As-tu des nouvelles de ton fils ?

Bourdeau grimaça en secouant la tête.

— Rien. Cela fait le désespoir de Mme Bourdeau. Il doit toujours être cramponné à sa gourgandine. C'est une suceuse de moelle. Cela n'aura qu'un temps.

— Je l'espère.

— Poursuit-il ses études de droit au moins ?

— Nous n'en sommes pas convaincus. Je crains, hélas, qu'il ne soit entretenu par cette fille qui a mis ses plombs sur lui pour emboiser le garçon et en faire son greluchon.

Nicolas mesurait la chance qui était la sienne avec Louis. Avec un début dans la vie chez la Paulet, rien ne pouvait augurer qu'il deviendrait ce jeune gentilhomme auquel son nom, son alliance avec la famille de Mezay et la faveur de la reine promettaient un brillant avenir. Et pourtant une sourde angoisse le tiraillait quand il songeait à l'avenir.

L'attente fut coupée par la conversation de Nghi qui raconta une partie des aventures d'Adran au Siam et en Cochinchine et décrivit la vie qu'il menait à Saigon. À l'heure prévue la grille s'ouvrit doucement, laissant le passage à deux hommes qui s'avancèrent à pas prudents dans la grande salle des thermes de Julien. L'un était le prince Minh et l'autre un Asiatique inconnu.

— C'est un soldat de la garde annamite, murmura Nghi à l'oreille de Nicolas. L'homme est dangereux, prenez garde.

Donc Minh se méfiait, pour s'être fait escorter d'un tel homme.

Quelques minutes plus tard un troisième homme fit son entrée. Tout de noir vêtu, il portait d'une manière ostensible deux pistolets à la ceinture.

— Il n'aura pas à recharger, observa Bourdeau.

Minh et l'homme en noir se saluèrent. Ils paraissaient se connaître. À quel moment, songea Nicolas, allaient-ils comprendre qu'un piège leur avait été tendu ?

— Je vais vous traduire, dit Nghi. Ils parlent en langue chinoise.

B : Quelle heureuse fortune de vous revoir, Minh.

M : Mon sentiment est semblable.

B : Vous vous êtes fait accompagner, à ce que je constate.

M : Je me sens peu assuré à cette heure. Et je ne connais pas la ville aussi bien que mon escorte.

B : C'est en effet une sage précaution.

Pluton, couché au long de Nicolas, s'était mis à gronder sourdement. Une légère tape sur le museau le fit taire. Il lécha la main qui le frappait, sans doute pour marquer qu'il avait compris l'avertissement.

M : Dois-je comprendre qu'une menace pèse sur moi ?

B : C'est selon, Minh. Avez-vous tenu parole dans le dessein qui était le nôtre avec nos amis hollandais qui, malheureusement, sont désormais anéantis ? Qui les a trahis ?

M : M'accuseriez-vous par hasard ? Savez-vous que nous avons affaire à forte partie ? Nous devions nous emparer d'un objet utile à nos intérêts et indispensable à nos plans. Où est-il ? Peut-être le savez-vous mieux que moi ?

B : Si je le savais je n'aurais pas répondu à votre billet et je ne me trouverais pas ici en votre compagnie, si plaisante fût-elle.

M : Comment ? Mon billet ? Mais c'est vous qui m'avez donné rendez-vous ici. Quel est cet embrouillement ?

B : Voyez ce mot. Il est bien de vous, je pense ?

M : Et celui-ci, n'est-il pas de votre main ?

B : Serions-nous les victimes d'un guet-apens bien ménagé ?

M : Allons ! Vous niez de m'avoir attiré ici ?

B : J'en ai autant pour vous, Monsieur. Pourquoi moi et pas vous ?

M : Parce que jusqu'à présent il semble que vous ayez tout échoué. Notre principal adversaire est toujours vivant et se pend à nos basques.

B : Et votre sbire, qui vous accompagne ici je présume, a raté sa cible de Bretagne et dans la forêt du Mans. Et à trois reprises.

M : Il y avait un traître dans la compagnie, vous ne l'ignorez pas. Il a payé de sa vie cette félonie.

B : Certes, mais la manœuvre et le coup du pistolet ont échoué pour se débarrasser de ce commissaire.

M : Au lieu de nous disputer, il me semble que nous devrions nous retirer au plus vite, car je suppose que, pas plus que moi, vous ne détenez l'objet en question.

Au moment où Minh prononçait ces paroles, Pluton, que la position immobile fatiguait, tenta d'en changer et de se retourner. Le fragile assemblage de vieilles planches qui constituait le plancher du fenil craqua puis, à grand bruit, céda sous le poids des trois hommes et du chien. Dans un nuage de poussière, ils tombèrent sur une meule de foin, démolissant au passage un amas de fagots et de bûches. À ce bruit, les trois conspirateurs se retournèrent et brandirent leurs pistolets mais, aveuglés, ne purent viser et tirer dans l'instant. Le premier qui réagit fut Pluton qui, furieux de l'aventure, se jeta en avant et sauta à la gorge de l'homme qui escortait Minh, le fit choir sur le sol et le tira vers Nicolas qui s'en saisit, le redressa et s'en fit un rempart. Nghi s'était réfugié derrière le bois effondré et Bourdeau avait mis en joue Minh et Barrington. La voix de ce dernier s'éleva :

— Eh ! Vous, le gros, je vous conseille de jeter votre arme au sol. Nous sommes deux et vous êtes seul à nous menacer. Le compte n'y est pas. Quant à votre acolyte, qu'il lâche notre ami. J'ai deux coups à tirer. L'un et l'autre périront si vous n'obéissez pas à l'instant à mon injonction. Et vite, je vous prie. Vous n'êtes guère de taille à résister. Une question cependant à laquelle j'ai réponse, mais j'aimerais l'entendre de votre bouche. Est-ce bien vous qui avez organisé cette heureuse entrevue qui va nous permettre de nous débarrasser de vos importunes personnes ? Et veuillez rappeler votre chien, sinon je l'abats sur-le-champ, et laissez aller notre homme.

— Cela, dit Nicolas, fait beaucoup de balles à tirer, Monsieur.

Furieux, Bourdeau lança son pistolet sur le dallage. Au même moment une bûche lancée d'une main sûre traversait l'espace et frappait au front Barrington qui, sous le choc, s'effondrait. Heurtant le sol, le pistolet de Bourdeau venait de lâcher un coup sous l'impact.

Une balle siffla aux oreilles de Minh qui se jeta à terre alors que Nicolas encourageait Pluton et que, dans un grand fracas, Rabouine et Gremillon faisaient irruption à l'arrière du champ de bataille. Les trois hommes furent aussitôt maîtrisés. Le garde annamite, la gorge ouverte, ne survécut qu'un instant. Il fut dépouillé de son vêtement et reconnu par les marques qu'il portait à la hanche et à la poitrine comme celui qui avait agressé Nicolas sur la plage de la Bôle et dans la forêt du Mans. Barrington, mugissant de rage, en appelait à son ambassade et excipait de sa qualité de sujet du roi d'Angleterre pour sommer qu'on le relâchât aussitôt.

— Monsieur, dit Nicolas, soyez heureux que vous tombiez dans les mains d'honnêtes gens. D'autres vous abattraient sur-le-champ comme un espion surpris en temps de guerre.

— J'en appelle à Son Altesse Royale, Mgr le duc d'Orléans, dont je suis le fidèle serviteur.

— Il faudrait savoir de qui vous souhaitez dépendre. Je doute fort, Monsieur, que le prince accepte de payer la dette et réclame un conspirateur qui vient de reconnaître devant trois témoins des menées criminelles qu'il ne saurait admettre chez un de ses serviteurs. Vous serez donc conduit sous bonne garde à la Bastille et une instruction sera menée contre vous par le lieutenant criminel comme sujet du roi de France, notre maître. Vous avez souhaité prendre le nom de Pacôme Bougard et c'est sous celui-là que vous serez jugé.

— Et sous quelles accusations ?

— Vous mettez le pluriel avec raison ! Non seulement pour tentatives de meurtres contre un magistrat du roi et meurtre sur la personne de Gilles Cholet, *alias* Maradon.

— Vous plaisantez, il était mort ou mourant.

— Que voici un bien étrange aveu !

L'Anglais fut remis aux mains de Gremillon après que Nicolas eut signé une lettre de cachet en blanc. Il serait conduit à la Bastille en attendant l'instruction de son affaire. Les deux policiers et Nghi attendirent des voitures que Rabouine était parti quérir. Le prince Minh, entravé, demeurait silencieux. Pluton reçut en récompense une tartine de rillettes qu'il gloutit d'un seul coup. Nghi fut félicité de son lancer de bûche, prompt renfort qui avait fait basculer la situation. Il expliqua son adresse par l'habitude du jeu de quilles, pratique qu'avait introduite en Cochinchine « l'oncle évêque ».

Nicolas décida de raccompagner Minh avec Nghi aux Missions étrangères. Il avait beaucoup réfléchi à la chose. Que pouvait-on reprocher à ce maître fourbe ? Prouver qu'il avait organisé des embuscades et l'accuser d'un complot qui intéressait au premier chef le royaume d'Annam ? C'était à son souverain seul de prendre en compte l'éventuel châtiment du personnage. Il bénéficiait comme membre d'une délégation diplomatique de l'immunité d'usage, privilège auquel s'ajoutait son appartenance à une famille royale. Dans la voiture qui les menait rue du Bac, Minh se buta dans un morne silence et refusa de répondre aux questions répétées du commissaire.

Il se faisait tard quand ils rejoignirent les Missions étrangères, jetant l'émotion dans la sainte maison. Nicolas conduisit le prince Minh dans le bureau d'Adran, qui travaillait. La vue du prince entravé ne parut pas surprendre outre mesure l'évêque qui, les traits immobiles, dévisagea la face tout aussi impassible du prisonnier.

— Enfin, vous voilà démasqué à ce que je comprends, mon cousin. Je suppose, vous connaissant, que vous n'expliquerez rien de votre attitude. Comment vous, si méfiant et perspicace, êtes-vous tombé dans le piège qui vous était tendu ? Votre présence aux thermes de Julien prouve, s'il en était besoin, votre implication dans une conspiration contre votre souverain et cousin. À notre retour, le roi décidera de votre sort.

Paul Nghi débita haletant le récit de la soirée, oubliant la part décisive qu'il y avait prise ; Nicolas rétablit l'entière vérité. Il indiqua qu'il remettait Minh entre les mains de la partie annamite, demandant seulement qu'il soit placé sous surveillance étroite de manière à être hors d'état de nuire. Adran réfléchit un moment, demanda à Nghi d'appeler Co. Il ordonna à ce dernier de conduire le prince à son appartement avec interdiction absolue d'en sortir.

Restés seuls, Adran et Nicolas méditèrent un moment.

— Cet homme est malade d'ambition. Nguyen Anh l'avait placé dans ma délégation afin de l'éloigner de Cochinchine où, en l'absence du prince héritier, il aurait pu renverser le roi et se faire proclamer à sa place. Le *hic*, c'était que l'instrument nécessaire à cette accession impliquait la possession du sceau de l'État qui légitime son détenteur. Nguyen Anh voyait loin. Eût-il été assassiné et changé le chef de la dynastie, rien n'était accompli. Le prince Canh, possesseur du sceau, serait devenu sans conteste le nouveau roi. Ce sceptre est comme la sainte ampoule qui sacre nos rois. Imaginez, Nicolas, ma responsabilité ; tout dépendait de ma prudence. C'est bien pourquoi je vous fis chercher en Bretagne, n'ayant ici que peu d'amis et, pour tout dire, plus d'ennemis que d'amis ! Quel est votre sentiment sur cette affaire ?

— Je tente, Pierre, de reconstituer tous les aléas d'une triste histoire. J'étais à Ranreuil. Un inconnu me tire dessus. J'ai longtemps balancé pour savoir qui était mon agresseur. Je suis maintenant persuadé qu'il s'agit du garde annamite complice du prince Minh. Gilles Cholet, dont je doute désormais qu'il ait été jamais agressé, obtient notre confiance justifiée par la qualité de ceux qui l'ont envoyé en Bretagne, Sartine notamment. Dans la forêt du Mans, il s'efforce de gazer la vérité et d'épargner un complice alors que l'incident venait de me tirer brutalement d'un profond sommeil. En vérité tout s'est déroulé si vite qu'étourdi et à moitié réveillé je n'ai rien vu distinctement. J'aurais dû d'ailleurs prendre garde à la réaction de Pluton qui grondait et avait sans doute reconnu mon agresseur.

— Et au fait, où est cette courageuse bête ?

— Elle dort dans ma voiture. Je n'ai pas distingué nettement le visage de notre agresseur. De fait, ma réflexion va même jusqu'à m'interroger sur la réalité de l'attentat de la plage car il fallait être bien mauvais tireur pour me manquer. Même chose pour l'incident de la forêt du Mans. Tout le monde rentre à Paris. Quel était le but de Cholet ? Pour des raisons qui demeurent à déterminer, il joue un jeu personnel. Il souhaite à la fois tromper Sartine qui le considère comme sa créature et les membres de la triade qu'il est parvenu à pénétrer. Agent double et même triple, il envisage de détourner à son profit la pièce précieuse, convoitise pour des prétextes divers et convergents d'une coalition hétéroclite composée de Minh, de la triade, des Hollandais et du duc d'Orléans. Tous souhaitent la chute de Nguyen Anh : par ambition pour Minh, par haine envers la dynastie régnante pour la triade, pour des raisons commerciales et politiques pour les Hollandais et par volonté d'affaiblir le roi pour le duc d'Orléans lié aux Anglais du fait de ses tractations financières. Conforté par ses illusions, Cholet se croit le plus fort. Il trouve la mort dans des conditions qui ne sont pas encore tout à fait élucidées, même si Barrington a laissé entendre que le coup de pistolet venait de lui, sûrement grimé, ou de son complice de la garde annamite. Je passe sur la manipulation qui me jette à la Bastille et l'enlèvement qui s'ensuit. Un indice portait interrogation. La copie de la minute notariale d'une maison découverte sous le matelas rue des Fossoyeurs. Son origine a été retrouvée. Il s'agissait d'une demeure le long du mur des fermiers généraux. On pouvait supposer que le sceau dérobé serait évacué sans risques par un tunnel ménagé sous le mur. Et quant à cet objet sacré, je dois…

— Descendons à la chapelle. Dans la crypte nous serons à même de parler en toute discrétion, dit soudain Adran.

Parvenus dans le sanctuaire, l'évêque s'agenouilla devant l'autel et s'abîma dans une longue oraison. Quand il se releva, sa figure joviale était empreinte d'une gravité nouvelle qui le revêtait d'une sorte de grandeur.

— Cependant, reprit Nicolas, il n'y a pas certitude de la trahison de Cholet *alias* Maradon. Dans la forêt du Mans, il peut feindre d'abattre un agresseur qu'il sait porteur d'une cuirasse et avec lequel il aurait préparé l'embuscade.

— Dans quel but ?

— Dans celui de conforter la confiance que je pouvais avoir en lui et dans ce cas cela confirmerait la trahison à l'égard de Sartine. Cependant le contraire est également envisageable avec un prétexte opposé et une préparation semblable. Faire en sorte que la confiance établie avec un commissaire de police autorise de prévoir et de lire les intentions de ceux qui protégeaient l'évêque d'Adran et son royal pupille.

— Et l'agression contre Co ? Qui en est responsable ?

— Cholet ou le garde annamite de la forêt du Mans, complice de Minh et égorgé ce soir par Pluton. Selon des bribes de propos échappés à Barrington, il semble bien que Cholet était soupçonné de trahison par ses complices. Subsistent dans cette affaire bien des détails obscurs sur lesquels il sera sans doute difficile d'apporter des lumières.

— Mais votre Cholet Maradon n'a-t-il pas été aussi empoisonné ?

— Double mystère que ce double assassinat. Je crois d'ailleurs que le poison est la cause de sa mort. Il subsiste une autre énigme : de toute évidence, aucun des groupes qui s'étaient coalisés ne me paraît détenir le sceau de Cochinchine. Tant que je ne le tiendrai pas entre mes mains pour vous le remettre, je ne serai pas satisfait. Pierre, qu'en pensez-vous ?

Nicolas remarqua le trouble du prélat qui se tordait les mains sur sa croix pectorale.

— Je crains en effet que vous ne puissiez rien en penser.

— Nicolas, je me dois de vous faire une confession…

Nicolas leva la main.

— Plus un mot, Monseigneur. Et cela pour une bonne raison, le sceau de Cochinchine n'a jamais été volé. N'est-ce pas ? Vous le détenez toujours.

Adran secouait la tête comme s'il eût voulu nier la chose.

— Mon Dieu, Nicolas, me pardonnerez-vous ! J'ai voulu le bien en trompant un ami. J'avais sous-estimé votre sagacité. Comment êtes-vous parvenu à cette conclusion ?

— Voyez-vous, lors de l'attente ce soir aux thermes de Julien, Paul Nghi m'a parlé de son pays et de la fête du nouvel an appelé Têt, marquée par de multiples traditions et en particulier par l'usage de pétards destinés à chasser les mauvais esprits. Je suis persuadé que l'explosion aux Missions étrangères, vous l'aviez sciemment organisée, tout comme le retour inopiné de votre dévoué serviteur Co.

— Je dois le reconnaître, dit Adran baissant la tête. Mais comment êtes-vous parvenu à cette conclusion ?

— Le prince Canh.

— Comment, est-ce lui qui m'a trahi ? Il m'avait pourtant donné sa parole. Enfin c'est encore un enfant.

Une vague de tristesse embuait le regard du prélat.

— Non, rassurez-vous. Il m'a seulement mis la puce à l'oreille tout à fait innocemment. Alors qu'il devisait avec le dauphin qui lui montrait ses soldats de plomb et d'autres jouets dont certains représentaient des animaux, le prince Canh, emporté par le feu de la conversation, a lâché le mot dragon que j'ai vaguement saisi, étant en conversation avec la reine. Cela m'a rappelé un détail qui m'avait frappé sur le moment mais que, dans la succession des événements, j'avais oublié.

— Seigneur, tes desseins sont impénétrables, nul ne peut s'y soustraire ! Lequel ?

— Il m'est revenu que lors de la prétendue attaque des Missions, le fait que le prince ait surgi d'une rangée d'in-folio parfaitement disposés m'a intrigué. Comment avait-il pu remettre en place ces lourds volumes derrière lesquels il s'était tapi ? Impossible ! À partir de ces deux indices, le reste apparaissait clair et votre rôle, Pierre, des plus évidents. Vous aviez choisi la meilleure manière de protéger le sceau de Cochinchine. Vous proclamiez sa disparition. Les conseils du roi en étaient avertis. Ainsi vous semiez le trouble et la division parmi ceux qui s'évertuaient à le rechercher. Et ceci dans l'espoir qu'ainsi, la discorde et le soupçon jetés entre eux, ils finiraient par se détruire les uns les autres. Hypothèse qui s'est révélée infondée puisque c'est l'action de la police qui en a décidé. Et permettez-moi pour ma part de supposer que l'objet en question demeure au fond du coffre à jouets du prince Canh.

— Hélas, que peut-on vous dissimuler ?

Adran replongea dans une sorte de rumination morose que Nicolas respecta.

— J'ai beaucoup péché en cette circonstance… J'ai oublié mes devoirs de prêtre au profit de mes obligations d'État. J'étais pris au piège des promesses faites à Nguyen Anh. J'ai dû choisir entre deux inconvénients. J'ai préféré sacrifier mon salut à la sûreté de cet enfant et aux intérêts bien entendus de deux royaumes. Et de surcroît, je vous ai égaré, vous, mon plus ancien ami, à qui j'aurais dû m'ouvrir de tout cela dès le début. J'en éprouve remords et affliction.

— C'est inutile d'y revenir, vous le constatez. Nous avons joué au mieux nos rôles respectifs. Il vous faut convaincre qu'un devoir impérieux vous a guidé. Rentrez en vous-même, vous oubliez que vous êtes devenu un homme d'État et cela ne va pas sans empiétement sur la morale commune et une bonne part de ruse et de haute malice. Votre ambition n'est pas banale. Vous ne recherchez point le pouvoir pour lui-même. Trois idéaux vous gouvernent : l'affection portée à un enfant, le souci d'aider un roi en grand péril et la volonté de le faire dans le souci des intérêts de notre pays. Imaginez que vous n'ayez pas choisi cette voie difficile. Il est probable que le sceau serait depuis longtemps aux mains de vos ennemis et vous auriez trahi les engagements pris auprès du roi de Cochinchine et compromis le rôle dévolu à la France en Asie.

— Que voilà un bel exorde plein de fallacieuses raisons ; vous honorez vos maîtres jésuites ! Et pourtant je vous entends…

— Et vous aurez raison de le faire. Ma foi, la seule chose qui ressort de ce débat c'est que regretter l'action équivaut à rechercher un logis au milieu d'un marais quand on craint l'humidité. Croyez-vous, mon cher Pierre, que la fonction qui est la mienne ne suscite pas autant de cas de conscience ? Et que parfois il faut bien savoir les trancher dans un sens qui éborgne la commune morale à moins que de céder au crime et se réfugier dans la solitude irresponsable de quelque thébaïde. Ce n'est pas une tentation qui m'épargne et, souvent, je souhaiterais jeter tout par-dessus les moulins et regagner ma Bretagne. Il y a une vertu dans le sacrifice.

— Je vous écoute et je veux bien y croire.

Adran se redressa en soupirant. Le poids du fardeau qui pesait sur lui semblait avoir disparu. Était-ce le résultat des paroles de Nicolas ?

— Revenons à nos affaires, Pierre. Désormais, vous pouvez conclure et signer l'âme en paix…

— L'âme, c'est à voir.

Nicolas ignora l'interruption.

— … le traité. Reste une question à régler. Vous ne pouvez décemment pas avouer de quelle manière le sceau a été dissimulé. Non qu'elle ne puisse se justifier, mais elle serait inacceptable et mal reçue de ceux avec qui vous étiez en train de négocier. Songez que le roi en a été informé en un conseil auquel je participais ! Vous risqueriez de perdre tout crédit et l'affaire irait à vau-l'eau.

— Hélas, je le vois bien. Que faire pour y remédier ? Je m'en remets à votre finesse d'appréciation et à votre connaissance des ministres et du roi.

— Nous pourrions nous en remettre à Sartine, mais je redoute son penchant à tirer la couverture à lui et vous savez comme moi qu'un secret qu'on partage n'en est plus un. Il nous faut trouver un stratagème acceptable.

Nicolas réfléchissait.

— Accepteriez-vous, reprit-il, que le prince Canh, principal acteur de ce leurre, soit aussi l'outil innocent de la réapparition du sceau de l'État ? Demeureront dans le secret vous, moi, Co et lui, prince héritier de Cochinchine.

— Je crains que vous n'ayez raison, quelque scrupule que je ressente de la méthode.

— Nous ferons ainsi. Et maintenant il me faut élucider la mort de Maradon. Ce sera plus difficile.

— Mon ami, vous avez le don de deviner l'indiscernable. Mes prières vous accompagnent.

Nicolas prit congé de son ami avec le sentiment qu'il le quittait transformé et grandi. Se retournant au seuil de la crypte, il vit Adran derechef abîmé devant l'autel.

XVII

DÉVOILEMENT

> « Il ne faut pas juger ce qui est possible et ce qui ne l'est pas selon ce qui est croyable et incroyable à notre sens. »
>
> *Montaigne*

En sortant des Missions étrangères, Nicolas reçut le choc en retour de ce qu'il venait d'apprendre ou, plutôt, de ce qui avait confirmé son intuition. L'amère satisfaction de voir résolue cette délicate affaire le disputait au regret qu'Adran n'eût pas cru pouvoir lui faire confiance, le laissant errer sur des traces qui ne menaient nulle part sauf à menacer sa propre famille. Oui, vraiment, l'évêque avait franchi le pas qui séparait sa mission pastorale de ses responsabilités d'État. Certes il comprenait que les règles auxquelles obéissait désormais son ami n'étaient plus celles d'un simple missionnaire ; il se situait sur un autre plan.

Au Châtelet, Bourdeau, qui le devinait aisément, soupçonna une contrariété mais n'osa pas l'interroger. Nicolas éprouva la réticence de son ami.

— Nous ne courrons plus après le sceau de Cochinchine, il est retrouvé. Ne me demande pas ni comment ni pourquoi et conserve la confidence pour toi.

Bourdeau se tut et ne poussa pas plus, l'air satisfait de la marque de confiance évidente que Nicolas lui marquait.

— A-t-on fait chercher la femme de chambre des Millot ?

— Elle sera ici dès demain matin.

Nicolas prit congé de Bourdeau et décida de rentrer à pied rue Montmartre. Il avait besoin de se retrouver seul avec lui-même. Il s'inquiétait de cette aigreur qui montait en lui comme un brouillard de l'âme. Aurait-il pu pour le salut du roi agir comme Adran ? L'honneur n'était-il pas un capital indivisible que le moindre écart détruisait ? Il plaignit soudain son ami qui avait compromis tout ce dont il était pétri en tant qu'homme et prêtre. Peut-être la passion du pouvoir était-elle proche de celle de l'amour. Toutes deux écartaient tout autour d'elles.

Il erra longtemps, méditant et agitant des scrupules multipliés à l'infini. La maison dormait quand il parvint rue Montmartre. Seuls l'accueillirent dans l'ombre les yeux brillants de Mouchette lorsqu'il alluma la chandelle. Il se coucha avec, dans la tête, l'obsession de ce que le lendemain apporterait. Il fallait en finir au plus vite avec le meurtre de la rue des Fossoyeurs. Il y avait tant de suspects que la tentation était forte de s'en remettre simplement à l'aveu de Barrington. Le témoignage de la femme de chambre des Millot apporterait-il des lumières nouvelles ? C'est sur cette question qu'il s'endormit.

Lundi 20 septembre 1787

Avant de rejoindre le Châtelet, Nicolas entreprit de surprendre Sartine à son lever afin de tenir sa promesse de l'informer et, pour le coup, de lui annoncer la récupération du sceau de Cochinchine. Il fut écouté avec attention par un homme suspicieux qui tournait autour de lui à grands pas en faisant voler les pans de sa robe de chambre. Le tout s'acheva par un sifflement dont le sens ne pouvait échapper à Nicolas. Son ancien chef ne paraissait pas dupe du conte qu'on venait de lui servir.

— Voilà un petit prince bien pervers ! Ne croyez-vous pas, Nicolas ?

Il y avait sagesse à être avare de paroles avec un tel interlocuteur. Il fallait jouer sur sa propension à être écouté ou, du moins, d'aimer l'être. En l'occurrence il était utile de relancer l'échange et d'adapter l'entretien à ce tempérament.

— Il est vrai. N'êtes-vous pas heureux de voir régler l'obstacle qui entravait les négociations ?

— Certes, certes, mais rien ne m'empêche de penser qu'il y a derrière tout cela un mystère que je ne parviens pas à démêler. Posséderiez-vous le fil d'Ariane qui m'aiderait à me retrouver ?

Nicolas prit un air innocent.

— Vous savez mieux que moi que certaines choses demeurent souvent environnées de ténèbres.

— Seriez-vous par hasard en train de vous moquer de moi, Monsieur Le Floch ?

— Oh ! Oh ! Loin de moi une telle pensée. Je crains pourtant d'avoir irrité votre susceptibilité. Je vais donc pour vous satisfaire courir régler l'autre pendant de cette affaire et essayer de déterminer qui a tué Cholet *alias* Maradon.

Il salua Sartine et disparut avant que celui-ci ait pu le retenir, tant preste avait été son mouvement de fuite.

Sartine n'avait pas été mystifié mais peu importait. L'essentiel était qu'il fût informé. Qu'il s'en prenne à lui-même, songeait-il avec un rien de mauvaise foi, de ne jamais vouloir entrer dans la cuisine des enquêtes. Son ancien chef l'avait si souvent écarté des secrets ultimes qu'il s'autorisait à prendre une petite revanche. Il sourit à cette pensée. Au Châtelet, il était attendu. La femme de chambre des Millot avait été cueillie à l'aube par Gremillon et ramenée de Choisy à Paris.

— Ta première impression ? demanda Nicolas à Bourdeau.

— Une très jolie jeune femme, tu peux m'en croire.

— Et pour le reste ?

— Elle paraît effrayée. Reste à découvrir la raison de cette crainte. Je crois qu'elle ignore la mort de Maradon.

— C'est possible. Fais-la entrer.

L'inspecteur ne l'avait pas trompé. La femme de chambre impressionnait par un ensemble séduisant. Un visage régulier sous la charlotte d'où sortaient des flots de cheveux blonds. Les sourcils bien marqués soulignaient le bleu quasi noir des yeux. Nicolas observa qu'elle se mordait la bouche presque jusqu'au sang, ce qui la faisait grimacer et ressortir ses fossettes. Il y avait de l'angoisse dans cette attitude. Ses mains étaient serrées sur le fichu fermant le corsage ajusté. Sa taille mince était accentuée par une jupe froncée à la ceinture. Nul n'aurait supposé qu'il pouvait s'agir d'une domestique. Nicolas la fit asseoir et lui demanda son nom.

— Émilie, Émilie Carette, Monsieur. Je vous assure que je n'ai rien volé. C'est grande fausseté de m'accuser.

Elle se mit à pleurer. Nicolas lui tendit son mouchoir dont elle se tamponna les yeux.

— Allons, dit-il d'un ton plein de mansuétude, rassurez-vous et racontez-moi ce qui vous est arrivé et de quoi vous accuse-t-on ?

— Monsieur le commissaire, croyez que je suis une bonne et honnête fille. Voilà-t-y pas que soudain ma maîtresse m'a accusée de vol. Elle a fouillé ma chambre et y a découvert un collier de grenats qu'elle avait perdu quelque temps auparavant. Elle m'a invectivée et tiré les cheveux. Mettre ça à mon compte, moi qui depuis deux ans m'échine à la servir du mieux que je peux, y compris le vieux dégoûtant.

— Quelle était la nature de votre travail ?

— Une batelée de choses. Je tenais le ménage et maintenais la maison propre. Outre cela, j'étais cuisinière et servante. Chaque jour que le bon Dieu faisait, je m'échinais sans broncher à des travaux sous la houlette de Mademoiselle, fille fort récriminante et, dans son fond, mauvaise comme la gale. Et, ce qui était le pire, j'avais charge du vieux, tâche peu ragoûtante. Il fallait le changer, le laver, le promener alors qu'en fait il marche très bien et le dissimule à sa fille. Dès qu'il peut et qu'il la sait au loin, il prend sa canne et décampe. Des commères l'ont aperçu au jardin des Chartreux au Luxembourg.

Ainsi les bruits de pas entendus dans le logis des Millot étaient bien ceux du vieillard. Cela donnait à réfléchir.

— Nous allons mettre de l'ordre dans tout cela. Avez-vous dérobé ce collier ?

La question déclencha une nouvelle crise de larmes.

— Savez-vous, dit Bourdeau, la sévérité des lois contre les gens de votre condition qui volent leurs maîtres ?

Les sanglots redoublèrent.

— Comprenez, dit Nicolas doucement, qu'il y va de votre intérêt de tout nous confier. Nous ne sommes pas là pour vous écraser, mais pour vous aider. L'avez-vous volé, oui ou non, ce collier ?

— Jamais, Monsieur, jamais ! La vraie vérité, c'est que ma maîtresse était jalouse de moi. Et d'ailleurs qu'avais-je à faire de cette peccadille alors que sa cassette contenait des perles et une bague avec un diamant. Oui, en vérité, jalouse !

— Ah ! Nous y voilà. Jalouse, et pourquoi mon Dieu ?

— C'est que notre voisin, M. de Maradon, me manifestait…

— Bref, vous étiez sa maîtresse.

Son visage s'empourpra.

— Hélas, qu'ai-je donc fait ? Il me faut bien l'avouer…

Les larmes se tarissaient. Elle baissait la tête, accablée.

— Et y avait-il un lien entre Maradon et votre maîtresse ?

— Elle aurait bien voulu, la garce ! Lui s'en fichait de ce tas d'os ! Il s'en moquait bellement.

— Reprenons, dit Nicolas, les choses par le menu.

— Le lendemain de la nuit que j'avais passée avec Gilles, la Geneviève m'attendait. Elle m'a insultée et reproché le vol. J'étais chassée sur-le-champ, privée de gages et menacée même d'être conduite chez le commissaire. J'ai fait mon baluchon et j'ai tenté de prévenir Gilles…

Elle s'étranglait et hoquetait.

— La porte était close et je n'ai pu le voir. J'ai rejoint Choisy où habite une vieille tante.

Nicolas estimait tout empreint de raisons recevables ce qu'avançait Émilie Carette. Restait à entrer dans la trame plus fine et resserrée des événements. Tout dans cette affaire résidait dans la chronologie des faits. Déjà il avait eu à y recourir. Il devait poursuivre l'interrogatoire point par point.

— Mademoiselle, en quel état se trouvait Gilles de Maradon lorsque vous l'avez quitté ce matin-là ?

— Il était souffrant…

Elle rougit derechef.

— Il ne me manifestait pas la même affection, si vous voyez ce que je veux dire.

— Avez-vous soupé avec lui ?

— Non, mon service m'avait retenue chez Mademoiselle jusqu'à dix heures passées.

— Aviez-vous cuisiné le repas du soir ?

— Non, il y avait des restes froids d'un lapin en sauce.

— Et chez votre amant ?

— Il manquait d'appétit. Son dîner lui était resté sur l'estomac.

— Savez-vous en quoi consistait son menu ?

— Non, il en avait jeté les restes à la fosse d'aisance. Mais le pourquoi de toutes ces questions ?

— La vaisselle utilisée, l'avez-vous vue ?

— Point, et pourtant je suis allée prendre de l'eau à l'office.

— Qui lui préparait ses menus ?

— Moi, souvent, et l'autre greluche lui apportait parfois des plats raffinés. Mais pourquoi toutes ces questions ? Et cela pour un malheureux collier de grenats que je n'ai point volé ?

— C'est que, Mademoiselle, Gilles de Maradon a été retrouvé mort. Il peut s'agir d'un meurtre et vous êtes notre principal témoin.

Émilie Carette pâlit et soudain glissa de sa chaise, retenue à temps par Bourdeau qui avait anticipé sa chute.

— Bon, nous voilà bien ! C'est la deuxième qui nous tombe dans les bras. Ce Maradon, quel bourreau des cœurs !

Le père Marie fut appelé à la rescousse. Un verre de son cordial fit revenir à elle la jeune femme.

— Mon Dieu, Gilles…

— Elle m'a l'air sincère, murmura Nicolas à Bourdeau qui fit une grimace évasive.

— Oh, toi, avec les jolies femmes…

— Soit, eh bien, poursuis l'interrogatoire. Je t'écoute.

— Mademoiselle, reprenons, je vous prie, notre conversation. Ce dernier souper, ou plutôt cette dernière nuit, vous confirmez que nous la pouvons dater comme étant celle du 7 au 8 septembre 1787.

— Oui, je m'en souviens car le 8, c'est le jour où l'on m'a jetée à la rue.

— Autre question. Votre amant n'avait-il point de valet ?

— C'est qu'il me confiait ses habits que je tenais propres et conservais souvent dans ma chambrette sous les toits. Je n'ai pu revenir prendre certains d'entre eux, ils doivent y être encore. Je n'ai pas osé regagner la rue des Fossoyeurs, Mademoiselle m'ayant jeté mon baluchon sans m'autoriser à y retourner. Cependant…

— Oui ?

— Je me demandais souvent s'il ne possédait pas un autre logis. Il disparaissait fréquemment.

— Croyez-vous qu'il ait pu nouer des liens avec d'autres femmes ?

— Hélas, Monsieur, je l'aimais et ne me leurrais pas, cela m'indifférait. Je mesurais ma chance et prenais mon bonheur au jour le jour. J'ignorais combien de temps cela pourrait durer. J'ai surpris un jour une femme entrer chez lui. Elle y est demeurée fort longtemps. À sa sortie, j'ai observé sa mise fort dérangée… J'en ai fait le reproche à Gilles. Il m'a assuré que cela s'imposait en raison de ses activités et que son cœur n'y était pas engagé. C'était une vieille femme. J'en ai pris mon parti.

Nicolas, qui avait quelque expérience de ce à quoi la jalousie pouvait conduire, écoutait un peu sceptique ces affirmations. Le fantôme de Mme de Lastérieux n'avait jamais cessé de le hanter. Pourtant le ton d'Émilie semblait celui de la sincérité. Il reprit la parole.

— Et pourquoi cette indulgence ?

— C'est que, Monsieur, il m'avait promis le mariage.

— Votre maîtresse vous a-t-elle reproché votre liaison avec son voisin ?

— Non, pas ouvertement, mais elle m'a appelée dévergondée et traînée. Elle ne cessait de m'épier.

— Vous avez qualifié le père de vieux dégoûtant. Qu'est-ce à dire ?

— Il avait les mains trop hardies, Monsieur, si vous voyez ce que je veux dire.

— Est-il aveugle ?

— Mais il voit aussi bien qu'il marche. Il feint ces infirmités pour mieux se faire plaindre de sa fille, son esclave.

Nicolas réfléchit un moment.

— Mademoiselle, vous resterez à notre disposition, nous allons vérifier vos dires et nous aurons l'occasion de nous entretenir de nouveau dans les jours qui viennent.

Restés seuls, les deux policiers réfléchirent à ce qu'ils venaient d'apprendre.

— C'est une pauvre fille ou une excellente comédienne. Maintenant, il faut que nous en apprenions davantage sur le père Millot. Pierre, fais le nécessaire avec Rabouine.

— La liaison de la belle avec Maradon aurait pu aussi déplaire à Mme de Gouges. Elle aussi s'est évanouie à l'annonce de la mort de son amant !

— Il me semble qu'elle ne nous a pas celé qu'elle papillonnait au gré de ses fantaisies.

— En bref, nous avons plusieurs suspects pour l'empoisonnement puisque désormais nous savons que Barrington a tiré le coup de feu sur un mourant ou sur quelqu'un qui venait de passer. Olympe de Gouges, son compagnon Rozières et Geneviève Millot.

Mercredi 22 septembre 1787

La veille, l'enquête activement poursuivie avait révélé d'intéressantes constatations concernant les Millot. Les accusations de la femme de chambre vérifiées, une perquisition discrète effectuée dans la chambre de Geneviève Millot avait permis de découvrir le journal intime de la jeune femme. Il s'avérait que Maradon lui avait aussi proposé le mariage. On y suivait la progression d'une idylle et la réalité d'une passion. Tout cela apportait des faits nouveaux qui ajoutés à d'autres stimulaient la réflexion de Nicolas et étayaient les ouvertures de ses intuitions quant au crime de la rue des Fossoyeurs.

La confrontation générale fut décidée, qui se tiendrait dans l'appartement de Maradon. Furent ainsi rassemblés les Millot père et fille, Émilie Carette, Olympe de Gouges et Rozières. Nicolas, qui s'était placé devant la croisée à contre-jour, observa longuement l'assemblée, cherchant à relever tous les signes instructifs qui pourraient s'inscrire sur les visages ou dans les attitudes des suspects. Olympe de Gouges avait refusé de s'asseoir et, rouge de colère rentrée, levait la tête d'un air provocant.

Rozières, la barbe non faite, paraissait vieilli et affaissé sur sa chaise. Il sortait à peine de son cachot du Châtelet. Émilie Carette pleurait à petits coups et se tamponnait les yeux d'une main fébrile. Geneviève Millot, la mâchoire serrée, figurait une face de pierre aux sentiments illisibles. Quant au père Millot, vieille momie recroquevillée dans sa chaise roulante, il dodelinait de la tête, roulait des yeux blancs et laissait échapper des sons indistincts.

Nicolas laissa à dessein durer le silence avant de prendre la parole.

— Je vous ai réunis ce jour pour mettre enfin un terme à l'enquête concernant l'assassinat de M. de Maradon. Je ne vous dissimulerai pas qu'au vu des conclusions de l'enquête, vous paraissez tous suspects de ce crime.

— Calas aussi était suspect, dit Olympe de Gouges, et pourtant il était innocent. Heureusement que M. de Voltaire a pu le faire réhabiliter. Même chose pour la fille Salmon qui, accusée d'avoir empoisonné ses huit maîtres et leurs convives qu'elle servait, fut en 1782 condamnée à mort et qui, grâce au travail de ses avocats, fut reconnue innocente. Prétendez-vous, Monsieur, répéter l'arbitraire et les vices dont ces instructions furent alors maculées ?

— Voilà bien de l'éloquence pour quelqu'un qui n'est convaincu de rien. Pour le moment. Cependant croyez que nous allons présenter les faits avec vérité, les classer dans leur ordre et, avec cette simplicité utile dont on n'entend pas s'écarter, leur fournir les moyens relatifs aux règles de la loi et du droit des gens.

— En jetant un innocent dans un cul-de-basse-fosse, sans doute ? dit Rozières.

— Auriez-vous à vous plaindre de notre hospitalité, Monsieur ? Il me semble que vous avez été traité avec beaucoup d'humanité. Ne comprenez-vous pas que notre précise recherche vise tout autant à vous charger qu'à vous innocenter. Mais nous nous égarons et il faut revenir au sujet du crime qui est ici évoqué.

Il se tourna vers Olympe de Gouges.

— Madame asseyez-vous, vous risquez la fatigue. Le soupçon se porte sur vous, parmi d'autres, parce que vous étiez la maîtresse passionnée de Maradon. Vous ne l'avez pas d'ailleurs dissimulé et votre réaction à l'annonce de sa mort ne trompait pas sur la force de ce sentiment. Cependant, il s'agissait d'un jeune homme dont vous pouviez soupçonner qu'à ses yeux vous n'étiez qu'une passade. Nous avons appris que votre amant avait d'autres attachements et qu'il avait proposé le mariage à deux personnes au moins.

Olympe de Gouges eut un mouvement de révolte. Geneviève Millot eut un sursaut.

— Je n'ai jamais eu l'intention…

— De maintenir votre amant dans vos rets, je le veux bien croire mais la jalousie est mauvaise conseillère. Nous n'avons pu déterminer si vous aviez la clé de l'appartement de Maradon, cela peut avoir son importance. La fureur a pu vous conduire à vouloir la mort de votre amant. La question demeure en suspens.

Nicolas se tourna vers Rozières.

— Quant à vous, Monsieur, votre mansuétude et votre indulgence vis-à-vis des écarts d'une vie libertine n'excluent pas non plus des bouffées de jalousie envers un rival plus jeune, auxquelles s'ajoutait la question financière d'une dette contractée à vos dépens par la victime.

— Dans les deux cas, Monsieur, je peux en supporter les soucis et éviter d'en faire un *casus belli*. À mon âge, tout devient motif relatif.

— Je le veux bien croire. Reste que vous m'avez menti en dissimulant votre présence à Paris en prétendant que vous étiez à Metz.

— Hélas, dit Rozières, je ne peux m'en prendre qu'à moi-même d'avoir alimenté vos soupçons.

Nicolas se tourna vers Émilie Carette.

— Vous, Mademoiselle, vous étiez poursuivie par la vindicte de votre maîtresse qui soupçonnait votre liaison. Maradon vous avait promis le mariage. Votre beauté et votre jeunesse ne paraissaient justifier aucune jalousie à l'égard de vos rivales. Vous ne risquiez nulle défaite dans le concours de Paris et des déesses. Enfin, je le crois. Reste que…

— Imaginez-vous qu'elle comprend ce que vous dites ? lança Geneviève Millot sur un ton venimeux.

— Et vous, maître Millot, n'y a-t-il pas beaucoup à dire sur vous ?

— Laissez mon père tranquille ; il est incapable de vous répondre.

— Je ne suis pas de cet avis, Mademoiselle. Paralysé ? Sauf lorsqu'en votre absence, il court au Luxembourg. Ne protestez point, j'ai des témoins à produire. Aveugle ? Il roule des yeux comme un faux mendiant de la défunte cour des miracles. Sénile et incapable ? Cet apothicaire célèbre jadis dans sa corporation pour sa science développée des mixtures et des panacées ? Ah ! Mademoiselle, il comprend très bien tout ce qui se passe, et même il est un des personnages les plus actifs de cette tragédie. Le savez-vous ou feignez-vous de l'ignorer ?

Le silence était tombé sur l'assemblée.

— Je dis et affirme que M. Millot a perpétré d'une matière particulièrement perfide la mort d'un jeune homme coupable de beaucoup de choses mais qui ne méritait pas cette ignominieuse fin.

— Je ne possède pas de pistolet, dit Millot qui s'était redressé soudain dans son fauteuil roulant.

— Mais bien la pratique d'une science exacte et la connaissance des simples et d'autres produits de la nature.

— Vous divaguez, Monsieur le commissaire, dit Geneviève Millot. Ce n'est pas mon père qui a porté à Gilles son dernier repas.

— Veux-tu bien te taire, malheureuse ! hurla M. Millot.

— Que signifie tout cela ? reprit Nicolas. Ai-je jamais évoqué devant aucun d'entre vous la manière dont était mort M. de Maradon ?

— Chacun sait, dit Olympe de Gouges, et la rumeur s'en est fait l'écho, qu'il a été tué d'un coup de pistolet.

— Voilà un propos raisonnable, Madame, qui malheureusement n'est pas exactement conforme à la vérité qui vous tient tant à cœur. Que doit escamoter votre fille, Monsieur Millot ? Vous vous taisez, et pour cause ! Que votre fille l'a tué à l'aide d'un mystérieux pistolet ? Dans ce cas, l'évocation du dernier repas apporté à la victime ne serait que piètre annexe au débat. Sauf que nous savons déjà qui a tiré sur la victime.

— Alors que faisons-nous ici ? intervint Rozières. Vous nous faites participer à une comédie dont nous ignorons tout des tenants et des aboutissants et qui semble réglée d'avance.

— Je vais dévoiler le fin mot de l'énigme que les coupables viennent d'avouer sans même s'en rendre compte. Pourquoi soudain le dernier repas que prit Gilles de Maradon surgit-il dans le débat ? Et pourquoi est-il si intrigant que Mlle Millot l'évoque en y attachant, semble-t-il, une telle importance ? Pourtant son père la met en garde contre son imprudence.

Pourquoi ? Parce qu'ici seuls l'inspecteur Bourdeau et moi-même connaissons la vérité : que Maradon a été empoisonné. Et qu'à part Émilie Carette, les Millot père et fille sont les seuls susceptibles d'avoir commis ce forfait.

Émilie s'était remise à pleurer alors que les autres paraissaient pétrifiés. Geneviève reprit la parole :

— Vous tirez de mes paroles de bien curieuses conclusions, Monsieur le commissaire, j'ai voulu dire qu'il ne pouvait avoir tiré sur Gilles de Maradon.

— J'approuve le propos de ma fille, dit son père.

— Je constate avec plaisir, Monsieur, que vous vous portez mieux et que l'esprit vous revient. Le moment est venu de fournir à cette honorable assemblée les explications nécessaires. Gilles de Maradon, jeune homme séduisant et ardent, traîne les cœurs après lui. Il séduit en même temps Mlle de Gouges dont l'esprit le charme, Geneviève Millot qu'il espère gruger à la mort proche d'un père malade mais riche et, enfin, Émilie Carette pour laquelle il manifeste un sincère attachement. Périlleux exercice que cet entrelacs de liaisons ! Et ce qui devait arriver survient dans un mélange détonnant de passions contradictoires. M. Millot aime sa fille, certes, mais il ne craint qu'une chose : qu'elle ne l'abandonne, elle qui veille au bien-être de ses derniers jours. Il feint des maladies et des infirmités. Pour lui Maradon est l'ennemi ; il faut s'en débarrasser au plus vite. Nous sommes en automne. Il profite des absences de sa fille pour prendre l'air au jardin des Chartreux du Luxembourg tout proche. Il connaît très bien les champignons. Il en récolte de bons et aussi de redoutables, qu'il cuisine lui-même. Par quel stratagème conduit-il sa fille à porter le plat à Maradon ? Nous savons par le témoignage de leur femme de chambre que Mlle Millot faisait profiter son voisin de plats *raffinés*. Il l'aura remarqué et aura profité de l'occasion. D'ailleurs sa fille le reconnaît. Ainsi le malheureux jeune homme est-il empoisonné par la perfidie du père et de la main de la fille. Et je crois aussi, maître Millot, que pour parfaire votre crime et être assuré du résultat vous avez ajouté à votre recette quelques gouttes d'un poison inconnu et indiscernable destiné à hâter la décomposition du cadavre. En tout état de cause, la mort sera imputée à un empoisonnement par les champignons. Hélas pour vous, Monsieur, Maradon n'a pas laissé de traces de son dernier repas et un malencontreux coup de pistolet est venu ruiner ce bel agencement. J'ajouterai que Mlle Millot avait toutes raisons d'avoir à se venger de Maradon qui la trompait. Son hostilité envers les femmes qui approchent l'objet de son adoration le prouve.

À ce moment l'intéressée poussa un cri alors que son père, la tête renversée, venait de s'affaisser. De sa main tomba une petite fiole de verre qui roula sur le sol, dont Bourdeau s'empara aussitôt. Nicolas se pencha sur le vieillard et, après examen, secoua la tête.

— Il est passé. Il a échappé aux redoutables châtiments que le juge réserve aux empoisonneurs. Quant à vous, Mademoiselle, le lieutenant criminel statuera sur votre sort. L'ambiguïté de votre attitude peut vous faire accuser assez aisément de complicité de meurtre. Il décidera si, faute de mieux et de preuves convaincantes, vous devez être seulement abandonnée aux tourments de votre conscience.

Elle pleurait collée contre le corps de son père.

— Et ce coup de pistolet, il est bien mystérieux, dit Rozières qui avait repris des couleurs. Quel en est l'auteur ?

— Ceci est une autre histoire qui est venue s'entrechoquer avec celle-ci dans un concours incertain de circonstances confuses.

— Vous avez démêlé, dit Olympe de Gouges, cet écheveau de main de maître, Monsieur le marquis.

— C'est que l'amour portait le flambeau pour m'éclairer, Madame.

— C'est un dieu bien cruel.

Dans la voiture qui les ramenait au Châtelet, les deux policiers se taisaient, comme écrasés par la conclusion tragique de l'affaire. Au bout d'un moment Bourdeau, qui tirait d'abondance sur sa pipe, interrogea Nicolas :

— Pourquoi n'as-tu pas poussé l'enquête avec la fille ?

— Rien ne prouve qu'elle est coupable ni même complice.

— Et pourtant…

— Dans ce cas elle vivra avec ses remords.

Ils gagnèrent l'hôtel de Juigné. M. de Sartine écouta sans l'interrompre le rapport de Nicolas sur le meurtre de Maradon. Son visage, sur lequel il était d'ordinaire malaisé de lire ses impressions, semblait se couvrir d'un voile de tristesse.

— Et pourtant, dit-il comme se parlant à lui-même, j'avais bien cru discerner chez lui… et retrouver quelqu'un que j'aurais formé ainsi que je l'avais fait jadis avec…

Il n'acheva pas son propos, soupira et reprit son apparence habituelle.

— Selon vous, quelles étaient ses intentions ?

— Je crains qu'il n'eût caressé l'intention de s'emparer du sceau, de le vendre aux plus offrants et de s'enfuir à l'étranger sans doute avec la femme de chambre des Millot.

— Il y avait donc quelque chose de vrai chez lui.

— L'homme n'est pas d'un seul tenant. Peut-être Maradon recélait-il une part préservée ? Et d'abord qui était-il ?

Sartine fit un geste de la main, chassant une pensée importune.

— Peu importe, il a échappé à la corde. Tout cela, Nicolas, doit demeurer environné de ténèbres.

*

* *

Des mois avaient passé depuis la conclusion de l'affaire. Les événements se précipitaient, agitant le royaume. Le 19 novembre, en présence du souverain, Loménie de Brienne soumit au Parlement l'enregistrement de cinq emprunts et l'acceptation du roi de convoquer les États généraux au plus tard en 1792. Les conseillers regimbèrent sous l'influence de Duval d'Eprémesnil qui proposa un compromis, un vote favorable contre la convocation dès 1789. Louis XVI ordonna que son édit soit enregistré. Alors qu'il se retirait, le duc d'Orléans l'interpella et dénonça l'illégalité de la séance, frappant l'assistance de stupeur et s'attirant la réplique bégayante du roi : « Cela m'est égal… Vous êtes bien le maître !… Si ! C'est légal parce que je le veux. » Le 20 novembre, le duc était exilé à Villers-Cotterêts. L'agitation parlementaire se poursuivit et gagna les provinces.

Le 28 novembre à Versailles, Nicolas assistait à la signature par Montmorin et l'évêque d'Adran d'un traité entre le royaume de France et celui de Cochinchine. À cette occasion solennelle, le roi faisait présent au petit prince Canh d'une aigrette de turban en diamants et, à l'évêque, d'une tabatière ornée de son portrait.

Le samedi 1er décembre, fête de saint Éloi, Adran baptisait Nicolas de Ranreuil porté sur les fonts par Aimée d'Arranet et M. de Noblecourt. Isabelle de Ranreuil, sa grande tante, était venue de Fontevraud ainsi que M. de Mezay, le grand-père maternel de l'enfant.

Le 23 décembre, Madame Louise s'éteignait à Saint-Denis. Nicolas assistait à ses modestes funérailles de religieuse. Le cœur lui poignait de voir disparaître cette fille du feu roi qui ne lui avait jamais ménagé son appui et qui demeurait le dernier témoin, avec le duc de Penthièvre, du secret de sa naissance. Il fixait les ombres voilées qui entouraient le cercueil, parmi lesquelles se trouvait sans doute sa mère.

Le 27 du même mois, il faisait à Lorient ses adieux à Pigneau de Behaine avec le sentiment que ce départ était définitif. L'évêque allait poursuivre sa carrière d'homme d'État environné des périls d'une cour orientale. Il avait demandé à Nicolas de l'accompagner en Cochinchine. La tentation de céder à cette proposition l'avait un instant effleuré, mais trop de liens, d'attachements et de fidélités le retenaient au moment où tant de menaces se profilaient en France. Les deux hommes s'embrassèrent, émus de sentir que sans doute ils ne se reverraient plus. Le petit prince le salua avec cérémonie puis, oubliant l'étiquette, lui sauta au cou. Une longue croisière commençait avec pour destination Pondichéry, comptoir français d'où s'organiserait l'aide militaire destinée à Nguyen Anh.

Au loin, le canon du fort de Port-Louis tirait pour répondre au salut du vaisseau qui s'éloignait. Nicolas s'efforçait d'emplir sa poitrine de l'air violent de l'océan pour en chasser le poids d'angoisse et de tristesse qui l'oppressait. Il demeura longtemps immobile, fixant au loin la silhouette qui diminuait comme un rêve qui s'efface. Au nord-ouest, de sombres nuages couleur d'ardoise montaient peu à peu. Des bourrasques de vent effrangeaient par à-coups la surface des flots. Il éprouva à nouveau de funestes pressentiments. Qu'auguraient ces mouvements de la nature pour ce vieux royaume fatigué ? Qu'adviendrait-il de lui et des siens dans la tourmente qui montait ?

La Bretesche,
février 2016-février 2017

NOTES

II.

1. Je rappelle qu'il s'agit de notre actuel déjeuner.

IV.

1. *Talapoins* : bonzes.
2. *Embrelicoquer* : se mettre martel en tête. Bourdeau lit Rabelais.

V.

1. Cf. *L'Enquête russe.*
2. Cf. *Le Fantôme de la rue Royale.*

VI.

1. *Embûchement* : trahison ténébreuse.
2. Cf. *L'Affaire Nicolas Le Floch.*

VII.

1. Le lecteur doit savoir qu'au XVIIIe siècle il était plus fréquent que de nos jours de voir les hommes exprimer leur émotion par des larmes.

2. Forteresse prison face à la Saône à Lyon. Le marquis de Sade y fut enfermé.

IX.

1. La livre valait 489,5 g.

XVI.

1. Cf. *L'Affaire Nicolas Le Floch.*

2. J'indique à mes lecteurs que ce jugement est extrait de la correspondance de Madame Élisabeth.

REMERCIEMENTS

Ma gratitude s'adresse d'abord à Isabelle Tujague qui continue à procéder à la mise au point du texte avec un soin attentif et précis.

À Monique Constant, conservateur général du patrimoine, pour sa présence et sa fidélité.

À Pascale Arizmendi et Miquèl Ruquet pour leur amitié et leur attentive relecture du texte.

À Olivier et Isabel Marsaudon qui ont repris la lourde charge d'animer le site www.nicolaslefloch.fr.

À mon éditeur Laurent Laffont, témoin vigilant des bons et des mauvais jours, pour sa constantc sollicitude, et à tous ses collaborateurs.

À mes lecteurs toujours fidèles.

TABLE DES MATIÈRES

MIXTE
Papier issu de
sources responsables
FSC® C003309
FSC
www.fsc.org

10/18, une marque d'Univers Poche,
est un éditeur qui s'engage pour
la préservation de l'environnement
et qui utilise du papier fabriqué à partir
de bois provenant de forêts gérées
de manière responsable.

Imprimé en France par CPI

N° d'impression : 3029430
X07319/01